RICHARD MONTANARI

Romancier, scénariste, essayiste, Richard Montanari est né à Cleveland, dans l'Ohio. Il a écrit pour le *Chicago Tribune,* le *Detroit Free press* et de nombreuses autres publications. Il signe avec *Déviances* (Cherche Midi, 2006), son premier thriller traduit en français, l'entrée en scène du duo de détectives Byrne et Balzano – qui réapparaîtront dans *Psycho* (2007), *Funérailles* (2008) et son nouveau roman, 7, tous publiés au Cherche Midi.

FUNÉRAILLES

DU MÊME AUTEUR
CHEZ POCKET

DEVIANCES
PSYCHO
FUNERAILLES

RICHARD MONTANARI

FUNÉRAILLES

Traduit de l'anglais (États-Unis)
par Fabrice Pointeau

LE CHERCHE MIDI

Titre original :
MERCILESS

ISBN : 978-2-266-18219-5

À Ajani

Anchi konjo nesh

PROLOGUE

Août 2001

Dans son rêve elles sont encore en vie. Dans son rêve elles sont devenues de belles jeunes femmes avec une carrière, une maison, une famille. Dans son rêve elles resplendissent sous un soleil doré.

L'inspecteur Walter Brigham ouvrit les yeux, son cœur telle une pierre froide et amère dans sa poitrine. Il jeta un coup d'œil au réveil, bien que ce ne fût pas nécessaire. Il savait l'heure qu'il était : 3 h 50 du matin. L'heure exacte à laquelle il avait reçu l'appel six ans auparavant, l'instant à partir duquel rien n'avait plus été pareil.

Quelques secondes plus tôt, dans son rêve, il s'était tenu au bord d'une forêt, la pluie de printemps enveloppant son monde tel un linceul glacial. Il était maintenant éveillé dans sa chambre dans l'ouest de Philadelphie, une couche de sueur recouvrait son corps, la respiration rythmée de sa femme était le seul bruit dans la pièce.

En son temps, Walt Brigham avait vu bien des choses. Il avait un jour vu un accusé dans une affaire de drogue tenter de dévorer sa propre chair dans la salle d'audience. Une autre fois, il avait vu le cadavre en décomposition d'un monstre nommé Joseph Barber – pédophile, violeur, assassin – ligoté à une conduite de vapeur dans un appartement du nord de Philly avec treize couteaux plantés dans le torse. Il avait un jour vu un inspecteur chevronné de la criminelle assis au bord d'un trottoir de Brewerytown, des larmes silencieuses marbrant son visage, une chaussure de bébé ensanglantée à la main. Cet homme était John Longo, le partenaire de Walt Brigham. Ç'avait été l'affaire de Johnny.

Chaque flic avait son affaire non résolue, un crime qui le hantait à chaque instant, qui le harcelait dans ses rêves. Si vous échappiez aux balles, à la bouteille, au cancer, alors Dieu vous donnait une affaire non résolue.

L'affaire de Walt Brigham avait débuté en avril 1995, le jour où deux petites filles étaient entrées dans le bois de Fairmount Park et n'en étaient jamais ressorties. C'était la fable obscure qui flottait à la lisière des cauchemars de tout parent.

Brigham ferma les yeux, sentit le mélange froid et humide de terreau, de compost et de feuilles mouillées. Annemarie et Charlotte portaient des robes blanches assorties. Elles avaient neuf ans.

La brigade criminelle avait interrogé cent personnes qui s'étaient trouvées dans le parc ce jour-là, récupéré et passé à la loupe vingt sacs remplis de détritus provenant de la zone. Brigham avait lui-même trouvé à proximité une page arrachée à un livre d'enfants. Les marges étaient ornées d'oiseaux jaune vif. Depuis lors, l'écho terrible de cette comptine résonnait dans son cerveau :

Tant de belles demoiselles
Dansent au son du tambour
Jeune fille, c'est ton tour
Ton tour d'user tes semelles !

Brigham fixa le plafond. Le sommeil l'abandonna enfin tout à fait. Il embrassa l'épaule de sa femme, se redressa, jeta un coup d'œil par la fenêtre ouverte. Dans le clair de lune, au-delà de la ville, au-delà de l'acier, du verre, des briques, il vit la voûte des arbres. Une ombre rôdait à travers ces pins. Et derrière l'ombre, il y avait un tueur.

L'inspecteur Walter Brigham affronterait ce tueur.

Un jour.

Aujourd'hui peut-être.

PREMIÈRE PARTIE

DANS LA FORÊT

1

Décembre 2006

Il est Lune, et il croit à la magie.

Pas la magie des trappes et des doubles fonds et des tours de passe-passe. Pas la magie qui se présente sous forme de pilule ou de potion. Mais plutôt la magie qui permet de faire pousser un haricot jusqu'au ciel, ou de filer de l'or avec de la paille, ou de transformer une citrouille en carrosse.

Lune croit en la jolie fille qui aime danser.

Il l'a longuement observée. Elle a une vingtaine d'années, elle est svelte, plus grande que la moyenne, extrêmement raffinée. Elle vit encore, Lune le sait, mais malgré tout ce qu'elle est, malgré ce qu'elle allait devenir, elle semble néanmoins bien triste. Il est pourtant sûr qu'elle a compris, tout comme lui, qu'en chaque chose réside un charme, une élégance que le mécréant de passage ne voit pas ni n'apprécie – la courbure d'un pétale d'orchidée, la symétrie des ailes d'un papillon, la géométrie époustouflante du firmament.

La veille il s'était tenu dans l'ombre, sur le trottoir opposé à la laverie automatique, et il l'avait regardée mettre des vêtements dans le séchoir, s'émerveillant de la grâce avec laquelle ses pieds foulaient le sol. La nuit était claire, terriblement froide, le ciel était une fresque noire homogène au-dessus de la Ville de l'amour fraternel.

Il l'avait regardée franchir les portes de verre dépoli et sortir sur le trottoir, portant son sac de linge en bandoulière. Elle avait traversé la rue puis attendu à l'arrêt de bus, battant la semelle pour se prémunir du froid. Elle n'avait jamais été si belle. Lorsqu'elle s'était tournée vers lui, elle avait su, *et la magie était en lui.*

Maintenant, tandis que Lune se tient sur la berge de la rivière Schuylkill, la magie l'emplit de nouveau.

Il regarde l'eau noire. Il y a deux rivières à Philadelphie, deux affluents d'un même cœur. La Delaware, musclée, large d'épaules, inflexible. La Schuylkill, maligne, fourbe, tortueuse. C'est la rivière cachée. C'est sa *rivière.*

Tout comme la ville elle-même, Lune a de nombreux visages. Au cours des deux semaines à venir il se dissimulera, comme il se doit, et ne sera qu'un barbouillage terne de plus sur la toile grise de l'hiver.

Il dépose doucement la fille morte sur la berge de la Schuylkill, embrasse une dernière fois ses lèvres froides. Aussi belle soit-elle, ce n'est pas une princesse. Il rencontrera bientôt sa princesse.

Ainsi va le conte.

Elle est Karen. Il est Lune.

Et voici ce qu'a vu Lune…

2

La ville n'avait pas changé. Il n'avait été absent qu'une semaine, et ne s'était attendu à aucun miracle, mais après plus de deux décennies dans les forces de police de l'une des villes les plus dures du pays, on pouvait toujours espérer. Sur la route du retour il avait été le témoin de deux accidents et cinq altercations, ainsi que trois bagarres devant trois tavernes différentes.

Ah, Noël à Philly, pensa-t-il. *Ça fait chaud au cœur.*

L'inspecteur Kevin Francis Byrne était assis au comptoir du Crystal Diner, un petit café propre de la 18e Rue. Depuis la fermeture du Silk City Diner, c'était là qu'il préférait venir boire un verre en fin de soirée. Les haut-parleurs diffusaient *Silver Bells*. Sur le tableau accroché en hauteur étaient inscrits des messages de Noël. Les lumières multicolores étaient synonymes de fête, de joie, d'allégresse et d'amour. Tout allait pour le mieux dans le meilleur des mondes et *tra-la-la-la-la*. Mais pour le moment, Kevin Byrne avait besoin d'avaler quelque chose, d'une douche et de sommeil. Il reprenait son service à 8 heures le lendemain matin.

Et puis il y avait Gretchen. Après une semaine passée à observer des fientes de cerfs et des écureuils grelottants, il avait besoin d'un peu de beauté.

Gretchen retourna la tasse de Byrne, la remplit de café. Son café n'était peut-être pas le meilleur de la ville, mais elle en était assurément la plus belle serveuse.

« Un bout de temps que je ne vous ai pas vu, lança-t-elle.

— Je viens de rentrer, répondit Byrne. J'ai passé une semaine dans les Poconos.

— Ça doit être joli.

— En effet. Mais le plus bizarre, c'est que les trois premiers jours je ne suis pas arrivé à dormir. C'était beaucoup trop calme.

— Ah, vous autres, les gars des villes ! fit Gretchen en se grattant la tête.

— Un gars des villes ? *Moi* ? » Il aperçut son reflet dans la vitrine noire de nuit – barbe de sept jours, veste L. L. Bean, chemise de flanelle, bottes Timberland. « Qu'est-ce que vous racontez ? Je croyais ressembler à un homme des bois.

— Vous ressemblez à un gars des villes qui profite des vacances pour ne pas se raser », répliqua-t-elle.

C'était vrai. Byrne avait passé toute sa vie à Philly. Et c'était là qu'il la finirait.

« Je me rappelle quand nous sommes arrivées de Somerset avec ma mère », ajouta Gretchen. Son parfum était terriblement sexy, ses lèvres, d'un bordeaux profond. Maintenant qu'elle avait dans les trente-cinq ans, la beauté adolescente de Gretchen Wilde s'était adoucie pour n'en devenir que bien plus saisissante. « Je n'arrivais pas à dormir non plus. Beaucoup trop bruyant.

— Comment va Brittany ? » demanda Byrne.

Brittany, la fille de Gretchen, avait quinze ans, mais se comportait comme si elle en avait vingt-cinq. Elle s'était fait pincer un an plus tôt lors d'une *rave party* dans l'ouest de Philly avec suffisamment d'ecstasy sur elle pour se faire inculper pour détention illégale et trafic de drogue. Gretchen avait appelé Byrne le soir même, paniquée, inconsciente des murs qui séparaient les diverses divisions du département de police. Byrne avait contacté un inspecteur qui avait une dette envers lui. L'inculpation avait été commuée en une simple détention illégale lorsqu'elle avait été présentée au tribunal de première instance, et Brittany avait écopé de travaux d'intérêt général.

« Je crois que ça va aller, répondit Gretchen. Ses notes s'améliorent, elle rentre à la maison à des heures respectables. Du moins en semaine. »

Gretchen avait été deux fois mariée et divorcée. Ses deux ex étaient des ratés camés et violents. Mais, Dieu sait comment, Gretchen était toujours parvenue à garder la tête haute. Kevin Byrne n'admirait personne plus que les mères célibataires. C'était, de loin, le boulot le plus dur du monde.

« Et comment va Colleen ? » demanda Gretchen.

La fille de Byrne, Colleen, était le phare qui illuminait son âme. « Elle est incroyable, répondit-il. Absolument incroyable. Elle me surprend chaque jour. »

Gretchen sourit. Ils étaient deux parents qui, pour le moment, n'avaient pas de soucis. Mais d'un instant à l'autre, tout pouvait changer.

« Ça fait une semaine que je n'avale que des sandwiches froids, dit Byrne. Et des sandwiches *infects* par-dessus le marché. Qu'est-ce que vous avez de chaud et de bon ?

— Ma compagnie ne vous suffit pas ?

— Bien sûr que si. »

Elle s'esclaffa.

« Je vais voir ce que nous avons. »

Tandis qu'elle gagnait l'arrière-salle d'un pas léger, Byrne la suivit du regard. Avec son petit uniforme de laine rose, impossible de faire autrement.

Ça faisait du bien d'être de retour. La campagne, c'était pour les autres : pour les *campagnards*. Plus la retraite approchait, plus il songeait à quitter la ville. Mais pour aller où ? Après la semaine qu'il venait de passer, la montagne était exclue. La Floride ? Il n'était pas trop amateur d'ouragans non plus. Le Sud-Ouest ? N'y avait-il pas des lézards venimeux, là-bas ? Il allait devoir y réfléchir un peu plus.

Byrne consulta sa montre, un énorme chronomètre avec un millier de cadrans. Elle semblait pouvoir tout faire, hormis donner l'heure. C'était un cadeau de Victoria.

Il connaissait Victoria Lindstrom depuis plus de quinze ans, depuis qu'ils s'étaient rencontrés lors d'un raid des mœurs dans le salon de massage où elle travaillait. À l'époque, c'était une jeune fille de dix-sept ans confuse et d'une beauté stupéfiante tout juste débarquée de son bled, Meadville, en Pennsylvanie. Elle avait continué à vivre de ses charmes jusqu'à ce qu'un jour un homme l'agresse et lui taillade sauvagement le visage au cutter. Elle avait subi plusieurs opérations chirurgicales douloureuses pour réparer les muscles et les tissus. Mais aucune opération n'avait pu réparer les dégâts à l'intérieur.

Ils s'étaient récemment retrouvés. Cette fois-ci, sans attendre grand-chose l'un de l'autre.

Victoria passait du temps auprès de sa mère souffrante à Meadville. Byrne avait songé à lui rendre visite. Elle lui manquait.

Il balaya le restaurant du regard. Il n'y avait qu'une poignée de clients. Un couple d'âge moyen dans un box. Deux étudiantes assises ensemble, toutes deux pendues à leur téléphone portable. Un homme qui lisait le journal dans le box près de la porte.

Byrne touilla son café. Il était prêt à reprendre le boulot. Il n'avait jamais été du genre à s'épanouir lors des périodes creuses entre deux missions, ni les rares fois où il prcnait ses jours de congé. Il se demandait de quelles nouvelles affaires avait hérité la brigade, quels progrès avaient été accomplis dans les enquêtes en cours, quelles arrestations avaient eu lieu, pour autant qu'il y en ait eu. À vrai dire, il n'avait cessé de penser à ces choses durant toute son absence. C'était l'une des raisons pour lesquelles il n'avait pas emporté son téléphone portable. Il aurait appelé la brigade deux fois par jour.

Plus il prenait de l'âge, plus il acceptait le fait que notre passage sur terre fût très bref. S'il avait pu contribuer à améliorer un tant soit peu les choses en tant que policier, alors ça avait valu le coup. Il but une gorgée de café, satisfait de sa philosophie de comptoir. Pour le moment.

Soudain, ça lui sauta aux yeux. Son cœur s'accéléra. Sa main droite esquissa involontairement le geste de saisir son pistolet. Ce qui n'était jamais une bonne nouvelle.

Il connaissait l'homme assis près de la porte, un certain Anton Krotz. Il avait pris un coup de vieux depuis que Byrne l'avait vu pour la dernière fois, quelques kilos aussi, et il était un peu plus musclé, mais aucun doute, c'était lui. Byrne reconnaissait le tatouage minutieux représentant un scarabée sur sa main droite. Il reconnaissait ses yeux de chien enragé.

Anton Krotz était un tueur de sang-froid. Son premier meurtre attesté avait été le résultat d'un braquage bâclé dans un supermarché du sud de Philly. Il avait abattu la caissière à bout portant pour trente-sept dollars. Ils l'avaient emmené au poste pour l'interroger, mais avaient dû le relâcher. Deux jours plus tard, il dévalisait une bijouterie de Center City et descendait le couple de propriétaires – une exécution pure et simple. Le meurtre avait été enregistré en vidéo. Une gigantesque chasse à l'homme avait quasiment paralysé la ville ce jour-là, mais Krotz était tout de même parvenu à passer à travers les mailles du filet.

Tandis que Gretchen revenait avec une tarte aux pommes entière, Byrne tendit lentement le bras vers son sac de voyage posé sur le tabouret d'à côté, l'ouvrit d'un air décontracté tout en observant Krotz du coin de l'œil. Il n'avait pas de radio, pas de téléphone portable. Pour le moment, il était seul. Et il ne pouvait pas interpeller seul un homme comme Krotz.

« Vous avez un téléphone à l'arrière ? » demanda doucement Byrne.

Gretchen s'arrêta de couper la tarte.

« Bien sûr, il y en a un dans le bureau. »

Byrne attrapa le stylo de la serveuse, écrivit un mot sur son carnet de commandes : « Appelez la police. Dites-leur qu'il me faut des renforts ici. Suspect : Anton Krotz. Besoin tireurs d'élite. Porte de derrière. Après avoir lu ça, riez. »

Gretchen lut le mot, s'esclaffa.

« Elle est bonne, dit-elle.

— Je savais qu'elle vous plairait. »

Elle regarda Byrne dans les yeux.

« J'ai oublié la chantilly, annonça-t-elle, suffisamment fort, mais pas trop. Attendez une seconde. »

Gretchen s'éloigna à une allure qui ne trahissait aucune urgence. Byrne but une gorgée de café. Krotz n'avait pas bougé. Byrne ne savait pas s'il l'avait reconnu ou non. Il l'avait interrogé pendant plus de quatre heures le jour où ils l'avaient amené au poste, et leur échange n'avait pas été des plus courtois. Ils en étaient même venus aux mains. Ce n'était pas le genre de chose qu'on oubliait.

Quoi qu'il en soit, il était hors de question que Byrne le laisse franchir cette porte. Si Krotz quittait le restaurant il disparaîtrait de nouveau, et une telle occasion ne se présenterait peut-être plus.

Trente secondes plus tard, Byrne regarda sur sa droite et vit Gretchen à travers le passe-plat qui donnait sur la cuisine. Son expression indiquait qu'elle avait passé le coup de fil. Byrne saisit son arme et la tint près de son flanc droit, hors du champ de vision de Krotz.

À cet instant, l'une des étudiantes poussa un cri strident que Byrne prit tout d'abord pour un cri d'angoisse. Il pivota sur son tabouret, regarda derrière lui. La fille était toujours au téléphone ; son cri avait dû être provoqué par quelque stupéfiante nouvelle de fac. Lorsque Byrne se tourna de nouveau, Krotz avait quitté son box.

Il avait un otage.

La femme qui était assise dans le box proche du sien. Il se tenait derrière elle, la ceinturant d'un bras, et collait un couteau de quinze centimètres contre sa gorge. La femme était menue, jolie, âgée de quarante ans peut-être. Elle portait un pull bleu marine, un jean, des bottes en daim. Elle avait une alliance. Son visage était un masque de terreur.

L'homme qui l'accompagnait était toujours assis dans le box, paralysé par la peur. Quelque part dans le restaurant un verre ou une tasse se fracassa par terre.

Le temps sembla ralentir tandis que Byrne se laissait glisser de son tabouret, braquant son arme.

« Ravi de vous revoir, inspecteur, lança Krotz à Byrne. Vous avez changé. Vous nous la jouez homme des bois ? »

Krotz avait le regard vitreux. *Méthamphétamine*, pensa Byrne. Il se rappela que Krotz se camait.

« Du calme, Anton, dit Byrne.

— *Matt !* » hurla la femme.

Krotz approcha le couteau de la jugulaire de celle-ci. « Ferme ta *gueule* ! »

Il commença à attirer la femme vers la porte. Byrne remarqua la sueur qui perlait sur le front de l'homme.

« Il n'y a aucune raison pour que quiconque soit blessé aujourd'hui, déclara Byrne. Reste calme.

— Personne ne va être blessé ?

— Non.

— Alors pourquoi vous me braquez avec ce pistolet, connard ?

— Tu sais comment c'est, Anton. »

Krotz regarda par-dessus son épaule, puis se tourna de nouveau vers Byrne et laissa un moment s'écouler.

« Vous allez abattre une petite nana mignonne devant toute la ville ? » Il caressa les seins de la femme. « Ça m'étonnerait. »

Byrne tourna la tête. Une poignée de badauds horrifiés regardaient maintenant à travers la vitre du restaurant. Ils étaient terrifiés, mais manifestement pas assez pour s'en aller. C'était la téléréalité qui venait à leur rencontre. Deux d'entre eux parlaient dans un téléphone portable. Les médias ne tarderaient pas à débarquer.

Byrne se planta fermement devant le suspect et l'otage. Il n'abaissa pas son arme.

« Parle-moi, Anton. Qu'est-ce que tu veux faire ?

— Quoi, genre, quand je serai grand ? »

Krotz éclata d'un rire sonore et strident. Ses dents grises étaient luisantes, noires aux racines. La femme se mit à sangloter.

« Je veux dire, comment tu vois la suite des événements ? demanda Byrne.

— Je veux sortir d'ici.

— Mais tu sais que ce n'est pas possible. »

Krotz ceintura plus fermement son otage. Byrne vit le tranchant aiguisé du couteau dessiner une fine ligne rouge sur la peau de la femme.

« Je ne vois pas comment vous allez négocier, inspecteur, rétorqua Krotz. Je crois que c'est *moi* qui ai le contrôle de la situation.

— Ça ne fait aucun doute, Anton.

— Dites-le.

— Quoi ? Dire quoi ?

— Ditcs : “Vous avez le contrôle, monsieur. ” »

Les mots étaient aussi amers que de la bile dans la gorge de Byrne, mais il n'avait pas le choix.

« Vous avez le contrôle, monsieur.

— C'est moche de ramper, pas vrai ? railla Krotz en s'approchant un peu plus de la porte. C'est ce que j'ai fait toute ma putain de *vie*.

— Eh bien, on pourra parler de ça plus tard, répondit Byrne. Pour le moment nous avons un problème à régler, non ?

— Oh, c'est le moins qu'on puisse dire.

— Alors, voyons si on peut trouver une solution sans qu'il y ait de blessés. Coopère, Anton. »

Krotz était à environ deux mètres de la porte. Même s'il n'était pas grand, il mesurait une tête de plus que la femme. Byrne l'avait dans sa ligne de tir. Son doigt caressait la détente. Il pouvait descendre Krotz. Une balle, en plein front, de la cervelle sur les murs. Ça irait à l'encontre de tous les principes, de toutes les règles du département, mais ça ne dérangerait sans doute pas trop la femme qui avait un couteau sur la gorge. Et c'était tout ce qui comptait vraiment.

Que foutent les renforts ?

« Vous savez aussi bien que moi que si je laisse tomber, j'aurai droit à la piqûre à cause des autres affaires, dit Krotz.

— Pas forcément.

— *Si !* » hurla Krotz. Il attira la femme un peu plus à lui. « Putain, ne mentez pas.

— Ce n'est pas un mensonge, Anton. Tout peut arriver.

— Ah ouais ? Comme quoi ? Peut-être que le juge va voir l'enfant en moi ?

— Allez, mec. Tu connais le système. Les témoins ont des trous de mémoire. Des dossiers sont rejetés par la cour. Ça arrive tout le temps. Aucune affaire n'est jugée d'avance. »

À cet instant une ombre apparut à la périphérie du

champ de vision de Byrne. Du côté gauche. Un tireur d'élite qui approchait doucement dans le couloir du fond, son fusil AR-15 levé. Krotz ne pouvait pas le voir. Le tireur croisa le regard de Byrne.

Si un tireur d'élite était sur les lieux, cela signifiait qu'un périmètre était en train d'être établi. Si Krotz arrivait à sortir du restaurant, il n'irait pas loin. Byrne devait arracher cette femme des mains de Krotz, et le couteau aussi.

« Je vais te dire, Anton, commença Byrne. Je vais poser mon arme, d'accord ?

— Voilà ce que je voulais entendre. Posez-la par terre et poussez-la vers moi.

— Je ne peux pas faire ça, répondit Byrne. Mais je vais la poser, puis je vais lever les mains au-dessus de ma tête. »

Byrne vit le tireur d'élite prendre position. Casquette à l'envers. Œil collé à la lunette. Prêt à faire feu.

Krotz parcourut quelques centimètres supplémentaires en direction de la porte.

« J'écoute, dit-il.

— Quand j'aurai fait ça, tu relâcheras la femme.

— Et après ?

— Après, on sortira tous les deux. » Byrne abaissa son arme. Il la posa par terre, plaça son pied dessus. « On parlera, OK ? »

Pendant un moment, Krotz sembla envisager cette proposition. Puis tout alla de travers aussi vite que ça avait commencé.

« Non, fit Krotz. Pas assez *fun*, tout ça ! »

Il attrapa les cheveux de la femme, tira sa tête en arrière et lui trancha la gorge. Son sang éclaboussa la moitié de la pièce. « *Non !* » hurla Byrne.

La femme s'effondra, sa gorge n'était plus qu'un grotesque sourire rouge. L'espace d'un instant, Byrne se sentit comme en état d'apesanteur, paralysé, comme si tout ce qu'il avait jamais appris et accompli n'avait servi à rien, comme si toute sa carrière n'avait été qu'un mensonge.

Krotz lui fit un clin d'œil.

« N'adorez-vous pas cette putain de *ville* ? »

Anton Krotz était sur le point de se ruer sur Byrne, mais avant qu'il ait pu faire un pas le tireur d'élite embusqué à l'arrière du restaurant fit feu. Deux balles s'enfoncèrent dans la poitrine de Krotz, le projetant en arrière, lui pulvérisant le torse dans une épaisse explosion cramoisie. Les détonations retentirent de façon assourdissante dans l'espace exigu du petit restaurant. Krotz passa à travers la vitrine qui vola en éclats et s'écroula sur le trottoir. Les badauds se dispersèrent. Deux tireurs d'élite postés devant le restaurant se précipitèrent sur Krotz qui gisait sur le dos, l'écrasèrent de leurs lourdes bottes, pointèrent leurs armes sur sa tête.

Le torse de Krotz se souleva une fois, deux fois, puis s'immobilisa, fumant dans l'air glacial de la nuit. Un troisième tireur d'élite arriva, prit son pouls. Il fit un signe. Le suspect était mort.

Les sens de l'inspecteur Kevin Byrne s'affolèrent. Il perçut une odeur de cordite, mêlée à celles du café et des oignons. Il vit le sang éclatant sur le carrelage. Il entendit le dernier éclat de verre tomber par terre, ainsi que des sanglots faibles. Il sentit la sueur lui glacer le dos dans le courant d'air froid qui provenait de la rue.

N'adorez-vous pas cette putain de ville ?

Quelques instants plus tard, une ambulance s'arrêta dans un crissement de pneus, le ramenant sur terre. Deux secouristes se ruèrent à l'intérieur du restaurant et prodiguèrent les premiers soins à la femme au sol. Ils tentèrent d'endiguer le saignement, mais il était trop tard. La femme et son assassin étaient tous les deux morts.

Nick Palladino et Eric Chavez – deux inspecteurs de la brigade criminelle – entrèrent en courant, arme à la main. Ils virent Byrne et le carnage, rengainèrent leurs armes. Chavez parla dans sa radio. Nick Palladino commença à établir une scène de crime.

Byrne se tourna vers l'homme qui s'était trouvé dans le box avec la victime. Celui-ci la regardait étendue par terre comme si elle était endormie, comme si elle allait se relever, comme s'ils allaient finir leur repas, payer la note et sortir dans la nuit pour admirer les décorations de Noël dans la rue. Byrne vit un petit pot de crème à moitié ouvert près de la tasse de la femme. Elle s'apprêtait à mettre de la crème dans son café, et cinq minutes plus tard elle était morte.

Byrne avait souvent été confronté à la douleur du deuil, mais rarement si tôt après un assassinat. Cet homme venait d'assister au meurtre sauvage de sa femme. Il s'était trouvé à quelques dizaines de centimètres d'elle. L'homme leva les yeux vers lui, et Byrne y lut une douleur bien plus profonde, bien plus sombre qu'il n'en avait jamais vu.

« Je suis désolé », dit Byrne, mais à l'instant même où les mots franchirent ses lèvres il se demanda pourquoi il les avait prononcés.

Il se demanda ce qu'il avait voulu dire exactement.

« Vous l'avez tuée », répliqua l'homme.

Byrne n'en crut pas ses oreilles. C'était comme s'il s'était pris un coup de poing au foie. Ces paroles n'avaient aucun sens.

« Monsieur, je...

— Vous... vous auriez pu l'abattre, mais vous avez hésité. J'ai tout vu. Vous auriez pu l'abattre et vous ne l'avez pas fait. »

L'homme se glissa hors du box. Il prit un moment, se ressaisit et s'approcha lentement de Byrne. Nick Palladino voulut s'interposer entre eux mais Byrne lui fit signe de ne pas intervenir. L'homme continua d'avancer. Il n'était plus qu'à quelques centimètres.

« C'est pas votre boulot ? demanda l'homme.

— Je vous demande pardon ?

— De nous *protéger* ? C'est pas ça votre boulot ? »

Byrne aurait voulu lui dire qu'il y avait bien une police, certes, mais que quand le diable sortait au grand jour, personne ne pouvait rien faire. Il aurait voulu lui dire que c'était justement à cause de sa femme qu'il n'avait pas appuyé sur la détente. Mais il était absolument incapable de trouver un seul mot pour exprimer tout ça.

« Laura, dit l'homme.

— Je vous demande pardon ?

— Elle s'appelait Laura. »

Avant que Byrne ait pu répondre quoi que ce soit l'homme projeta son poing en avant. C'était un coup désespéré, maladroit, dénué de puissance. Byrne le vit arriver au dernier moment et parvint à l'esquiver facilement. Mais les yeux de l'homme étaient si pleins de rage, de douleur, de chagrin, que Byrne regretta presque de ne pas s'être laissé frapper. Ç'aurait pu, sur le coup, les soulager tous les deux.

Avant que l'homme ait pu tenter de nouveau sa chance, Nick Palladino et Eric Chavez le saisirent et l'immobilisèrent. Il n'opposa aucune résistance, mais se mit à sangloter et devint inerte entre leurs mains.

« Lâchez-le, dit Byrne. Lâchez-le. »

L'unité d'élite remballa ses affaires vers 3 heures du matin. Une demi-douzaine d'inspecteurs de la brigade criminelle étaient venus témoigner leur soutien. Ils formaient un vague cercle autour de Byrne, le protégeant des médias, et aussi des grosses huiles.

Byrne avait fait sa déposition. Il était libre de partir. Pendant un moment, il ne sut où aller, où il voulait être. L'idée de se saouler ne lui disait rien, même si ça aurait pu effacer de son esprit les événements atroces de la soirée.

Tout juste vingt-quatre heures plus tôt, il était assis sur la terrasse froide et confortable d'une cabane dans les Poconos, les pieds posés sur la balustrade, avec un gobelet en plastique à demi rempli de whiskey Old Forrester. Maintenant deux personnes étaient mortes. C'était comme s'il avait apporté la mort avec lui.

L'homme s'appelait Matthew Clarke. Il avait quarante et un ans et était père de trois filles – Felicity, Tammy et Michele. Il travaillait comme courtier d'assurances pour une grande société nationale, était venu en ville avec sa femme pour rendre visite à leur fille aînée, qui était étudiante en première année à l'université de Temple. Ils avaient fait une halte au restaurant histoire de boire un café et de manger un gâteau au citron, la pâtisserie préférée de sa femme.

Elle s'appelait Laura.

Elle avait les yeux noisette.

Kevin Byrne avait le sentiment que ces yeux le hanteraient encore longtemps.

3

Deux jours plus tard

Le livre était posé sur la table. Il était constitué de carton et de papier inoffensifs, d'encre non toxique. Il possédait une jaquette, un numéro ISBN, un texte de présentation en quatrième de couverture, un titre au dos. Il était similaire en tout point à n'importe quel autre livre.

Sauf qu'il était différent.

L'inspecteur Jessica Balzano, dix ans d'ancienneté dans la police de Philadelphie, but une gorgée de café et regarda l'objet terrifiant. Elle s'était déjà retrouvée nez à nez avec divers assassins, agresseurs, violeurs, voyeurs, cambrioleurs et autres citoyens modèles ; elle avait un jour plongé le regard dans le canon d'un 9 mm pointé sur elle à bout portant. Elle avait cogné et s'était fait cogner par divers escrocs, fumiers, cinglés, voyous, gangsters ; avait pourchassé des psychopathes dans des allées sombres ; avait un jour été menacée par un homme brandissant une perceuse sans fil.

Et pourtant le livre posé sur la table de la salle à manger l'effrayait plus que tout le reste combiné.

Jessica n'avait rien contre les livres. Bien au contraire.

En règle générale, elle les adorait. D'ailleurs, rares étaient les jours où elle n'avait pas un livre de poche dans son sac à main pour occuper les temps morts inhérents au boulot. Les livres étaient formidables. Sauf que celui-ci – le livre rouge et jaune, coloré et gai, posé sur la table de sa salle à manger, le livre dont la couverture était ornée d'une ménagerie d'animaux de bande dessinée souriants – appartenait à sa fille, Sophie.

Ce qui signifiait que sa fille allait à l'école.

Pas la maternelle, que Jessica n'avait jamais considérée que comme une vulgaire crèche. La vraie école. *La primaire.* Certes, ce n'était que la journée de prise de contact avant que les choses sérieuses ne commencent à l'automne prochain, mais tous les accessoires étaient déjà là. Sur la table. Devant elle. Livre, déjeuner, manteau, moufles, trousse.

L'école.

Sophie sortit de sa chambre habillée et pomponnée pour sa première journée officielle dans le monde des études. Elle portait une jupe plissée en accordéon bleu marine et un pull ras du cou, une paire de chaussures à lacets, un béret et une écharpe en laine assortis. Elle ressemblait à une Audrey Hepburn miniature.

Jessica en avait la nausée.

« Ça va, m'man ? demanda Sophie, et elle se glissa sur sa chaise.

— Bien sûr, ma puce, mentit Jessica. Pourquoi ça n'irait pas ? »

Sophie haussa les épaules.

« Tu as été triste toute la semaine.

— Triste ? Quelle raison aurais-je d'être triste ?

— Tu es triste parce que je vais à l'école. »

Mon Dieu, pensa Jessica. *J'ai une psy de cinq ans à la maison.* « Je ne suis pas triste, ma chérie.

— Les enfants vont à l'école, m'man. On en a déjà parlé. »

Oui, on en a parlé, ma fille adorée. Sauf que je n'ai rien entendu. Je n'ai rien entendu parce que tu es juste un bébé. Mon bébé. Une petite chose minuscule, sans défense et aux doigts roses qui a besoin de sa maman pour tout.

Sophie se versa des céréales, ajouta du lait. Elle plongea sa cuiller dans son bol.

« Bonjour, mes adorables demoiselles », lança Vincent comme il entrait dans la cuisine en nouant sa cravate.

Il planta un baiser sur la joue de Jessica, un autre au sommet du béret de Sophie.

Le mari de Jessica était toujours joyeux le matin. Il était maussade presque tout le reste du temps, mais le matin, c'était un rayon de soleil. Exactement le contraire de sa femme.

Vincent Balzano était inspecteur dans l'unité nord de la brigade des stupéfiants. Il était svelte et musclé et demeurait l'homme le plus incroyablement sexy que Jessica avait jamais connu – cheveux bruns, yeux caramel, longs cils. Ce matin-là, ses cheveux étaient encore mouillés, tirés en arrière au-dessus de son large front. Il portait un costume d'un bleu sombre.

Au cours de leurs six années de mariage, ils avaient connu des passes difficiles – dont une séparation de près de six mois – mais ils étaient de nouveau ensemble et tout se déroulait à merveille. Les mariages entre flics étaient extrêmement rares. Du moins ceux qui fonctionnaient.

Vincent se versa une tasse de café, s'assit à la table. « Laisse-moi te regarder », dit-il à Sophie.

Celle-ci bondit de sa chaise, se tint raide devant son père. « Retourne-toi », dit-il.

Elle pivota sur place, prit la pose, gloussant, main sur la hanche.

« Sexy, fit Vincent.

— Se-xy ! répéta Sophie en écho.

— Alors, dites-moi quelque chose, jeune demoiselle.

— Quoi ?

— Comment avez-vous fait pour devenir si jolie ?

— Ma maman est jolie. »

Ils se tournèrent tous deux vers Jessica, comme ils le faisaient chaque fois qu'elle avait un petit coup de cafard.

Oh, mon Dieu, pensa Jessica. Elle avait la sensation que sa poitrine allait exploser. Sa lèvre inférieure tremblait.

« Oui, c'est vrai, dit Vincent. Une des deux plus jolies filles du monde.

— C'est qui l'autre ? » demanda Sophie.

Vincent lui fit un clin d'œil.

« Papa ! lâcha Sophie.

— Finissons notre petit déjeuner. »

Sophie se rassit. Vincent but une gorgée de café.

« As-tu hâte de visiter l'école ?

— Oh, oui, répondit Sophie en engloutissant une cuillerée de céréales imbibées de lait.

— Où est ton cartable ? »

Sophie cessa de mâcher. Comment aurait-elle pu passer cette journée sans cartable? C'était l'élément indispensable. Deux semaines plus tôt ils en avaient essayé plus d'une douzaine, optant finalement pour un modèle à l'effigie de la poupée Charlotte aux fraises. Pour Jessica, ç'avait été comme voir Paris Hilton à un défilé de Jean-Paul Gaultier. Une minute plus tard, Sophie termina ses céréales, mit son bol dans l'évier et fila dans sa chambre.

Vincent porta alors son attention sur sa femme soudain fragilisée, cette même femme qui avait un jour démoli une petite frappe dans un bar de Port Richmond sous prétexte qu'il lui avait passé le bras autour de la taille, la femme qui avait un jour combattu quatre rounds victorieux sur ESPN2 contre une nana monstrueuse de

Cleveland, Ohio, un paquet de muscles de dix-neuf ans surnommé « Parpaing » Jackson.

« Approche, mon gros bébé », dit-il.

Jessica traversa la pièce. Vincent lui fit signe de venir s'asseoir sur ses genoux, ce qu'elle fit.

« Quoi ? demanda-t-elle.

— Tu as du mal à encaisser le coup, pas vrai ?

— Non. »

Jessica sentit les émotions remonter, un charbon ardent brûlant derrière son sternum. Comme grosse brute de flic, on faisait mieux !

« Je croyais que c'était juste une journée d'orientation, dit Vincent.

— Oui. Mais ça va l'orienter vers l'*école*.

— Je pensais que c'était le but de l'opération.

— Elle n'est pas prête à y aller.

— Première nouvelle, Jess.

— Quoi ?

— Bien sûr qu'elle est prête à aller à l'école.

— Oui mais… mais ça signifie qu'elle sera bientôt prête à se maquiller, à passer son permis, à sortir avec des garçons et…

— Quoi, en première année de primaire ? »

C'était évident. Nom d'un chien, elle voulait un autre enfant. Elle y pensait depuis qu'elle avait franchi le cap de la trentaine. La plupart de ses amies en étaient à leur troisième mouflet. Et chaque fois qu'elle voyait un bébé emmailloté dans une poussette, ou dans un sac kangourou, ou sur un siège de voiture, ou même dans une stupide pub télé pour Pampers, elle ressentait le même pincement au cœur.

« Serre-moi fort », demanda Jessica.

Vincent la prit dans ses bras. Elle avait beau être coriace – outre son métier d'agent de police, elle était aussi boxeuse professionnelle, sans parler du fait qu'elle était un pur produit du sud de Philly –, elle ne se sentait jamais plus en sécurité qu'entre ses bras.

Elle s'écarta, regarda son mari dans les yeux et l'embrassa. Un baiser intense et sérieux qui semblait dire : faisons un bébé.

« Eh ben ! s'exclama Vincent, la bouche tachée de rouge à lèvres. On devrait l'envoyer plus souvent à l'école.

— Il ne s'agissait pas que de ça, inspecteur », répliqua-t-elle.

Elle avait dit ça d'un ton un peu trop aguicheur pour 7 heures du matin. Vincent était, après tout, italien. Elle tenta de se relever. Il l'attira de nouveau à lui, l'embrassa encore, et ils se tournèrent tous les deux vers l'horloge murale.

Le bus de Sophie arrivait cinq minutes plus tard. Après quoi, Jessica disposait d'une heure avant de retrouver son équipier.

Plus de temps qu'il n'en fallait.

Kevin Byrne avait été en congé huit jours seulement, et même si Jessica avait amplement eu de quoi s'occuper, cette semaine sans lui lui avait paru durer une éternité. Il était censé revenir trois jours plus tôt, mais il y avait eu cet atroce incident dans le restaurant. Elle avait lu les comptes rendus dans l'*Inquirer* et le *Daily News*, consulté les rapports officiels. Un scénario cauchemardesque pour n'importe quel flic.

Byrne avait été brièvement suspendu. Il y aurait un rapport d'enquête dans un ou deux jours. Kevin et elle n'avaient pas encore abordé le sujet en profondeur.

Ils le feraient.

Lorsqu'elle tourna au coin de la rue, elle le vit qui se tenait près du café, deux gobelets entre les mains. Leur première étape de la journée serait la scène d'un crime vieux de dix ans à Juanita Park – là où un double meurtre lié à une affaire de drogue avait eu lieu en 1997 – puis ils iraient interroger un vieil homme qui était un témoin potentiel. On leur avait attribué une affaire non résolue et ils reprenaient l'enquête de zéro.

La brigade criminelle comportait trois sections – l'unité de ligne, qui s'occupait des nouvelles affaires, l'unité des fugitifs, qui traquait les suspects recherchés, et l'unité des enquêtes spéciales, qui, entre autres, gérait les affaires non résolues. Les affectations des inspecteurs étaient en général immuables, mais quand ça chauffait, ce qui n'était que trop fréquent à Philly, les inspecteurs de n'importe quelle équipe pouvaient se retrouver affectés à l'unité de ligne.

« Excusez-moi, j'étais censée retrouver mon équipier ici, dit Jessica. Un grand type bien rasé. Avec une allure de flic. Est-ce que vous l'auriez vu ?

— Quoi, la barbe ne vous plaît pas ? protesta Byrne en lui tendant un gobelet. J'ai passé une heure à la sculpter.

— Sculpter ?

— Eh bien, vous savez, à en tailler les bords pour qu'elle n'ait pas l'air trop hirsute.

— Ah.

— Qu'est-ce que vous en dites ? »

Jessica se pencha en arrière, le dévisagea.

« Eh bien, pour être honnête, je trouve que ça vous donne l'air…

— Distingué ? »

Elle allait dire d'*un clodo*.

« Oui. Exactement. »

Byrne caressa sa barbe. Elle n'avait pas encore fini de pousser, mais Jessica pouvait voir qu'elle serait quasiment grise. Tant qu'il ne se mettait pas à la teindre, elle pourrait certainement s'en accommoder.

Comme ils se dirigeaient vers la Taurus, le téléphone

portable de Byrne sonna. Il l'ouvrit, écouta, sortit son carnet, prit quelques notes. Il consulta sa montre.

« Vingt minutes, dit-il avant de replier son téléphone et de l'enfoncer dans sa poche.

— Boulot ? demanda Jessica.

— Boulot. »

L'affaire non résolue le resterait un peu plus longtemps. Ils continuèrent de remonter la rue. Après avoir longé un pâté de maisons, Jessica rompit le silence.

« Ça va ? demanda-t-elle.

— Moi ? Oh, oui, répondit Byrne. Je me porte comme un charme. Ma sciatique fait un peu des siennes, mais à part ça, ça va.

— Kevin.

— Je vous assure, je suis en pleine forme, insista Byrne. Croix de bois, croix de fer. »

Il mentait, mais c'était ce que faisaient les amis quand ils voulaient que vous sachiez la vérité.

« On en parlera plus tard ? demanda Jessica.

— On en parlera, répondit Byrne. Au fait, et vous, qu'est-ce qui vous rend si heureuse ?

— J'ai l'air heureuse ?

— Disons qu'avec une tête pareille vous pourriez ouvrir une boutique de sourires dans le New Jersey.

— Je suis juste contente de retrouver mon équipier.

— C'est ça », fit Byrne en grimpant dans la voiture.

Jessica fut bien obligée de rire en se rappelant ses ébats débridés du matin. Son équipier la connaissait bien.

4

La scène de crime était située dans un bâtiment commercial condamné à Manayunk, une zone du nord-ouest de Philly, sur la rive est de la rivière Schuylkill. Depuis maintenant quelque temps le secteur semblait en constante voie de réaménagement et d'embourgeoisement, et ce quartier anciennement peuplé par les ouvriers des filatures et des usines accueillait désormais les classes moyennes. Manayunk signifiait, dans la langue des Indiens Lenape, « l'endroit où nous buvons », et au cours de la dernière décennie, les pubs, restaurants et boîtes de nuit animés qui jonchaient Main Street – en quelque sorte la réponse de Philadelphie à Bourbon Street – avaient fait leur possible pour rendre justice à ce nom ancestral.

En remontant Flat Rock Road, Jessica et Byrne virent deux véhicules de patrouille qui sécurisaient le site. Ils se garèrent sur le parking, descendirent de voiture. Le policier en uniforme qui se trouvait sur les lieux était l'agent Michael Calabro.

Celui-ci les salua d'un « Bonjour, inspecteurs », et leur tendit le registre de la scène de crime qu'ils signèrent tous deux.

« Qu'est-ce qu'on a, Mike ? » demanda Byrne.

Calabro était aussi pâle qu'un ciel de décembre. Âgé d'une quarantaine d'années, trapu et costaud, c'était un agent chevronné que Jessica connaissait depuis presque dix ans et qui ne se laissait pas facilement démonter. De fait, il souriait d'ordinaire à tout le monde, même aux brutes qu'il rencontrait dans la rue. S'il était si secoué que ça, ça s'annonçait mal.

Il s'éclaircit la voix.

« Femme. Morte à notre arrivée. »

Jessica regagna la rue, examina la façade du vaste bâtiment à deux niveaux et ses alentours immédiats : un terrain vague de l'autre côté de la rue près duquel se trouvait une taverne que jouxtait un entrepôt. Le bâtiment était carré, massif, recouvert de briques d'un brun sale et de plaques de contreplaqué gorgées d'eau. Chaque centimètre de bois disponible était barbouillé de graffitis. La porte de devant était fermée au moyen de chaînes et de cadenas rouillés. Au niveau du toit se trouvait une énorme pancarte « À louer. Delaware Investment Properties, Inc. » Jessica nota le numéro de téléphone, retourna vers l'arrière du bâtiment. Le vent soufflait sur le parking comme une multitude de petits couteaux aiguisés.

« Une idée du genre d'entreprises qui se trouvait là ? demanda-t-elle à Calabro.

— Diverses sociétés, répondit-il. Quand j'étais adolescent, c'était un grossiste en pièces automobiles. Le petit copain de ma sœur y travaillait. Il nous vendait des pièces sous le manteau.

— Qu'est-ce que vous conduisiez à cette époque ? » demanda Byrne.

Jessica vit un sourire poindre sur les lèvres de Calabro. C'était toujours la même chose lorsque les hommes parlaient de leurs voitures de jeunesse.

« Une Trans-Am de 76.

— Non ! s'exclama Byrne.

— Si. Un ami de mon cousin s'est planté avec en 85 et je l'ai eue pour une bouchée de pain quand j'ai eu dix-huit ans. J'ai mis quatre ans à la restaurer.

— La 455 ?

— Oh, oui, répondit Calabro. Noir nuit, avec le toit ouvrant.

— Sympa, fit Byrne. Et après combien d'années de mariage avez-vous été forcé de la vendre ? »

Calabro s'esclaffa.

« Juste à la sortie de l'église. »

Jessica vit Calabro se détendre considérablement. Elle n'avait jamais connu personne d'aussi doué que Kevin Byrne pour mettre les gens à l'aise, leur faire oublier les horreurs qui peuvent les hanter au cours de leur boulot. Mike Calabro en avait déjà vu un paquet, mais ça ne signifiait pas que la prochaine horreur le laisserait de marbre. Ni la suivante. Telle était la vie d'un agent en uniforme. À chaque coin de rue votre vie pouvait basculer à jamais. Jessica ne savait pas encore ce qu'ils allaient trouver à l'intérieur, mais elle savait que Kevin Byrne avait juste rendu la journée de cet homme un peu plus supportable.

Un parking en L s'étirait derrière le bâtiment, puis descendait en pente douce vers la rivière ; un parking qui avait à une époque été totalement clôturé par un grillage. Celui-ci avait depuis longtemps été cisaillé, plié, torturé. D'énormes sections manquaient. Le sol était partout jonché de sacs-poubelle, de pneus et de détritus divers.

Avant que Jessica ait le temps de se renseigner sur la victime, une Ford Taurus noire, identique à leur voiture de service, pénétra dans le parking et s'immobilisa. Jessica ne reconnut pas l'homme au volant. Quelques instants plus tard, celui-ci descendit de son véhicule et s'approcha d'eux.

« Êtes-vous l'inspecteur Byrne ? demanda-t-il.

— Oui, répondit Byrne. Et vous êtes ? »

L'homme porta la main à sa poche revolver, en tira une plaque dorée.

« Inspecteur Joshua Bontrager, dit-il. Criminelle. »

Il afficha un grand sourire, le rouge lui montait aux joues.

Bontrager devait avoir dans les trente ans, mais il faisait beaucoup plus jeune. Un mètre quatre-vingts, mince, ses cheveux qui devaient être blonds en été avaient pris les nuances ternes de décembre, ils étaient coupés relativement court, hérissés, mais pas à la façon des magazines de mode. Quelque chose en lui évoquait la campagne broussailleuse, la Pennsylvanie rurale, et trahissait des études financées par une bourse dans une université d'État. Il serra la main de Byrne, puis celle de Jessica.

« Vous devez être l'inspecteur Balzano, déclara-t-il.

— Ravie de vous rencontrer », répondit Jessica.

Les yeux de Bontrager allaient de l'un à l'autre.

« C'est vraiment, vraiment, vraiment… *génial.* »

À défaut d'autre chose, l'inspecteur Bontrager avait de l'énergie et de l'enthousiasme à revendre. Avec toutes les compressions de personnel, les départs en retraite et les blessures des inspecteurs – sans parler du nombre d'homicides qui grimpait en flèche –, ça faisait plaisir de voir une nouvelle tête dans la brigade. Même si ce type semblait tout droit débarqué de sa campagne.

« C'est le sergent Buchanan qui m'envoie, expliqua Bontrager. Est-ce qu'il vous a appelé ? »

Ike Buchanan était leur patron, le commandant du service de jour de la brigade criminelle.

« Heu, non, répondit Byrne. Vous avez été affecté à la criminelle ?

— Temporairement, dit Bontrager. Je vais travailler avec vous et deux autres équipes, en alternance. Du moins jusqu'à ce que les choses, vous savez, se calment un peu. »

Jessica inspecta minutieusement la tenue de Bontrager. Sa veste de costume était d'un bleu sombre et son pantalon noir, comme s'il avait assemblé deux éléments de deux mariages différents ou s'était habillé dans le noir. Sa cravate rayée en soie artificielle devait dater de l'administration Carter. Ses chaussures étaient usées mais robustes, récemment ressemelées, fermement lacées.

« Que voulez-vous que je fasse ? »

L'expression de Byrne ne laissait aucun doute sur la réponse : *Foutez le camp.*

« Si je peux me permettre, où étiez-vous avant d'être affecté à la criminelle ? demanda Byrne.

— À la police de la route.

— Combien de temps avez-vous passé là-bas ?

— Huit ans », répondit Bontrager, torse bombé, menton relevé.

Jessica songea à regarder Byrne, mais elle ne pouvait pas. Impossible.

« Donc, fit Bontrager en se frottant les mains pour les réchauffer, qu'est-ce que je peux faire ?

— Pour le moment nous devons nous assurer que la scène est sécurisée », dit Byrne. Il désigna l'autre bout du bâtiment, près de la courte allée qui se trouvait au côté nord de la propriété. « Si vous pouviez sécuriser ce point d'entrée, ça nous aiderait grandement. Nous ne voulons pas que des gens pénètrent dans la propriété et brouillent les indices. »

Pendant une seconde, Jessica crut que Bontrager allait faire le salut militaire.

« J'y vais de ce pas », dit-il.

Sur ce, l'inspecteur Joshua Bontrager traversa le terrain pratiquement au pas de course.

Byrne se tourna vers Jessica.

« Il a quoi, dix-sept ans ?

— Il va bientôt les avoir.

— Vous avez remarqué qu'il ne porte pas de manteau ?

— Oui. »

Byrne jeta un coup d'œil à l'agent Calabro. Les deux hommes haussèrent les épaules d'un air dubitatif, puis Byrne désigna le bâtiment du doigt.

« La victime est au rez-de-chaussée ?

— Non, monsieur, répondit Calabro, qui se tourna et pointa le doigt en direction de la rivière.

— Elle est dans la rivière ? demanda Byrne.

— Sur la rive. »

Jessica jeta un coup d'œil vers la rivière. La pente s'éloignait d'eux et ils ne voyaient pas la berge. À travers les quelques arbres décharnés de ce côté-ci, elle pouvait distinguer l'autre rive, les voitures sur la voie express Schuylkill. Elle se tourna de nouveau vers Calabro.

« Avez-vous inspecté les alentours immédiats ?

— Oui, répondit-il.

— Qui l'a découverte ? demanda-t-elle.

— Coup de téléphone anonyme.

— Quand ? »

Calabro consulta le registre.

« Il y a environ une heure et quinze minutes.

— Le bureau du légiste a-t-il été alerté ? demanda Byrne.

— Ils sont en route.

— Bon travail, Mike. »

Avant de se diriger vers la rivière, Jessica prit quelques photos de l'extérieur du bâtiment. Elle photographia aussi les deux véhicules abandonnés qui se trouvaient sur le parking. Le premier, une Chevrolet de taille moyenne vieille de vingt ans ; l'autre, une camionnette Ford rongée par la rouille. Ni l'un ni l'autre n'avaient de plaques d'immatriculation. On recensait chaque jour des centaines de voitures délabrées à Philadelphie. Parfois, il semblait même y en avoir des milliers. Chaque fois qu'un candidat voulait se faire élire à la mairie ou au conseil municipal, une de ses promesses de campagne était de débarrasser la ville de ses voitures abandonnées et de démolir les bâtiments en ruine. Mais ça restait toujours à l'état de promesse.

Elle prit quelques photos supplémentaires. Lorsqu'elle eut fini, les deux inspecteurs enfilèrent des gants de latex.

« Prête ? demanda Byrne.

— Allons-y. »

Ils marchèrent jusqu'au bout du parking. À cet endroit, le sol descendait en pente douce vers la terre tendre de la rive. Comme la Schuylkill n'était pas une rivière exploitée – presque tout le trafic commercial empruntait la Delaware – elle comportait peu de docks à proprement parler, mais il y avait quelques petites jetées de pierres, de rares et étroits embarcadères flottants. Lorsqu'ils atteignirent l'extrémité de l'asphalte, ils virent la tête de la victime, puis ses épaules, et son corps.

« Ah, bon Dieu », lâcha Byrne.

C'était une jeune femme blonde, âgée de vingt-cinq ans peut-être. Elle était juchée sur une courte jetée en pierres, avait les yeux grands ouverts. Elle semblait simplement assise au bord de la rivière, la regardant s'écouler.

Il ne faisait aucun doute qu'elle avait été très jolie. Mais son visage était désormais d'un gris spectral et blafard, sa peau exsangue avait déjà commencé à se fendre et craquer sous les attaques du vent. Elle ne portait ni manteau, ni gants, ni chapeau, juste une longue robe d'un rose cendré qui paraissait très ancienne et évoquait des temps depuis longtemps révolus. Celle-ci descendait plus bas que ses pieds, touchant presque l'eau. La jeune femme semblait être là depuis un bon moment. Il y avait quelques signes de décomposition, mais pas autant que s'il avait fait chaud. Une odeur de chair en décomposition flottait néanmoins dans l'air, même à trois mètres de distance.

Une ceinture de nylon, nouée à l'arrière, ceignait le cou de la jeune femme.

Jessica voyait que certaines parties exposées de la victime étaient recouvertes d'une fine pellicule de glace, conférant au cadavre un éclat surnaturel et artificiel. Il avait plu la veille, puis la température avait chuté.

Elle prit quelques photos supplémentaires, s'approcha. Elle ne bougerait pas le cadavre tant que le médecin légiste n'aurait pas fait ses premières constatations, mais il était essentiel de l'examiner tout de suite pour pouvoir entamer leur enquête au plus vite. Tandis que Byrne longeait la clôture du parking, Jessica s'agenouilla près du corps.

La robe de la victime était clairement beaucoup trop grande pour son corps svelte. Elle comportait des manches longues, un col en dentelle amovible, ainsi que des plis couchés aux poignets. À moins que Jessica ne soit passée à côté de la dernière mode – ce qui était fort possible –, elle n'imaginait pas cette femme se baladant à Philadelphie, en plein hiver, dans un tel accoutrement.

Elle examina les mains de la victime. Pas de bagues. Pas de durillons non plus, ni de cicatrices ou de coupures. La jeune femme n'était pas une travailleuse manuelle. Aucun tatouage de visible.

Jessica recula de quelques pas et prit une photo de la position de la femme par rapport à la rivière. C'est alors qu'elle remarqua ce qui ressemblait à une goutte de sang près du revers de la robe. Une seule goutte. Elle s'accroupit, saisit son stylo, souleva l'avant de la robe et fut complètement prise au dépourvu.

« Oh, mon Dieu ! » s'écria-t-elle.

Elle eut un mouvement de recul soudain et faillit basculer dans l'eau, s'agrippa à la terre, s'assit brutalement.

En entendant son cri, Byrne et Calabro arrivèrent en courant.

« Qu'est-ce qu'il y a ? » demanda Byrne.

Jessica aurait voulu leur expliquer, mais les mots

se coinçaient dans sa gorge. Elle avait vu un paquet d'horreurs depuis qu'elle était dans la police – de fait, elle croyait sincèrement pouvoir tout encaisser – et elle était d'ordinaire blindée contre les diverses atrocités qui constituaient le lot quotidien de tout inspecteur à la criminelle. La vue de cette jeune femme, dont la chair était déjà la proie des éléments, était assez moche. Mais ce que Jessica avait vu en soulevant la robe de la victime n'avait fait qu'accroître sa révulsion.

Elle laissa passer un moment, se pencha en avant, et souleva une fois de plus le revers de la robe. Byrne s'accroupit, inclina la tête. Et il détourna immédiatement le regard.

« Merde, fit-il en se relevant. *Merde !* »

Outre le fait qu'elle avait été étranglée et abandonnée sur une rive glaciale, la victime avait eu les pieds amputés. Et l'amputation, précise et chirurgicale, juste au-dessus des chevilles, semblait récente. Les plaies avaient été grossièrement cautérisées, mais les ecchymoses traumatiques provoquées par l'excision recouvraient la moitié des jambes pâles et gelées de la victime.

Jessica baissa les yeux vers l'eau en contrebas, puis son regard suivit le courant sur quelques mètres. Aucun morceau de corps de visible. Elle se tourna vers Mike Calabro, qui enfonça les mains dans ses poches et regagna lentement l'entrée de la scène de crime. Il n'était pas inspecteur. Inutile qu'il reste. Jessica croyait avoir aperçu des larmes dans ses yeux.

« Je vais demander au légiste et à la police scientifique de se magner », dit Byrne.

Il prit son téléphone portable, s'éloigna de quelques pas. Jessica savait qu'à chaque seconde qui s'écoulait avant que la police scientifique ne sécurise la scène, des indices précieux risquaient de disparaître.

Elle examina minutieusement ce qui était plus que probablement l'arme du crime. La ceinture autour du cou de la victime mesurait à peu près huit centimètres de large et semblait constituée d'un nylon fermement tressé qui n'était pas sans rappeler le matériel utilisé pour fabriquer les ceintures de sécurité. Elle prit une photo du nœud en gros plan.

Le vent tourna, glacial. Jessica s'arc-bouta, attendit que ça passe. Avant de s'éloigner, elle se força à examiner attentivement une dernière fois les jambes de la jeune femme. Les incisions semblaient nettes, comme si elles avaient été effectuées au moyen d'une scie très aiguisée, et elle espérait que les amputations avaient été accomplies *post mortem*. Elle regarda de nouveau le visage de la victime. Un lien les unissait maintenant, elle et la jeune femme. Jessica avait travaillé sur un certain nombre d'enquêtes depuis qu'elle était à la criminelle, et elle était à jamais liée à chacune des victimes. Elle n'oublierait jamais comment la mort les avait frappées, et comment elles avaient silencieusement réclamé justice.

Juste après 9 heures, le docteur Thomas Weyrich arriva accompagné de son photographe, qui se mit immédiatement à prendre une multitude de clichés. Quelques minutes plus tard, Weyrich déclara la mort de la victime. Les inspecteurs reçurent le feu vert pour débuter leur enquête. Ils se réunirent au sommet de la pente.

« Bon sang, dit Weyrich. Joyeux Noël, hein ?

— Ouais », fit Byrne.

Weyrich alluma une Marlboro, tira longuement dessus. Ça faisait un bout de temps qu'il officiait à la morgue. Mais même pour lui, ce meurtre sortait de la routine quotidienne.

« Elle a été étranglée ? demanda Jessica.

— Au moins ça », répondit Weyrich. Il ne voulait pas dénouer la ceinture de nylon tant qu'ils n'auraient pas rapporté le corps en ville. « Il y a des signes d'hémorragie pétéchiale dans les yeux. Je n'en saurai pas plus tant qu'elle ne sera pas sur ma table.

— Elle est ici depuis combien de temps ? demanda Byrne.

— Je dirais au moins quarante-huit heures, ou dans ces eaux-là.

— Et ses pieds ? *Ante* ou *post mortem* ?

— Je n'en saurai rien tant que je n'aurai pas examiné les blessures, mais étant donné le peu de sang qu'il y a sur la scène, je pense qu'elle était morte quand on l'a amenée ici, et que l'amputation a eu lieu ailleurs. Si elle était vivante, il aurait fallu l'attacher, et je ne vois aucune trace de ligatures sur ses jambes. »

Jessica regagna la rive. Il n'y avait pas de traces de pas sur le sol verglacé aux abords de la rivière, pas d'éclaboussures ni de traînées de sang. Les minces filets de sang provenant des jambes de la victime avaient dessiné sur le mur de pierres moussues deux minces volutes d'un écarlate intense. Jessica regarda de l'autre côté de la rivière. La jetée n'était que partiellement visible depuis la voie express, ce qui pouvait expliquer pourquoi personne n'avait téléphoné pour signaler une femme assise immobile sur une rive glaciale depuis deux jours. La victime était passée inaperçue – ou du moins était-ce ce que Jessica voulait croire. Elle ne voulait surtout pas s'imaginer que les gens de sa ville avaient vu une femme assise dans un froid de canard et étaient restés sans rien faire.

Ils devaient identifier la jeune femme au plus vite. Ils commenceraient par passer au crible le parking, les abords de la rivière et la zone entourant le bâtiment – tout en prospectant les sociétés et les résidences avoisinantes des deux côtés de la rivière – mais avec une scène de crime aussi minutieusement conçue que celle-ci, il était peu probable qu'ils trouvent dans les parages un portefeuille abandonné avec une pièce d'identité à l'intérieur.

Jessica s'accroupit derrière la victime. La façon dont celle-ci avait été positionnée lui évoqua une marionnette dont les fils auraient été coupés et qui se serait tout simplement affalée par terre – les bras et les jambes attendant d'être de nouveau reliés, ranimés, ramenés à la vie.

Elle examina les ongles de la jeune femme. Ils étaient courts mais propres, recouverts d'un vernis transparent. Ils les analyseraient pour voir s'il y avait quoi que ce soit de coincé dessous, mais à l'œil nu il semblait que non. Les détectives devinaient cependant que cette jeune femme n'était ni sans abri, ni indigente. Sa peau et ses cheveux semblaient propres et bien entretenus.

Ce qui signifiait qu'elle aurait dû se trouver quelque part. Qu'elle manquait à quelqu'un. Qu'il y avait un puzzle à Philadelphie, ou ailleurs, dont cette femme était la pièce manquante.

Mère. Fille. Sœur. Amie.

Victime.

5

Le vent tourbillonne autour de la rivière, tournoyant le long des rives gelées, charriant avec lui les secrets profonds de la forêt. Lune dessine mentalement le souvenir de ce moment. Il sait que, au bout du compte, les souvenirs sont tout ce qu'il nous reste.

Lune se tient non loin, observant l'homme et la femme. Ils sondent, calculent, prennent des notes dans leurs carnets. L'homme est grand et puissant. La femme est svelte, jolie, intelligente.

Mais lui aussi est intelligent.

L'homme et la femme ont beau voir bien des choses, ils ne voient pas ce que voit Lune. Chaque nuit la lune revient et raconte ses voyages à Lune. Chaque nuit Lune peint une image mentale. Chaque nuit une nouvelle histoire est racontée.

Lune regarde vers le ciel. Le soleil froid se cache derrière les nuages. Lui aussi est invisible.

L'homme et la femme vaquent à leurs occupations – rapides et aussi précis que des mécanismes d'horlogerie. Ils ont trouvé Karen. Bientôt ils découvriront les chaussures rouges, et ce conte sera achevé.

Il y a de nombreux autres contes.

6

Debout au bord de la route, Jessica et Byrne attendaient l'arrivée de la police scientifique. Ils n'étaient qu'à quelques dizaines de centimètres l'un de l'autre, mais chacun était perdu dans ses réflexions. L'inspecteur Bontrager gardait toujours consciencieusement l'entrée de la propriété. Mike Calabro se tenait près de la rivière, le dos tourné à la victime.

Pour l'essentiel, la vie d'un inspecteur de la criminelle dans une importante zone urbaine consistait à enquêter sur des meurtres simples – règlements de comptes entre gangs, querelles domestiques, bagarres de bar qui dégénéraient, vols qui tournaient mal. Bien sûr, chacun de ces crimes était unique pour les victimes et leurs familles, et les inspecteurs devaient constamment garder ce fait à l'esprit. Si vous preniez les choses avec hauteur, si vous n'arriviez plus à prendre en compte le chagrin et la douleur des autres, il était temps de passer la main. À Philadelphie, il n'y avait pas d'unités criminelles divisionnaires. Toutes les enquêtes sur les morts suspectes étaient centralisées en un seul lieu, la brigade criminelle située à la Rotonde. Quatre-vingts inspecteurs qui faisaient les trois-huit sept jours sur sept. Philly était constituée de plus de cent quartiers, et bien souvent, en fonction de l'endroit où la victime était découverte, un inspecteur expérimenté pouvait quasiment prédire les circonstances, le mobile, parfois même l'arme du crime. Il y avait très peu de surprises.

Cette fois-ci, c'était différent. Le meurtre trahissait une certaine cruauté, une brutalité d'une intensité que Jessica et Byrne avaient rarement connue.

Une camionnette d'alimentation était garée sur le terrain vague qui faisait face à la scène de crime. Il n'y avait qu'un client. Les deux inspecteurs traversèrent Flat Rock Road en sortant leurs carnets. Tandis que Byrne interrogerait le vendeur, Jessica parlerait au client. Celui-ci avait une vingtaine d'années, portait un jean et un sweat-shirt à capuche, un bonnet de laine noire.

Jessica se présenta, montra sa plaque.

« J'aimerais vous poser quelques questions si ça ne vous dérange pas.

— Bien sûr. »

L'homme ôta son bonnet, ses cheveux sombres lui tombèrent dans les yeux. Il les écarta.

« Quel est votre nom ?

— Will, répondit-il. Will Pedersen.

— Où habitez-vous ?

— Plymouth Valley.

— Oh, fit Jessica. Ça fait un bout de chemin.

— Je vais là où il y a du travail, répondit le client avec un haussement d'épaules.

— Que faites-vous ?

— Je suis maçon. »

Il pointa le doigt par-dessus l'épaule de Jessica en direction d'un nouvel immeuble d'appartements en construction au bord de la rivière, environ un pâté de maisons plus loin. Quelques instants plus tard, lorsque Byrne en eut fini avec le vendeur, Jessica lui présenta Pedersen, puis elle poursuivit :

« Vous travaillez souvent par ici ?

— Presque chaque jour.
— Étiez-vous ici hier ?
— Non, répondit-il. Trop froid pour couler le béton. Le patron a appelé tôt et nous a dit de laisser tomber.
— Et avant-hier ? demanda Byrne.
— Oui. On était là.
— Êtes-vous venu prendre un café vers la même heure ?
— Non, répondit Pedersen. Il était plus tôt. Peut-être vers les 7 heures. »
Byrne fit un geste en direction de la scène de crime. « Avez-vous vu quelqu'un sur ce parking ? »
Pedersen regarda de l'autre côté de la rue, réfléchit quelques instants.
« Oui. J'ai bien vu quelqu'un.
— Où ?
— Vers le fond du parking.
— Homme ? Femme ?
— Homme, je crois. Il faisait encore à moitié nuit.
— Cette personne était-elle seule ?
— Oui.
— Avez-vous vu un véhicule ?
— Non. Pas de voiture, répondit-il. Du moins je n'en ai pas remarqué. »
Les deux véhicules abandonnés se trouvaient derrière le bâtiment. Ils n'étaient pas visibles depuis la route. Un troisième véhicule aurait pu se trouver au même endroit.
« Où se tenait-il ? » demanda Byrne.
Pedersen désigna un point au bout du parking, juste au-dessus de l'endroit où la victime avait été découverte.
« Juste à droite de ces arbres, là.
— Plutôt près de la rivière ou de ce bâtiment ?
— Près de la rivière.
— Pouvez-vous décrire cette personne que vous avez vue ?
— Pas vraiment. Comme j'ai dit, il faisait encore à

moitié nuit et je n'y voyais pas grand-chose. Je ne portais pas mes lunettes.

— Où vous trouviez-vous exactement quand vous l'avez aperçu ? » demanda Jessica.

Pedersen désigna une zone proche de l'endroit où ils se tenaient.

« Vous êtes-vous approché ? poursuivit-elle.

— Non. »

Jessica regarda en direction de la rivière. Impossible de voir la victime depuis l'endroit où ils se trouvaient.

« Combien de temps êtes-vous resté ici ? demanda-t-elle.

— Je n'en sais rien, répondit Pedersen avec un haussement d'épaules. Une minute ou deux. J'ai mangé mon *donut* et bu mon café, puis je suis retourné sur le chantier pour préparer le matériel.

— Que faisait cet homme ? demanda Byrne.

— Rien, à vrai dire.

— Il ne bougeait pas lorsque vous l'avez vu ? Il ne se dirigeait pas vers la rivière ?

— Non, répondit Pedersen. Mais maintenant que j'y pense, c'était un peu bizarre.

— Bizarre ? répéta Jessica. Comment ça ?

— Il se tenait juste là, répondit Pedersen. Je crois qu'il fixait la lune du regard. »

7

Comme ils retournaient vers Center City, Jessica parcourut une à une les photos sur le petit écran LCD de son appareil numérique. À cette échelle, la jeune femme au bord de la rivière ressemblait à une poupée placée dans un décor miniature.

Une poupée, pensa-t-elle. C'était l'image qui lui était venue à l'esprit dès qu'elle avait vu la victime. La jeune femme ressemblait à une poupée de porcelaine sur une étagère.

Jessica avait laissé sa carte à Pedersen. Le jeune homme avait promis d'appeler s'il se rappelait quoi que ce soit d'autre.

« Qu'avez-vous obtenu du vendeur ? » demanda Jessica.

Byrne jeta un coup d'œil à son carnet.

« Un certain Reese Harris. Monsieur Harris a trente-trois ans, il habite à Queens Village. Il a affirmé venir à Flat Rock Road trois ou quatre matins par semaine maintenant qu'ils construisent cet immeuble. Il se gare toujours avec le côté ouvert de la camionnette face au côté opposé à la rivière. Ça protège la marchandise du vent. Il dit n'avoir rien vu. »

L'inspecteur Joshua Bontrager, ancien de la police de la route, était parti, armé de leur numéro d'identification, se renseigner sur les deux véhicules abandonnés sur le parking.

Jessica parcourut quelques photos supplémentaires, leva les yeux vers Byrne.

« Qu'est-ce que vous en dites ? »

Byrne se passa la main sur la barbe.

« Je crois qu'on a un putain d'enfoiré qui se trimballe à Philly. Je crois qu'on a intérêt à choper ce salopard vite fait. »

Kevin Byrne avait le don de résumer une affaire à l'essentiel, pensa Jessica.

« L'œuvre d'un cinglé ?

— Oh, oui. À cent pour cent.

— D'après vous, pourquoi cette mise en scène sur la rive ? Pourquoi ne pas la balancer simplement dans la rivière ?

— Bonne question. Peut-être qu'elle est censée regarder quelque chose. Peut-être que cet endroit a une signification particulière. »

Jessica entendait le fiel dans la voix de Byrne. Elle comprenait. Il y avait des moments dans leur boulot où vous vouliez attraper les spécimens les plus pervers – les sociopathes que certaines personnes de la communauté médicale voulaient préserver, étudier, quantifier – et les jeter depuis le pont le plus proche. *Rien à foutre* de ta psychose. *Rien à foutre* de ton enfance pourrie et de tes déséquilibres chimiques. *Rien à foutre* de ta mère azimutée qui foutait des araignées mortes et de la mayonnaise rance dans ton slip. Si vous étiez flic à la criminelle et qu'une personne en tuait une autre dans votre secteur, elle payait – peu importait de quelle manière.

« Vous êtes déjà tombé sur ce mode opératoire avec amputation ? demanda Jessica.

— J'ai déjà vu ça, répondit Byrne, mais ce n'était pas un mode opératoire. On va faire une recherche pour voir si ça donne quelque chose. »

Elle baissa de nouveau les yeux vers l'écran de son appareil, observa la tenue de la victime.

« Que pensez-vous de la robe ? Je suppose que c'est l'assassin qui l'a habillée comme ça.

— Je ne veux pas y penser pour le moment, répondit Byrne. Vraiment pas. Pas avant le déjeuner. »

Jessica comprenait. Elle ne voulait pas y penser non plus, mais ils savaient bien sûr l'un comme l'autre qu'ils n'allaient pas pouvoir y échapper.

La société Delaware Investment Properties, Inc. était située dans un bâtiment indépendant d'Arch Street, une boîte d'acier et de verre de deux étages dotée de fenêtres en miroir et de quelque chose qui ressemblait à une sculpture moderne devant l'entrée. Environ trente-cinq personnes y étaient employées. Son activité principale consistait à acheter et revendre des biens immobiliers, mais elle s'était au cours des dernières années lancée dans le développement de complexes au bord de la rivière. Ces temps-ci, le gros lot à Philadelphie, c'était le projet de casino, et apparemment, tous ceux qui possédaient une licence d'agent immobilier voulaient être de la partie.

L'homme en charge de la propriété de Manayunk était David Hornstrom. Ils le rencontrèrent dans son bureau situé au premier étage. Les murs étaient recouverts de photos le représentant au sommet de diverses montagnes aux quatre coins du monde, lunettes de soleil sur le nez, matériel d'alpinisme à la main. Dans un des cadres se trouvait un diplôme de l'université de Penn State.

Hornstrom approchait de la trentaine, cheveux et yeux bruns, habillé avec soin et un peu trop confiant, le portrait craché du jeune cadre dynamique. Il portait un costume anthracite à deux boutons, parfaitement coupé, une chemise blanche, une cravate de soie bleue. Dans un coin se trouvait un télescope qui devait coûter un paquet. Hornstrom était assis sur le rebord de son bureau métallique aux lignes pures.

« Merci de prendre le temps de nous rencontrer, commença Byrne.

— Toujours heureux d'aider la force publique. »

La force publique ? pensa Jessica. Elle ne connaissait personne en dessous de cinquante ans qui utilisait cette expression.

« Quand vous êtes-vous rendu à la propriété de Manayunk pour la dernière fois ? » demanda Byrne.

Hornstrom saisit un calendrier. Vu l'écran large et l'ordinateur qui se trouvaient dans son bureau, Jessica ne l'aurait pas imaginé utilisant un calendrier en papier. Il semblait plutôt du genre à avoir un BlackBerry.

« Il y a environ une semaine, répondit-il.

— Et vous n'y êtes pas retourné ?

— Non.

— Vous n'êtes même pas passé en voiture, histoire de jeter un coup d'œil ?

— Non. »

Hornstrom répondait de façon trop spontanée, presque du tac au tac. La plupart des gens étaient un tant soit peu intimidés par une visite de la police criminelle. Jessica se demanda pourquoi lui ne l'était pas.

« La dernière fois que vous y êtes allé, quelque chose sortait-il de l'ordinaire ? continua Byrne.

— Pas que j'aie remarqué.

— Ces trois véhicules abandonnés étaient-ils sur le parking ?

— Trois ? demanda Hornstrom. Je m'en rappelle deux. Il y en a un de plus ? »

Byrne consulta ses notes, pour l'effet. Un vieux truc. Cette fois, ça ne prit pas.

« Exact. Je me suis trompé. Les deux véhicules étaient-ils là la semaine dernière ?

— Oui, répondit-il. Ça fait un moment que je veux

appeler pour qu'on nous en débarrasse. Est-ce que vous pourriez faire ça pour moi ? Ce serait *bath.* »

Bath.

Byrne jeta un coup d'œil à Jessica, se tourna de nouveau vers Hornstrom.

« Nous sommes de la police, déclara-t-il. Je pense vous l'avoir déjà dit.

— Ah. OK. » Hornstrom se pencha en avant, écrivit une note sur son calendrier. « Aucun problème. »

Petit connard effronté, pensa Jessica.

« Depuis combien de temps les voitures sont-elles là ? demanda Byrne.

— Je n'en sais vraiment rien, répondit Hornstrom. L'homme qui gérait cette propriété a récemment quitté la société. J'en ai hérité il y a à peine un mois.

— Est-il toujours en ville ?

— Non, répondit Hornstrom. Il est à Boston.

— Il va nous falloir son nom et ses coordonnées. »

Hornstrom hésita une seconde. Jessica savait que si quelqu'un commençait à résister aussi tôt au cours d'un entretien, et pour un sujet apparemment aussi mineur, ils risquaient de devoir batailler. D'un autre côté, Hornstrom n'avait pas l'air idiot. Le diplôme sur son mur confirmait qu'il avait de l'éducation. Mais du bon sens ? Pas sûr.

« C'est faisable, concéda-t-il finalement.

— Une autre personne de la société a-t-elle visité la propriété au cours de la semaine passée ? demanda Byrne.

— J'en doute, répondit Hornstrom. Nous avons dix agents et une centaine de sites commerciaux rien qu'en ville. Si un autre agent avait montré la propriété, je l'aurais su.

— Et vous, avez-vous montré la propriété récemment ?

— Oui. »

Deuxième moment de tension. Byrne était assis, stylo prêt à entrer en action, attendant plus d'informations. C'était le Bouddha irlandais. Jessica n'avait jamais rencontré personne capable de tenir plus longtemps que lui. Hornstrom tenta de soutenir son regard, échoua.

« Je l'ai montrée la semaine dernière, déclara finalement Hornstrom. À une société de plomberie de Chicago.

— Pensez-vous qu'une personne de cette société y soit retournée ?

— Probablement pas. Ils n'étaient pas trop intéressés. Et puis, ils m'auraient appelé. »

Pas si c'était pour se débarrasser d'un cadavre mutilé, pensa Jessica.

« Il va aussi nous falloir leurs coordonnées », dit Byrne. Hornstrom soupira, acquiesça. Quel que soit le calme qu'il affichait dans les bars de City Center, quelle que soit l'arrogance de macho de salle de gym qu'il arborait à la Brasserie Perrier, il ne faisait pas le poids contre Kevin Byrne.

« Qui a les clés du bâtiment ? demanda Byrne.

— Il y en a deux jeux. J'en ai un, l'autre est conservé ici dans un coffre.

— Et tout le personnel y a accès ?

— Oui, mais comme j'ai dit…

— Quand le bâtiment a-t-il été opérationnel pour la dernière fois ? l'interrompit Byrne.

— Il y a plusieurs années.

— Et toutes les serrures ont été changées depuis ?

— Oui.

— Nous allons devoir jeter un coup d'œil à l'intérieur.

— Ça ne devrait pas poser de problème. »

Byrne désigna l'une des photos sur le mur.

« Vous êtes alpiniste ?

— Oui. »

Sur la photo, Hornstrom se tenait seul sur un sommet, un ciel bleu radieux s'étirant derrière lui.

« Je me suis toujours demandé, est-ce que tout ce matériel pèse lourd ? demanda Byrne.

— Ça dépend de ce que vous emportez, répondit Hornstrom. Si c'est une ascension d'une journée, vous pouvez vous en tirer avec le minimum. Si vous campez dans des camps de base, ça peut devenir encombrant. Tentes, matériel de cuisine, etc. Mais, pour l'essentiel, tout est conçu pour être aussi léger que possible.

— Comment vous appelez ça ? »

Byrne pointa le doigt vers la photo, désignant une sorte de boucle similaire à une ceinture accrochée au blouson d'Hornstrom.

« C'est une sangle express.

— Elle est en nylon ?

— Je crois que ça s'appelle du Dynex.

— Résistant ?

— Extrêmement résistant », répondit Hornstrom.

Jessica savait où Byrne voulait en venir avec ses questions apparemment innocentes posées sur le ton de la conversation, même si la ceinture autour du cou de la victime était d'un gris pâle, alors que la sangle sur la photo était jaune vif.

« Vous songez à faire de l'alpinisme, inspecteur ? demanda Hornstrom.

— Mon Dieu, non, répondit Byrne avec son sourire le plus engageant. J'ai déjà assez de mal avec les escaliers.

— Vous devriez essayer à l'occasion, reprit Hornstrom. C'est bon pour le moral.

— Peut-être un de ces jours. Si vous me trouvez une montagne avec un restaurant à grillades à mi-chemin du sommet. »

Hornstrom émit son rire de jeune cadre dynamique.

« Bon, fit Byrne en se levant et en boutonnant son manteau. Pour ce qui est de visiter le bâtiment.

— Pas de problème. » Hornstrom agita le poignet, consulta sa montre. « Je peux vous retrouver là-bas, disons, vers 2 heures. Ça vous irait ?

— À vrai dire, *maintenant* serait bien mieux.

— Maintenant ?

— Oui, répondit Byrne. Est-ce que vous pourriez faire ça pour nous ? Ce serait *bath.* »

Jessica réprima un éclat de rire. Hornstrom, perplexe, se tourna vers elle dans l'espoir qu'elle lui viendrait en aide. Elle n'en fit rien.

« Est-ce que je peux vous demander de quoi il s'agit ? demanda-t-il.

— Allons faire un tour, Dave, répondit Byrne. Nous parlerons en route. »

Lorsqu'ils atteignirent la scène de crime, la victime avait été emportée à la morgue située dans University Avenue. Un cordon ceinturait le parking, jusqu'au bord de la rivière. Les voitures ralentissaient, les conducteurs ouvraient de grands yeux, Mike Calabro leur faisait signe de poursuivre leur chemin. La camionnette d'alimentation de l'autre côté de la rue avait disparu.

Jessica observa attentivement Hornstrom tandis qu'ils se penchaient pour passer sous le cordon. S'il était de quelque manière impliqué dans le crime, ou s'il savait quoi que ce soit, il y aurait presque assurément un signe, un tic qui le trahirait. Elle ne vit rien. Il était soit bon acteur, soit innocent.

David Hornstrom déverrouilla la porte arrière du bâtiment. Ils pénétrèrent à l'intérieur.

« Nous pouvons nous débrouiller seuls à partir de maintenant », déclara Byrne.

David Hornstrom leva une main qui semblait vouloir dire : « Comme ça vous chante », puis il prit son téléphone portable et composa un numéro.

Le vaste espace glacial était quasiment vide. Quelques bidons de deux cents litres gisaient ici et là, quelques piles de palettes en bois. La lumière froide filtrait à travers les fissures du contreplaqué qui recouvrait les fenêtres. Byrne et Jessica firent courir le faisceau de leurs lampes torches à travers le rez-de-chaussée, l'obscurité avalant les minces puits de lumière. Le bâtiment avait été fermé à clé et il n'y avait aucune trace d'effraction ni de squat, pas d'indices d'utilisation de drogue – seringues, aluminium, fioles de crack. En outre, rien ne laissait supposer qu'une femme avait pu être assassinée dans ce bâtiment. De fait, il n'y avait pas grand-chose indiquant la moindre activité humaine.

Satisfaits, du moins pour le moment, ils regagnèrent la sortie. Hornstrom était juste derrière la porte, toujours au téléphone. Ils attendirent qu'il raccroche.

« Nous aurons peut-être besoin de retourner à l'intérieur, déclara Byrne. Et nous allons devoir sceller le bâtiment pour les quelques jours à venir.

— Ce n'est pas comme si les locataires se bousculaient au portillon », répondit Hornstrom d'un air indifférent. Il jeta un coup d'œil à sa montre. « Si je peux faire quoi que ce soit d'autre, n'hésitez pas à m'appeler. »

Le baratin habituel, songea Jessica. Elle se demanda jusqu'où irait son arrogance s'ils le traînaient à la Rotonde pour un interrogatoire plus approfondi.

Byrne donna sa carte à Hornstrom et lui rappela qu'il désirait les coordonnées de l'agent précédent. Hornstrom saisit la carte, sauta dans sa voiture et démarra sur les chapeaux de roues.

La dernière image que Jessica eut de David Hornstrom fut la plaque d'immatriculation de sa BMW tandis qu'il s'engageait dans Flat Rock Road.

HORNEE[1]

Byrne et Jessica la virent au même moment, se regardèrent, secouèrent la tête d'un air incrédule et reprirent le chemin du bureau.

1. Jeu de mots sur *horny*, « chaud lapin ». *(N.d.T.)*

De retour à la Rotonde – le quartier général de la police situé à l'angle de la 8e Rue et de Race Street dont la brigade criminelle occupait une partie du rez-de-chaussée –, Jessica lança une recherche sur David Hornstrom dans les bases de données du NCIC et du PDCH. Blanc comme neige. Pas même une infraction au code de la route au cours des dix dernières années. Difficile à croire, vu son goût pour les voitures rapides.

Elle entra ensuite les informations sur la victime dans la base de données des personnes portées disparues. Sans grand espoir.

Contrairement à ce qu'affirmaient les séries policières à la télé, il n'était pas nécessaire d'attendre vingt-quatre ou quarante-huit heures pour signaler une disparition. D'ordinaire, à Philadelphie, dès que quelqu'un appelait la police, un agent venait prendre sa déclaration. Si la personne portée disparue avait dix ans ou moins, la police entamait aussitôt ce qui était appelé une « recherche âge tendre ». L'agent fouillait directement la maison et toutes les autres résidences où vivait l'enfant, dans le cas d'une garde partagée. Puis chaque voiture de patrouille recevait le signalement de l'enfant et se mettait à quadriller la ville à sa recherche.

Si l'enfant disparu avait entre onze et dix-sept ans, une déclaration comprenant une description et une photo était prise par le premier agent, puis elle était entrée dans l'ordinateur et envoyée au registre national. Si c'était un adulte handicapé mental qui disparaissait, la même procédure était mise en œuvre. Dans les deux cas, des recherches sur le terrain étaient lancées.

S'il s'agissait d'un adulte lambda qui n'était pas rentré chez lui – comme c'était probablement le cas pour la jeune femme retrouvée au bord de la rivière –, la déclaration était prise, confiée à la division principale, et l'affaire était examinée au bout de cinq jours, puis de nouveau sept jours plus tard.

Et parfois la chance vous souriait. Jessica n'eut pas le temps de se verser une tasse de café qu'elle obtint une réponse.

« Kevin ! »

Byrne n'avait pas encore ôté son manteau. Jessica approcha l'écran LCD de son appareil photo numérique de l'ordinateur où était affichée une déclaration de disparition accompagnée de la photo d'une jolie femme blonde. Le cliché était un peu flou, une photo de permis de conduire ou de carte d'identité. Jessica avait un gros plan du visage de la jeune femme sur son appareil.

« Est-ce que c'est elle ? »

Byrne regarda attentivement, ses yeux allant de l'ordinateur à l'appareil photo, et vice versa.

« Oui », répondit-il. Il désigna le petit grain de beauté que la jeune femme avait au-dessus du côté droit de la lèvre supérieure. « C'est elle. »

Jessica lut attentivement la déclaration. La jeune femme s'appelait Kristina Jakos.

8

Natalya Jakos était une grande femme athlétique âgée d'une petite trentaine d'années. Elle avait les yeux gris perle, une peau sans rides, de longs doigts élégants. Ses cheveux bruns ponctués de quelques mèches argentées étaient coupés au carré. Elle portait un survêtement orange pâle et des Nike neuves. Elle revenait de faire son jogging.

Natalya vivait dans une maison mitoyenne en briques, ancienne et bien entretenue, située dans Bustleton Avenue, dans le nord-est de la ville.

Kristina et Natalya étaient sœurs, nées avec huit ans d'écart à Odessa, le grand port ukrainien.

C'était Natalya qui avait signalé la disparition.

Ils se réunirent dans le salon. Sur le manteau de la cheminée en briques se trouvaient quelques petites photos encadrées, pour la plupart légèrement floues, des clichés en noir et blanc représentant une famille posant dans la neige, sur une plage un peu triste, autour d'une table. L'une d'entre elles représentait une jolie blonde en maillot de bain à carreaux noirs et blancs et sandales blanches. C'était de toute évidence Kristina Jakos.

Byrne montra à Natalya un gros plan du visage de la

victime sur lequel les marques d'étranglement n'étaient pas visibles. Natalya reconnut sans hésitation sa sœur.

« Encore une fois, nous vous présentons toutes nos condoléances, dit Byrne.

— Elle a été assassinée ?

— Oui », répondit-il.

Natalya acquiesça comme si elle s'était attendue à cette nouvelle. Son impassibilité n'échappa pas aux deux inspecteurs. Ils lui avaient communiqué le strict minimum d'informations au téléphone, ne lui avaient pas parlé des mutilations.

« Quand avez-vous vu votre sœur pour la dernière fois ? » demanda Byrne.

Natalya réfléchit un moment.

« Il y a quatre jours.

— Où ?

— Ici même. Nous nous sommes disputées. Comme souvent.

— Puis-je vous demander pourquoi ? interrogea Byrne.

— Argent, répondit Natalya avec un haussement d'épaules. Je lui avais prêté cinq cents dollars pour payer une partie de la caution de son nouvel appartement. Je crois qu'elle les a dépensés en vêtements. Elle s'achetait toujours des vêtements. Je me suis mise en colère. Nous nous sommes disputées.

— Elle déménageait ? »

Natalya acquiesça.

« Nous ne nous entendions pas bien. Elle a déménagé il y a plusieurs semaines. »

Elle tira un mouchoir en papier de la boîte qui se trouvait au bout de la table. Elle n'était pas aussi inébranlable qu'elle voulait leur faire croire. Pas de larmes, mais il était clair que le barrage était sur le point de céder.

Jessica commença à retracer la chronologie des événements.

« Vous l'avez vue il y a quatre jours ?

— Oui.

— L'après-midi, le soir ?

— Il était tard. Elle était venue récupérer quelques affaires, puis elle a dit qu'elle allait à la laverie automatique.

— À quelle heure ?

— 10 heures ou 10 h 30. Peut-être plus.

— Où se trouve cette laverie ?

— Je ne sais pas. Près de son nouvel appartement.

— Êtes-vous déjà allée chez elle ? demanda Byrne.

— Non, répondit Natalya. Elle ne m'a jamais invitée.

— Kristina possédait-elle une voiture ?

— Non. En général, c'était son amie qui l'emmenait. Ou alors elle prenait le bus.

— Comment s'appelle cette amie ?

— Sonja.

— Connaissez-vous son nom de famille ? »

Natalya fit signe que non.

« Et vous n'avez plus revu Kristina ce soir-là ?

— Non. Je suis allée me coucher. Il était tard.

— Vous rappelez-vous autre chose à propos de ce jour-là ? Les endroits où elle a pu aller ? Qui elle a vu ?

— Je suis désolée. Elle ne partageait pas ces choses avec moi.

— Vous a-t-elle appelée le lendemain ? Peut-être a-t-elle laissé un message sur votre répondeur ou sur votre boîte vocale ?

— Non, répondit Natalya, mais nous étions censées nous retrouver le lendemain après-midi. Ne la voyant pas venir, j'ai appelé la police. Ils m'ont dit qu'ils ne pouvaient pas faire grand-chose, mais qu'ils signaleraient sa disparition. Ma sœur et moi ne nous entendions peut-être pas, mais elle était toujours ponctuelle. Et elle n'était pas du genre à juste… »

Les larmes arrivèrent. Jessica et Byrne laissèrent

passer un moment. Lorsqu'elle commença à se ressaisir, ils poursuivirent.

« Où travaillait Kristina ? demanda Byrne.

— Je ne sais pas exactement. Elle avait un nouvel emploi. Un boulot de *réceptionniste.* »

Natalya avait prononcé le mot *réceptionniste* d'une manière curieuse, songea Jessica. Ce qui n'échappa pas non plus à Byrne.

« Kristina avait-elle un petit ami ? Est-ce qu'elle fréquentait quelqu'un ? »

Natalya secoua la tête.

« Rien de sérieux pour autant que je sache. Mais elle était toujours entourée d'hommes. Même quand nous étions petites. À l'école, à l'église. Toujours.

— Y a-t-il un ex-petit ami ? Quelqu'un qui en pincerait toujours pour elle ?

— Il y en a un, mais il n'habite plus ici.

— Où habite-t-il ?

— Il est retourné en Ukraine.

— Kristina avait-elle d'autres centres d'intérêt ? Des passions ?

— Elle voulait devenir danseuse. C'était son rêve. Kristina avait de nombreux rêves. »

Danseuse, pensa Jessica. Elle eut une vision soudaine de la jeune femme avec ses pieds amputés. Elle passa à autre chose :

« Et vos parents ?

— Depuis longtemps morts et enterrés.

— D'autres frères et sœurs ?

— Un frère. Kostya.

— Où est-il ? »

Natalya fit la grimace, agita la main comme pour balayer un mauvais souvenir.

« C'est un *tvaryna.* »

Jessica attendit une traduction. Rien.

« Je vous demande pardon ?

— Un animal. Kostya est un animal sauvage. Il est là où il doit être. En prison. »

Byrne et Jessica échangèrent un coup d'œil. Cette nouvelle ouvrait toute une nouvelle série de possibilités. Peut-être quelqu'un avait-il cherché à atteindre Kostya Jakos à travers sa sœur.

« Puis-je vous demander où il est incarcéré ? demanda Jessica.

— Graterford. »

Jessica s'apprêtait à demander pourquoi il était en prison, mais toutes les informations seraient dans les registres. Inutile de rouvrir cette blessure pour le moment, si tôt après la tragédie. Elle effectuerait la recherche elle-même.

« Connaissez-vous quelqu'un qui pourrait vouloir nuire à votre frère ? » demanda Jessica.

Natalya éclata de rire, mais c'était un rire sans humour.

« Je ne connais personne qui ne le veuille *pas*.

— Possédez-vous une photo récente de Kristina ? »

Natalya attrapa une boîte en bois sur l'étagère supérieure d'une bibliothèque. Elle farfouilla parmi son contenu, en sortit une photo, un portrait de Kristina qui semblait avoir été pris par une agence de mannequins – légèrement flou, avec une pose provocante, lèvres écartées. Jessica songea une fois de plus que c'était une très jolie jeune femme. Peut-être pas d'une beauté de mannequin, mais saisissante.

« Pouvons-nous emprunter cette photo ? demanda-t-elle. Nous vous la rendrons.

— Vous pouvez la garder », répondit Natalya.

Jessica se promit néanmoins de la rendre. Son expérience personnelle lui avait appris qu'avec le temps, le chagrin, aussi mince fût-il, tendait à évoluer.

Natalya se leva, chercha quelque chose dans un tiroir de bureau.

« Comme j'ai dit, Kristina avait déménagé. Voici une clé de son nouvel appartement. Peut-être que ça vous aidera. »

Il y avait une étiquette blanche attachée à la clé. Jessica y jeta un coup d'œil. Une adresse était indiquée, dans North Lawrence Street.

Byrne sortit son porte-cartes.

« Si vous pensez à quoi que ce soit qui puisse nous aider, s'il vous plaît appelez-moi. »

Il tendit une carte à Natalya. Elle la saisit et tendit à Byrne sa propre carte, qui sembla provenir de nulle part, comme si elle l'avait déjà dissimulée dans la paume de sa main, comme si elle avait deviné que Byrne lui donnerait la sienne. De fait, « deviner » était sans doute le mot exact. Jessica lut la carte : Madame Natalya – Cartomancie, Divination, Tarot.

« Je crois que vous avez beaucoup de tristesse en vous, dit-elle à Byrne. Beaucoup de problèmes non résolus. »

Jessica se tourna vers Byrne. Il semblait un peu ébranlé, ce qui ne lui ressemblait pas. Et elle sentit que son équipier voulait poursuivre l'entretien seul.

« Je vais aller chercher la voiture », déclara Jessica.

Ils restèrent quelques instants silencieux dans le salon surchauffé. Byrne jeta un coup d'œil dans une petite pièce attenante – une table ronde en acajou, deux chaises, une crédence, des tapisseries au mur. Aux quatre coins brûlaient des bougies. Il se tourna de nouveau vers Natalya. Elle l'observait.

« Est-ce qu'on vous a déjà lu les lignes ? demanda-t-elle.

— Les lignes ?

— Les lignes de la main.

— Heu, non, répondit Byrne. Jamais. »

Natalya lui saisit la main. Byrne éprouva immédiatement une petite décharge électrique. Pas nécessairement une excitation sexuelle, même s'il ne pouvait nier que c'en était une composante.

Elle ferma brièvement les yeux, les rouvrit.

« Vous avez un don, déclara-t-elle.

— Je vous demande pardon ?

— Parfois vous savez des choses que vous ne devriez pas savoir. Des choses que les autres ne voient pas. Des choses qui se révèlent vraies. »

Byrne aurait voulu retirer sa main et prendre ses jambes à son cou, mais, bizarrement, il était incapable de bouger.

« Parfois.

— Vous êtes né avec un voile ?

— Un voile ? J'ai bien peur de ne rien savoir à ce sujet.

— Vous avez frôlé la mort ?

— Oui, répondit Byrne, un peu effrayé, mais n'en laissant rien paraître.

— Deux fois.

— Oui. »

Natalya lui lâcha la main, le regarda droit dans les yeux. Curieusement, au cours des dernières minutes, ceux-ci semblaient être passés d'un gris doux à un noir brillant.

« La fleur blanche, dit-elle.

— Je vous demande pardon ?

— La fleur blanche, inspecteur Byrne, répéta-t-elle. Faites feu. »

Maintenant il était effrayé pour de bon.

Byrne enfonça son carnet dans sa poche, boutonna son manteau. Il songea à serrer la main de Natalya Jakos, mais se ravisa.

« Une fois de plus, toutes mes condoléances, dit-il. Nous vous tiendrons au courant. »

Natalya ouvrit la porte. Une bouffée d'air glacial

accueillit Byrne. Comme il descendait les marches, il se sentait physiquement vidé.

Faites feu, pensa-t-il. *Qu'est-ce qu'elle a bien pu vouloir dire ?*

Lorsqu'il atteignit la voiture, il jeta un coup d'œil en direction de la maison. La porte de devant était fermée, mais il y avait une bougie allumée à chaque fenêtre.

Ces bougies étaient-elles là à leur arrivée ?

9

Le nouvel appartement de Kristina Jakos n'était en fait pas un appartement, mais plutôt une petite maison de ville en brique située dans North Lawrence. En approchant, Jessica et Byrne comprirent une chose. Aucune jeune femme qui travaillait en tant que réceptionniste n'avait les moyens de payer ce genre de loyer, ni même la moitié du loyer si elle vivait en colocation. C'était là un logement hors de prix.

Ils frappèrent à la porte, sonnèrent. Deux fois. Ils attendirent, regardèrent à travers les fenêtres. De simples rideaux. Rien de visible. Byrne sonna une fois de plus, puis il inséra la clé dans la serrure, ouvrit la porte.

« Police ! » annonça-t-il.

Pas de réponse. Ils entrèrent.

Si l'extérieur était joli, l'intérieur était immaculé – parquet en duramen de pin, placards en érable dans la cuisine, équipements en cuivre. Il n'y avait pas de meubles.

« Je crois que je vais devenir réceptionniste, dit Jessica.

— Moi aussi, convint Byrne.

— Vous savez vous servir d'un standard ?

— J'apprendrai. »

Jessica passa la main sur les boiseries.

« Alors, qu'est-ce que vous en dites ? Riche colocataire ou vieil amant ?

— Deux possibilités distinctes.

— Peut-être un vieil amant archijaloux et *psychopathe* ?

— Assurément une possibilité. »

Ils appelèrent de nouveau. La maison semblait déserte. Ils descendirent à la cave, trouvèrent une machine à laver et un sèche-linge toujours emballés dans leurs cartons, attendant d'être installés. Ils montèrent à l'étage. Une chambre abritait un futon ; l'autre comportait un lit pliant dans un coin, à côté duquel se trouvait une malle de marin.

Jessica regagna le vestibule, ramassa une pile de courrier par terre devant la porte d'entrée. Elle passa la pile en revue. Une des factures était adressée à Sonja Kedrova. Il y avait aussi une paire de magazines adressés à Kristina Jakos – *Dance* et *Architectural Digest*. Il n'y avait ni lettres personnelles ni cartes postales.

Ils pénétrèrent dans la cuisine, ouvrirent quelques tiroirs. La plupart étaient vides. Idem pour les placards en dessous. Le placard sous l'évier renfermait une collection d'articles d'entretien neufs – éponges, produit pour nettoyer les fenêtres, papier absorbant, détergent, insecticide. Les jeunes femmes avaient toujours une réserve d'insecticide.

Jessica était sur le point de refermer la porte du dernier placard lorsqu'ils entendirent le parquet grincer. Avant qu'ils aient le temps de se retourner, ils entendirent un bruit bien plus inquiétant, bien plus mortel. Le *clic* d'un revolver qu'on armait derrière eux.

« Pas… un… putain… de geste », lança une voix depuis l'autre bout de la pièce.

C'était une voix de femme. Un accent et un rythme d'Europe de l'Est. La colocataire.

Jessica et Byrne se figèrent, les mains sur le côté.

« Nous sommes de la police, expliqua Byrne.

— Et moi, je suis Angelina Jolie. Maintenant, mains en l'air. »

Jessica et Byrne levèrent les mains.

« Vous devez être Sonja Kedrova », déclara Byrne.

Silence. Puis :

« Comment connaissez-vous mon nom ?

— Je vous l'ai dit. Nous sommes de la police. Je vais mettre la main dans ma poche, très lentement, et sortir ma plaque. D'accord ? »

Une longue pause. Trop longue.

« Sonja ? demanda Byrne. Vous êtes d'accord ?

— D'accord, dit-elle. Lentement. »

Byrne s'exécuta.

« Voilà », dit-il.

Sans se retourner, il tira sa plaque de sa poche, la tendit. Quelques secondes supplémentaires s'écoulèrent.

« OK. Donc vous êtes de la police. De quoi s'agit-il ?

— Nous pouvons baisser les mains ? demanda Byrne.

— Oui. »

Jessica et Byrne baissèrent les mains, se retournèrent.

Sonja Kedrova avait dans les vingt-cinq ans. Elle avait des yeux en goutte d'eau, des lèvres charnues, des cheveux d'un auburn profond. Si Kristina était jolie, Sonja, elle, était glamour. Elle portait un long manteau brun clair, des bottes de cuir noir, une écharpe de soie lie-de-vin.

« Qu'est-ce que vous tenez, là ? demanda Byrne en désignant l'arme.

— Un pistolet.

— C'est un pistolet de starter. Ça tire des balles à blanc.

— Mon père me l'a donné pour assurer ma protection.

— C'est à peu près aussi dangereux qu'un pistolet à eau.

— Et pourtant vous avez levé les mains. »

Touché, pensa Jessica. Byrne ne trouva pas ça drôle.

« Nous avons quelques questions à vous poser, dit Jessica.

— Et ça ne pouvait pas attendre jusqu'à ce que je rentre chez moi ? Vous étiez forcés d'entrer par effraction ?

— J'ai peur que ça ne puisse pas attendre », répliqua Jessica. Elle leva la clé. « Et nous ne sommes pas entrés par effraction. »

Sonja sembla un moment confuse, puis elle haussa les épaules. Elle rangea le pistolet de starter dans un tiroir, le referma.

« OK, fit-elle. Posez vos *questions*.

— Connaissez-vous une jeune femme nommée Kristina Jakos ?

— Oui », répondit-elle. Elle était maintenant méfiante. Ses yeux allaient de l'un à l'autre. « Je connais Kristina. Nous sommes colocataires.

— Depuis combien de temps la connaissez-vous ?

— Peut-être trois mois.

— Je crains que nous ayons une mauvaise nouvelle », annonça Jessica.

Sonja fronça les sourcils.

« Qu'est-il arrivé ?

— Kristina est morte.

— Oh, mon Dieu. » Elle blêmit, s'agrippa à la paillasse. « Comment est-ce… qu'est-ce qui s'est passé ?

— Nous ne sommes pas sûrs, répondit Jessica. Son corps a été retrouvé ce matin à Manayunk. »

Sonja semblait sur le point de chanceler. Il n'y avait pas de chaises dans la cuisine. Byrne attrapa un cageot de bois dans le coin de la pièce, le posa par terre. Il aida la jeune femme à s'asseoir dessus.

« Connaissez-vous Manayunk ? » demanda Jessica.

Sonja prit quelques inspirations profondes, gonflant ses joues. Elle demeura silencieuse.

« Sonja ? Connaissez-vous ce quartier ?

— Je suis désolée, répondit-elle. Non.

— Kristina a-t-elle jamais dit qu'elle devait y aller ? Ou qu'elle connaissait quelqu'un qui habitait à Manayunk ? »

Sonja fit non de la tête. Jessica prit quelques notes.

« Quand avez-vous vu Kristina pour la dernière fois ? »

Pendant un moment, Sonja parut sur le point de tomber dans les pommes. Elle oscillait de cette manière bizarre qui indiquait un étourdissement croissant. Puis ça sembla passer.

« Pas depuis une semaine, répondit-elle. Je n'étais pas en ville.

— Où étiez-vous ?

— New York.

— L'État ou la ville ?

— La ville.

— Savez-vous où travaillait Kristina ?

— Tout ce que je sais, c'est que c'était à Center City. Elle était réceptionniste pour une importante société.

— Et elle ne vous a jamais dit le nom de cette société ? »

Sonja se tapota les yeux avec un mouchoir en papier, secoua la tête.

« Elle ne me disait pas tout, répondit-elle. Elle pouvait être très secrète.

— Comment ça ?

— Parfois elle rentrait tard. Je lui demandais où elle était et elle devenait silencieuse. C'était comme si elle faisait quelque chose dont elle avait peut-être honte. »

Jessica pensa à la robe ancienne.

« Kristina était-elle actrice ?

— Actrice ?

— Oui. Professionnellement, ou peut-être dans un théâtre de quartier ?

— Eh bien, elle aimait danser. Je crois qu'elle voulait

en faire son métier. Je ne sais pas si elle avait le niveau, mais peut-être. »

Jessica consulta ses notes.

« Savez-vous autre chose à son sujet qui pourrait selon vous nous aider ?

— Elle travaillait parfois avec les enfants à St. Seraphin.

— L'église russe orthodoxe ? demanda Jessica.

— Oui. »

Sonja se leva, saisit un verre sur la paillasse, puis elle ouvrit le compartiment à glace, en tira une bouteille de Stoli glacée et s'en versa une rasade. Il n'y avait presque rien à manger dans la maison, mais il y avait de la vodka dans le réfrigérateur. *Quand vous avez une vingtaine d'années*, pensa Jessica – un âge qu'elle venait juste, à contrecœur, de laisser derrière elle –, *il y a des priorités.*

« Si vous pouviez attendre une minute avant d'attaquer ça, j'apprécierais », dit Byrne.

Il avait un don pour faire passer ses ordres pour des requêtes polies.

Sonja acquiesça, reposa le verre et la bouteille, récupéra le mouchoir en papier dans sa poche, se tapota les yeux.

« Savez-vous où Kristina faisait sa lessive ? demanda Byrne.

— Non, répondit Sonja. Mais elle la faisait souvent tard le soir.

— À quelle heure ?

— 11 heures. Peut-être minuit.

— Et les petits amis ? Est-ce qu'elle voyait quelqu'un ?

— Pas que je sache, non », répondit-elle.

Jessica désigna l'escalier.

« Les chambres sont à l'étage ? »

Elle demanda ça aussi aimablement que possible. Elle savait que Sonja avait tout à fait le droit de les mettre à la porte.

« Oui.

— Ça vous dérange si je jette un petit coup d'œil ?

— Non, répondit Sonja après un bref instant de réflexion. C'est bon. »

Jessica commença de gravir les marches, s'arrêta.

« Quelle chambre était celle de Kristina ?

— Celle du fond. »

Sonja se tourna vers Byrne, leva son verre. Byrne acquiesça. Elle se laissa glisser par terre, but une énorme rasade de vodka glacée, puis s'en versa immédiatement une autre.

Jessica continua de monter l'escalier, elle longea le petit couloir, pénétra dans la chambre du fond.

Près du futon enroulé dans le coin de la pièce se trouvait une petite boîte surmontée d'un réveil. Un peignoir en éponge blanche était suspendu à une patère derrière la porte. C'était la chambre d'une personne qui venait d'emménager. Pas de photos aux murs, pas d'affiches. Il n'y avait rien du bazar à fanfreluches qu'on pouvait s'attendre à trouver dans la chambre d'une jeune femme.

Jessica se représenta Kristina, debout à l'endroit exact où elle-même se tenait. Kristina, songeant à sa nouvelle vie dans sa nouvelle maison, à toutes les possibilités qui s'ouvrent à vous quand vous avez vingt-quatre ans. Kristina, s'imaginant une chambre pleine de meubles de chez Thomasville ou Henredon. De nouveaux tapis, de nouvelles lampes, de nouveaux draps. Une nouvelle vie.

Jessica traversa la pièce, ouvrit la porte du placard. Il ne renfermait que quelques robes et pull-overs dans des sacs à linge, tous plutôt neufs, tous de bonne qualité. Rien qui ressemblait à la robe que Kristina portait lorsqu'elle avait été découverte au bord de la rivière. Il n'y avait pas non plus de panier ou de sac plein de linge récemment lavé.

Jessica fit un pas en arrière, tentant de s'imprégner de l'ambiance de la pièce. Au cours de sa carrière, combien de placards avait-elle ouverts ? Combien de tiroirs ? Combien de boîtes à gants, de malles, de trousseaux, de sacs à main ? Dans combien de vies Jessica s'était-elle immiscée telle une intruse ?

Par terre dans le placard se trouvait un carton. Elle l'ouvrit. Il contenait des figurines en verre représentant des animaux enveloppées dans de l'étoffe – principalement des tortues, des écureuils, quelques oiseaux. Il y avait aussi des Hummel, ces miniatures d'enfants aux joues roses jouant du violon, de la flûte, du piano. Au fond du carton se trouvait une belle boîte à musique en bois, apparemment du noyer, avec une ballerine blanche incrustée sur le dessus. Jessica la sortit, l'ouvrit. Il n'y avait pas de bijoux à l'intérieur, mais elle jouait la valse de la Belle au bois dormant. Les notes résonnèrent dans la pièce vide, une triste mélodie marquant la fin d'une jeune vie.

De retour à la Rotonde, les inspecteurs se réunirent et comparèrent leurs notes.

« La camionnette appartenait à un homme nommé Harold Sima, commença Josh Bontrager qui avait passé l'après-midi à chercher des informations sur les véhicules découverts sur la scène de crime de Manayunk. Monsieur Sima habitait à Glenwood, mais il a malheureusement connu une mort prématurée en tombant dans les escaliers en septembre de cette année. Il avait quatre-vingt-six ans. Son fils a admis avoir abandonné la camionnette sur le parking il y a un mois. Il a expliqué qu'il n'avait pas les moyens de payer le remorquage et la casse. La Chevrolet était la propriété d'une femme nommée Estelle Jesperson, jadis habitante de Powelton.

— Décédée ? demanda Jessica.

— Décédée, confirma Bontrager. Morte d'un infarctus foudroyant il y a trois semaines. C'est son gendre qui a abandonné la voiture sur le parking. Il travaille à East Falls.

— Avez-vous effectué des vérifications sur tous ces gens ? demanda Byrne.

— Oui, répondit Bontrager. Rien. »

Byrne informa Buchanan de leurs progrès, de la possible direction que prendraient les investigations. Comme ils se préparaient chacun à rentrer chez eux, Byrne posa à Bontrager une question qui l'avait probablement taraudé toute la journée :

« Dites, vous venez d'où, Josh ? À l'origine.

— Je suis d'une petite ville près de Bechtelsville, répondit-il.

— Vous avez grandi dans une ferme ?

— Oh, oui. Ma famille est amish. »

Ce mot ricocha à travers la pièce comme une balle de 22 long rifle. Au moins dix inspecteurs l'entendirent, et se plongèrent immédiatement dans les papiers qu'ils avaient sous le nez. Jessica dut fournir un effort surhumain pour ne pas regarder Byrne. *Un flic de la criminelle amish.* Elle en avait entendu des vertes et des pas mûres, comme on dit, mais celle-là, jamais.

« Votre famille est amish ? s'étonna Byrne.

— Oui, répondit Bontrager. Mais ça fait longtemps que j'ai décidé de ne pas appartenir à l'église. »

Byrne se contenta d'acquiescer.

« Vous n'avez jamais goûté les confitures spéciales Bontrager ? demanda le jeune inspecteur.

— Jamais eu le plaisir.

— Elles sont délicieuses. Prunes de Damas, framboise-rhubarbe. Nous faisons même un excellent *schmier* au beurre de cacahuètes. »

Nouveau silence. La pièce se transforma en morgue pleine de cadavres en costume qui serraient les lèvres pour ne pas rire.

« Rien de tel qu'un bon *schmier*, répliqua Byrne. C'est ma devise. »

Bontrager s'esclaffa.

« Ouais, ouais. Vous en faites pas, on me les a déjà toutes faites. Je ne vais pas me vexer.

— Il y a des blagues sur les amish ? demanda Byrne.

— Ce soir on va faire la fête comme si on était 1699 ! répliqua Bontrager. Vous êtes sans doute amish si vous demandez : “Est-ce que cette nuance de noir me grossit ?”

— Pas mal, dit Byrne avec un sourire.

— Et puis il y a les phrases de drague amish, poursuivit Bontrager. “Venez-vous souvent aux constructions de grange ? Est-ce que je peux vous offrir une *colada* au babeurre ? Ça vous dirait de venir labourer avec moi ?” »

Jessica éclata de rire. Byrne aussi.

« Ouais. Marrez-vous, fit Bontrager, rougissant de son propre humour déplacé. Comme je vous ai dit. On me les a toutes faites. »

Jessica balaya la pièce du regard. Elle connaissait les gens de la brigade criminelle. Elle avait le sentiment que, d'ici peu, l'inspecteur Joshua Bontrager en entendrait de nouvelles.

10

Minuit. La rivière était noire et silencieuse.

Byrne se tenait sur la rive à Manayunk. Il regarda en arrière, en direction de la route. Pas de réverbères. Des ombres longues s'étiraient dans le parking à peine éclairé par le clair de lune. Si une voiture y avait pénétré alors, même pour faire demi-tour, le conducteur n'aurait pas pu voir Byrne. La seule illumination provenait des phares qui étincelaient sur la voie express, de l'autre côté de la rivière.

Un fou pouvait mettre sa victime en scène au bord de l'eau, prendre son temps, poussé par Dieu sait quelle folie qui régissait son monde.

Philadelphie avait deux rivières. Si la Delaware était l'âme laborieuse de la ville, la Schuylkill au cours tortueux avait toujours exercé une sombre fascination sur Byrne.

Son père, Padraig, avait été docker toute sa vie. Byrne devait son enfance, son éducation, sa vie à l'eau. Il avait appris à l'école primaire que Schuylkill signifiait « rivière cachée ». Et durant toutes ses années à Philadelphie – qui, hormis sa période de service militaire, avaient constitué toute la vie de Kevin Byrne –, il avait considéré la rivière comme une énigme. Elle faisait plus de cent cinquante kilomètres de long, et il n'avait sincèrement aucune idée de l'endroit où elle se jetait. Depuis les raffineries de pétrole du sud-ouest de Philly jusqu'à Shawmont et au-delà, il avait arpenté ses rives dans le cadre de son travail, mais il n'avait jamais vraiment suivi son cours hors de sa juridiction, qui s'achevait là où le comté de Philadelphie devenait celui de Montgomery.

Il plongea son regard dans l'eau noire. Et il y vit le visage d'Anton Krotz. Il vit les yeux de Krotz.

Ravi de vous revoir, inspecteur.

Pour ce qui était sans doute la millième fois au cours de ces derniers jours, Byrne s'interrogea. Avait-il hésité par peur ? Était-il responsable de la mort de Laura Clarke ? Il s'aperçut que, depuis environ un an, il se posait davantage de questions qu'il ne l'avait jamais fait auparavant, que son indécision lui apparaissait dans toute son ampleur. Tandis que lorsqu'il était un jeune flic arrogant, il savait – sans le moindre doute – que chacune de ses décisions était la bonne.

Il ferma les yeux.

La bonne nouvelle était que les visions avaient disparu. Presque totalement. De nombreuses années durant, il avait été à la fois tourmenté et béni par une vague sorte de don de double vue, la capacité de parfois voir sur une scène de crime des choses que personne d'autre ne voyait, un don qui s'était manifesté des années auparavant lorsqu'il avait été déclaré mort après un plongeon dans les eaux glaciales de la rivière Delaware. Les visions s'accompagnaient de migraines et, lorsqu'un psychopathe lui avait tiré une balle dans la cervelle, les maux de tête avaient cessé. Il avait cru que les visions avaient elles aussi disparu. Mais de temps à autre elles revenaient de plus belle, terriblement nettes pendant parfois juste une fraction de seconde. Il avait appris à vivre avec. Parfois c'était juste l'aperçu d'un visage, un son bref, une vision ondulante qui n'était pas sans rappeler le reflet d'un miroir déformant.

Les prémonitions se faisaient plus rares ces temps-ci, ce qui était une bonne chose. Mais Byrne savait qu'à n'importe quel moment il pouvait toucher la main d'une victime, ou effleurer quelque chose sur une scène de crime, et éprouver cette déferlante soudaine, la connaissance effrayante qui le mènerait dans les recoins obscurs de l'âme d'un assassin.

Comment Natalya Jakos avait-elle su qu'il avait ce don ?

Lorsque Byrne rouvrit les yeux, l'image d'Anton Krotz s'était dissipée. Maintenant il voyait une autre paire d'yeux. Byrne pensa à l'homme qui avait porté Kristina Jakos jusqu'ici, au déchaînement de folie qui l'avait poussé à faire ça. Il s'approcha du bord de l'embarcadère, de l'endroit précis où ils avaient découvert le corps de Kristina. La certitude que le tueur s'était tenu ici même quelques jours plus tôt déclencha une sombre euphorie en lui. Il sentit les images s'immiscer dans sa conscience, vit l'homme…

… couper la peau, les muscles, la chair, les os… approcher un chalumeau des blessures… habiller Kristina Jakos dans cette robe étrange… glissant un bras dans une manche, puis l'autre, comme on habillerait un enfant endormi, sa chair froide, insensible à son toucher… porter Kristina Jakos jusqu'au bord de la rivière à la faveur de la nuit… mettre en scène son petit scénario lorsqu'il…

… entendit quelque chose.

Des bruits de pas ?

Byrne distingua une forme sur le côté, à quelques mètres à peine, une imposante silhouette noire sortant des ombres profondes…

Il se tourna vers la forme, arme à la main. Son cœur battait la chamade.

Personne.

Il avait besoin de sommeil.

Byrne reprit la route en direction de son trois-pièces dans le sud de Philly.

Elle voulait être danseuse.

Il pensa à sa fille, Colleen. Elle était sourde de naissance, mais ça ne l'avait jamais arrêtée, ça ne l'avait même jamais ralentie. C'était une élève remarquable, une excellente athlète, et il se demanda quels étaient ses rêves. Quand elle était petite, elle voulait être flic, comme lui. Mais il lui avait ôté cette idée de la tête *pronto*. Après quoi elle avait eu son inévitable période ballerine, qui avait débuté lorsqu'il l'avait emmenée voir une représentation de *Casse-Noisette* pour malentendants. Ces dernières années, elle avait beaucoup parlé de devenir enseignante. Avait-elle changé d'idée ? Lui avait-il posé la question récemment ? Il se promit de le faire la prochaine fois qu'il la verrait. Bien entendu, elle roulerait de grands yeux, lui dirait en langue des signes qu'il était *archi*-bizarre. Mais il le ferait tout de même.

Il se demanda si le père de Kristina avait jamais demandé à ses filles quels étaient leurs rêves.

Byrne trouva une place de parking et se gara. Il verrouilla la portière, pénétra dans son immeuble, gravit péniblement l'escalier. Soit il se faisait vieux, soit l'escalier se faisait plus raide.

Sûrement la deuxième hypothèse, songea-t-il.

Il était toujours dans la fleur de l'âge.

Depuis l'obscurité du terrain vague, de l'autre côté de la rue, un homme observait Byrne. Il vit la lumière s'allumer à la fenêtre du premier étage, regarda son ombre imposante onduler à travers les stores. Depuis l'endroit où il se tenait, il voyait un homme rentrer chez lui pour retrouver une vie qui était en tout point identique à ce qu'elle avait été la veille, et le jour précédent. Un homme qui trouvait une raison, un sens, un but à sa vie.

Il enviait Byrne autant qu'il le haïssait.

L'homme était frêle, avec de petites mains et de petits pieds, des cheveux châtains clairsemés. Il portait un manteau sombre et était en tout point ordinaire, sauf pour sa capacité à pleurer, une aptitude inattendue et inopportune qu'il n'aurait jamais cru possible à ce stade de sa vie.

Le chagrin de Matthew Clarke s'était logé au creux de son estomac comme un poids mort. Son cauchemar avait débuté à l'instant où Anton Krotz avait arraché sa femme à ce box. Il n'oublierait jamais les mains de Laura agrippant la banquette, sa peau pâle et ses ongles vernis. L'éclat terrifiant du couteau contre sa gorge. Le rugissement infernal du fusil du tireur d'élite. Le sang.

Le monde de Matthew Clarke était en chute libre. Il ne savait pas de quoi serait fait le lendemain, ni comment il ferait pour continuer. Il ne savait pas comment il pourrait se résoudre à accomplir les gestes les plus simples : commander un petit déjeuner, passer un coup de téléphone, payer une facture, aller chercher le linge au pressing.

Laura avait une robe au pressing.

Ravi de vous voir, qu'ils diraient. *Comment va Laura ?* Morte.

Assassinée.

Il ne savait pas comment il réagirait dans ces situations inévitables. Qui pouvait le savoir? Comment s'entraînait-on à ça ? Trouverait-il assez de courage pour répondre ? Ce n'était pas comme si elle était morte d'un cancer du sein, d'une leucémie ou d'une tumeur au cerveau. Ce n'était pas comme s'il avait eu le temps de se préparer. Elle avait eu la gorge tranchée dans un restaurant, la mort la plus dégradante et publique qui soit. Tout cela sous l'œil attentif de l'éternellement vigilante police de Philadelphie. Et maintenant ses enfants allaient vivre sans elle. Leur mère était partie. Sa meilleure *amie* était partie. Comment accepter tout ça ?

Malgré toutes ces interrogations, Matthew Clarke était sûr d'une chose. Une chose qui était à ses yeux aussi évidente que le fait que les rivières se jettent dans la mer, aussi claire que la dague de cristal du chagrin qui lui transperçait le cœur.

Le cauchemar de l'inspecteur Kevin Francis Byrne ne faisait que commencer.

DEUXIÈME PARTIE

LE ROSSIGNOL

11

« Les rats et les chats.

— Hein ? »

Roland Hannah ferma les yeux un moment. Chaque fois que Charles disait *hein*, c'était comme s'il entendait des ongles crisser sur un tableau noir. Ça faisait longtemps que c'était comme ça, depuis qu'ils étaient enfants. Charles était son demi-frère, un peu lent, mais toujours radieux. Roland l'adorait.

Charles était plus jeune que Roland, d'une force surnaturelle et d'une loyauté féroce. Et il avait plus d'une fois prouvé qu'il sacrifierait sa vie pour Roland. Aussi, au lieu d'admonester son demi-frère pour la millième fois, Roland continua. Le réprimander ne servait à rien, et Charles était très susceptible.

« C'est tout ce qu'il y a, reprit Roland. Tu es soit un rat soit un chat. Il n'y a rien d'autre.

— Non », convint Charles, en pleine harmonie avec son demi-frère. Il était ainsi. « Rien d'autre.

— Rappelle-moi de noter ça. »

Charles opina du chef, même si le concept lui échappait, comme si son frère venait de décoder la pierre de Rosette.

Ils roulaient vers le sud sur la Route 299, approchant

de la réserve naturelle de Millington, dans le Maryland. Le temps à Philadelphie avait été d'un froid cinglant, mais ici l'hiver était un peu plus doux. C'était une bonne chose. Ça signifiait que le sol ne serait pas encore complètement gelé.

Et si c'était une bonne chose pour les deux hommes sur la banquette avant de la camionnette, c'était probablement la pire nouvelle imaginable pour l'homme qui gisait sur le ventre à l'arrière, un homme dont la journée n'avait déjà pas trop bien commencé.

Roland Hannah était grand et d'une musculature souple, et il s'exprimait de façon précise bien qu'il n'eût jamais reçu d'éducation formelle. Il ne portait pas de bijoux, avait les cheveux courts, était propre et portait des vêtements modestes et bien repassés. Il était d'origine appalachienne, le fils d'une mère du comté de Letcher, dans le Kentucky, et d'un père dont l'ascendance et le passé criminel pouvaient être retracés jusqu'aux vallées de la montagne Helvetia, et pas plus loin. Quand Roland avait quatre ans, sa mère avait quitté Jubal Hannah – un homme brutal et violent qui avait de nombreuses fois levé la main sur son épouse et son enfant – et déménagé avec son fils dans le nord de Philadelphie. Précisément, dans un quartier au surnom ironique – quoique aussi fort à propos – de Badlands.

Un an plus tard, elle épousait un homme bien pire que son premier mari, un homme qui contrôlerait chaque aspect de sa vie et lui donnerait deux enfants abîmés. Lorsque Walton Lee Waite fut tué au cours d'un braquage raté à Northern Liberties, Artemisia – une femme dont la santé mentale avait toujours été fragile et qui regardait le monde à travers le prisme d'une folie grandissante – s'abandonna à l'alcool, à toutes sortes d'automutilations, aux caresses du diable. À douze ans, Roland faisait vivre la famille grâce à des boulots de diverses natures, bien souvent illégaux, échappant à la police, aux services sociaux, aux gangs. Dieu sait comment, il leur survécut à tous.

À quinze ans, sans qu'il l'eût choisi, Roland Hannah trouva une nouvelle voie.

L'homme que Roland et Charles transportaient depuis Philadelphie s'appelait Basil Spencer. Il avait molesté une fillette.

C'était un homme de quarante-quatre ans, aussi obèse qu'instruit, un avocat spécialiste des droits de succession dont la clientèle était principalement constituée de vieilles veuves riches des beaux quartiers. Roland ne savait pas combien de fois Spencer avait commis ses actes sacrilèges et abjects, mais ça n'avait vraiment aucune importance. En ce jour, à cette heure, ils étaient réunis au nom d'une innocente particulière.

À 9 heures du matin, alors que le soleil avait percé au-dessus de la cime des arbres, Spencer était agenouillé près d'une tombe fraîchement creusée, un trou de peut-être un mètre vingt de profondeur, quatre-vingt-dix centimètres de large, et un mètre quatre-vingts de long. Ses mains étaient attachées derrière son dos au moyen d'une solide ficelle. Malgré le froid, ses vêtements étaient trempés de sueur.

« Savez-vous qui je suis, monsieur Spencer ? » demanda Roland.

Spencer leva les yeux, regarda autour de lui, hésitant clairement quant à la réponse qu'il allait donner. La vérité était qu'il ne savait pas *précisément* qui était Roland – il n'avait jamais posé les yeux sur lui jusqu'à ce qu'on lui ôte le bandeau qui l'aveuglait une demi-heure auparavant.

« Non, finit-il par répondre.

— Je suis l'autre ombre », répliqua Roland.

Dans sa voix demeurait une infime trace des intonations du Kentucky de sa mère, bien qu'il eût depuis longtemps abandonné son accent aux rues du nord de Philadelphie.

« De… de *quoi* ? fit Spencer.

— Je suis la tumeur sur la radio de l'autre homme. Je suis la voiture qui grille le feu rouge juste après que vous avez franchi l'intersection. Je suis le gouvernail qui tombe en panne lors du vol précédent. Vous n'avez jamais vu mon visage car, jusqu'à aujourd'hui, j'ai été ce qui arrive à tous les autres.

— Je ne *comprends* pas ! s'exclama Spencer.

— Éclairez-moi », reprit Roland, se demandant quelle histoire à coucher dehors on lui débiterait cette fois-ci. Il jeta un coup d'œil à sa montre. « Vous avez une minute.

— Elle avait dix-huit ans, déclara Spencer.

— Elle n'en a pas encore *treize*.

— Vous êtes *dingue* ! Est-ce que vous l'avez vue ?

— Oui.

— Elle était consentante. Je ne l'ai pas forcée à faire quoi que ce soit.

— Ce n'est pas ce que j'ai entendu dire. J'ai entendu dire que vous l'aviez emmenée dans les combles de votre maison. J'ai entendu dire que vous l'aviez enfermée dans le noir, que vous l'aviez droguée. Du nitrite amylique ? Ou du Poppers, si vous préférez ?

— Vous ne pouvez pas faire ça, protesta Spencer. Vous ne savez pas qui je suis.

— Je sais exactement qui vous êtes. Mais le plus important, c'est *où* vous êtes. Regardez autour de vous. Vous êtes au milieu d'un champ, vous avez les mains attachées derrière le dos, vous implorez que je vous laisse la vie sauve. Avez-vous le sentiment que les choix que vous avez faits dans cette vie vous ont été utiles ? »

Pas de réponse. Roland n'en attendait aucune.

« Parlez-moi de Fairmount Park, reprit-il. Avril 1995. Les deux fillettes.

— Quoi ?

— Avouez ce que vous avez fait à l'époque, monsieur Spencer. Confessez-vous et vous aurez peut-être la vie sauve. »

Le regard de Spencer passa de Roland à Charles, puis se posa de nouveau sur le premier.

« Je ne sais pas de quoi vous parlez. »

Roland adressa un signe de tête à Charles, qui ramassa la pelle. Basil Spencer se mit à pleurer.

« Qu'allez-vous me faire ? » demanda-t-il.

Sans un mot, Roland lui donna un coup de pied dans la poitrine, le faisant basculer en arrière dans la tombe. En s'approchant, Roland perçut une odeur de matière fécale.

Basil Spencer avait fait dans son pantalon. Comme tous les autres.

« Voici ce que je vais faire pour vous, déclara Roland. Je vais parler à la fille. Si elle était en effet consentante, je reviendrai vous chercher, et vous tirerez de cette expérience la plus grande leçon de votre vie. Sinon, eh bien, peut-être que vous arriverez à sortir tout seul. Peut-être pas. »

Roland enfonça la main dans son sac de sport, en tira un long tuyau en PVC. Le tube de plastique était ondulé et évasé et mesurait deux centimètres et demi de diamètre pour un mètre vingt de long. À l'une des extrémités était fixée une embouchure similaire à celles utilisées lors des tests de fonction pulmonaire. Roland tint le tube au-dessus du visage de Basil Spencer.

« Attrapez-le entre vos dents. »

Spencer tourna la tête, paniqué.

« Comme vous voulez, reprit Roland, et il écarta le tuyau.

— Non ! hurla Spencer. Je le veux ! »

Roland hésita, puis agita de nouveau le tuyau au-dessus du visage de Spencer. Cette fois-ci, Spencer saisit fermement l'embouchure entre ses dents.

Roland fit signe à Charles, qui plaça les gants bleu lavande sur la poitrine de l'homme, et se mit à déverser des pelletées de terre dans le trou. Lorsqu'il eut fini, le tuyau dépassait du sol d'environ une douzaine de centimètres. Roland entendait les inspirations et les expirations humides et frénétiques à travers le tube étroit, un son qui n'était pas sans rappeler celui d'une canule d'aspiration chez le dentiste. Charles tassa la terre, puis Roland et lui regagnèrent la camionnette.

Quelques minutes plus tard, Roland vint placer le véhicule en marche arrière au-dessus de la tombe et laissa tourner le moteur. Il sortit, alla chercher un long tuyau en plastique à l'arrière, celui-ci d'un diamètre plus gros que le précédent. Il en fixa l'une des extrémités au pot d'échappement, et plaça l'autre au-dessus du tube qui sortait du sol.

Roland écouta, attendit que les bruits d'aspiration commencent à s'atténuer, laissant pour le moment son esprit errer jusqu'à un endroit où deux petites filles jouaient à la corde à sauter sur la rive de la Wissahickon, bien des années plus tôt, le soleil brillant au-dessus d'elles tel un œil doré.

L'assemblée était sur son trente et un : quatre-vingt-une personnes entassées comme des sardines dans la petite boutique d'Allegheny Avenue transformée en église. L'air était chargé d'odeurs de parfum fleuri, de tabac, et d'une bonne dose de whiskey bon marché.

Le pasteur émergea de la pièce de derrière tandis que les cinq membres du chœur entonnaient *C'est le Jour qu'a fait le Seigneur*. Son diacre suivit bientôt. Wilma Goodloe menait le chœur ; sa voix puissante était une véritable bénédiction divine.

À la vue du pasteur, l'assemblée se leva comme un seul homme. Le Seigneur régnait.

Après quelques instants, le pasteur s'approcha de la

tribune, leva la main. Il attendit que la musique cesse, que son troupeau se rasseye, que l'esprit s'empare de lui. Comme toujours, c'est ce qui se produisit. Il commença lentement. Il construisait son message comme un maçon érige une maison – une excavation de péché, une fondation de Saintes Écritures, de solides murs de louanges surmontés d'un toit d'hommage au Seigneur. Et au bout de vingt minutes, il assenait le coup de grâce.

« Mais ne vous y trompez pas, il y a beaucoup de ténèbres dans le monde, déclara le prêtre.

— *Ténèbres !* répéta quelqu'un.

— Oh oui, continua le pasteur. Oh, que oui. C'est une sombre et *terrible* époque.

— *Oui !*

— Mais les ténèbres ne sont pas des ténèbres pour le Seigneur.

— *Non !*

— Absolument pas des ténèbres.

— *Non !* »

Le pasteur contourna le pupitre, joignit les mains en prière. Certains membres de l'assemblée se levèrent.

« L'Épître aux Éphésiens V:11 affirme : "Ne prenez point part aux œuvres infructueuses des ténèbres, mais plutôt *condamnez*-les. "

— *Oui !*

— Paul dit : "Tout ce qui est exposé par la lumière est rendu visible, et là où tout est visible il y a de la lumière."

— *Lumière !* »

Quelques instants plus tard, à la fin du sermon, un brouhaha s'était emparé de l'assemblée. Les tambourins chantaient.

Le pasteur Roland Hannah et le diacre Charles Waite étaient enflammés. La nouvelle avait été annoncée au paradis ce jour, et l'Église de la Nouvelle Page de la Flamme Divine en était l'histoire.

Le pasteur considéra son assemblée. Il pensa à Basil Spencer, à la manière dont il avait appris les actes terribles que celui-ci avait commis. Les gens racontent bien des choses à leur pasteur. Y compris les enfants. Il avait appris bien des vérités de la bouche d'enfants. Et il les vengerait tous. Le moment venu. Mais il y avait une affaire qui était comme une tache sombre sur son âme depuis plus d'une décennie, un événement qui avait consumé la moindre de ses joies, un souvenir qui se réveillait en même temps que lui, qui marchait à ses côtés, qui dormait avec lui, et priait avec lui. Un homme lui avait volé son esprit. Et Roland se rapprochait de lui. Il le sentait. Bientôt, il le trouverait. En attendant, comme il l'avait fait par le passé, il accomplirait le travail de Dieu.

Les voix du chœur s'élevèrent dans une prière commune. Les poutres tremblèrent sous la puissance des louanges. *Le soufre étincellerait et s'enflammerait aujourd'hui même*, pensa Roland Hannah.

Oh, que oui.

Un jour que l'Éternel a fait, effectivement.

12

St. Seraphin était une structure haute et étroite dans la 6e Rue. Avec sa façade en stuc couleur crème et ses tourelles élevées surmontées de dômes en bulbe, l'église – fondée en 1897 – était un édifice imposant, l'une des plus vieilles églises orthodoxes russes de Philadelphie. Jessica, qui avait été élevée dans la religion catholique, ne connaissait pas grand-chose à l'orthodoxie. Elle savait qu'il y avait des similarités dans les pratiques de la confession et de la communion, mais c'était à peu près tout.

Byrne participait à une commission d'enquête et à une conférence de presse à propos de l'incident du restaurant. La commission d'enquête était obligatoire ; pas la conférence de presse. Mais Jessica n'avait jamais vu Byrne fuir ses responsabilités. Il serait là, au centre des débats, avec sa plaque brillante et ses chaussures cirées. Apparemment, les familles de Laura Clarke et d'Anton Krotz estimaient que la police aurait dû gérer différemment cette situation tendue. La presse en faisait ses choux gras. Jessica aurait voulu y être pour lui témoigner son soutien, mais elle avait reçu l'ordre de poursuivre les investigations. Kristina Jakos méritait une enquête prompte. Sans compter que l'inquiétude était grande de savoir que son assassin était toujours dans la nature.

Jessica et Byrne se retrouveraient en fin de journée et elle le mettrait au courant des derniers développements. S'il était trop tard, ils se retrouveraient chez Finnigan's Wake. Un inspecteur y organisait son pot de départ en retraite ce soir-là. Et les flics ne manquaient jamais un pot de départ en retraite.

Jessica avait appelé l'église et pris rendez-vous avec le père Gregory Panov. Tandis qu'elle menait l'entretien, Josh Bontrager ratissait les environs immédiats de l'église.

Jessica jugea que le jeune prêtre devait avoir dans les vingt-cinq ans. Il était jovial, rasé de près, vêtu d'un pantalon et d'une chemise noirs. Elle lui tendit sa carte, se présenta. Ils échangèrent une poignée de main. Il avait une étincelle dans les yeux qui suggérait une certaine espièglerie.

« Comment suis-je censée vous appeler ? demanda Jessica.

— Père Greg fera l'affaire. »

D'aussi loin qu'elle se souvînt, Jessica avait toujours été servilement révérencieuse envers les hommes d'Église. Prêtres, rabbins, ministres. Dans son métier, c'était un risque – les hommes de clergé pouvaient assurément être aussi coupables que les autres –, mais c'était plus fort qu'elle. On lui avait inculqué les valeurs catholiques à l'école. À coups de marteau, pour ainsi dire.

Jessica produisit son carnet.

« J'ai cru comprendre que Kristina Jakos était bénévole ici, commença-t-elle.

— Oui. Et je crois qu'elle l'est toujours. »

Le père Greg avait des yeux sombres, intelligents, de petites rides rieuses. Le fait que Jessica s'était exprimée au passé ne lui avait pas échappé. Il traversa la pièce jusqu'à la porte, l'ouvrit, appela quelqu'un. Quelques secondes plus tard, une jolie fille aux cheveux clairs âgée d'environ quatorze ans arriva, lui parla doucement en ukrainien. Jessica les entendit prononcer le nom de Kristina. La fille partie, le père Greg revint.

« Kristina n'est pas ici aujourd'hui. »

Jessica rassembla son courage. C'était plus dur de dire ce qu'elle avait à dire dans une église.

« Je crains d'avoir une mauvaise nouvelle, mon père. Kristina a été assassinée. »

Le père Greg pâlit. Il était prêtre dans un quartier déshérité et violent du nord de Philly, et était donc probablement rompu à de telles nouvelles, mais ça ne rendait pas les choses plus faciles. Il baissa les yeux vers la carte de Jessica.

« Vous êtes de la brigade criminelle ?

— Oui.

— Vous dites qu'elle a été assassinée ?

— Oui. »

Le père Greg fixa un moment le sol du regard, ferma les yeux. Il porta une main à son cœur et, après une inspiration profonde, leva la tête et demanda :

« En quoi puis-je vous aider ?

— J'ai juste quelques questions à vous poser, répondit Jessica en prenant son carnet.

— Tout ce que vous voulez. » Il désigna deux chaises. « Je vous en prie. »

Ils s'assirent.

« Que pouvez-vous me dire sur Kristina ? » demanda Jessica. Le père Greg prit son temps avant de répondre.

« Je ne la connaissais pas si bien que ça, mais je peux vous dire qu'elle était très extravertie. Très généreuse. Les enfants l'aimaient beaucoup.

— Que faisait-elle ici exactement ?

— Elle nous aidait avec le catéchisme. Principalement en tant qu'assistante. Mais elle était disposée à faire à peu près tout.

— Par exemple.

— Eh bien, en préparation de notre concert de Noël, comme de nombreux bénévoles, elle a peint et aidé à monter des décors, cousu des costumes.

— Un concert de Noël ?

— Oui.

— Et ce concert a lieu cette semaine ? »

Le père Greg secoua la tête.

« Non. Nous célébrons nos liturgies divines en fonction du calendrier julien. »

Ça disait vaguement quelque chose à Jessica, mais elle n'arrivait pas à se rappeler de quoi il s'agissait.

« J'ai peur de ne pas être très au fait de tout ça.

— Le calendrier julien a été instauré par Jules César en 46 avant Jésus-Christ. On le désigne parfois par les initiales AS, qui signifient "ancien style". Malheureusement, pour nombre de nos paroissiens, AS signifie "association sportive". J'ai bien peur que le calendrier julien soit terriblement démodé de nos jours.

— Vous ne célébrez donc pas Noël le 25 décembre ?

— Non, répondit-il. Je ne suis pas expert en la matière, mais je peux vous dire que, contrairement au calendrier grégorien, à cause des solstices et des équinoxes, le calendrier julien gagne un jour complet à peu près tous les cent trente-quatre ans. Ainsi, nous célébrons Noël le 7 janvier.

— Ah, fit Jessica. Un bon moyen de profiter des soldes d'après Noël. »

Elle avait juste dit ça pour alléger l'atmosphère. Elle espérait qu'elle ne se montrait pas irrévérencieuse.

Un sourire illumina le visage du père Greg. C'était vraiment un beau jeune homme.

« Et des œufs de Pâques aussi.

— Pouvez-vous savoir quand Kristina est venue ici pour la dernière fois ? demanda Jessica.

— Certainement. » Il se leva, s'approcha d'un

énorme calendrier fixé au mur derrière son bureau, parcourut les dates du regard. « Ça fait une semaine aujourd'hui.

— Et vous ne l'avez pas vue depuis ?

— Non. »

Jessica devait en venir à la partie délicate. Ne sachant trop comment aborder la question, elle plongea tête baissée.

« Connaissez-vous quelqu'un qui aurait pu lui vouloir du mal ? Un prétendant éconduit, un ancien petit ami, quelque chose comme ça ? Peut-être quelqu'un ici à l'église ? »

Le père Greg fronça les sourcils. Il était clair qu'il ne voulait envisager aucun membre de sa congrégation comme un tueur potentiel. Mais il semblait posséder une certaine sagesse ancestrale, tempérée par une solide connaissance de la rue. Jessica était sûre qu'il savait comment les choses se passaient en ville, qu'il connaissait les sombres mobiles du cœur. Il regagna l'autre côté de son bureau, se rassit.

« Je ne la connaissais pas si bien que ça, mais les gens parlent, n'est-ce pas ?

— Bien entendu.

— J'ai cru comprendre que, sous ses airs enjoués, il y avait une certaine tristesse en elle.

— Comment ça ?

— Elle avait l'air d'être en repentance. Peut-être y avait-il quelque chose dans sa vie dont elle se sentait coupable. »

C'était comme si elle faisait quelque chose dont elle avait honte, avait dit Sonja.

« La moindre idée de ce que ça pouvait être ?

— Non, répondit-il. Je suis désolé. Je dois cependant vous informer que la tristesse est une chose commune chez les Ukrainiens. Nous sommes un peuple sociable, mais nous avons une histoire difficile.

— Êtes-vous en train de dire qu'elle aurait pu chercher à se faire du mal ? »

Le père Greg secoua la tête.

« Je ne puis rien affirmer, mais je ne crois pas.

— Pensez-vous qu'elle était du genre à se mettre intentionnellement en danger ? À prendre des risques ?

— Encore une fois, je ne sais pas. C'est juste qu'elle... »

Il s'interrompit de façon abrupte, se passa la main sur le menton. Jessica attendit qu'il continue. Il n'en fit rien.

« Qu'alliez-vous dire ? demanda-t-elle.

— Vous avez un instant ?

— Absolument.

— Il y a quelque chose que vous devriez voir. »

Le père Greg se leva de sa chaise, traversa la petite pièce. Dans un coin, une petite table à roulettes en métal supportait une télévision quarante-huit centimètres. En dessous se trouvait un magnétoscope. Le père Greg alluma la télé, puis s'approcha d'un meuble vitré rempli de livres et de cassettes.

Il chercha un moment, tira une cassette vidéo, l'inséra dans le magnétoscope et appuya sur la touche « Lecture ».

Quelques instants plus tard une image apparut. C'était un film tourné caméra à la main, faiblement éclairé. La caméra se posa bientôt sur le père Greg. Il avait les cheveux plus courts, portait une chemise blanche toute simple. Il était assis sur une chaise, entouré de jeunes enfants, et leur lisait une sorte de fable, l'histoire d'un vieux couple et de leur petite-fille qui savait voler. Derrière lui se tenait Kristina Jakos.

À l'écran, Kristina portait un jean délavé et un sweatshirt noir de l'université de Temple. Lorsque le père Greg eut fini son histoire, il se leva, retira sa chaise. Les enfants se rassemblèrent autour de Kristina qui, visiblement, leur enseignait une danse folklorique. Ses élèves étaient environ une douzaine, âgés de cinq ou six ans, adorables dans leurs costumes de Noël rouges et verts. Certains portaient des costumes traditionnels ukrainiens. Les fillettes regardaient toutes Kristina comme si c'était une princesse. La caméra se déplaça vers la gauche, trouva le père Greg à une épinette cabossée. Il se mit à jouer. La caméra revint sur Kristina et les enfants.

Jessica jeta un coup d'œil au prêtre. Celui-ci regardait la vidéo, captivé. Elle vit que ses yeux se mettaient à briller.

À l'écran, les enfants suivaient les mouvements lents et mesurés de Kristina, imitant ses gestes. Jessica n'était pas experte en la matière, mais Kristina Jakos semblait danser avec une grâce délicate. Elle ne put s'empêcher d'imaginer Sophie dans ce petit groupe et pensa à l'habitude qu'avait sa fille de la suivre partout dans la maison en imitant ses gestes.

Lorsque la musique cessa, les petites filles se mirent à courir en cercle et finirent par s'affaler les unes sur les autres, formant une pile colorée et joyeuse. Kristina Jakos les aida à se relever en riant.

Le père Greg appuya sur la touche « Pause », figeant le sourire de Kristina dont l'image était légèrement floue. Il se tourna de nouveau vers Jessica. Son visage trahissait un mélange de joie, de confusion et de chagrin.

« Comme vous pouvez le voir, elle nous manquera. »

Jessica acquiesça, incapable de trouver ses mots. Un peu plus tôt elle avait vu le cadavre de Kristina Jakos, mis en scène, horriblement mutilé. Et maintenant la jeune femme lui souriait. Le père Greg rompit le silence gêné.

« Vous avez été élevée dans la foi catholique », dit-il. Ça semblait plus une affirmation qu'une question.

« Qu'est-ce qui vous fait croire ça ? »

Il leva la carte qu'elle lui avait donnée.

« Inspecteur Balzano.

— C'est mon nom d'épouse.

— Ah, fit-il.

— Mais oui, je le suis. *Catholique.* » Elle s'esclaffa. « Ce que je veux dire, c'est que je le suis toujours.

— Pratiquante ? »

Jessica avait vu juste. Les prêtres orthodoxes et catholiques avaient en effet beaucoup en commun. Ils semblaient les uns comme les autres avoir le don de vous faire vous sentir comme un mécréant.

« J'essaie.

— Comme nous tous. »

Jessica parcourut ses notes.

« Est-ce que vous voyez autre chose qui pourrait nous aider ?

— Rien ne me vient à l'esprit. Mais je me renseignerai auprès des gens qui connaissaient mieux Kristina ici, répondit le père Greg. Peut-être que quelqu'un saura quelque chose.

— Je vous en serais reconnaissante, dit Jessica. Merci pour votre temps.

— Je vous en prie. Je suis désolé que nous nous soyons rencontrés en une si tragique occasion. »

Comme elle enfilait son manteau près de la porte, elle parcourut une fois de plus le petit bureau du regard. Une lumière grise lugubre filtrait à travers les petits carreaux des fenêtres. Sa dernière vision de St. Seraphin fut le père Greg : bras croisés, le visage maussade, il regardait l'image figée de Kristina Jakos.

13

La conférence de presse était un vrai zoo. Elle se tenait devant la Rotonde, près de la statue de l'agent de police portant un enfant. Cette entrée avait été fermée au public.

Une vingtaine de reporters étaient présents – presse écrite, radio et télévision. Au menu des tabloïds : flic grillé. Les journalistes formaient une horde écumante.

Chaque fois qu'un agent de police était impliqué dans une fusillade controversée – ou une fusillade rendue sujette à controverse par quelque groupe d'intérêt, par un journaliste à la plume assassine, ou pour Dieu sait quelle raison génératrice de gros titres –, il appartenait à la police de réagir. En fonction des circonstances, cette tâche incombait à diverses autorités : soit à la police des polices, soit à l'officier responsable d'un secteur particulier, soit au commissaire divisionnaire en personne si la situation et la politique de la ville l'exigeaient. Les conférences de presse étaient aussi nécessaires qu'ennuyeuses. Mais elles étaient l'occasion pour le département de se rassembler autour de l'un des leurs.

Andrea Churchill, la responsable des affaires publiques, menait les débats. Âgée d'environ quarante-cinq ans, cette ancienne agent du 26e District était une coriace, et Byrne l'avait vue plus d'une fois couper court à des questions inappropriées en foudroyant son interlocuteur de ses yeux bleus glacials. Pendant ses années de service, elle avait reçu seize médailles du mérite, quinze citations, six récompenses de l'Ordre fraternel de la police, et la médaille de Danny Boyle. Andrea Churchill était capable de dévorer une meute de reporters bruyants et assoiffés de sang aussi facilement qu'une viennoiserie au petit déjeuner.

Byrne se tenait derrière elle avec, sur sa droite, Ike Buchanan. Derrière lui, formant une sorte de demi-cercle, se trouvaient sept autres inspecteurs, visages fermés, mâchoires fermes, plaques bien en évidence. La température avoisinait les moins dix degrés. La conférence aurait pu être organisée dans le hall de la Rotonde, mais le fait de faire attendre un paquet de journalistes dans le froid n'était pas pour leur déplaire. La conférence tirait par bonheur à sa fin.

« Nous sommes certains que l'inspecteur Byrne a suivi la procédure au pied de la lettre lors de cette terrible nuit, déclara Churchill.

— Quelle est exactement la procédure dans une telle situation ? demanda le journaliste du *Daily News*.

— Il y a des règles spécifiques. L'agent doit en priorité prendre en compte la vie de l'otage.

— L'inspecteur Byrne était-il en service ?

— Il n'était pas en service au moment des faits.

— Y aura-t-il des poursuites à l'encontre de l'inspecteur Byrne ?

— Comme vous le savez, cela dépend du bureau du procureur. Mais à ce stade nous avons été informés qu'il n'y aurait pas de poursuites. »

Byrne savait exactement la tournure que prendraient les événements. Les médias avaient déjà commencé de réhabiliter Anton Krotz aux yeux du public – sa terrible enfance, la manière dont le système l'avait maltraité. Il y avait aussi eu un article sur Laura Clarke. Byrne était certain que c'était une femme bien, mais l'article en faisait une sainte. Elle travaillait dans un dispensaire local, elle aidait à sauver les lévriers, avait travaillé un an dans une organisation d'aide aux pays en développement.

« Est-il vrai que monsieur Krotz s'est un jour trouvé en garde à vue et a été relâché ? demanda un reporter du *City Paper.*

— Monsieur Krotz a été interrogé par la police il y a deux ans en relation avec un meurtre, mais il a été relâché faute de preuves suffisantes. » Andrea Churchill consulta sa montre. « S'il n'y a plus de questions...

— Elle n'avait pas besoin de mourir », lança une voix à l'arrière de la foule, une voix plaintive, rauque d'épuisement.

Toutes les têtes se tournèrent. Les caméras suivirent le mouvement. Matthew Clarke se tenait derrière la masse de journalistes. Ses cheveux étaient mal peignés, il arborait une barbe de quelques jours, ne portait pas de manteau, pas de gants, juste un costume dans lequel il semblait avoir dormi. Il avait l'air pitoyable. Ou, plus exactement, *piteux*.

« Il continue de vivre sa vie comme si de rien n'était, reprit Clarke en désignant Kevin Byrne du doigt. Et *moi* ? Et mes *enfants* ? »

Pour la presse, c'était du pain béni.

Un journaliste du *Report*, un hebdomadaire à scandales avec lequel Byrne entretenait des rapports pas trop amicaux, cria : « Inspecteur Byrne, qu'est-ce que ça vous fait qu'une femme ait été assassinée juste sous vos yeux ? »

Byrne sentit son sang irlandais bouillir, ses poings irlandais se serrer. Les flashes crépitaient.

« Qu'est-ce que ça me *fait* ? » demanda-t-il.

Ike Buchanan lui posa une main sur le bras. Byrne

avait des choses à dire, beaucoup de choses, mais Ike le serra plus fermement et il comprit le message.

Du calme.

Lorsque Clarke commença de s'approcher de Byrne, deux agents en uniforme l'empoignèrent et l'emmenèrent sans ménagement. Nouveaux flashes.

« Dites-nous, inspecteur ! Qu'est-ce que ça vous *faaaait* ? » hurla Clarke.

Il était saoul. Tout le monde le savait, mais qui pouvait lui en vouloir ? Il venait de perdre brutalement sa femme. Les agents l'emmenèrent au coin de la 8e Rue et de Race Street et le laissèrent partir. Clarke tenta de se lisser les cheveux, de rajuster ses vêtements, de retrouver un peu de dignité. Les agents – une paire de gamins costauds âgés d'une vingtaine d'années – lui barraient l'accès.

Quelques secondes plus tard, il disparut au coin de la rue. La dernière chose qu'ils entendirent fut Matthew Clarke hurlant : « Ce… n'est… pas… *fini* ! »

Un silence stupéfait s'abattit un moment sur la foule, puis les reporters et les caméras se tournèrent vers Byrne. Sous un bombardement de flashes, des questions résonnèrent.

… aurait pu empêcher ça ?

… quelque chose à dire aux enfants de la victime ?

… feriez-vous si ça devait se reproduire ?

Protégé par un mur de policiers, l'inspecteur Kevin Byrne regagna l'intérieur du bâtiment.

14

Ils se réunissaient chaque semaine au sous-sol de l'église. Certaines fois l'assistance ne comprenait que trois personnes, d'autres fois, plus d'une douzaine. Certaines ne manquaient pas une séance. D'autres venaient une fois, épanchaient leurs chagrins, puis disparaissaient à jamais. Le ministère de la Nouvelle Page ne demandait ni honoraires ni donations. La porte était toujours ouverte – parfois on venait y frapper au milieu de la nuit, souvent durant les vacances – et il y avait toujours des pâtisseries et du café pour tous. Fumer était assurément autorisé.

Bientôt les réunions ne se tiendraient plus au sous-sol de l'église. Les contributions généreuses allaient leur permettre de s'offrir un espace clair et aéré dans la 2e Rue. Le bâtiment était pour le moment en rénovation – on en était au stade de la pose du Placoplâtre, bientôt les peintures. Avec un peu de chance, ils seraient en mesure de s'y réunir au début de l'année à venir.

Pour le moment, le sous-sol de la cave était un refuge, comme il l'était depuis des années, un lieu familier où des larmes avaient été versées, des points de vue modifiés, et des vies réparées. Pour le pasteur Roland Hannah, c'était un portail qui s'ouvrait sur l'âme de ses ouailles, la source d'une rivière qui coulait jusqu'au fond de leur cœur.

Tous avaient été victimes de crimes violents. Ou étaient liés par le sang à quelqu'un qui l'avait été. Vols, agressions, cambriolages, viols. Kensington était un quartier difficile, et rares étaient ceux qui arpentaient ses rues et avaient été épargnés par la délinquance. Eux voulaient en parler, cette expérience les avait fait changer, ils cherchaient des réponses, des raisons, le salut.

Ce jour-là, six personnes étaient assises en demicercle sur des chaises pliantes.

« Je ne l'ai pas entendu, expliqua Sadie. Il était silencieux. Il est arrivé derrière moi, m'a frappée sur la tête, volé mon sac à main et s'est enfui en courant. »

Sadie Pierce avait dans les soixante-quinze ans. C'était une petite femme squelettique aux mains depuis longtemps rendues noueuses par l'arthrite, aux cheveux teints au henné. Elle portait toujours des habits rouge vif, de la tête aux pieds. Elle avait jadis été chanteuse et fait la tournée des Catskill dans les années cinquante sous le pseudonyme de Grive écarlate.

« Ont-ils retrouvé vos biens ? » demanda Roland.

Les yeux de Sadie lancèrent des éclairs ; c'était toute la réponse qu'il leur fallait. Chacun savait que la police de Philadelphie n'avait ni l'inclination ni la motivation pour rechercher le vieux sac à main rafistolé d'une petite vieille, et encore moins son contenu.

« Comment vous en sortez-vous ? demanda Roland.

— Couci-couça, répondit-elle. Il n'y avait pas beaucoup d'argent, mais c'étaient les affaires personnelles, vous savez ? Des photos de mon Henry. Et puis tous mes papiers. Il est presque impossible de se payer une tasse de café sans une pièce d'identité de nos jours.

— Dites à Charles ce dont vous avez besoin et nous nous assurerons que vous aurez de quoi vous payer le bus pour aller voir les agences compétentes.

— Merci, pasteur, répondit Sadie. Dieu vous bénisse. »

Les réunions du ministère de la Nouvelle Page étaient informelles, mais on procédait toujours dans le sens des aiguilles d'une montre. Si vous vouliez parler mais aviez besoin de temps pour organiser vos idées, vous vous asseyiez à la droite du pasteur Roland. Ils poursuivirent donc. À côté de Sadie était assis un homme qu'ils ne connaissaient que par son prénom, Sean.

Âgé d'une vingtaine d'années, silencieux et sans prétentions, Sean avait rejoint le groupe environ un an plus tôt et était venu plus de dix fois. Au début, un peu à la manière d'une personne assistant pour la première fois à une réunion des Alcooliques ou des Joueurs anonymes – incertaine quant à ses besoins, quant à l'utilité du groupe –, Sean était resté à la périphérie, près du mur, ne s'attardant parfois que quelques minutes. Puis il avait fini par se rapprocher et prenait désormais place avec le groupe. Il laissait toujours une petite donation dans le bocal, mais n'avait toujours pas raconté son histoire.

« Je suis ravi de vous revoir, frère Sean », commença Roland.

Sean rougit légèrement, sourit.

« Bonjour.

— Comment allez-vous ? » demanda Roland.

Quelques raclements de gorge.

« Ça va, je suppose. »

Il y avait bien des mois de cela, Roland lui avait donné la brochure d'un organisme de soutien psychologique. Il supposait que Sean n'avait jamais pris de rendez-vous. Mais lui poser la question risquait de faire empirer les choses, aussi tenait-il sa langue.

« Y a-t-il quelque chose que vous souhaiteriez partager aujourd'hui ? » demanda Roland.

Sean hésita, se tordit les mains.

« Non, ça va, merci. Je crois que je vais me contenter d'écouter.

— Le Seigneur aime celui qui sait écouter, déclara Roland. Dieu vous bénisse, frère Sean. »

Roland se tourna vers la femme assise à côté de Sean. Son nom était Evelyn Reyes. Elle était corpulente, approchait de la cinquantaine, était diabétique et marchait la plupart du temps avec une canne. Elle n'avait jamais parlé jusqu'alors. Roland sentait que le moment était venu.

« Laissez-nous vous souhaiter de nouveau la bienvenue, sœur Evelyn.

— Bienvenue », dirent-ils tous.

Evelyn leva les yeux et regarda chaque visage l'un après l'autre.

« Je ne sais pas si je peux.

— Vous êtes dans la maison du Seigneur, sœur Evelyn. Nous sommes entre amis. Il ne peut rien vous arriver ici, dit Roland. Nous faites-vous confiance ? »

Elle fit oui de la tête.

« Je vous en prie, racontez-nous vos chagrins. Quand vous serez prête. »

Elle se mit à raconter son histoire d'une voix hésitante.

« Ç'a commencé il y a longtemps. » Ses yeux s'emplirent de larmes. Charles apporta une boîte de mouchoirs en papier, puis retourna s'asseoir sur la chaise près de la porte. Evelyn serra le mouchoir entre ses mains, se tapota les yeux, murmura un remerciement silencieux. Elle attendit encore un long moment, puis poursuivit : « Nous étions une grande famille à l'époque. Dix frères et sœurs. Une vingtaine de cousins. Au fil des années, nous nous sommes tous mariés, avons eu des enfants. Nous organisions des pique-niques chaque année, de grandes réunions de famille.

— Où vous retrouviez-vous ? demanda Roland.

— Parfois, au printemps et en été, nous nous retrouvions au plateau de Belmont. Mais la plupart du temps nous nous réunissions chez moi. Vous savez, dans Jasper Street ? »

Roland acquiesça.

« Je vous en prie, continuez.

— Eh bien, ma fille Dina n'était qu'une enfant à l'époque. Elle avait d'immenses yeux marron. Un sourire timide. C'était une sorte de garçon manqué, vous savez ? Elle *adorait* jouer à des jeux de garçons. »

Evelyn fronça les sourcils, inspira profondément.

« Nous ne le savions pas à l'époque, continua-t-elle, mais à certaines de ces réunions familiales elle avait… des soucis avec quelqu'un.

— Avec qui avait-elle des soucis ? demanda Roland.

— Avec son oncle Edgar. Edgar Luna. Le mari de ma sœur. *Ex*-mari maintenant. Ils jouaient ensemble. C'était du moins ce que nous croyions. Il était adulte, mais nous n'y prêtions pas trop attention. Il était de la famille, n'est-ce pas ?

— Si, dit Roland.

— Au fil des années, Dina a sombré dans le silence. Durant son adolescence elle s'amusait à peine avec ses amies, n'allait pas au cinéma ou au centre commercial. Nous pensions que c'était une phase de timidité qu'elle traversait. Vous savez comment peuvent être les enfants.

— Oh, que oui, fit Roland.

— Eh bien, il est passé du temps. Dina a grandi. Puis, il y a quelques années, elle a craqué. Une espèce de dépression nerveuse. Elle ne pouvait plus travailler. Elle ne pouvait plus faire grand-chose. Nous n'avions pas les moyens de faire appel à un professionnel, alors nous avons fait du mieux possible.

— Bien entendu.

— Et puis un jour, il n'y a pas longtemps, j'ai trouvé ceci. C'était caché sur l'étagère supérieure de l'armoire de Dina. »

Evelyn enfonça la main dans son sac à main, en

tira une lettre écrite sur du papier rose vif, un papier d'enfant aux bords gaufrés. En haut de la feuille étaient imprimés des ballons colorés et festifs. Elle déplia la lettre, la tendit à Roland. Elle était adressée à Dieu.

« Elle a écrit ceci quand elle n'avait que huit ans », expliqua Evelyn.

Roland lut la lettre du début à la fin. Elle était rédigée d'une innocente écriture d'enfant. Elle relatait une abominable histoire d'abus sexuels répétés. Chaque paragraphe détaillait ce que l'oncle Edgar avait fait à Dina dans la cave de sa propre maison. Roland sentit la rage monter en lui. Il implora le Seigneur de ne pas lui faire perdre son calme.

« Ça a duré pendant des *années*, reprit Evelyn.

— Quand ? » demanda Roland, et il replia la lettre, la glissa dans sa poche de chemise.

Evelyn réfléchit un moment.

« Au milieu des années quatre-vingt-dix. Jusqu'à ce que ma fille ait treize ans. Nous n'en avons jamais rien su. Elle avait toujours été une petite fille discrète, même avant ces problèmes, vous savez ? Elle gardait ses sentiments pour elle.

— Qu'est devenu Edgar ?

— Ma sœur a divorcé. Il est retourné vivre à Winterton, sa ville d'origine, dans le New Jersey. Ses parents sont décédés il y a quelques années de cela, mais il y vit toujours.

— Vous ne l'avez pas revu depuis ?

— Non.

— Dina vous a-t-elle jamais parlé de ces choses ?

— Non, pasteur. Jamais.

— Comment se porte votre fille ces temps-ci ? »

Les mains d'Evelyn se mirent à trembler. Pendant un moment, les mots semblèrent se coincer dans sa gorge. Puis :

« Ma petite est morte, pasteur Roland. La semaine

dernière elle a pris des cachets. Elle s'est donné la mort, comme si c'était à elle de le faire. Nous l'avons mise en terre à York, la ville d'où je viens. »

La stupéfaction qui frappa l'assistance fut tangible. Personne ne prononça un mot.

Roland prit la femme entre ses bras, enlaçant ses grosses épaules tandis qu'elle pleurait abondamment. Charles se leva et quitta la pièce, pas uniquement parce qu'il était submergé par l'émotion, mais parce qu'il avait maintenant à faire, beaucoup de choses à préparer.

Roland se rassit sur sa chaise, remit de l'ordre dans ses idées. Il tendit les bras et ils se tinrent tous la main pour former un cercle.

« Prions le Seigneur pour l'âme de Dina Reyes, et pour l'âme de tous ceux qui l'ont aimée », dit Roland.

Tous fermèrent les yeux, se mirent à prier en silence. Lorsqu'ils eurent fini, Roland se leva.

« Le Seigneur m'a envoyé pour panser les cœurs blessés.

— *Amen* », prononça quelqu'un.

Charles revint, se tint dans l'embrasure de la porte. Roland croisa son regard. Si bien des choses posaient problème à Charles dans la vie – parfois de simples actions, souvent des choses que la plupart des hommes accomplissaient sans y réfléchir –, utiliser un ordinateur n'en faisait pas partie. Le Seigneur lui avait accordé le don de percer les profonds mystères de l'Internet, don que Roland ne possédait pas. Et Roland devinait que son demi-frère avait déjà localisé Winterton, dans le New Jersey, et imprimé une carte.

Ils se mettraient bientôt en route.

15

Jessica et Byrne passèrent l'après-midi à prospecter les laveries automatiques qui se trouvaient à proximité, ou à une distance raisonnable en bus, du logement de Kristina Jakos dans North Lawrence. En tout, leur liste en comportait cinq ; mais seulement deux étaient ouvertes après 23 heures. Comme ils approchaient de la All-City Launderette, une laverie ouverte vingt-quatre heures sur vingt-quatre, Jessica, incapable de résister plus longtemps, posa la question.

« La conférence de presse s'est-elle aussi mal déroulée que ce que j'ai vu à la télé ? »

Après avoir quitté St. Seraphin, elle était passée s'acheter un café à emporter dans un petit établissement familial de la 4e Rue. Elle avait aperçu une rediffusion de la conférence de presse sur le poste posé derrière le comptoir.

« Non, fit Byrne. C'était bien, bien pire. »

Jessica aurait dû s'en douter.

« Est-ce qu'on en parlera un jour ?

— On en parlera. »

Malgré sa frustration, Jessica n'insista pas. Parfois, Byrne s'abritait derrière des murs impossibles à escalader.

« Au fait, où est notre jeune inspecteur ? demanda-t-il.

— Josh transfère des témoins pour Ted Campos. Il nous contactera plus tard.

— Qu'avez-vous appris à l'église ?

— Juste que Kristina était une personne merveilleuse. Que les gamins l'adoraient tous. Qu'elle était dévouée. Qu'elle travaillait à la pièce de Noël.

— Bien sûr, dit Byrne. Dix mille membres de gangs vont se coucher ce soir en parfaite santé, et une jeune femme très appréciée qui travaillait avec des gamins est à la morgue. »

Jessica comprenait ce qu'il voulait dire. La vie était ainsi, et leur rôle était de rendre justice dans la mesure du possible. C'était tout ce qu'ils pouvaient faire.

« Je pense qu'elle avait une vie secrète, déclara Jessica, ce qui attira l'attention de Byrne.

— Une vie secrète ? Comment ça ? »

Jessica baissa la voix sans raison apparente, sans doute juste par habitude.

« Je ne suis sûre de rien, mais c'est ce que sa sœur a laissé entendre, sa colocataire l'a pour ainsi dire affirmé, et le prêtre à St. Seraphin a prétendu qu'elle avait une certaine tristesse en elle.

— Une tristesse ?

— C'est le mot qu'il a utilisé.

— Bon sang, tout le monde est triste, Jess. Ça ne signifie pas qu'elle a fait quoi que ce soit d'illégal. Ni même de peu recommandable.

— Certes, mais je vais tout de même retenter ma chance avec la colocataire. Peut-être fouiller un peu plus dans les affaires de Kristina.

— Ça ressemble à un plan. »

La All-City Launderette était la troisième laverie qu'ils visitaient. Les propriétaires des deux premiers établissements ne se rappelaient pas avoir vu la jolie femme blonde élancée.

La All-City comportait quarante machines à laver et vingt séchoirs. Des plantes en plastique étaient suspendues au plafond carrelé taché de rouille. À l'avant se trouvaient des distributeurs de lessive, entre lesquels était fixée une pancarte exprimant une requête intéressante : « S'il vous plaît, ne vandalisez pas les machines. » Jessica se demanda combien de vandales verraient cette pancarte et, dociles, feraient demi-tour. Autant demander aux automobilistes de respecter les limitations de vitesse. Contre le mur du fond se trouvaient une paire de distributeurs de boissons et un échangeur de monnaie. La rangée centrale formée par les machines disposées dos à dos était entourée de chaises et de tables en plastique rose saumon.

Jessica n'avait pas mis les pieds dans une laverie automatique depuis un bout de temps. Ça lui rappela ses années de fac. L'ennui, les magazines vieux de cinq ans, les odeurs de lessive en poudre, d'eau de Javel, d'adoucissant, le cliquetis de la monnaie dans les séchoirs. Ça ne lui avait pas tant manqué que ça.

Derrière le comptoir se trouvait une Vietnamienne âgée d'une soixantaine d'années. Elle était menue et brusque, portait un gilet à motif imprimé doté de petites poches pour ranger la monnaie, ainsi que ce qui ressemblait à cinq ou six sacoches en nylon de couleurs vives autour de la taille. Deux bambins occupés à remplir des livres de coloriage étaient assis sur le sol de sa petite alcôve. La télévision sur l'étagère diffusait un film d'action vietnamien. Derrière la femme était assis un Asiatique qui devait avoir entre quatre-vingts et cent ans. Impossible d'être plus précis.

Une pancarte près de la caisse proclamait : « Mme V. Tran, prop. » Jessica montra sa plaque à la femme. Elle se présenta, présenta Byrne. Puis elle lui montra la photo que Natalya Jakos leur avait confiée, le cliché glamour de Kristina.

« Reconnaissez-vous cette femme ? » demanda Jessica.

La Vietnamienne chaussa une paire de lunettes, observa la photo en la tenant à bout de bras puis en la rapprochant.

« Oui, dit-elle. Elle est venue quelques fois ici. »

Jessica jeta un coup d'œil à Byrne. Ils sentirent la montée d'adrénaline qui accompagnait toujours la première piste.

« Vous rappelez-vous la dernière fois que vous l'avez vue ? » demanda Jessica.

La femme regarda au dos de la photo, comme si elle allait y trouver une date qui l'aiderait à répondre à la question. Puis elle la montra au vieil homme. Il lui répondit en vietnamien.

« Mon père dit il y a cinq jours.

— Est-ce qu'il se souvient de l'heure ? »

La femme se tourna de nouveau vers le vieil homme. Il mit un moment à répondre, visiblement contrarié d'être interrompu au milieu de son film.

« Il était 23 heures passées », répondit la femme. Elle désigna l'homme du pouce. « Mon père. Il n'entend pas trop bien, mais il se souvient de tout. Il dit qu'il est passé ici après 23 heures pour vider le distributeur de monnaie. Elle est arrivée à ce moment-là.

— Est-ce qu'il se souvient s'il y avait quelqu'un d'autre au même moment ? »

Elle s'adressa de nouveau à son père. Il répondit, d'un ton proche de l'aboiement.

« Il dit que non. Pas d'autres clients.

— Il se rappelle si elle était accompagnée ? »

Elle posa la nouvelle question à son père. L'homme secoua la tête. Il était clairement sur le point d'exploser.

« Non », répondit la femme.

Jessica avait presque peur de poser une nouvelle question. Elle se tourna vers Byrne, qui regardait par la fenêtre en souriant. Elle n'obtiendrait aucune aide de sa part. *Merci, partenaire.*

« Je suis désolée. Est-ce que ça signifie qu'il ne se rappelle pas ou qu'elle n'était pas accompagnée ? »

La femme s'adressa de nouveau au vieil homme. Il répondit dans une explosion sonore de vietnamien haut perché. Jessica ne parlait pas cette langue, mais elle aurait parié qu'il y avait quelques jurons là-dedans. Elle supposa que le vieil homme voulait dire que Kristina était venue seule, et qu'il valait mieux lui foutre la paix.

Jessica tendit sa carte à la femme, tout en lui demandant comme elle le faisait chaque fois de l'appeler si elle se souvenait de quoi que ce soit. Elle se tourna pour faire face à la pièce. Il y avait à peu près vingt personnes dans la laverie – lavant, chargeant le linge dans les machines, le secouant, le pliant. Les tables étaient recouvertes de vêtements, de magazines, de boissons, de sièges pour bébés. Essayer de prélever des empreintes digitales sur la myriade de surfaces serait une totale perte de temps.

Mais ils avaient leur victime, vivante, à un endroit et un moment précis. À partir de là ils prospecteraient le voisinage immédiat et détermineraient le trajet du bus qui s'arrêtait de l'autre côté de la rue. La laverie se trouvait à dix bons pâtés de maisons du nouveau logement de Kristina Jakos, il était donc hors de question qu'elle ait parcouru ce chemin à pied, dans le froid, avec son linge. À moins que quelqu'un ne l'ait amenée, ou qu'elle n'ait pris un taxi, elle avait dû prendre le bus. Ou en avait eu l'intention. Peut-être le chauffeur se souviendrait-il d'elle.

Ce n'était pas grand-chose, mais c'était un début.

Josh Bontrager les retrouva à la laverie.

Les trois inspecteurs ratissèrent les deux côtés de la rue, montrant la photo de Kristina aux vendeurs ambulants, aux commerçants, aux loueurs de vélos, aux types qui zonaient dans les parages. Tous, aussi bien hommes que femmes, avaient la même réaction. *Jolie fille!* Malheureusement, personne ne se rappelait l'avoir vue sortir de la laverie quelques jours plus tôt, ni aucun autre jour d'ailleurs. Quand arriva le milieu de l'après-midi, ils avaient parlé à toutes les personnes disponibles – résidents, commerçants, chauffeurs de taxi.

Juste en face de la laverie se trouvaient deux maisons contiguës. Ils avaient parlé à la femme qui vivait dans celle de droite. Elle avait été absente deux semaines, n'avait rien vu. Puis ils avaient frappé à la porte de la seconde maison. Pas de réponse. Comme ils regagnaient leur voiture, Jessica vit les rideaux s'entrouvrir légèrement, puis se refermer immédiatement. Ils rebroussèrent chemin.

Byrne frappa à la vitre. Fort. Finalement, une adolescente ouvrit la porte. Byrne lui montra sa plaque.

C'était une fille mince et pâle d'environ dix-sept ans; très nerveuse, apparemment, à l'idée de parler à la police. Ses cheveux d'un blond roux étaient sans vie. Elle portait une salopette de velours usée jusqu'à la trame et des sandales beiges râpées, des chaussettes blanches élimées. Ses ongles étaient rongés jusqu'au sang.

« Nous aimerions vous poser quelques questions, dit Byrne. Nous promettons de ne pas trop abuser de votre temps. » Rien. Absolument aucune réaction.

« Mademoiselle ? »

La fille regardait ses pieds. Ses lèvres tremblaient légèrement, mais elle ne disait rien. Un malaise s'installa.

Josh Bontrager croisa le regard de Byrne, arqua un sourcil comme pour demander s'il pouvait tenter sa chance. Byrne acquiesça. Bontrager fit un pas en avant.

« Salut », dit-il à la fille.

Celle-ci leva légèrement la tête, mais resta distante et silencieuse. Bontrager jeta un coup d'œil au vestibule de la maison par-dessus l'épaule de la jeune fille, puis posa de nouveau les yeux sur elle.

« *Kannscht du Pennsilfaanisch Deitsch schwetzer ?* »

La fille sembla un moment stupéfaite. Elle scruta Josh Bontrager de la tête aux pieds, puis esquissa un sourire et acquiesça.

« En anglais, d'accord ? » demanda le jeune inspecteur.

Elle repoussa ses cheveux derrière son oreille, soudain consciente de son apparence, s'appuya au montant de la porte. « OK.

— Comment vous appelez-vous ?

— Emily, dit-elle doucement. Emily Miller. »

Bontrager lui montra une photo de Kristina Jakos. « Avez-vous déjà vu cette demoiselle, Emily ? »

La jeune fille scruta la photo quelques instants.

« Oui. Je l'ai vue.

— Où l'avez-vous vue ?

— Elle fait sa lessive de l'autre côté de la rue, répondit Emily en pointant le doigt. Parfois elle prend le bus juste ici.

— Quand l'avez-vous vue pour la dernière fois ? »

Emily haussa les épaules, se rongea un ongle. Bontrager attendit que la jeune fille croise de nouveau son regard. « C'est vraiment important, Emily, reprit-il. *Vraiment* important. Et nous ne sommes pas pressés. Prenez votre temps. »

Quelques secondes plus tard : « Je crois que c'était il y a peut-être quatre ou cinq jours.

— Le soir ?

— Oui, répondit-elle. Il était tard. » Elle désigna le plafond. « Ma chambre est juste là-haut, elle donne sur la rue.

— Était-elle avec quelqu'un ?

— Je ne crois pas.

— Avez-vous vu quelqu'un dans les parages, quelqu'un qui l'observait ?

— J'ai bien vu quelqu'un, répondit Emily après quelques instants de réflexion. Un homme.

— Où était-il ? »

Emily désigna le trottoir juste devant sa maison.

« Il est passé devant la fenêtre à quelques reprises. Il allait et venait.

— Est-ce qu'il attendait juste ici à l'arrêt de bus ? demanda Bontrager.

— Non, dit-elle en pointant le doigt vers la gauche. Je crois qu'il se tenait dans l'allée. Je me suis dit qu'il essayait de s'abriter du vent. Quelques bus sont passés, mais je ne crois pas qu'il attendait le bus.

— Pouvez-vous le décrire ?

— Un homme blanc, répondit-elle. Du moins, je crois. »

Bontrager attendit.

« Vous n'êtes pas sûre ?

— Il faisait nuit, répondit-elle en levant les mains, paumes en l'air. Je n'y voyais pas grand-chose.

— Avez-vous remarqué des véhicules garés près de l'arrêt de bus ? demanda Bontrager.

— Il y a toujours des voitures dans la rue. Je n'ai rien remarqué.

— C'est bon, dit Bontrager avec son grand sourire de fermier qui faisait des merveilles sur la jeune fille. C'est tout ce que nous voulons savoir pour le moment. Vous avez été parfaite. »

Emily Miller rougit légèrement, demeura silencieuse. Ses orteils se tortillèrent dans ses sandales.

« J'aurais peut-être besoin de vous parler de nouveau, ajouta Bontrager. Ça serait possible ? »

La jeune fille acquiesça.

« Au nom de mes collègues, et de toute la police de Philadelphie, j'aimerais vous dire un grand merci pour votre temps. »

Emily posa les yeux sur Jessica, puis Byrne, puis de nouveau sur Bontrager.

« Je vous en prie, répondit-elle.

— *Ich winsch dir en hallich, frelich, glicklich Nei Yaahr* », dit Bontrager.

Emily sourit, se lissa les cheveux. Jessica eut le sentiment qu'elle en pinçait plutôt pour l'inspecteur Joshua Bontrager.

« *Gott segen eich* », répondit Emily.

La jeune fille referma la porte. Bontrager rangea son carnet, lissa sa cravate.

« Alors, dit-il, qu'est-ce qu'on fait maintenant ?

— C'était quoi, cette langue ? demanda Jessica.

— C'était du néerlandais de Pennsylvanie. C'est-à-dire principalement de l'allemand.

— Pourquoi lui avez-vous parlé en néerlandais de Pennsylvanie ? demanda Byrne.

— Eh bien, pour commencer, cette fille était amish. »

Jessica leva les yeux vers la fenêtre de devant. Emily Miller les regardait à travers les rideaux écartés. Elle s'était arrangée pour se brosser rapidement les cheveux. Elle en pinçait donc bel et bien.

« Comment l'avez-vous deviné ? » demanda Byrne.

Bontrager réfléchit un moment à sa réponse.

« Vous savez comment parfois vous regardez une personne dans la rue et vous *savez* que quelque chose cloche chez elle. »

Jessica et Byrne savaient tous deux ce qu'il voulait dire. C'était le sixième sens que tous les agents de police du monde partageaient.

« Oui.

— C'est la même chose chez les amish. Vous *savez* juste. De plus, j'ai vu un édredon typiquement amish sur le divan du salon.

— Qu'est-ce qu'elle fabrique à Philly ? demanda Jessica.

— Difficile à dire. Elle portait des vêtements ordinaires. Soit elle a quitté l'Église, soit elle fait son *rumspringa*.

— Qu'est-ce que c'est que ça ? demanda Byrne.

— Une longue histoire. Nous en reparlerons plus tard. Peut-être autour d'une *colada* au babeurre. »

Il cligna de l'œil et sourit. Jessica regarda Byrne.

Un point pour le petit amish.

Tandis qu'ils regagnaient la voiture, Jessica passa en revue les questions auxquelles ils devaient répondre. Hormis celle qui coulait de source – qui a tué Kristina Jakos et pourquoi ? –, elles étaient au nombre de trois.

Un : Où était-elle entre le moment où elle avait quitté la laverie automatique et celui où elle avait été abandonnée au bord de la rivière ?

Deux : Qui avait appelé la police ?

Trois : Qui était l'homme qui attendait face à la laverie ?

16

La morgue se trouvait dans University Avenue. En rentrant à la Rotonde, Jessica et Byrne trouvèrent un message du docteur Tom Weyrich. Il était marqué « urgent ».

Ils le retrouvèrent dans la principale salle d'autopsie. C'était une première pour Josh Bontrager. Son visage était aussi grisâtre que des cendres de cigare.

Tom Weyrich était au téléphone à leur arrivée. Il tendit un dossier à Jessica, leva un doigt. Le dossier contenait le rapport d'autopsie préliminaire. Jessica le lut attentivement.

> Le corps est celui d'une femme normalement développée mesurant 167 centimètres et pesant 50 kg. Son apparence générale est cohérente avec l'âge indiqué de vingt-quatre ans. Cadavre livide. Yeux ouverts. Iris bleus et cornées opaques. Signes d'hémorragie pétéchiale dans la conjonctive bilatéralement. Marques de ligatures visibles sur le cou sous la mandibule.

Weyrich raccrocha le téléphone. Jessica lui rendit le rapport. « Donc elle a été étranglée, dit-elle.

— Oui.

— Et c'est la cause de la mort ?

— Oui, répondit Weyrich. Mais elle n'a pas été étranglée avec la ceinture en nylon retrouvée autour de son cou.

— Avec quoi alors ?

— Avec une corde beaucoup plus fine. Une corde en polypropylène. Incontestablement par-derrière. » Weyrich désigna une photo de la marque en V laissée par la corde sur la nuque de la victime. « La marque n'est pas assez haute pour indiquer une pendaison. Je pense que ça a été fait à la main. Le tueur se tenait derrière elle tandis qu'elle était assise, il lui a passé la corde autour du cou, et a serré.

— Et la corde ?

— J'ai d'abord cru à une corde à trois torons en polypropène standard. Mais le labo a prélevé deux fibres. L'une bleue, l'autre blanche. Nous présumons que c'est une corde qui a été traitée pour résister aux produits chimiques, probablement flottante. Il y a une bonne chance pour que ce soit une corde de piscine.

— Vous voulez dire le genre de corde qu'on utilise dans les piscines pour séparer les lignes ? demanda Jessica.

— Oui, répondit Weyrich. Une corde solide fabriquée à partir d'une fibre peu extensible.

— Alors pourquoi avait-elle une ceinture autour du cou ? demanda Jessica.

— Là, je ne peux pas vous aider. Peut-être pour dissimuler les marques d'étranglement pour des raisons esthétiques. Peut-être que ça signifie quelque chose. La ceinture est au labo.

— Ils ont quelque chose dessus ?

— Elle est vieille.

— C'est-à-dire ?

— Peut-être quarante ou cinquante ans. Les fibres ont commencé à se décomposer à cause de son utilisation, de son âge, et de l'érosion. Ils ont trouvé tout un tas de substances dans les fibres.

— Comme quoi ?

— De la sueur, du sucre, du sang, du sel. »

Byrne jeta un rapide coup d'œil à Jessica.

« Ses ongles sont en plutôt bon état, continua Weyrich. Mais nous avons tout de même effectué un prélèvement. Pas d'éraflures ni de bleus.

— Et ses pieds ? » demanda Byrne.

Depuis la découverte, ils n'avaient toujours pas été retrouvés. Des plongeurs de la brigade fluviale s'apprêtaient à effectuer des recherches près de la scène de crime plus tard dans la journée, mais même avec leur matériel sophistiqué, ça prendrait un moment. L'eau de la Schuylkill était glaciale.

« Ses pieds ont été amputés *post mortem* au moyen d'un instrument aiguisé en dents de scie. Il y a quelques éclats d'os, je ne pense donc pas qu'il s'agissait d'une scie chirurgicale. » Il désigna un gros plan extrêmement rapproché de la coupure. « C'était plus que probablement une scie de charpentier. Nous avons prélevé quelques traces de matière dans cette zone. Le labo pense qu'il s'agit de fragments de bois. De l'acajou peut-être.

— Donc vous dites que la scie a servi à couper du bois avant d'être utilisée sur la victime ?

— Nous n'en sommes qu'au stade préliminaire, mais ça semblerait correct.

— Et rien de tout ça n'a eu lieu sur la scène de crime ?

— *A priori*, non, répondit Weyrich. Mais elle était incontestablement morte au moment de l'amputation. Dieu merci. »

Jessica prit quelques notes, un peu décontenancée. Une scie de charpentier.

« Il y a autre chose », ajouta Weyrich.

Il y a toujours autre chose, pensa Jessica. *Chaque fois qu'on pénètre dans l'univers d'un psychopathe, il y a autre chose.*

Tom Weyrich repoussa le drap. Le corps de Kristina Jakos était incolore. Sa musculature s'affaissait déjà. Jessica se rappela qu'elle paraissait si gracieuse et forte sur la cassette vidéo à l'église. Si vivante.

« Regardez ça. »

Weyrich indiqua un point sur l'abdomen de la victime, une zone brillante et blanchâtre à peu près grosse comme une pièce de cinquante *cents*.

Il alluma la lumière vive au-dessus de leur tête, saisit une lampe à UV manuelle et l'alluma également. Jessica et Byrne virent immédiatement où il voulait en venir. Il y avait un cercle d'environ cinq centimètres de diamètre sur le bas du ventre de la victime. Depuis l'endroit où elle se tenait, à quelques dizaines de centimètres, Jessica eut l'impression qu'il s'agissait d'un disque presque parfait.

« Qu'est-ce que c'est que ça ? demanda-t-elle.

— Un mélange de sperme et de sang. »

Ça changeait tout. Byrne regarda Jessica. Jessica, Josh Bontrager. Bontrager avait toujours le visage grisâtre et exsangue. « Il y a eu des sévices sexuels ? demanda Jessica.

— Non, répondit Weyrich. Il n'y a pas eu de pénétration vaginale ni anale récente.

— Vous avez effectué des prélèvements ? »

Weyrich acquiesça.

« Ils étaient négatifs.

— L'assassin lui a éjaculé dessus ?

— Encore une fois, non. »

Il attrapa une loupe, la tendit à Jessica. Elle se pencha, examina le cercle. Et elle sentit son estomac se nouer.

« Oh, bon Dieu. »

Si le cercle était presque parfait, il était bien plus qu'un simple cercle. Il renfermait une représentation très détaillée de la lune.

« C'est un dessin ? demanda Jessica.

— Oui.

— Peint avec du sperme et du sang ?

— Oui, répondit Weyrich. Et le sang n'est pas celui de la victime.

— Oh, de mieux en mieux, fit Byrne.

— À en juger d'après les détails, il a probablement fallu des heures pour faire ça, expliqua Weyrich. Nous attendons un rapport ADN. Incessamment sous peu. Trouvez ce type, nous identifierons son ADN et l'affaire sera réglée.

— Donc ça a été *peint*, comme… avec un pinceau ? demanda Jessica.

— Oui. Nous avons récupéré quelques fibres. L'assassin a utilisé un pinceau onéreux en poil de martre. Notre type est un artiste accompli.

— Un artiste charpentier, nageur, psychopathe et *masturbateur*, lâcha Byrne, plus ou moins dans sa barbe.

— Le labo a les fibres ?

— Oui. »

C'était une bonne chose. Ils auraient un rapport sur les poils du pinceau et pourraient peut-être en retracer la provenance.

« Savons-nous si cette "peinture" a été faite avant ou après la mort ? demanda Jessica.

— Je dirais après, répondit Weyrich. Mais il n'y a aucun moyen d'en être sûr. Le fait qu'il soit si détaillé et le fait qu'il n'y avait aucune trace de barbituriques dans le sang de la victime me poussent à croire que ça a été fait *post mortem*. Elle n'a pas été droguée. Personne ne pourrait rester aussi immobile dans un état conscient. »

Jessica observa le dessin de plus près. C'était une image classique de la lune sous forme humaine, similaire à une vieille gravure représentant un visage bienveillant qui regarde la Terre depuis le ciel. Elle s'imagina quelqu'un peignant ça sur un cadavre. Le peintre avait mis en scène sa victime, pour ainsi dire là où elle pouvait être vue de tous. Il était audacieux. Et clairement cinglé.

Jessica et Byrne étaient dans le parking, totalement abasourdis.

« S'il vous plaît, dites-moi que c'est une première pour vous, déclara Jessica.

— C'est une première.

— Nous cherchons un type qui enlève une femme en pleine rue, l'étrangle, lui coupe les pieds, puis qui met des heures à dessiner la lune sur son estomac.

— Exact.

— Avec son propre sperme et son propre sang.

— Nous ne savons pas encore avec certitude à qui appartiennent le sang et le sperme, objecta Byrne.

— Merci, fit Jessica. Je commençais juste à croire que j'y comprenais quelque chose. J'espérais plus ou moins qu'il s'était branlé, tailladé les poignets, et qu'il avait fini par se vider de son sang.

— Nous n'aurons pas cette chance. »

Comme ils s'engageaient dans la rue, quatre mots résonnaient dans l'esprit de Jessica.

Sueur, sang, sucre, sel.

De retour à la Rotonde, Jessica téléphona à la compagnie des bus. Après avoir essuyé divers obstacles bureaucratiques, elle parla enfin au chauffeur qui effectuait le service de nuit sur le trajet qui passait devant la laverie All-City. Il confirma qu'il avait effectué ce trajet le soir où Kristina Jakos avait fait sa lessive, le soir où on l'avait vue pour la dernière fois vivante. Le chauffeur se rappelait précisément ne *pas* avoir pris en charge qui que ce soit à cet arrêt de toute la semaine.

Kristina Jakos n'était jamais arrivée jusqu'au bus.

Tandis que Byrne établissait une liste de boutiques de fripes et de vêtements d'occasion, Jessica parcourut les rapports préliminaires du labo. Il n'y avait pas d'empreinte digitale sur le cou de Kristina Jakos. Pas de sang sur la scène de crime hormis les quelques traces retrouvées au bord de la rivière et sur ses vêtements.

Trace de sang, pensa Jessica. Elle songea de nouveau à la « peinture » de la lune sur l'estomac de Kristina. Ce qui lui donna une idée. C'était tiré par les cheveux, mais c'était mieux que rien. Elle décrocha le téléphone et appela le presbytère de St. Seraphin. Bientôt elle eut le père Greg au bout du fil.

« En quoi puis-je vous aider, inspecteur ? demanda-t-il.

— J'ai une petite question à vous poser, dit-elle. Vous avez un moment ?

— Bien entendu.

— J'ai peur que ça vous paraisse un peu étrange.

— Je suis prêtre dans une grande ville, répondit le père Greg. Les choses étranges sont mon lot quotidien.

— Il s'agit d'une question sur la lune. »

Silence. Jessica n'en attendait pas moins.

« La lune ?

— Oui. Quand nous nous sommes parlé, vous avez évoqué le calendrier julien, dit Jessica. Je me demandais s'il avait quoi que ce soit à voir avec la lune, le cycle lunaire, quelque chose comme ça.

— Je vois, fit le père Greg. Comme je vous ai dit, je ne suis pas particulièrement expert en la matière, mais je peux vous dire que, tout comme le calendrier grégorien, qui est lui aussi divisé en mois de longueurs variables, le calendrier julien n'est plus synchronisé avec les phases de la lune. De fait, le calendrier julien est un calendrier purement solaire.

— Donc il n'est accordé aucune importance particulière à la lune dans l'orthodoxie ou la culture russes ?

— Je n'ai pas dit ça. Les contes et le folklore russes traitent bien souvent du soleil comme de la lune, mais je ne vois rien qui concerne les *phases* de la lune.

— Quel genre de contes ?

— Eh bien, il y a une histoire en particulier, une histoire très connue, intitulée *La Vierge du soleil et le croissant de lune*.

— Qu'est-ce que c'est ?

— Un conte sibérien, je crois. Peut-être une fable en *ket*[1]. Assez grotesque d'après certains.

— Je suis flic dans une grande ville. Le grotesque est mon lot quotidien. »

Le père Greg partit à rire.

« Eh bien, *La Vierge du soleil et le croissant de lune* est l'histoire d'un homme qui devient le croissant de lune et est adoré par la Vierge du soleil. Malheureusement – et c'est la partie grotesque – il est déchiré en deux par la Vierge du soleil et une vilaine sorcière tandis qu'elles se battent pour lui.

— Déchiré en deux ?

— Oui, répondit le père Greg. Et il s'avère que la Vierge du soleil a eu la moitié qui ne comportait pas le cœur du héros, elle ne peut donc lui rendre la vie que pour une semaine chaque fois.

— C'est joyeux, remarqua Jessica. C'est une histoire pour enfants ?

— Les histoires folkloriques ne sont pas toutes pour les enfants, répliqua le prêtre. Je suis sûr qu'il y en a d'autres. Je serais heureux de me renseigner. Nous avons beaucoup de paroissiens âgés. Ils en sauront assurément plus que moi sur la question.

— J'apprécierais beaucoup », dit Jessica, principalement par courtoisie.

Elle ne voyait pas en quoi cela pouvait être pertinent.

1. Langue de Sibérie. *(N.d.T.)*

Ils se dirent au revoir. Jessica raccrocha. Elle irait tout de même à la bibliothèque publique pour en savoir plus sur cette histoire, et aussi pour se renseigner sur les gravures ou les représentations de la lune.

Son bureau était couvert de photos imprimées à partir de son appareil numérique, des clichés pris sur la scène de crime de Manayunk. Trois douzaines de plans moyens et de gros plans – la ligature, la scène de crime elle-même, le bâtiment, la rivière, la victime.

Jessica saisit les photos et les enfonça dans son sac. Elle les regarderait plus tard. Elle en avait assez vu pour aujourd'hui. Elle avait besoin d'un verre. Ou de six.

Elle jeta un coup d'œil par la fenêtre. Il commençait déjà à faire sombre. Jessica se demanda s'il y aurait un croissant de lune cette nuit.

17

Il était une fois un intrépide soldat de plomb, et lui et tous ses camarades étaient nés de la même cuiller de plomb. Ils étaient habillés de bleu. Ils marchaient en rang. Ils étaient craints et respectés.

Lune se tient face à la taverne, de l'autre côté de la rue, et attend son soldat de plomb, avec une patience infinie. Les lumières de la ville, les lumières de Noël, étincellent au loin. Lune rôde dans l'obscurité, observant les soldats de plomb qui franchissent la porte de la taverne, s'imaginant le feu qui les réduira en paillettes.

Il ne s'agit cependant pas de toute la boîte de soldats – empilés, raides, au garde-à-vous, baïonnettes figées – mais juste d'un. Un guerrier vieillissant, quoique toujours fort. Ça ne sera pas facile.

À minuit ce soldat de plomb ouvrira la tabatière et rencontrera son sorcier. Alors, à cet ultime instant, il n'y aura plus que lui et Lune. Il n'y aura pas d'autres soldats pour l'aider, pas de demoiselle en papier pour le pleurer. Le feu sera terrible et il versera ses larmes de plomb.

S'agira-t-il du feu de l'amour ?

Lune tient l'allumette dans sa main.

Et il attend.

18

La foule au premier étage de Finnigan's Wake était redoutable. Rassemblez une cinquantaine de flics dans une pièce et vous pouvez vous attendre à un sacré tohu-bohu. Finnigan's Wake était une vénérable institution à l'angle de la 3e Rue et de Spring Garden Street, un célèbre pub irlandais qui attirait des agents de tous les secteurs, de tous les quartiers de la ville. Quand vous quittiez la police de Philadelphie, il y avait de grandes chances pour que votre pot de départ y soit organisé. De même que votre réception de mariage. Et la nourriture chez Finnigan's Wake n'était pas la plus mauvaise de la ville.

Ce soir-là, une fête était organisée pour le départ en retraite de l'inspecteur Walter Brigham. Après près de quatre décennies dans les forces de l'ordre, il passait la main.

Jessica but une gorgée de bière, balaya la salle du regard. Elle était dans la police depuis dix ans, elle-même fille d'un des inspecteurs les plus renommés des trois dernières décennies, et le vacarme créé par des douzaines de flics échangeant leurs récits de guerre dans un bar était devenu une sorte de berceuse. Elle commençait à accepter de plus en plus le fait que, quoi qu'elle en pense, ses amis étaient, et seraient probablement toujours, des collègues.

Bien sûr, elle parlait toujours à ses anciens camarades de classe de Nazarene Academy, et parfois à certaines des filles de son ancien quartier dans le sud de Philly – du moins à celles qui, comme elle, avaient emménagé dans le nord-est. Mais pour l'essentiel, tous les gens sur qui elle comptait portaient un pistolet et une plaque. Y compris son mari.

Même si la fête était en l'honneur de l'un des leurs, il ne régnait pas nécessairement une atmosphère d'unité dans la salle. Celle-ci était parsemée de groupes d'agents parlant entre eux, dont le plus conséquent était une faction d'inspecteurs gradés. Et même si Jessica avait assurément payé son droit d'entrée dans ce groupe-là, elle n'en faisait pas encore *totalement* partie. Comme dans n'importe quelle grande organisation, il y avait toujours des clans, des sous-groupes qui faisaient corps pour une variété de raisons : race, sexe, expérience, discipline, quartier.

Ces inspecteurs étaient réunis à l'autre bout du bar.

Byrne arriva juste après 9 heures. Il avait beau connaître à peu près tous les inspecteurs présents, avoir gravi les échelons en même temps que la moitié d'entre eux, lorsqu'il pénétra dans la salle il choisit de prendre place près de l'extrémité du bar où se trouvait Jessica. Elle apprécia le geste, même si elle sentit qu'il aurait préféré être avec cette meute de loups – jeunes comme vieux.

À minuit, la fête en l'honneur de Walt Brigham avait atteint le stade où l'on éclusait sérieusement. Ce qui signifiait que les anecdotes allaient aussi bon train. Douze inspecteurs formaient un groupe au bout du bar.

« OK, commença Richie DiCillo. Je suis dans la voiture de patrouille avec Rocco Testa. » Richie était un vieux de la vieille du nord de Philly. Il avait maintenant une cinquantaine d'années et avait été l'un des gourous de Byrne à ses débuts. « On est en 1979, à l'époque où ces petites télés portables à piles ont commencé à faire leur apparition. On est à Kensington, il y a du foot à la télé, les Eagles contre les Falcons. Partie serrée, ça va, ça vient. Sur le coup de 11 heures quelqu'un frappe à la vitre. Je lève la tête. Un travesti joufflu, en grand tralala – perruque, ongles, faux cils, robe à paillettes, talons hauts. Il s'appelait Charlise, ou Chartreuse, ou Charmoose, quelque chose comme ça. J'avais l'habitude de l'appeler Charlie l'Arc-en-ciel.

— Je me souviens de lui, intervint Ray Torrance. Il devait mesurer un mètre soixante-dix pour cent dix kilos ? Avec une perruque différente pour chaque soir de la semaine ?

— C'est lui, dit Richie. On pouvait savoir quel jour on était à la couleur de ses cheveux. Bref, il a une lèvre amochée et un œil au beurre noir. Il me raconte que son maquereau l'a tabassé, et il veut qu'on attache le bonhomme sur la chaise électrique. *Après* lui avoir coupé les couilles. Rocco et moi, on se regarde, puis on jette un coup d'œil à la télé. Il reste moins de deux minutes à jouer. Avec la pub et ces conneries, on dispose peut-être de trois minutes, d'accord ? Rocco sort de la voiture comme un éclair. Il emmène Charlie derrière la voiture et lui explique qu'on a un tout nouveau système. Le top de la technologie. Il lui dit qu'il peut raconter son histoire au juge depuis la rue, et que le juge enverra une escouade spéciale pour mettre la main sur ce salopard. »

Jessica se tourna vers Byrne, qui la regarda en haussant les épaules, même s'ils se doutaient l'un comme l'autre de la suite de l'anecdote.

« Bien sûr, Charlie *adore* cette idée, poursuivit Richie. Alors Rocco sort la télé de la voiture, il trouve un canal avec juste de la neige et des lignes ondulées, et il la pose sur le coffre. Puis il dit à Charlie de regarder l'écran et de parler. Charlie arrange ses cheveux, son maquillage, comme s'il était sur le point de passer à la télé, vous voyez ? Il se colle littéralement le nez à l'écran et il raconte tous les détails sordides. Quand il a fini, il se penche en arrière, comme s'il s'attendait à voir tout d'un coup une centaine de bagnoles de police débouler dans la rue. Sauf que, juste à cette seconde, le haut-parleur de la télé se met à grésiller, comme si elle avait capté une nouvelle chaîne. Et c'est le cas. Sauf que c'est une pub qui passe.

— Oh ! oh ! fit quelqu'un.

— Une pub pour du thon en boîte.

— *Non*, fit un autre.

— Oh, si, répondit Richie. Tout d'un coup, archifort, le slogan “Désolé, Charlie” retentit. »

Explosion de rires à travers la salle.

« Il croyait que c'était le putain de *juge*. Alors il détale à toute berzingue dans Frankford avec sa perruque et ses talons et ses paillettes. Je ne l'ai jamais revu.

— J'en ai une encore meilleure ! lança quelqu'un, hurlant par-dessus les rires. On avait monté cette opération à Glenwood… » Et les anecdotes s'enchaînèrent.

Byrne jeta un coup d'œil à Jessica. Celle-ci secoua la tête. Elle aussi avait quelques anecdotes, mais il se faisait tard. Byrne désigna son verre presque vide.

« Un dernier ? »

Jessica jeta un coup d'œil à sa montre.

« Non. J'y vais, répondit-elle.

— Petite joueuse », répliqua Byrne.

Il vida son verre d'un trait, fit un geste à l'attention de la serveuse.

« Qu'est-ce que je peux dire ? Les filles doivent dormir pour être belles. »

Byrne demeura silencieux, se balança sur ses talons, se trémoussa un peu au son de la musique.

« *Hé !* » hurla Jessica en lui enfonçant son poing dans l'épaule.

Byrne fit un bond. Il eut beau essayer de cacher sa douleur, son visage le trahit. Jessica savait cogner.

« *Quoi ?*

— C'est le moment où vous êtes censé dire : “Dormir pour être belle ? Vous n'avez pas besoin de dormir pour être belle, Jess. ”

— Dormir pour être belle ? Vous n'avez pas besoin de dormir pour être belle, Jess.

— Pas trop tôt. »

Jessica enfila son blouson de cuir.

« Je croyais que c'était, vous savez, *évident* », ajouta Byrne, qui n'en menait pas large.

Il se massa l'épaule.

« Bien essayé, inspecteur. Vous êtes en état de conduire ? » C'était une question rhétorique.

« Oh, oui, répondit machinalement Byrne. Ça va. »

Les flics, pensa Jessica. Les flics étaient toujours en état de conduire.

Jessica traversa la salle, lança ses *au revoir* et ses *bonne chance*. Comme elle approchait de la porte, elle aperçut Josh Bontrager qui se tenait à l'écart, souriant. Sa cravate était de travers ; l'une de ses poches ressortait de son pantalon. Il avait l'air un peu éméché. À la vue de Jessica, il tendit la main. Ils échangèrent une poignée de main. Puis une autre.

« Vous allez bien ? » demanda-t-elle.

Bontrager acquiesça avec un peu trop d'exagération, peut-être pour se convaincre lui-même.

« Oh oui. Bien. Bien. Bien. »

Dieu sait pourquoi, Jessica se sentait des instincts maternels à son égard.

« Bon, parfait.

— Vous vous rappelez quand j'ai dit que j'avais déjà entendu toutes les plaisanteries ?

— Oui. »

Bontrager agita la main d'un air ivre.

« J'en étais loin.

— Que voulez-vous dire ? »

Bontrager se mit au garde-à-vous. Il lui fit le salut militaire. Plus ou moins.

« Je vous informe que j'ai l'insigne honneur d'être le tout premier inspecteur amish de l'histoire de la police de Philadelphie. »

Jessica éclata de rire.

« À demain, Josh. »

En sortant elle vit un inspecteur du District Sud qu'elle connaissait montrer une photo de son petit-fils qui venait de naître à un autre flic. *Bébés*, pensa-t-elle.

Il y avait des bébés partout.

19

Byrne se prépara une assiette au petit buffet, la posa sur le bar. Il n'eut pas le temps d'avaler une bouchée qu'il sentit une main sur son épaule. Il se retourna, vit les yeux rendus vitreux par l'alcool, les lèvres humides. Avant qu'il ait le temps de réagir, Walt Brigham le serra entre ses bras. Byrne trouva ça étrange car ils n'avaient jamais été si proches que ça. D'un autre côté, c'était une soirée spéciale pour lui.

Ils rompirent finalement leur étreinte, reprirent contenance comme le font les hommes : raclements de gorge, main dans les cheveux, ajustement de cravate. Puis les deux hommes reculèrent, balayèrent la pièce du regard.

« Merci d'être venu, Kevin.

— Je n'aurais manqué ça pour rien au monde. »

Walt Brigham était aussi grand que Byrne, mais un peu voûté. Il avait des cheveux broussailleux gris acier, une moustache bien taillée, de grosses mains rêches. Ses yeux bleu océan avaient vu beaucoup de choses, et en conservaient la trace.

« Vous y croyez à ce ramassis de petites frappes ? » lança Brigham.

Byrne regarda autour de lui. Richie DiCillo, Ray

Torrance, Tommy Capretta, Joey Trese, Naldo Lopez, Mickey Nunziata. Tous des anciens.

« D'après vous, combien il y a de poings américains dans cette pièce ? demanda Byrne.

— En comptant les miens ? »

Les deux hommes éclatèrent dc rire. Byrne leur commanda une tournée. La serveuse, Margaret, apporta deux boissons que Byrne ne reconnut pas.

« Qu'est-ce que c'est ? demanda-t-il.

— Cadeau des deux jeunes femmes au bout du bar. »

Byrne et Walt Brigham regardèrent. Deux policières – bien fichues, jolies et toujours en uniforme, dans les vingt-cinq ans – se tenaient au bout du bar. Ils levèrent leurs verres, puis Byrne se tourna vers Margaret.

« Vous êtes sûre que ces verres nous étaient destinés ?

— Absolument. »

Les deux hommes contemplèrent la concoction posée devant eux.

« J'abandonne, dit Brigham. C'est quoi ?

— Des Jager Bombs, répondit Margaret avec le sourire qui, dans un pub irlandais, signalait toujours un défi à relever. Moitié Red Bull, moitié Jägermeister.

— Qui peut bien boire ça ?

— Tous les jeunes, répondit Margaret. Ça leur file un coup de fouet pour continuer à faire la fête. »

Byrne et Brigham se regardèrent, firent la moue. S'ils étaient de vrais inspecteurs de Philly, ils devaient jouer le jeu. Les deux hommes levèrent leurs verres en signe de remerciement. Ils burent quelques gorgées.

« Bordel de *merde* ! lâcha Byrne.

— *À la vôtre !* » lança Margaret, puis elle regagna son poste en riant.

Byrne se tourna vers Walt Brigham, qui encaissait l'étrange potion un peu mieux que lui. Bien sûr, il était déjà complètement blindé. Peut-être que le Jager Bomb lui ferait du bien.

« Je n'arrive pas à croire que vous partiez, dit Byrne.

— Il est temps, répondit Brigham. La rue, c'est pas pour les vieux.

— Vieux ? Qu'est-ce que vous racontez ? Deux gamines d'une vingtaine d'années viennent de vous payer un verre. Et des *jolies* gamines, par-dessus le marché. Des filles avec des flingues. »

Brigham sourit, mais son sourire s'estompa rapidement. Il avait cette expression distante qu'ont tous les flics qui prennent leur retraite. Cette expression qui semblait hurler : *Je ne mettrai plus jamais le pied à l'étrier.* Il fit tourner son verre entre ses mains, s'apprêta à parler, se ravisa. Puis il finit par dire :

« On ne les arrête jamais tous, vous savez ? »

Byrne voyait exactement ce qu'il voulait dire.

« Il y a toujours une affaire, continua Brigham. Celle qui ne vous laisse jamais en paix. »

Il désigna Richie DiCillo de la tête.

« Vous parlez de la fille de Richie ? demanda Byrne.

— Oui, répondit Brigham. J'étais l'enquêteur principal. J'ai passé deux ans sur cette affaire.

— Oh, la vache, fit Byrne. Je ne le savais pas. »

Annemarie, la fille de Richie DiCillo âgée de neuf ans, avait été retrouvée assassinée dans Fairmount Park en 1995. Elle revenait d'une fête d'anniversaire avec une amie, qui avait également été tuée. Ce meurtre sauvage avait fait les gros titres en ville des semaines durant. Le dossier n'avait jamais été classé.

« J'ai du mal à croire que tant d'années se sont écoulées, dit Brigham. Je n'oublierai jamais ce jour. »

Byrne regarda Richie DiCillo. Il racontait une autre de ses anecdotes. Quand Byrne avait fait sa connaissance, il y avait une éternité de cela, Richie était un monstre, une légende de la rue, un flic des stups qu'il valait mieux craindre. Dans les rues du nord de Philadelphie, on murmurait le nom de DiCillo d'une voix pleine de révérence.

Mais après l'assassinat de sa fille, il avait semblé se ratatiner, devenir un modèle réduit de l'homme qu'il avait été. Et maintenant, il se contentait juste de faire son boulot machinalement.

« Vous avez eu des pistes ? » demanda Byrne.

Brigham secoua la tête.

« Quasiment rien. Je crois qu'on a interrogé toutes les personnes qui se trouvaient dans le parc ce jour-là. On a dû recueillir une centaine de dépositions. Aucun témoin spontané.

— Que sont devenus les parents de l'autre fillette ? »

Brigham haussa les épaules.

« Partis. J'ai parfois essayé de les retrouver. En vain.

— Et les analyses scientifiques ?

— Rien. Mais c'était il y a longtemps. En plus, il y avait une tempête. Il pleuvait comme vache qui pisse. Les quelques indices que nous aurions pu avoir ont été balayés par la pluie. »

Byrne vit dans les yeux de Walt Brigham la profondeur de son regret et de sa douleur. Il comprenait, ayant lui-même une collection de sales affaires au fond de son cœur. Il laissa passer une minute environ, tenta de changer le sujet.

« Alors, qu'est-ce que vous avez sur le feu, Walt ? »

Brigham leva les yeux, fixa sur Byrne un regard qui le troubla légèrement.

« Je vais demander ma licence, Kevin.

— Votre licence ? demanda Byrne. Votre licence de détective privé ? »

Brigham acquiesça.

« Je vais enquêter sur l'affaire de mon côté », dit-il. Puis, baissant la voix : « En fait, soit dit entre nous, ça fait un bout de temps que j'y travaille à titre privé.

— L'affaire d'Annemarie ? »

Byrne ne s'attendait pas à ça. Il pensait entendre des histoires de bateau de pêche, de camping-car, ou peut-être le plan classique du flic qui veut s'acheter un bar sous les tropiques – un endroit où les gamines de dix-neuf ans vont faire la fête en bikini pendant les vacances de printemps –, le genre de projet qu'aucun d'entre eux ne semblait jamais réaliser.

« Oui, répondit Brigham. J'ai une dette envers Richie. Bon Dieu, la ville entière a une dette envers lui. Pensez donc. Sa gamine se fait assassiner dans notre secteur et nous ne résolvons pas l'affaire ? » Il posa sèchement son verre sur le bar, leva un doigt qui semblait accuser autant le monde que lui-même. « Enfin quoi, chaque année nous ressortons le dossier, nous prenons quelques notes, puis nous le rangeons. C'est pas ça la putain de *justice*. Ce n'était qu'une gamine.

— Est-ce que Richie est au courant de votre projet ? demanda Byrne.

— Non. Je lui en parlerai le moment venu. »

Ils restèrent silencieux une minute environ, écoutant les bavardages, la musique. Lorsque Byrne reposa les yeux sur Brigham, celui-ci avait de nouveau une expression distante, les yeux luisants.

« Ah, bon sang, fit Brigham. C'étaient les plus jolies gamines que vous ayez jamais vues. »

Ne sachant que faire d'autre, Kevin lui posa la main sur l'épaule.

Ils se tinrent ainsi un long moment.

Byrne quitta le bar, s'engagea dans la 3e Rue. Il pensait à Richie DiCillo. Il se demandait combien de fois celui-ci avait tenu son arme de service, consumé par la colère, la rage, le chagrin. Il se demandait à quel point il avait été proche d'en finir, conscient que si quelqu'un lui prenait sa fille à lui, il aurait un mal de chien à trouver une raison de continuer.

Comme il atteignait sa voiture, il se demanda pendant combien de temps il continuerait de faire comme si rien ne s'était passé. Il s'était beaucoup menti à ce sujet dernièrement. Cette nuit, il avait éprouvé des choses fortes.

Il avait ressenti quelque chose quand Walt Brigham l'avait étreint. Il avait vu des choses sombres, avait même senti une odeur. Il ne l'avouerait jamais à personne, pas même à Jessica, avec qui il avait pourtant presque tout partagé au cours des dernières années. Il n'avait jusqu'alors jamais perçu d'odeur au cours de ses visions.

Or, quand il avait étreint Walt Brigham, il avait senti une odeur d'aiguilles de pin. Et de fumée.

Byrne se glissa derrière le volant, attacha sa ceinture, inséra un CD de Robert Johnson dans le lecteur, et s'enfonça dans la nuit.

Bon sang, pensa-t-il.

Des aiguilles de pin et de la fumée.

20

Edgar Luna quitta en titubant l'Old Tavern House dans Station Road, le bide rempli de bière, la tête remplie de conneries. Le même genre de conneries que sa mère l'avait forcé à gober pendant les dix-huit premières années de sa vie : il était un raté. Il ne vaudrait jamais rien. Il était idiot. Exactement comme son père.

Chaque fois qu'il buvait un coup de trop, ça lui revenait d'un coup.

Le vent virevoltait dans la rue quasi déserte, faisant claquer son pantalon, pleurer ses yeux, le forçant à faire une pause. Il s'enveloppa le visage dans son écharpe, et se dirigea vers le nord dans la bourrasque.

Edgar Luna était un petit homme dégarni, grêlé de marques d'acné, depuis longtemps abonné à toutes les maladies de la cinquantaine – colite, eczéma, champignons aux orteils, gingivite. Il venait d'avoir trente-cinq ans.

Il n'était pas saoul, mais il n'en était pas loin non plus. La nouvelle serveuse, Alyssa ou Alicia ou quel que soit son putain de nom, l'avait rembarré pour la dixième fois. Qu'est-ce que ça pouvait foutre ? Elle était trop vieille pour lui de toute manière. Edgar les aimait plus jeunes. *Beaucoup* plus jeunes. Depuis toujours.

La plus jeune – et la meilleure – avait été sa nièce Dina. Bon Dieu, ça lui faisait quoi maintenant, vingt-quatre ans ? Trop vieille. De beaucoup.

Edgar tourna à l'angle et s'engagea dans Sycamore Street. Son pavillon miteux l'accueillit. Avant d'avoir réussi à tirer ses clés de sa poche, il entendit un bruit. Il pivota sur lui-même d'un mouvement mal assuré, balançant un peu sur ses talons. Derrière lui, deux silhouettes se détachaient dans l'éclat des illuminations de Noël sur le trottoir d'en face. Un homme grand et un petit, tous deux vêtus de noir. Le grand avait une tête pas possible – cheveux blonds coupés à ras, rasé de près, un peu une allure de tapette d'après Edgar Luna. Le petit était bâti comme un tank. Une chose dont Edgar était sûr, c'est qu'ils n'étaient pas de Winterton. Il ne les avait jamais vus.

« Qui vous êtes ? demanda Edgar.

— Je suis Malachi », répondit le grand.

Ils avaient mis moins d'une heure à parcourir les quatre-vingts kilomètres, et se trouvaient désormais dans la cave d'une maison vide du nord de Philadelphie, au beau milieu d'un pâté de maisons en ruine. Il n'y avait pas une lumière à moins de trente mètres dans n'importe quelle direction. Ils avaient garé la camionnette dans une allée derrière la rangée de maisons.

Roland avait soigneusement choisi le lieu. Ces habitations devaient bientôt être réhabilitées, et il savait que dès que le temps le permettrait, les ouvriers couleraient du béton dans ces sous-sols. Un membre de sa congrégation travaillait dans le bâtiment.

Au milieu de la cave glaciale, Edgar Luna était assis nu, ligoté au moyen de toile adhésive à une vieille chaise en bois ; ses vêtements avaient déjà été brûlés. Le sol était en terre battue, froide mais pas gelée. Dans le coin de la pièce, deux pelles à long manche attendaient. Trois lanternes à kérosène éclairaient les lieux.

« Parlez-moi de Fairmount Park », dit Roland.

Luna le fusilla du regard.

« Parlez-moi de Fairmount Park, répéta Roland. Avril 1995. »

Edgar Luna semblait frénétiquement fouiller dans ses souvenirs. Il ne faisait aucun doute qu'il avait commis bien des mauvaises actions au cours de sa vie – des choses répréhensibles pour lesquelles il avait toujours su qu'il devrait un jour payer la sombre addition. Ce moment était venu.

« Qu'est-ce que c'est que ces conneries, je… je ne sais pas de quoi vous parlez, mais vous vous méprenez. Je suis innocent.

— Vous êtes bien des choses, monsieur Luna, dit Roland. Mais certainement pas innocent. Confessez vos péchés et le Seigneur fera preuve de miséricorde.

— Je jure que je ne sais pas…

— Moi, en revanche, je ne le peux pas.

— Vous êtes fêlé !

— Avouez ce que vous avez fait à ces fillettes dans Fairmount Park en avril 1995. Le jour où il y avait tant de pluie.

— *Fillettes* ? demanda Edgar Luna. *1995* ? *De la pluie* ?

— Vous vous rappelez sûrement Dina Reyes. »

Ce nom l'ébranla. Il se rappelait.

« Qu'est-ce qu'elle vous a raconté ? »

Roland produisit la lettre de Dina. À sa vue, Luna eut un mouvement de recul.

« Elle aimait le rose, monsieur Luna. Mais je suppose que vous le saviez.

— C'est sa mère, n'est-ce pas ? Cette putain de salope ! Qu'est-ce qu'elle vous a raconté ?

— Dina Reyes a avalé une poignée de cachets et mis

fin à sa triste existence, une existence que vous avez détruite. »

Edgar Luna sembla soudain comprendre qu'il ne quitterait jamais cette pièce. Il se débattit de toutes ses forces. La chaise balança, grinça, puis bascula sur une des lampes. La lampe tomba, aspergeant de kérosène la tête de Luna qui s'enflamma soudain. Des flammes se mirent à lui lécher le côté droit du visage. Luna hurla, frappant sa tête contre la terre battue froide. Charles approcha calmement, éteignit le feu. Une odeur âcre de kérosène, de chair brûlée et de cheveux fondus emplit l'espace confiné.

Bravant la puanteur, Roland se pencha vers l'oreille d'Edgar Luna.

« Qu'est-ce que ça fait d'être captif, monsieur Luna ? D'être à la merci de quelqu'un ? N'est-ce pas ce que vous avez fait à Dina Reyes ? L'entraîner dans une cave ? Comme maintenant ? »

Il était essentiel aux yeux de Roland que ces hommes comprennent exactement ce qu'ils avaient fait, qu'ils ressentent ce que leurs victimes avaient ressenti. Il se donnait beaucoup de mal pour recréer la peur.

Charles redressa la chaise. Le front d'Edgar Luna ainsi que le côté droit de son cuir chevelu étaient couverts de cloques et de boursouflures. Une large bande de cheveux avait disparu, remplacée par une plaie béante et noire.

« Il baignera ses pieds dans le sang des méchants, récita Roland.

— Putain, vous pouvez pas faire ça, mec ! » hurla Edgar d'un ton hystérique.

Roland n'entendait pas les paroles des mortels.

« Il triomphera d'eux. Ils seront si absolument vaincus que leur défaite sera finale et fatale, et sa délivrance complète et suprême.

— Attendez ! »

Luna tenta de se dégager de la toile adhésive. Charles

sortit le mouchoir lavande et l'entoura autour du cou de l'homme. Il le tint par-derrière.

Roland Hannah se rua sur l'homme. Des hurlements transpercèrent la nuit.

Philadelphie dormait.

21

Jessica était couchée, les yeux grands ouverts. Vincent dormait comme une masse, comme d'habitude. Elle n'avait jamais connu quelqu'un qui avait le sommeil aussi profond que son mari. Il avait beau être le témoin de toutes les perversions que la ville avait à offrir, chaque soir vers minuit, il se réconciliait avec le monde, et s'endormait aussitôt.

Jessica n'y était jamais parvenue. Elle n'arrivait pas à dormir, et elle savait pourquoi. En fait, il y avait deux raisons. D'abord, l'histoire que lui avait racontée le père Greg n'arrêtait pas de lui trotter dans la tête : un homme coupé en deux par la Vierge du soleil et la sorcière. *Merci, père Greg.*

L'autre image qui la hantait était celle de Kristina Jakos assise au bord de la rivière, telle une poupée cabossée sur une étagère de petite fille.

Vingt minutes plus tard, Jessica était à la table du salon, une tasse de cacao posée devant elle. Elle savait que le chocolat contenait de la caféine, et que ça la tiendrait probablement éveillée quelques heures de plus. Mais elle savait aussi que le chocolat contenait du chocolat.

Elle étala les photos de la scène de crime de Kristina

Jakos sur la table, les ordonna, de haut en bas : la rue, l'allée, l'avant du bâtiment, les voitures abandonnées, l'arrière du bâtiment, la pente qui descendait vers la rivière, puis la pauvre Kristina elle-même. En les regardant ainsi, Jessica parvint à peu près à se représenter la scène telle que l'avait vue le tueur. Elle retraçait ses pas.

Faisait-il nuit lorsqu'il avait mis le cadavre en scène ? Sans doute. Étant donné que l'homme qui avait assassiné Kristina ne s'était ni suicidé, ni rendu à la police, il devait espérer s'en tirer avec son crime tordu.

4×4 ? Pick-up ? Camionnette ? Une camionnette lui aurait certainement facilité la tâche.

Mais pourquoi Kristina ? Pourquoi ces vêtements bizarres et ces mutilations ? Pourquoi la « lune » sur son ventre ?

Jessica regarda la nuit d'un noir d'encre de l'autre côté de la fenêtre.

Qu'est-ce que c'était que cette vie ? se demanda-t-elle. Elle était à moins de cinq mètres de l'endroit où dormait son adorable fille, de celui où dormait son mari adoré, et elle était là à regarder les photos d'une femme morte au beau milieu de la nuit.

Pourtant, malgré le danger et l'horreur qui formaient son quotidien, Jessica ne se voyait pas faire autre chose. Dès l'instant où elle avait mis les pieds à l'école de police, elle n'avait désiré qu'une chose, travailler à la criminelle. Et maintenant elle y était. Mais le boulot commençait à vous dévorer vivant dès que vous franchissiez les portes de la Rotonde.

À Philadelphie, une affaire vous arrivait le lundi. Vous enquêtiez dessus, traquant les témoins, interrogeant les suspects, compilant les analyses scientifiques. Et juste quand vous commenciez à faire quelques progrès, on était jeudi, vous étiez de nouveau en haut de la liste, et on vous refilait un autre cadavre. Vous deviez faire vite, car si vous n'arrêtiez pas quelqu'un dans les quarante-huit heures, il y avait de grandes chances pour que vous n'arrêtiez jamais personne. Ou du moins c'est ce qu'affirmait la théorie. Alors vous abandonniez ce que vous aviez sur le feu – tout en gardant un œil sur les pistes que vous aviez en cours – et vous attaquiez la nouvelle affaire. Puis soudain, on était le lundi suivant, et un autre cadavre sanglant atterrissait à vos pieds.

Quand vous gagniez votre vie en tant qu'enquêteur – n'importe quel genre d'enquêteur –, vous ne viviez que pour la *capture*. Pour Jessica, de même que pour tous les enquêteurs qu'elle connaissait, le soleil se couchait et se levait sur la *capture*. Parfois, la *capture* était votre repas, votre sommeil, votre long baiser passionné. Seuls les collègues enquêteurs comprenaient ce besoin. Si les camés avaient pu être enquêteurs ne serait-ce qu'une seconde, ils auraient balancé leurs seringues pour toujours. Rien ne vous faisait plus planer que la *capture*.

Jessica serra les mains autour de sa tasse. Le cacao était froid. Elle baissa de nouveau les yeux vers les photos. *Étaient-ce elles qui allaient conduire à la capture ?*

22

Walt Brigham se déporta sur le bas-côté de Lincoln Drive, coupa le moteur, éteignit les phares. Il était encore un peu éméché après sa fête d'adieux chez Finnigan's Wake et n'en revenait toujours pas que tant de monde soit venu.

Cette section de Fairmount Park était plongée dans le noir à cette heure. La circulation était rare. Il baissa sa vitre et l'air glacial lui redonna un petit coup de fouet. Il entendait l'eau de Wissahickon Creek qui coulait non loin.

Brigham avait posté l'enveloppe avant de prendre la route. Il se sentait sournois, presque criminel de l'avoir envoyée anonymement. Mais il n'avait pas le choix. Il avait mis des semaines à se décider, et maintenant c'était fait. Ses trente-huit années en tant que flic étaient désormais derrière lui. Il était une nouvelle personne.

Il pensa à l'affaire d'Annemarie DiCillo. C'était comme s'il avait reçu le coup de fil la veille. Il se rappelait être arrivé sous la tempête – à cet endroit même –, avoir sorti son parapluie, pénétré dans les bois…

Au bout de quelques heures ils avaient réuni les suspects habituels, les voyeurs, les pédophiles, les hommes qui venaient de sortir de prison après avoir purgé une peine pour violence sur enfants, notamment sur des petites filles. Tous avaient un alibi. Personne n'avait craqué, ni donné un autre suspect. Étant donné leur nature, leur peur accrue de la vie en prison, il était notoire que les pédophiles avaient tendance à balancer facilement. Mais personne ne l'avait fait.

Une crapule particulièrement abjecte nommée Joseph Barber leur avait pendant un moment semblé être leur homme, mais il avait un alibi – pas franchement solide – pour le jour des meurtres de Fairmount Park. Quand Barber avait été retrouvé assassiné – poignardé avec treize couteaux à steak – Brigham s'était dit que ses péchés l'avaient rattrapé.

Mais quelque chose le titillait quant aux circonstances de la mort de Barber. Au cours des cinq années qui avaient suivi, Brigham avait traqué un certain nombre d'hommes soupçonnés d'être pédophiles, à la fois en Pennsylvanie et dans le New Jersey. Six d'entre eux avaient été assassinés, tous dans d'affreuses circonstances, et aucun de ces meurtres n'avait été élucidé. Certes, personne dans aucune brigade criminelle n'allait se casser le cul à essayer de résoudre une affaire de meurtre quand la victime était une ordure qui s'en prenait à des enfants, mais des échantillons avaient tout de même été prélevés et analysés, des dépositions de témoins avaient été prises, des empreintes digitales relevées, des rapports remplis. Pas un seul suspect ne s'était matérialisé.

Lavande, pensa-t-il. *À quoi rimait cette histoire de lavande ?*

En tout, Walt Brigham avait trouvé six hommes assassinés, tous des satyres qui avaient été interrogés et relâchés – ou au moins soupçonnés – dans le cadre d'affaires impliquant des petites filles.

C'était fou, mais possible.

Quelqu'un assassinait les suspects.

Sa théorie n'avait jamais rencontré beaucoup de succès à la brigade, aussi Walt l'avait-il laissée tomber. Officiellement. Il continuait néanmoins de prendre des notes très détaillées sur ces affaires. Même s'il ne se souciait guère de ces hommes, il y était contraint par le fait qu'il était enquêteur à la criminelle. Un assassinat était un assassinat. Il revenait à Dieu de juger les victimes, pas à Walter J. Brigham.

Il se mit à penser à Annemarie et Charlotte. Elles avaient depuis peu cessé de courir dans ses rêves, mais ça ne signifiait pas que les images avaient cessé de le hanter. Dorénavant, chaque fois que le calendrier passait de mars à avril, chaque fois qu'il voyait des fillettes dans leurs robes de printemps, tout ce qui avait alors assailli ses sens lui revenait de façon brutale – l'odeur des bois, le bruit de la pluie, les deux jeunes filles qui semblaient endormies. Yeux clos, tête inclinée. Et puis il y avait le nid.

Le putain de pervers qui les avait tuées avait construit un *nid* autour d'elles.

Walt Brigham sentit la colère lui déchirer les entrailles, comme un poing de barbelés dans sa poitrine. Il se rapprochait. Il le sentait. De son propre chef, il s'était rendu à Odense, dans le comté de Berks, en Pennsylvanie. Il avait mené des investigations, pris des photos, parlé à des gens. C'était là que menait la piste du tueur d'Annemarie et Charlotte, et Brigham avait senti le goût du mal dès qu'il avait traversé le village, comme une potion amère sur sa langue.

Il descendit de voiture, traversa Lincoln Drive, poursuivit son chemin à travers les arbres désolés jusqu'à atteindre la Wissahickon. Le vent froid hurlait. Il remonta son col, enfouit son visage dans son écharpe de laine.

C'était là qu'elles avaient été trouvées.

« Je suis de retour, les enfants », dit-il.

Brigham leva les yeux vers le ciel, vers la lune âpre

et grise dans les ténèbres. Il éprouva de nouveau dans toute leur violence les émotions de cette nuit-là. Il revit leurs robes blanches éclairées par les gyrophares. Les expressions tristes et vides de leurs visages.

« Je voulais juste que vous sachiez que vous pouvez compter sur moi maintenant, continua-t-il. À plein temps. Vingt-quatre heures sur vingt-quatre. Nous allons l'attraper. »

Il regarda un moment l'eau couler, puis il regagna sa voiture, le pas soudain léger, comme si un grand poids lui avait été ôté des épaules, comme si le chemin à suivre avait subitement été tracé. Il se glissa dans sa voiture, démarra, monta le chauffage.

Il était sur le point de s'engager dans Lincoln Drive lorsqu'il entendit… *une chanson ?*

Non.

Ce n'était pas une chanson. Plutôt une comptine. Une comptine qu'il connaissait très bien. Son sang se figea dans ses veines.

Tant de belles demoiselles
Dansent au son du tambour…

Brigham regarda dans le rétroviseur. Lorsqu'il vit les yeux de l'homme sur la banquette arrière, il sut. C'était l'homme qu'il avait si longuement cherché.

Jeune fille, c'est ton tour…

La peur s'empara de lui. Son arme était sous le siège. Il avait trop bu. Il n'aurait jamais le temps de l'attraper.

Ton tour d'user tes semelles !

Lors de ces ultimes moments, bien des choses apparurent à l'inspecteur Walter James Brigham. Elles s'imposèrent à lui avec une clarté accrue, comme lors des quelques secondes qui précèdent un orage électrique. Il sut que Marjorie Morrison était bien l'amour de sa vie. Il sut que son père avait été un homme bon, et qu'il avait convenablement élevé ses enfants. Il sut qu'Anne-marie DiCillo et Charlotte Waite avaient rencontré le mal incarné, qu'elles avaient été suivies dans la forêt et livrées au diable.

Et Walter Brigham sut aussi qu'il avait eu raison depuis le début.

L'eau avait toujours été au cœur de l'affaire.

23

Health Harbor était une petite salle de sport de Northern Liberties dirigée par un ancien sergent de police du 24e District. Le nombre de ses adhérents, principalement des flics, était limité, ce qui épargnait les incontournables cours de gym collectifs des clubs habituels. En plus, il y avait un ring de boxe.

Jessica y arriva vers 6 heures du matin, fit ses étirements, courut huit kilomètres sur le tapis de jogging tout en écoutant de la musique de Noël sur son iPod.

À 7 heures, son grand-oncle Vittorio Giovanni arriva. À quatre-vingt-un ans, il avait toujours les yeux marron clair que Jessica se rappelait de son enfance, les yeux doux et sages qui avaient fait tourner la tête de Carmella, sa défunte femme, par une chaude soirée d'août lors du banquet du festival de l'Assomption. Même aujourd'hui, ces yeux étincelants disaient que l'homme à l'intérieur était bien plus jeune. Vittorio avait jadis été boxeur professionnel. À ce jour, il n'avait jamais réussi à regarder un match de boxe à la télé en restant assis sur son siège.

Au cours des dernières années, il avait été le manager et l'entraîneur de Jessica. En tant que boxeuse professionnelle, celle-ci avait un record de cinq victoires à zéro, dont quatre par K.-O. Et son dernier combat avait été retransmis à la télé sur la chaîne ESPN2. Vittorio avait toujours affirmé que quand Jessica serait prête à abandonner, il l'encouragerait dans sa décision et jetterait lui aussi l'éponge. Mais Jessica n'était encore sûre de rien. Ce qui l'avait incitée à se lancer dans ce sport – le désir de perdre du poids après la naissance de Sophie, ainsi que celui d'être capable de se défendre si nécessaire contre des suspects violents – était devenu autre chose : le besoin de lutter contre le vieillissement grâce à ce qui était, de loin, la discipline la plus brutale.

Vittorio saisit les protections de mousse, se glissa lentement entre les cordes.

« Tu as fait tes kilomètres ? » demanda-t-il.

Il refusait d'appeler ça de la « cardio ».

« Oui », répondit Jessica.

Elle était censée courir dix kilomètres, mais ses muscles de trentenaire étaient fatigués. L'oncle Vittorio ne se laissa pas berner.

« Demain, tu en fais douze », ordonna-t-il. Jessica ne prit pas la peine de nier ni de discuter. « Prête ? »

Il frappa les protections de mousse l'une contre l'autre, les tint en hauteur.

Jessica commença doucement, assenant de petits coups sur les protections, croisant avec sa droite. Comme toujours, elle trouva son rythme, trouva la bonne zone. Son esprit s'évada de la salle de sport qui sentait la sueur, il traversa la ville et se posa sur une jeune femme morte cérémonieusement abandonnée au bord de la Schuylkill.

À mesure qu'elle accélérait l'allure, sa colère s'accentuait. Elle revit l'image de Kristina Jakos souriante, s'imagina la confiance que la jeune femme avait dû avoir en son assassin, la certitude qu'il ne lui arriverait rien de mal, que lorsque le jour se lèverait le lendemain elle serait un peu plus proche de ses rêves. La colère de Jessica prit toute son ampleur lorsqu'elle pensa à l'arrogance et à la sauvagerie de la personne qu'ils recherchaient, une personne qui avait étranglé une jeune femme et l'avait mutilée…

« Jess ! »

Son oncle hurlait. Jessica s'arrêta, en sueur. Elle s'essuya les yeux avec le dos de son gant, recula de quelques pas. Les quelques personnes présentes dans la salle les dévisageaient.

« *Pause*, dit doucement son oncle, qui l'avait déjà vue dans cet état.

— Désolée », répondit Jessica en se demandant combien de temps son moment d'absence avait duré.

Elle se mit à marcher d'un coin à l'autre, tournant en rond sur le ring pour reprendre son souffle. Lorsqu'elle s'arrêta, Vittorio s'approcha d'elle. Il laissa tomber les protections, aida Jessica à ôter ses gants.

« Une affaire difficile ? » demanda-t-il.

Sa famille la connaissait bien.

« Oui, répondit-elle. Une affaire difficile. »

Jessica passa la matinée à travailler sur ordinateur. Elle entra une série de critères dans divers moteurs de recherche. Les résultats concernant l'amputation étaient maigres, mais incroyablement épouvantables. Au Moyen Âge, il n'était pas rare qu'un voleur perde une main, ou un voyeur un œil. Certaines sectes religieuses perpétuaient cette pratique. Les mafieux italiens découpaient des gens depuis des années, mais ils n'abandonnaient pas les cadavres au vu et au su de tout le monde. En général, ils les charcutaient pour pouvoir les faire entrer dans un sac ou une boîte ou une valise qu'ils balançaient ensuite dans un site d'enfouissement de déchets. D'ordinaire dans le New Jersey.

Elle ne trouva rien qui ressemblât à ce qui avait été fait à Kristina Jakos au bord de cette rivière.

Il était possible de se procurer des cordes de piscine

auprès de diverses boutiques sur Internet. Apparemment, elles étaient similaires à des cordes standard en polypropylène tressé, mais étaient traitées de manière à résister à des produits chimiques tels que le chlore. Elles servaient essentiellement à maintenir ensemble une ligne de flotteurs. Le labo n'avait détecté aucune trace de chlore.

Dans la région, entre les boutiques d'articles maritimes et les fournisseurs de piscines de Philadelphie, du New Jersey et du Delaware, des douzaines de négociants proposaient ce type de corde. Dès que Jessica aurait le rapport final du labo, détaillant son type et son modèle, elle décrocherait son téléphone.

Juste après 11 heures, Byrne entra dans la salle commune en possession de l'enregistrement de l'appel qui avait signalé la présence du cadavre de Kristina.

L'unité audiovisuelle était située au sous-sol de la Rotonde. Sa mission principale consistait à fournir de l'équipement à la brigade en cas de besoin – appareils photo, matériel vidéo, instruments d'enregistrement et de surveillance – ainsi qu'à enregistrer les chaînes de télévision et de radio locales à la recherche d'informations importantes susceptibles d'être utiles à la brigade. L'unité aidait aussi à analyser les cassettes de surveillance et les divers enregistrements audiovisuels.

L'agent Mateo Fuentes était un ancien de l'unité. Il avait joué un rôle clé dans la résolution d'une enquête récente sur un psychopathe fana de cinéma qui avait terrorisé la ville. C'était un homme d'une trentaine d'années, précis et méticuleux dans son travail, étrangement scrupuleux quant à sa grammaire, et personne dans l'unité audiovisuelle n'était plus doué que lui pour découvrir ce que pouvait recéler un enregistrement électronique.

Jessica et Byrne entrèrent dans la salle de contrôle.

« Qu'est-ce qui vous amène, inspecteurs ? demanda Mateo.

— Appel anonyme, répondit Byrne, et il lui tendit la cassette.

— Les appels anonymes, ça n'existe pas », répliqua Mateo. Il inséra la cassette dans la machine. « Je suppose que le numéro n'a pas été identifié ?

— Non, répondit Byrne. On dirait qu'il s'agit d'un portable résilié. »

Dans la plupart des États, chaque personne qui appelle le 911 abandonne son droit à l'anonymat. Même si vous avez un système de blocage sur votre téléphone qui empêche la plupart des gens que vous appelez de voir votre numéro sur leur identificateur d'appel, l'unité radio de la police et les opérateurs peuvent le voir. À quelques exceptions près. L'une d'entre elles est un appel provenant d'un téléphone résilié. Quand un téléphone est coupé – pour non-paiement, ou parce que l'abonné a un nouveau numéro – il demeure possible de composer le 911. Malheureusement pour les enquêteurs, il n'est alors plus possible d'identifier le numéro.

Mateo enfonça la touche « Lecture » du magnétophone. *Police de Philadelphie, Opérateur 204, que puis-je pour vous ?* demanda l'opérateur.

Il y a… il y a un cadavre. Derrière l'ancien entrepôt de pièces automobiles de Flat Rock Road.

Clic. Fin de l'enregistrement.

« Hum, fit Mateo. Pas franchement loquace. »

Il enfonça la touche « Stop », puis « Retour en arrière ». Il fit de nouveau défiler la cassette. À la fin de l'enregistrement, il la rembobina une fois de plus, la passa une troisième fois, inclinant la tête vers les enceintes. Il appuya sur « Stop ».

« Homme ou femme ? demanda Byrne.

— Homme, répondit Mateo.

— Vous êtes sûr ? »

Mateo se tourna vers lui, le fusilla du regard.

« OK, capitula Byrne.

— Il est dans une voiture ou un espace confiné. Pas d'écho, bonne acoustique, pas de sifflement. » Mateo passa de nouveau la cassette. Il effectua quelques réglages. « Vous entendez ça ? »

Il y avait une musique en fond sonore. Très faible, mais bel et bien là.

« J'entends quelque chose », dit Byrne.

Retour en arrière. Nouveaux ajustements. Moins de sifflements. Une mélodie émergea.

« Radio ? demanda Jessica.

— Peut-être, répondit Mateo. Ou un CD.

— Passez-la de nouveau », dit Byrne.

Mateo rembobina la cassette, l'inséra dans un nouveau lecteur.

« Je vais la numériser », expliqua-t-il.

L'unité audiovisuelle possédait un arsenal de logiciels audio qui ne cessait de croître et qui permettait non seulement de nettoyer un fichier sonore, mais aussi de séparer les pistes d'un enregistrement afin de les isoler pour mieux les examiner.

Quelques minutes plus tard, Mateo travaillait sur un ordinateur portable. Les fichiers de l'appel anonyme dessinaient désormais une série de pointes vertes et noires à l'écran. Mateo appuya sur « Lecture », ajusta le volume. Cette fois, la mélodie en fond sonore était plus claire, plus distincte.

« Je connais cette chanson », déclara-t-il. Il la passa de nouveau, ajustant des potentiomètres, rendant la voix presque inaudible. Mateo brancha alors un casque, l'enfila. Il ferma les yeux, écouta. Il passa le fichier une fois de plus. « Je l'ai. » Il rouvrit les yeux, ôta son casque. « Le titre de la chanson est *I Want You*. Par Savage Garden. »

Jessica et Byrne échangèrent un coup d'œil.

« Qui ? demanda Byrne.

— Savage Garden. Un duo de pop australien. Leur heure de gloire remonte à la fin des années quatre-vingt-dix. Enfin, une gloire moyenne. Cette chanson date de 1997 ou 1998. Un assez gros succès.

— Comment savez-vous tout ça ? » demanda Byrne.

Mateo le fusilla de nouveau du regard.

« Ma vie ne se limite pas aux infos de Channel 6 et à des vidéos de prévention contre la criminalité, inspecteur. Il s'avère que je suis un individu très sociable.

— Que pensez-vous de la personne qui a passé le coup de fil ?

— Je vais devoir réécouter l'enregistrement, mais je peux vous dire que cette chanson de Savage Garden n'est plus beaucoup diffusée, il ne s'agissait donc probablement pas d'une radio, expliqua Mateo. À moins que ce ne soit une station spécialisée dans les vieilleries.

— Une chanson de 97, une vieillerie ? s'étonna Byrne.

— Faudra vous y faire, pépé.

— Merde.

— Si la personne qui a passé l'appel possède ce CD, et l'écoute encore, alors elle a probablement moins de quarante ans, déclara Mateo. Je dirais trente, voire trente-cinq, dans ces eaux-là.

— Autre chose ?

— Eh bien, on devine à la façon dont il répète "il y a" qu'il était nerveux à l'idée d'appeler. Il avait probablement préparé sa phrase.

— Vous êtes un génie, Mateo, dit Jessica. On vous revaudra ça.

— Noël approche, il vous reste un ou deux jours pour me trouver un cadeau. »

Jessica, Byrne et Josh Bontrager se tenaient à l'extérieur de la salle de contrôle.

« L'homme qui a appelé sait qu'il s'agissait d'un ancien entrepôt de pièces automobiles, déclara Jessica.

— Ce qui signifie qu'il est probablement du quartier, compléta Bontrager.

— Ce qui limite nos recherches à environ trente mille personnes.

— Oui, mais combien d'entre elles écoutent Savage Machin ? demanda Byrne.

— Garden.

— Si vous voulez.

— Pourquoi est-ce que je n'irais pas dans les grosses boutiques de disques – Best Buy, Borders ? suggéra Bontrager. Peut-être que ce type a acheté ce CD récemment. Peut-être que quelqu'un s'en souviendra.

— Bonne idée », répondit Byrne.

Bontrager eut un air radieux. Il attrapa son manteau.

« Je travaille avec les inspecteurs Shepherd et Palladino aujourd'hui. S'il y a du neuf, je vous appellerai plus tard. »

Une minute après le départ de Bontrager, un agent passa la tête par la porte.

« Inspecteur Byrne ?

— Oui.

— Quelqu'un vous attend à l'accueil. »

Lorsque Jessica et Byrne pénétrèrent dans le hall de la Rotonde, ils virent une minuscule femme asiatique qui ne se sentait clairement pas dans son élément. Elle portait un badge de visiteuse. En s'approchant, Jessica reconnut madame Tran, la femme de la laverie automatique.

« Madame Tran, dit Byrne. Que pouvons-nous pour vous ?

— Mon père a trouvé ça », répondit-elle.

Elle enfonça la main dans son fourre-tout, en extirpa un magazine. C'était le numéro de *Dance Magazine* du mois précédent.

« Il dit qu'elle l'a laissé. Elle le lisait le dernier soir.

— Par "elle" vous entendez Kristina Jakos ? La

femme sur laquelle nous vous avons posé quelques questions ?

— Oui, dit-elle. Cette femme blonde. Peut-être que ça vous aidera. »

Jessica saisit le magazine par les bords. Une recherche d'empreintes digitales serait effectuée.

« Où a-t-il trouvé ça ? demanda-t-elle.

— Sur l'un des séchoirs. »

Jessica feuilleta soigneusement les pages jusqu'à la fin du magazine. Sur l'une d'entre elles – une publicité pleine page pour Volkswagen qui comportait de grandes zones blanches – se trouvait une toile complexe de griffonnages : phrases, mots, dessins, noms, symboles. De toute évidence, Kristina, ou la personne qui avait fait ces griffonnages, avait gribouillé pendant des heures.

« Votre père est-il sûr que c'est Kristina Jakos qui lisait ce magazine ? demanda Jessica.

— Oui, répondit madame Tran. Vous voulez que j'aille le chercher ? Il est dans la voiture. Vous pourriez lui demander.

— Non, dit Jessica. Ça ira. »

À l'étage, dans la salle commune de la brigade criminelle, Byrne examinait attentivement la page du magazine avec les dessins. De nombreux mots étaient écrits en alphabet cyrillique, dans une langue qu'il supposait être de l'ukrainien.

Il avait déjà demandé qu'un inspecteur du nord-est de la ville qu'il connaissait, un jeune type nommé Nathan Bykovsky dont les parents venaient de Russie, le rappelle. Outre les mots et les phrases, il y avait des dessins de petites maisons, des cœurs en trois dimensions, des pyramides. Il y avait aussi quelques esquisses de robes, mais rien qui ressemblât à la robe visiblement ancienne que portait Kristina Jakos quand on l'avait retrouvée morte.

Byrne reçut le coup de fil de Nate Bykovsky, puis il lui faxa la page. Nate le rappela immédiatement.

« De quoi s'agit-il ? » demanda Nate.

Les inspecteurs ne rechignaient jamais à filer un coup de main à un autre flic. Mais, par nature, ils aimaient savoir de quoi il retournait. Byrne le mit au parfum.

« Je pense que c'est de l'ukrainien, expliqua Nate.

— Tu sais le lire ?

— À peu près. Ma famille est de Biélorussie. L'alphabet cyrillique est commun à de nombreuses langues – russe, ukrainien, bulgare – même si certaines utilisent des symboles particuliers.

— La moindre idée de ce que ça raconte ?

— Eh bien, deux des mots – ceux qui sont écrits au-dessus du capot de la voiture sur la photo – sont illisibles, dit Nate. En dessous, elle a écrit le mot "amour" deux fois. En bas, là où se trouvent les mots les plus lisibles de la page, elle a écrit une phrase.

— Laquelle ?

— "Je suis désolée."

— *Je suis désolée* ?

— Oui. »

Désolée, songea Byrne. *Désolée de quoi ?*

« Les autres lettres semblent avoir été écrites au hasard.

— Elles ne forment pas de mots ? demanda Byrne.

— Pas que je voie, répondit Nate. Je vais les recopier dans l'ordre, de haut en bas, et te les faxer. Peut-être qu'elles donneront quelque chose.

— Merci, Nate.

— À ton service. »

Byrne scruta une fois de plus la page.

Amour.

Je suis désolée.

Outre les mots, les lettres et les dessins, il y avait un motif récurrent, une succession de nombres qui formaient une spirale de plus en plus large. Ça semblait être une série de dix nombres. Le motif apparaissait trois fois sur la page. Byrne la porta à la photocopieuse, la positionna sur la vitre, ajusta les réglages pour agrandir trois fois l'image. Lorsque la photocopie sortit, il vit qu'il avait eu raison. Les trois premiers nombres étaient 215. C'était un numéro de téléphone local. Il décrocha son téléphone, composa le numéro. Lorsque quelqu'un répondit, Byrne prétendit s'être trompé de numéro. Il raccrocha, son pouls s'accélérant. Ils avaient une piste.

« Jess ! lança-t-il en attrapant son manteau.

— Qu'est-ce qui se passe ?

— On va faire un tour.

— Où ? »

Byrne était presque à la porte.

« Une boîte nommée Stiletto.

— Vous voulez que je vous trouve l'adresse ? demanda Jessica, saisissant sa radio, lui emboîtant le pas à la hâte.

— Non. Je sais où c'est.

— OK. Pourquoi allons-nous là-bas ? »

Ils atteignirent les ascenseurs. Byrne enfonça le bouton, se mit à faire les cent pas.

« Elle appartient à un type nommé Callum Blackburn.

— Jamais entendu parler de lui.

— Kristina Jakos a griffonné trois fois son numéro de téléphone sur ce magazine.

— Et vous connaissez ce type ?

— Oui.

— Comment ça se fait ? » demanda Jessica.

Byrne pénétra dans l'ascenseur, tint la porte.

« J'ai aidé à le mettre en prison il y a près de vingt ans. »

24

Il était une fois un empereur de Chine qui vivait dans le palais le plus somptueux du monde. Un rossignol vivait non loin, dans une grande forêt qui s'étendait jusqu'à la mer, et l'on venait du monde entier pour l'écouter chanter. Le chant magnifique de l'oiseau émerveillait tout le monde. Il devint si célèbre que lorsque deux personnes se rencontraient dans la rue, si l'une ne disait que « rossi », l'autre répondait « gnol » !

Lune avait entendu le chant du rossignol. Il l'avait observé de nombreux jours. Il y a peu, il était assis dans le noir, au milieu d'autres personnes, émerveillé par la musique. Sa voix était pure, magique, mélodieuse, comme de minuscules cloches de verre.

Maintenant le rossignol est silencieux.

Aujourd'hui, Lune l'attend au sous-sol, étourdi par le doux parfum du jardin de l'empereur. Il se sent comme un soupirant nerveux. Ses paumes sont humides, son cœur bat. Il n'a jamais rien ressenti de tel.

Si elle n'avait été son rossignol, elle aurait pu devenir sa princesse.

Aujourd'hui, il est temps qu'elle chante de nouveau.

25

Stiletto était un « club pour hommes » chic – chic pour une boîte de strip-tease de Philly – situé dans la 13e Rue. Deux étages de chairs frétillantes, de jupes courtes et de rouge à lèvres brillant pour satisfaire les hommes d'affaires en chaleur. L'un des étages abritait le club de strip-tease à proprement parler, l'autre était un bar-restaurant bruyant avec des serveuses légèrement vêtues. Comme Stiletto possédait une licence pour vendre de l'alcool, les filles n'avaient pas le droit d'y danser en nu intégral, mais c'était tout comme.

Alors qu'ils étaient en route vers le club, Byrne mit Jessica au parfum. Sur le papier, Stiletto appartenait à un ancien défenseur des Philadelphia Eagles, une star du sport respectable et bien de sa personne qui avait disputé le Pro Bowl à trois reprises. En vérité, il y avait en tout quatre partenaires, dont l'un était Callum Blackburn. Les autres appartenaient plus que probablement à la mafia.

Mafia. Fille morte. Mutilation.

Je suis désolée, avait écrit Kristina.

Jessica songea : *Ça promet.*

Jessica et Byrne entrèrent dans le bar.

« Faut que j'aille aux toilettes, annonça Byrne. Ça va aller ? »

Jessica le toisa un moment sans ciller. Elle était policière chevronnée, boxeuse professionnelle, et elle était armée. Mais bon, c'était plutôt mignon de sa part.

« Ça va aller. »

Byrne se rendit aux toilettes pour hommes. Jessica prit place sur le tabouret au bout du bar, celui qui se trouvait près du passe-plat, en face des quartiers de citron, des olives pimentées et des cerises au marasquin. La pièce était décorée comme un bordel marocain, tout n'était que peintures dorées, tentures rouges, meubles recouverts de velours dotés de coussins arrondis.

Les affaires marchaient bien. Pas étonnant. Le club se trouvait près du palais des congrès. La sono crachait *Back to the Bone* de George Thorogood.

Le tabouret à côté du sien était vide, mais le suivant était occupé. Jessica jeta un coup d'œil à l'homme assis dessus : l'amateur de strip-tease typique – la quarantaine, chemise à fleurs brillante, pantalon doublé bleu marine étroit, mocassins éraflés, gourmettes en plaqué or aux deux poignets. Ses deux incisives se chevauchaient, ce qui lui donnait un air d'écureuil niais. Il fumait des Salem légères longues dont il arrachait le filtre. Il la regardait fixement.

Jessica croisa son regard, le soutint.

« Je peux vous aider ? demanda-t-elle.

— Je suis le directeur adjoint. » Il se glissa sur le tabouret à côté d'elle. Il dégageait une odeur de déodorant Old Spice et de couenne de porc. « Enfin, je le serai dans trois mois.

— Félicitations.

— J'ai l'impression de vous connaître, dit-il.

— Vraiment ?

— Nous nous sommes déjà rencontrés ?

— Je ne crois pas.

— Je suis sûr que si.

— Eh bien, c'est certainement possible, dit Jessica. C'est juste que je ne m'en souviens pas.

— Non ? demanda-t-il, comme si c'était difficile à croire.

— Non, fit-elle. Mais vous savez quoi ? Ça ne me dérange pas.

— Avez-vous déjà dansé ? insista-t-il lourdement. Enfin, je veux dire, professionnellement. »

C'est parti, pensa Jessica.

« Oh, oui. »

Le type claqua des doigts.

« Je le *savais*, dit-il. J'oublie jamais un beau visage. Ou un beau corps. Où ça ?

— Eh bien, j'ai passé quelques années au Bolchoï. Mais c'était une vraie galère niveau transports en commun. »

Le type inclina la tête à un angle de dix degrés, pensant – pour autant qu'on pût appeler ça penser – que le Bolchoï devait être une boîte de strip-tease de Newark.

« Je connais pas cet endroit.

— Vous m'étonnez.

— C'était du nu intégral ?

— Non. Ils nous déguisaient en cygnes.

— Ouah, lâcha-t-il. Ça devait être chaud.

— Oh, oui.

— Comment vous appelez-vous ?

— Isadora.

— Moi, c'est Chester. Mes amis m'appellent Chet.

— Eh bien, Chet, ça m'a fait très plaisir de discuter avec vous.

— Vous y allez ? »

Il esquissa un geste dans sa direction. Une vraie sangsue. Peut-être espérait-il la retenir.

« Oui, malheureusement. Le devoir m'appelle. »

Elle glissa sa plaque sur le bar. Chet se décomposa. Autant montrer une croix à un vampire. Il s'écarta.

Byrne revint des toilettes, croisa le regard de Chet. « Hé, comment va ? lança Chet.

— Super », répondit Byrne. Puis, à l'intention de Jessica : « Prête ?

— Allons-y.

— À la prochaine », lança Chet à Jessica.

Bizarrement, il semblait maintenant décontracté.

« Je meurs d'impatience », répliqua-t-elle.

Au premier étage, les deux inspecteurs, guidés par une paire de gigantesques gardes du corps, traversèrent un dédale de couloirs, leur périple s'achevant devant une porte en acier renforcé surmontée d'une caméra de surveillance enchâssée dans un boîtier d'épais plastique incassable. Deux verrous électroniques étaient fixés au mur à côté de la porte nue. Butor Numéro Un parla dans un talkie-walkie. Butor Numéro Deux ouvrit la porte en grand. Byrne et Jessica entrèrent.

La vaste pièce était faiblement éclairée par des spots indirects, des appliques orange vif, et de petits halogènes encastrés dans le plafond. Une lampe Tiffany apparemment authentique ornait le colossal bureau en chêne derrière lequel était assis un homme qui, à en croire la description de Byrne, ne pouvait être que Callum Blackburn.

Le visage de l'homme s'illumina à la vue de Byrne. « Je ne peux pas le *croire* ! » s'exclama-t-il.

Il se leva, tendit les deux mains en avant comme s'il était menotté. Byrne éclata de rire. Les hommes s'étreignirent, se tapèrent dans le dos. Callum esquissa un pas en arrière, examina de nouveau Byrne, mains sur les hanches.

« Tu as bonne mine.

— Toi aussi.

— Pas à me plaindre. J'ai été désolé d'apprendre tes soucis, déclara l'homme avec un fort accent écossais, tempéré par de nombreuses années dans l'est de la Pennsylvanie.

— Merci », répondit Byrne.

Callum Blackburn avait la soixantaine énergique. Il avait des traits ciselés, des yeux sombres et vifs, un bouc d'un gris argent pur, des cheveux poivre et sel tirés en arrière. Il portait un costume anthracite bien taillé, une chemise blanche au col ouvert et un petit anneau à l'oreille.

« Je te présente mon équipière, l'inspecteur Balzano », dit Byrne.

Callum se redressa, se tourna complètement vers Jessica, baissa le menton en guise de salut. Jessica n'avait pas la moindre idée de ce qu'elle devait faire. Était-elle censée faire une révérence ? Elle tendit la main.

« Enchantée. »

Callum lui saisit la main, sourit. Pour un criminel en col blanc, il avait assurément un certain charme. Byrne lui avait fait un topo sur Callum Blackburn. Il était tombé pour fraude à la carte de crédit.

« Tout le plaisir est pour moi, répondit Callum. Si j'avais su qu'il y avait de nos jours de si belles inspectrices, je n'aurais pas consacré ma vie au crime.

— Tu as fait ça ? demanda Byrne.

— Je ne suis qu'un humble homme d'affaires de Glashow, dit-il avec l'esquisse d'un sourire. Sur le point de devenir un vieux père, par-dessus le marché. »

L'une des premières leçons que Jessica avait apprises dans la rue était qu'il fallait toujours lire entre les lignes avec les criminels, qu'ils avaient un fâcheux penchant pour les contre-vérités. « Je ne l'ai jamais rencontré » signifiait généralement « Nous avons grandi ensemble ». « Je n'étais pas là » signifiait d'ordinaire « Ça s'est passé chez moi ». « Je suis innocent » signifiait presque systématiquement « C'est moi qui l'ai fait ». À ses débuts dans la police, Jessica s'était dit qu'il lui fallait un dictionnaire pour les comprendre. Mais maintenant, après presque une décennie, elle aurait sans doute pu enseigner leur langue.

Ça faisait apparemment un bail que Byrne et Callum se connaissaient, ce qui signifiait que la conversation resterait probablement assez proche de la vérité. Lorsque quelqu'un vous a passé les menottes et regardé entrer dans une cellule de prison, c'est plus dur de jouer au caïd.

Ils étaient néanmoins venus pour tirer des informations de Callum Blackburn. Ils devaient donc pour le moment jouer son jeu. Les papotages avant les choses sérieuses.

« Comment va ta tendre épouse ? demanda Callum.

— Toujours tendre, répondit Byrne, mais plus mon épouse.

— C'est une bien triste nouvelle, dit Callum avec un air sincèrement surpris et abattu. Qu'est-ce que tu as fait ? »

Byrne s'appuya au dossier de sa chaise, croisa les bras. Sur la défensive.

« Qu'est-ce qui te fait croire que c'est moi qui ai merdé ? » Callum le regarda d'un air entendu.

« OK, fit Byrne. Tu as raison. C'était le boulot. »

Callum acquiesça, acceptant peut-être le fait que lui-même – et tous les types de son acabit qui s'adonnaient à des activités criminelles – avait fait partie dudit « boulot », et étaient donc en partie responsables.

« Nous avons un proverbe en Écosse : La laine du mouton repousse toujours. »

Byrne regarda Jessica, puis se tourna de nouveau vers Callum. Venait-il de se faire traiter de mouton ?

« C'est bien vrai », concéda Byrne, espérant changer de sujet.

Callum sourit, adressa un clin d'œil à Jessica et entrelaça les doigts.

« Alors, fit-il. Qu'est-ce qui me vaut cette visite ?

— Une jeune femme nommée Kristina Jakos a été découverte assassinée hier, expliqua Byrne. Est-ce que tu la connaissais ? » Callum garda un visage impassible.

« Désolé. Tu peux me répéter son nom ?

— Kristina Jakos. »

Byrne posa la photo de Kristina sur le bureau. Les deux inspecteurs examinèrent Callum tandis qu'il la regardait. Il se savait observé, et il ne trahit rien.

« Est-ce que tu la reconnais ? demanda Byrne.

— Oui.

— Comment ça ?

— Elle a récemment travaillé pour moi, répondit Callum.

— Tu l'as embauchée ?

— C'est mon fils Alex qui s'occupe de toutes les embauches.

— Elle travaillait comme réceptionniste ? demanda Jessica.

— Je vais laisser à Alex le soin de vous expliquer. »

Callum s'éloigna, saisit un téléphone portable, passa un coup de fil, raccrocha. Il se tourna de nouveau vers les deux inspecteurs.

« Il sera là dans un instant. »

Jessica balaya la pièce du regard. Elle était bien aménagée, quoique un peu tape-à-l'œil : papier peint imitation daim, paysages et scènes de chasse dans des cadres à filigranes d'or, une fontaine dans un coin qui ressemblait à un trio de cygnes dorés. À propos de *Lac des cygnes*, songea-t-elle avec ironie.

Le mur sur la gauche du bureau était le plus impressionnant. Dix écrans plats y étaient accrochés, reliés à des caméras de surveillance qui montraient sous divers angles les bars, la scène, la porte d'entrée, le parking, le coffre. Sur six des écrans on pouvait voir des danseuses à divers stades de déshabillage.

Tandis qu'ils attendaient, Byrne alla se poster devant les écrans, sidéré. Jessica se demanda s'il avait conscience que sa mâchoire pendait.

Elle s'approcha à son tour. Six paires de seins gigotaient, certaines plus que d'autres. Jessica les passa en revue : « Faux, faux, vrais, faux, vrais, faux. »

Byrne fut horrifié. On aurait dit un gamin de cinq ans qui venait d'apprendre que le père Noël n'existait pas. Il pointa le doigt en direction du dernier écran, qui montrait une danseuse brune aux jambes incroyablement longues.

« Ceux-là sont faux ?

— Ils sont faux. »

Tandis que Byrne se tenait bouche bée, Jessica parcourut du regard les livres sur les étagères, principalement des œuvres d'écrivains écossais – Robert Burns, Walter Scott, J.M. Barrie. Elle remarqua alors un écran large qui se trouvait à l'écart, encastré dans le mur derrière le bureau de Callum. Il diffusait une sorte d'économiseur d'écran, une petite boîte dorée qui ne cessait de s'ouvrir pour laisser paraître un arc-en-ciel.

« Qu'est-ce que c'est ? demanda Jessica.

— La vidéo de surveillance d'un club inhabituel, répondit Callum. Situé au deuxième étage. Il s'appelle le salon de Pandore.

— Comment ça, inhabituel ?

— Alex vous expliquera.

— Qu'est-ce qui se passe là-haut ? » demanda Byrne. Callum sourit.

« Le salon de Pandore est un endroit spécial pour filles spéciales. »

26

Pour une fois Tara Lynn Greene était à l'heure. Elle avait risqué une contravention pour excès de vitesse – une de plus et son permis serait suspendu pour de bon – et s'était garée dans le parking hors de prix proche du théâtre de Walnut Street. C'étaient là deux choses qu'elle ne pouvait se permettre.

Cela dit, il s'agissait d'un casting pour *Carrousel*, et Marc Balfour mettait en scène. Le rôle qu'elle convoitait était celui de Julie Jordan. Shirley Jones l'avait interprété dans le film de 1956, et ça avait lancé sa carrière.

Tara venait juste de jouer *Nine* au Center Theater de Norristown. Un critique local l'avait jugée « ravissante ». Et « ravissante » était à peu près ce qu'elle pouvait espérer de mieux. Elle saisit son reflet sur la porte en verre du hall comme elle quittait le théâtre. À vingt-sept ans, elle n'était pas une jeune première, et pas vraiment une ingénue. *OK, vingt-huit*, pensa-t-elle. *Mais qui compte ?*

Elle parcourut de nouveau les deux pâtés de maisons jusqu'au parking souterrain. Un vent glacial soufflait dans Walnut. Tara tourna à l'angle, regarda la pancarte sur le petit kiosque et calcula le prix de son stationnement. Elle devait seize dollars. *Seize foutus dollars*. Elle n'avait qu'un billet de vingt dans son portefeuille.

Ah, tant pis. Elle aurait encore droit à des nouilles chinoises ce soir. Tara descendit l'escalier qui menait au sous-sol, grimpa dans sa voiture, attendit que le moteur chauffe. Tout en attendant, elle monta le volume du CD – Kay Starr chantant *C'est magnifique*.

Lorsque le moteur fut finalement chaud, elle passa la marche arrière, recula ; tout s'emmêlait dans son esprit : espoirs, trac des premières, critiques dithyrambiques, applaudissements frénétiques.

Puis elle sentit la secousse.

Oh mince, pensa-t-elle. Avait-elle écrasé quelque chose ? Elle immobilisa la voiture, tira le frein à main et sortit. Elle marcha jusqu'à l'arrière du véhicule, regarda dessous. Rien. Elle n'avait rien écrasé. Dieu merci.

Mais c'est alors qu'elle vit son pneu crevé. Comme si elle avait besoin de ça. Et il lui restait moins de vingt minutes pour aller au boulot. Comme toutes les actrices de Philly, probablement du monde, Tara était serveuse.

Elle parcourut le parking du regard. Personne. Une trentaine de voitures, quelques camionnettes. Et personne. *Merde*.

Elle tenta de vaincre sa colère, ses larmes. Ellc nc savait même pas s'il y avait une roue de secours dans le coffre. Deux ans qu'elle avait sa petite voiture, et elle n'avait jamais eu à changer aucun de ses pneus jusqu'alors.

« Vous avez un problème ? »

Tara se retourna brusquement, un peu surprise. Un homme descendait d'une camionnette garée tout près. Il portait un bouquet de fleurs.

« Bonjour, dit-elle.

— Bonjour. » Il désigna le pneu. « Il m'a l'air mal en point.

— C'est juste la partie inférieure qui est à plat, dit-elle. Ha, ha.

— Je suis un as de la mécanique, déclara l'homme. Je serais ravi de vous aider. »

Elle regarda son reflet dans la vitre de la voiture. Elle portait son manteau de laine blanche. Son préféré. Elle s'imaginait déjà la graisse dessus. Et la note du pressing. Encore une dépense. Bien entendu, ça faisait longtemps qu'elle avait arrêté de payer ses cotisations à la société de dépannage. Elle n'en avait jamais eu l'utilité quand elle les payait. Et maintenant, comme de bien entendu, elle en avait besoin.

« Je ne peux pas vous demander de faire ça, dit-elle.

— Ce n'est pas grand-chose, répondit-il. Vous n'avez pas vraiment la tenue pour réparer une voiture. »

Tara le vit jeter un coup d'œil furtif à sa montre. Si elle voulait profiter de ses services, elle avait intérêt à se dépêcher.

« Vous êtes sûr que ça ne vous pose pas trop de problèmes ? demanda-t-elle.

— Pas le moins du monde. » Il lui tendit le bouquet. « Je dois livrer ces fleurs à 4 heures, et après j'ai fini ma journée. J'ai tout mon temps. »

Elle parcourut de nouveau le parking du regard. Il était complètement désert. Bien qu'elle détestât jouer les femmes en détresse – elle savait comment changer un pneu, après tout –, un coup de main serait le bienvenu.

« Vous allez devoir me laisser vous dédommager », dit-elle. Il leva la main.

« Hors de question. En plus, c'est Noël. »

Une bonne chose, pensa-t-elle. Depuis qu'elle avait réglé le parking, il lui restait en tout et pour tout quatre dollars et dix-sept *cents*.

« C'est très gentil de votre part.

— Ouvrez le coffre, dit-il. J'en ai pour une minute. »

Tara passa le bras par la vitre, actionna le levier du coffre. Elle regagna l'arrière de la voiture. L'homme attrapa le cric. Il chercha du regard un endroit où poser ses fleurs. C'était un énorme bouquet de glaïeuls enveloppés dans un papier blanc brillant.

« Vous voulez bien les remettre dans la camionnette pour moi ? demanda-t-il. Mon patron me *tuerait* si je les salissais.

— Bien sûr », répondit-elle.

Elle lui prit les fleurs des mains, se tourna vers la camionnette. « … gnol », dit-il.

Elle pivota sur ses talons.

« Je vous demande pardon ?

— Vous pouvez juste les mettre à l'arrière.

— Oh, fit-elle. D'accord. »

Tara se dirigea vers la camionnette, songeant que c'était ce genre de chose – des petites attentions de la part de parfaits inconnus – qui lui redonnait foi en l'humanité. Philly pouvait être une ville dure, mais parfois ça ne se voyait pas. Elle ouvrit la portière arrière de la camionnette, s'attendant à y trouver des boîtes, du papier, de la verdure, de la mousse de fleuriste, des rubans, peut-être un paquet de petites cartes et d'enveloppes. À la place de quoi elle vit… rien. L'intérieur de la camionnette était immaculé. Il n'y avait qu'un tapis de gymnastique au sol. Et un rouleau de corde bleue et blanche.

Avant d'avoir eu le temps de poser les fleurs, elle sentit une présence. Une présence proche. *Trop* proche. Elle sentit une odeur de bain de bouche à la cannelle ; vit une ombre à quelques centimètres à peine.

Lorsque Tara se retourna vers l'ombre, l'homme lui assena un coup de cric sur la nuque. L'impact produisit un bruit sourd qui lui résonna dans la tête. Des cercles noirs entourés d'une supernova de feu orange vif apparurent derrière ses yeux. Il abattit de nouveau la barre d'acier, pas suffisamment fort pour l'assommer, juste de quoi l'étourdir. Ses jambes se défilèrent sous elle et Tara s'écroula entre ses bras puissants.

Soudain, elle se retrouva allongée sur le dos, sur le

tapis de gymnastique. Elle avait chaud. Il flottait une odeur de diluant. Elle entendit les portières claquer, le moteur démarrer.

Lorsqu'elle rouvrit les yeux, la lumière grise du jour pénétrait par le pare-brise. Ils roulaient.

Elle tenta de se redresser, mais il tendit le bras et lui appliqua un tissu blanc sur le visage. L'odeur de médicament était forte, et bientôt elle perdit connaissance dans un éclat de lumière éblouissante. Mais juste avant que le monde disparaisse, Tara Lynn Greene – la *ravissante* Tara Lynn Greene – comprit soudain la phrase que l'homme avait prononcée dans le parking.

Tu es mon rossignol.

27

À environ trente ans, avec ses épaules larges et sa silhouette athlétique, Alasdair Blackburn ressemblait à son père, mais en plus grand. Il s'habillait de façon décontractée, avait les cheveux un peu longs et parlait avec un léger accent écossais. Il les rejoignit dans le bureau de Callum.

« Désolé de vous avoir fait attendre, commença-t-il. J'avais une course à faire. » Il échangea une poignée de main avec Jessica et Byrne. « S'il vous plaît, appelez-moi Alex. »

Byrne expliqua la raison de leur venue. Il lui montra une photo de Kristina Jakos. Alex confirma que celle-ci avait travaillé chez Stiletto.

« Quel poste occupez-vous ici ? demanda Byrne.

— Je suis directeur général, répondit Alex.

— Et vous êtes chargé de la plupart des embauches ?

— C'est moi qui m'occupe de toutes les embauches – artistes, serveuses, personnel de cuisine, employés de ménage, gardiens de parking. »

Jessica se demanda ce qui lui avait pris d'embaucher son ami Chet.

« Combien de temps Kristina a-t-elle été employée ici ? demanda Byrne.

— Environ trois semaines, répondit Alex après un moment de réflexion.

— À quel poste ? »

Alex regarda son père. Jessica aperçut du coin de l'œil l'infime hochement de tête de Callum. Alex s'occupait peut-être des embauches, mais c'était son père qui tirait les ficelles.

« Elle était artiste », répondit Alex.

Ses yeux brillèrent un moment et Jessica se demanda si sa relation avec Kristina Jakos avait dépassé le contexte professionnel.

« Danseuse ? demanda Byrne.

— Oui et non. »

Byrne fixa un moment Alex du regard, attendant une clarification. Rien ne vint. Il insista.

« C'est-à-dire ? »

Alex était assis sur le rebord de l'énorme bureau de son père. « Elle était danseuse, mais pas comme ces filles-là, expliqua-t-il en désignant d'un geste dédaigneux les écrans.

— Que voulez-vous dire ?

— Je vais vous montrer, dit Alex. Allons au deuxième étage. Au salon de Pandore.

— Qu'est-ce qui se passe au deuxième étage ? demanda Byrne. De la danse-contact ? »

Alex sourit.

« Non, fit-il. C'est différent.

— Différent ?

— Oui, répondit-il en traversant la pièce et en leur ouvrant la porte. Les jeunes femmes qui travaillent au salon de Pandore sont des artistes. »

Le salon de Pandore situé au deuxième étage du club Stiletto était constitué de huit pièces séparées par un long couloir faiblement éclairé. Des appliques en cristal étaient fixées aux murs recouverts de veloutine à motif en fleur de lis. La moquette épaisse était d'un bleu profond. Au bout du couloir se trouvaient une table et un miroir marbré d'or. Chaque porte comportait un numéro en cuivre terni.

« C'est un étage privé, indiqua Alex. Danseuses privées. Très fermé. Il n'y a pas de lumière pour le moment car ça n'ouvre pas avant minuit.

— C'est ici que travaillait Kristina Jakos ? demanda Byrne.

— Oui.

— Sa sœur a affirmé qu'elle était réceptionniste.

— Certaines jeunes femmes sont un peu réticentes à admettre qu'elles sont danseuses exotiques, déclara Alex. Nous mettons ce qu'elles veulent sur les formulaires. »

Tandis qu'ils longeaient le couloir, Alex ouvrait les portes. Chaque pièce était consacrée à un thème différent. L'une avait une ambiance western, avec sciure sur le plancher et crachoir en cuivre. Une autre était une réplique de restaurant des années cinquante. Encore une autre était décorée d'après *La Guerre des étoiles. C'était comme être dans* Mondwest, songea Jessica, ce vieux film qui se déroulait dans un parc d'attractions et dans lequel Yul Brynner interprétait le robot fou de la gâchette qui pétait les plombs. Un examen plus attentif, avec un meilleur éclairage, aurait révélé que ces pièces étaient un peu miteuses, et que l'illusion des divers décors historiques n'était que ça, une illusion.

Chaque pièce comportait un siège confortable et une estrade légèrement surélevée. Il n'y avait pas de fenêtres. Les plafonds étaient ornés d'un réseau complexe d'éclairages sur rails.

« Donc, les hommes paient le prix fort pour avoir droit à une représentation privée dans l'une de ces pièces ? demanda Byrne.

— Parfois aussi des femmes, mais pas souvent, répondit Alex.

— Je peux vous demander combien ?

— Ça varie d'une fille à l'autre, dit-il. Mais il faut compter deux cents dollars en moyenne. Plus les pourboires.

— Pour combien de temps ? »

Alex sourit, anticipant peut-être la question suivante.

« Quarante-cinq minutes.

— Et on ne fait que danser dans ces pièces ?

— Oui, inspecteur. Nous ne sommes pas dans un bordel.

— Kristina Jakos n'a jamais travaillé sur les scènes d'en bas ? demanda Byrne.

— Non, répondit Alex. Elle a travaillé exclusivement à cet étage. C'était encore une débutante, mais elle était très douée, très prisée. »

Jessica commençait à comprendre comment Kristina comptait payer sa part du loyer de la maison hors de prix de North Lawrence.

« Comment les filles sont-elles sélectionnées ? » demanda Byrne.

Alex gagna le bout du couloir où se trouvait une table supportant un vase de cristal rempli de glaïeuls frais. Il tira un portfolio en skaï d'un tiroir, l'ouvrit à une page comportant quatre photographies de Kristina. Sur l'une d'elles elle portait un costume de danseuse de western ; sur une autre, elle était en toge. Jessica sortit une photo de la robe que Kristina portait lorsqu'elle avait été découverte.

« A-t-elle jamais porté une robe comme celle-là ? »

Alex regarda la photo.

« Non, répondit-il. Ce n'est pas l'un de nos thèmes.

— Comment vos clients montent-ils ici ? demanda Jessica.

— Il y a une porte dérobée à l'arrière du bâtiment. Les clients entrent, ils paient, puis ils sont escortés par une hôtesse.

— Avez-vous une liste des clients de Kristina ? demanda Byrne.

— J'ai peur que non. Ce n'est pas le genre de service que les hommes règlent généralement avec leur carte de crédit. Vous imaginez et comprenez bien que tout est payé en espèces.

— Y a-t-il quelqu'un qui a payé plus d'une fois pour la voir danser ? Quelqu'un qui aurait pu être obsédé par elle ?

— Je ne saurais le dire. Mais je le demanderai aux autres filles. »

Avant de regagner le rez-de-chaussée, Jessica ouvrit la porte de la dernière pièce sur la gauche. À l'intérieur se trouvait une réplique de paradis tropical avec sable, chaises longues et palmiers en plastique.

Il existait un tout autre Philadelphie sous le Philadelphie qu'elle croyait connaître.

Ils se dirigèrent vers leur voiture garée dans Locust Street. Une neige légère tombait.

« Vous aviez raison », déclara Byrne.

Jessica s'arrêta de marcher. Byrne s'arrêta à son tour. Jessica plaça sa main en cornct au niveau de son oreille.

« Désolée, je n'ai pas bien entendu ce que vous avez dit. Vous pourriez répéter, s'il vous plaît ?

— Vous aviez raison, répéta Byrne avec un sourire. Kristina Jakos avait une vie secrète. »

Ils reprirent leur marche.

« Pensez-vous qu'un soupirant éconduit aurait pu s'en prendre à elle ? demanda Jessica.

— C'est certainement possible. Mais ça me paraît sacrément extrême comme réaction.

— Il y a des personnes assez extrêmes. »

Jessica s'imagina Kristina, ou n'importe quelle danseuse, sur scène, tandis qu'une personne assise dans le noir l'observait, planifiait sa mort.

« Vrai, concéda Byrne. Et n'importe quel type disposé à payer deux cents dollars pour une danse privée dans un saloon de western vit probablement dans un monde de conte de fées.

— Plus les pourboires.

— Plus les pourboires.

— Avez-vous eu l'impression qu'Alex en pinçait peut-être pour Kristina ?

— Oh oui, répondit Byrne. Il avait l'air à moitié absent quand il parlait d'elle.

— Peut-être que *vous* devriez interroger quelques-unes des autres filles du club, suggéra Jessica d'un air ironique. Pour voir si elles auront quelque chose à ajouter.

— Vous parlez d'un sale boulot, répliqua Byrne. C'est dingue tout ce que je suis obligé de faire pour le département. »

Ils montèrent en voiture, attachèrent leur ceinture. Le téléphone de Byrne sonna. Il décrocha, écouta. Il raccrocha sans un mot, tourna la tête et regarda fixement par la vitre pendant un moment.

« Qu'est-ce qui se passe ? » demanda Jessica.

Byrne demeura quelques instants silencieux, comme s'il ne l'avait pas entendue. Puis :

« C'était John. »

Il voulait dire John Shepherd, un collègue de la criminelle. Il mit le contact, plaça un gyrophare sur le tableau de bord, enfonça l'accélérateur et s'engagea en trombe dans la circulation. Il continuait d'être silencieux.

« *Kevin.* »

Byrne cogna du poing sur le tableau de bord, puis il inspira profondément, expira, se tourna vers elle et annonça la dernière nouvelle qu'elle s'attendait à entendre : « Walt Brigham est mort. »

28

Lorsque Jessica et Byrne arrivèrent sur la scène de crime de Lincoln Drive – une section de Fairmount Park proche de Wissahickon Creek –, trois camionnettes de la police scientifique, trois voitures de patrouille et cinq inspecteurs étaient déjà présents. Un cordon bloquait la rue. Le trafic était dévié vers les voies à circulation lente.

Sur le site, la colère des policiers, leur détermination et une sorte de fureur singulière étaient palpables. La victime était l'un des leurs.

La vision du cadavre était absolument abominable.

Walt Brigham était étendu par terre devant sa voiture, sur le bas-côté de la route. Il gisait sur le dos, bras écartés, paumes tournées vers le ciel dans un geste de supplication. Il avait été brûlé vif. Une odeur de chair grillée, de peau calcinée et d'os carbonisés emplissait l'air. Son cadavre n'était plus qu'une masse noircie. Sa plaque dorée d'inspecteur avait été délicatement posée sur son front.

Jessica eut un haut-le-cœur. Elle dut détourner les yeux du spectacle répugnant. Elle repensa à la nuit précédente, à l'impression que lui avait laissée Walter. Elle ne l'avait rencontré qu'une fois auparavant, mais il avait une excellente réputation à la brigade, et de nombreux amis.

Maintenant il était mort.

Et c'étaient les inspecteurs Nicci Malone et Eric Chavez qui mèneraient l'enquête.

Nicci Malone, trente et un ans, était l'une des dernières arrivées à la brigade criminelle, où Jessica et elle étaient les deux seules femmes. Nicci avait passé quatre ans aux stups. Avec son mètre soixante pour cinquante kilos – blonde, yeux bleus, jolie par-dessus le marché –, elle avait beaucoup à prouver, sans parler de tous les problèmes inhérents à son sexe. Nicci et Jessica avaient mené une opération commune un an plus tôt et s'étaient immédiatement bien entendues. Elles étaient même allées faire du sport ensemble à quelques reprises. Nicci pratiquait le taekwondo.

Eric Chavez était un inspecteur chevronné, et la gravure de mode de la brigade. Il ne pouvait jamais passer devant un miroir sans se regarder dedans. Ses tiroirs étaient bourrés de magazine *GQ*, *Esquire* et *Vitals*. Aucune nouvelle tendance n'échappait à son attention, mais c'était précisément ce souci du détail qui faisait de lui un bon enquêteur.

Le rôle de Byrne se cantonnerait à celui de témoin – étant donné qu'il avait été l'une des dernières personnes à parler à Walt Brigham chez Finnigan's Wake – même si personne ne s'attendait qu'il se contente d'assister à l'enquête depuis la touche. Chaque fois qu'un agent se faisait assassiner, il y avait environ six mille cinq cents hommes et femmes sur l'affaire.

Chaque flic de Philly.

Marjorie Brigham était une femme menue approchant de la soixantaine. Elle avait des traits fins et secs, des cheveux argentés coupés à ras, les mains propres et abîmées de la femme de la classe moyenne qui n'a jamais délégué la moindre tâche ménagère. Elle portait un pantalon brun clair et un pull à mailles torsadées couleur chocolat, un simple anneau d'or à la main gauche.

Son salon était décoré dans un style ancien auquel le papier peint à motif vichy beige ajoutait une touche gaie. Devant les fenêtres qui donnaient sur la rue se trouvait une table d'érable recouverte d'un assortiment de plantes d'intérieur vigoureuses. Dans le coin de la salle à manger se dressait un arbre de Noël en aluminium doté de lumières blanches et de décorations rouges.

Lorsque Byrne et Jessica arrivèrent, Marjorie était assise dans un fauteuil face à la télé. Elle avait à la main une spatule en téflon noire. Elle la tenait comme elle aurait tenu une fleur morte. Ce jour-là, pour la première fois depuis des dizaines d'années, elle n'avait personne pour qui cuisiner. Mais elle semblait incapable de reposer l'ustensile. Le reposer aurait signifié que Walt ne reviendrait jamais. Quand vous étiez l'épouse d'un agent de police, chaque jour vous aviez peur. Vous aviez peur du téléphone, des coups frappés à la porte, du bruit d'une voiture se garant dans votre allée. Vous aviez peur chaque fois qu'il y avait un flash spécial à la télévision. Puis un jour l'impensable se produisait, et vous n'aviez plus rien à craindre. Vous preniez soudain conscience que, durant tout ce temps, toutes ces années, la peur avait été votre amie. Car la peur signifiait qu'il y avait de la vie. La peur était l'*espoir*.

La visite de Kevin Byrne n'avait rien d'officiel. Il était venu en tant qu'ami, par sentiment de fraternité. Il lui était cependant impossible de ne pas essayer de faire avancer l'enquête. Il s'assit sur l'accoudoir du divan, saisit l'une des mains de Marjorie.

« Êtes-vous en état de répondre à quelques questions ? » demanda Byrne, aussi doucement et gentiment que possible. Marjorie fit oui de la tête.

« Walt avait-il des dettes ? Quelqu'un avec qui il aurait pu avoir des problèmes ? »

Marjorie réfléchit quelques secondes.

« Non, répondit-elle. Rien de tel.

— A-t-il jamais évoqué des menaces spécifiques ? Quelqu'un qui aurait pu lui en vouloir ? »

Marjorie secoua la tête. Byrne devait essayer cette piste, même si Walt Brigham n'aurait probablement pas partagé ce genre de chose avec sa femme. L'espace d'un instant, la voix de Matthew Clarke résonna dans sa tête.

Ce n'est pas fini.

« Êtes-vous chargé de l'affaire ? demanda Marjorie.

— Non, répondit Byrne. Ce sont les inspecteurs Malone et Chavez qui mènent l'enquête. Ils passeront vous voir un peu plus tard dans la journée.

— Sont-ils compétents ?

— *Très*, répondit Byrne. Bon, vous savez qu'ils vont vouloir mettre leur nez dans les affaires de Walter. Ça ne vous dérange pas ? »

Marjorie se contenta d'acquiescer, hébétée.

« N'oubliez pas, si vous avez le moindre problème ou la moindre question, ou si vous voulez juste parler, appelez-moi, d'accord ? De jour comme de nuit. Je viendrai sur-le-champ.

— Merci, Kevin. »

Byrne se leva, boutonna son manteau. Marjorie se leva à son tour. Elle posa enfin la spatule, puis étreignit l'homme imposant qui se tenait devant elle, blottissant son visage contre son large torse.

La nouvelle s'était déjà répandue comme une traînée de poudre dans toute la ville, toute la région. Des équipes de journalistes s'installaient dans Lincoln Drive. Ils tenaient une histoire potentiellement sensationnelle. Cinquante ou soixante flics réunis dans un pub, et l'un d'eux qui allait se faire assassiner dans une section isolée de Lincoln Drive. Qu'est-ce qu'il fabriquait là ? Drogue ? Sexe ? Pot-de-vin ? Pour un département de police qui était constamment observé à la loupe par chaque groupe de droits civils, chaque commission d'évaluation, chaque groupe comité d'action citoyenne, sans parler des médias locaux et souvent nationaux, ça la fichait mal. La pression mise par les grosses huiles pour que cette affaire soit résolue au plus vite était déjà énorme, et elle croissait d'heure en heure.

29

« À quelle heure Walt a-t-il quitté le bar ? » demanda Nicci.

Nicci Malone, Eric Chavez, Kevin Byrne, Jessica Balzano et Ike Buchanan étaient rassemblés autour du bureau de mission de la brigade criminelle.

« Pas sûr, répondit Byrne. Peut-être 2 heures.

— J'ai déjà parlé à une douzaine d'inspecteurs. Apparemment, personne ne l'a vu partir. C'était sa fête. Ça vous paraît logique ? » demanda Nicci.

Non, ça ne lui semblait pas logique, mais Byrne haussa les épaules.

« C'est comme ça. On en avait tous un coup dans le nez. Surtout Walt.

— Soit », fit Nicci. Elle feuilleta quelques pages de son carnet. « Walt arrive chez Finnigan's Wake sur le coup de 8 heures hier soir, et il se met à boire tout ce qui lui tombe sous la main. Saviez-vous qu'il buvait ?

— Il était flic à la criminelle. Et c'était son pot de retraite.

— Certes, dit Nicci. L'avez-vous vu se disputer avec quelqu'un ?

— Non, répondit Byrne.

— L'avez-vous vu s'absenter un moment, puis revenir ?

— Non, répondit de nouveau Byrne.

— L'avez-vous vu passer des coups de téléphone ?

— Non.

— Connaissiez-vous la plupart des gens à la fête ? demanda Nicci.

— À peu près tout le monde, dit Byrne. J'ai gravi les échelons en même temps que la plupart de ces types.

— De vieilles querelles, des histoires anciennes ?

— Pas que je sache.

— Donc vous avez parlé à la victime au bar vers 1 h 30, et vous ne l'avez plus revue après ça ? »

Byrne secoua la tête. Il songea au nombre de fois où il avait fait exactement ce que Nicci Malone était en train de faire, au nombre de fois où il avait utilisé le mot « victime » au lieu du nom de la personne. Il ne s'était jamais vraiment rendu compte de l'effet que ça produisait. Jusqu'alors.

« Non », répondit Byrne.

Il se sentait soudain complètement inutile. C'était une expérience nouvelle pour lui – le fait d'être témoin – et ça ne lui plaisait pas trop. Voire pas du tout.

« Quelque chose à ajouter, Jess ? demanda Nicci.

— Pas vraiment, répondit Jessica. Je suis partie vers minuit.

— Où étiez-vous garée ?

— Dans la 3e Rue.

— Près du parking ?

— Plutôt vers Green Street.

— Avez-vous vu qui que ce soit rôder près du parking derrière Finnigan's ?

— Non.

— Quelqu'un arriver quand vous vous en alliez ?

— Non. »

Un ratissage avait été effectué sur un rayon de deux

pâtés de maisons. Personne n'avait vu Walt Brigham quitter le bar, remonter la 3e Rue, entrer dans le parking, ni s'en aller au volant de sa voiture.

Jessica et Byrne dînèrent de bonne heure au Standard Tap, à l'angle de la 2e Rue et de Poplar. Ils mangèrent en silence, abasourdis par la nouvelle du meurtre de Walt Brigham. Le premier rapport était arrivé. Brigham avait été violemment frappé avec un objet non tranchant à l'arrière de la tête, puis il avait été arrosé d'essence et on l'avait enflammé. Un bidon d'essence avait été retrouvé dans les bois à proximité de la scène de crime, un modèle ordinaire de sept litres en plastique, que l'on pouvait se procurer partout, pas d'empreintes. Le département médico-légal consulterait un odontologiste pour effectuer une identification du corps à partir des dents, mais il ne faisait guère de doute que le corps calciné était celui de Walter Brigham.

« Alors, qu'avez-vous prévu pour Noël ? demanda finalement Byrne, tentant d'alléger l'atmosphère.

— Mon père vient à la maison pour le réveillon, répondit Jessica. Il n'y aura que lui, moi, Vincent et Sophie. Le jour de Noël nous allons chez ma tante. C'est ce qu'on fait toujours. Et vous ?

— Je vais faire un saut chez mon père, l'aider à commencer à faire ses cartons.

— Comment va-t-il ? »

Ça faisait quelque temps que Jessica voulait lui poser la question. Quand Byrne s'était fait tirer dessus et avait été plongé dans un coma artificiel, elle était allée le voir à l'hôpital chaque jour durant des semaines. Parfois elle ne pouvait passer que bien après minuit, mais en règle générale, quand un agent de police était blessé pendant l'exercice de ses fonctions, il n'y avait pas d'heures de visite strictes. Et quelle que fût l'heure, Padraig Byrne était toujours là. Comme il ne se sentait pas émotionnellement capable de rester avec son fils dans l'unité de soins intensifs, on lui avait installé une chaise dans le couloir depuis laquelle il le veillait – Thermos à motif écossais posé à côté de lui, journal à la main – vingt-quatre heures sur vingt-quatre. Jessica ne lui avait jamais longuement parlé, mais à force de le voir assis là avec son rosaire lorsqu'elle débouchait à l'angle du couloir, à force de le voir hocher la tête en guise de salut, sa présence était devenue une chose à laquelle elle s'était raccrochée durant ces semaines incertaines, le soubassement sur lequel elle avait bâti les fondations de son espoir.

« Il va bien, répondit Byrne. Je vous ai dit qu'il emménageait dans le nord-est de la ville, non ?

— Oui, répondit Jessica. Je n'en reviens pas qu'il quitte le sud de Philly.

— Lui non plus. Plus tard dans la soirée j'irai dîner avec Colleen. Victoria devait se joindre à nous, mais elle est toujours à Meadville. Sa mère ne se porte pas bien.

— Si vous voulez, Colleen et vous pouvez nous rejoindre après le dîner, suggéra Jessica. Je fais un sacré tiramisu. Mascarpone frais de chez DiBruno. Croyez-moi, bien des hommes ont fondu en larmes comme des gosses rien qu'en le goûtant. En plus, mon oncle Vittorio nous envoie toujours une caisse de son *vino di tavola* fait maison. On écoute l'album de Noël de Bing Crosby. On s'amuse comme des fous.

— Merci, répondit Byrne. Je vais voir. »

Kevin Byrne acceptait les invitations avec autant de grâce qu'il les évitait. Jessica décida de ne pas insister. Ils devinrent de nouveau silencieux tandis que leurs pensées, comme celles de tous les autres agents de la police de Philadelphie ce jour-là, allaient à Walt Brigham.

« Trente-huit ans de service, déclara Byrne. Walt a mis un paquet de gens à l'ombre.

— Vous pensez que le coupable est l'un d'eux ? demanda Jessica.

— C'est par là que je commencerais.

— Quand vous lui avez parlé avant de partir, a-t-il laissé entendre que quelque chose clochait ?

— Pas du tout. Enfin, j'ai eu l'impression qu'il était un peu déprimé à l'idée de prendre sa retraite. Mais il semblait très heureux d'obtenir sa licence.

— Sa licence ?

— Licence de détective privé, expliqua Byrne. Il voulait enquêter sur le meurtre de la fille de Richie DiCillo.

— La fille de Richie DiCillo ? Je ne suis pas au courant. »

Byrne lui raconta brièvement le meurtre d'Annemarie DiCillo en 1995. Son récit donna le frisson à Jessica. Elle n'en avait jamais entendu parler.

Tandis qu'ils roulaient à travers la ville, Jessica se rappela à quel point Marjorie Brigham lui avait semblé minuscule lorsque Byrne l'avait étreinte. Elle se demanda combien de fois Kevin Byrne s'était retrouvé dans cette position. Il était salement intimidant si vous étiez du mauvais côté de la barrière. Mais quand il vous attirait dans son orbite, quand il vous regardait de ses profonds yeux émeraude, c'était comme si vous étiez la seule autre personne au monde, comme si vos problèmes étaient soudain devenus les siens.

Mais la triste vérité, c'était que le boulot continuait.

Ils avaient une femme morte nommée Kristina Jakos à qui penser.

30

Lune se tient nu dans le clair de lune. Il est tard. Son heure préférée.

Quand il avait sept ans et que son grand-père était tombé malade, il avait cru qu'il ne le reverrait jamais. Il avait pleuré des jours durant, jusqu'à ce que sa grand-mère fléchisse et l'emmène le voir à l'hôpital. Durant cette longue nuit troublante, Lune avait volé une fiole de verre contenant le sang de son grand-père. Puis il l'avait fermement scellée et cachée dans la cave de sa maison.

Le jour de son huitième anniversaire, son grand-père était mort. C'était la pire chose qui lui était jamais arrivée. Son grand-père lui avait appris bien des choses, lui faisant la lecture le soir, lui racontant des histoires d'ogres et de fées et de rois. Lune se rappelait de longues journées d'été durant lesquelles la famille venait leur rendre visite. Une vraie famille. Il y avait de la musique, des rires d'enfants.

Puis les enfants avaient cessé de venir.

Après ça, sa grand-mère avait vécu dans le silence, jusqu'au jour où elle avait emmené Lune dans la forêt, le jour où il avait regardé les petites filles jouer. Avec leur long cou et leur peau lisse et blanche elles ressemblaient aux cygnes de l'histoire. Ce jour-là, il y avait eu un orage terrible, la foudre et les éclairs s'abattaient sur la forêt, emplissant le monde. Lune avait tenté de protéger les cygnes. Il leur avait construit un nid.

En apprenant ce qu'il avait fait, sa grand-mère l'avait emmené dans un endroit sombre et effrayant, un endroit où vivaient d'autres enfants comme lui.

Lune avait passé de nombreuses années à regarder par la fenêtre. La lune venait le voir chaque nuit et lui racontait ses voyages. Elle lui décrivait Paris, Munich, Uppsala, lui parlait du Déluge et de la rue des Tombeaux.

Lorsque sa grand-mère était tombée malade, on l'avait autorisé à rentrer chez lui. Il avait retrouvé un endroit calme et vide. Une maison de fantômes.

Sa grand-mère est partie maintenant. Bientôt le roi démolira tout.

Lune produit sa semence dans le clair de lune bleuté. Il pense au rossignol. Elle est assise dans le hangar à bateaux, attendant, sa voix pour le moment silencieuse. Il mêle sa semence à une unique goutte de sang. Il arrange ses pinceaux.

Plus tard, il revêtira sa parure, coupera un morceau de corde, et se dirigera vers le hangar.

Et il montrera son monde au rossignol.

31

Byrne était assis derrière le volant de sa voiture, dans la 11e Rue, près de Walnut Street. Il avait eu l'intention de rentrer de bonne heure, mais c'était sa voiture qui l'avait mené là.

Il était nerveux, et il savait pourquoi.

Il ne pouvait s'empêcher de penser à Walt Brigham. Il se rappelait son visage tandis que celui-ci parlait de l'affaire d'Annemarie DiCillo. Il avait senti une réelle passion dans sa voix.

Aiguilles de pin. Fumée.

Byrne descendit de voiture pour aller se boire un verre vite fait chez Moriarty's. À mi-chemin de la porte il se ravisa et regagna sa voiture comme dans un état second. Il avait toujours été du genre à prendre ses décisions sur le moment, à réagir au quart de tour, mais il avait maintenant l'impression de tourner en rond. Peut-être le meurtre de Walt Brigham l'avait-il plus affecté qu'il ne le croyait.

Comme il ouvrait la portière de sa voiture, il entendit quelqu'un approcher. Il se retourna. C'était Matthew Clarke. Il semblait agité, à cran, il avait les yeux rouges. Byrne regarda les mains de l'homme.

« Que faites-vous ici, monsieur Clarke ?

— C'est un pays libre, répliqua celui-ci avec un haussement d'épaules. Je peux aller où je veux.

— En effet, répondit Byrne. Mais je préférerais que vous ne me suiviez pas. »

Clarke enfonça lentement la main dans sa poche, en sortit un téléphone portable qui faisait aussi appareil photo. Il tourna l'écran vers Byrne.

« Je peux même aller dans Spruce Street si ça me chante. »

Byrne crut d'abord qu'il avait entendu de travers. Mais il regarda alors attentivement l'image affichée sur le petit écran du téléphone portable. Son cœur se serra. La photo représentait la maison de sa femme. La maison où sa fille *dormait*.

Byrne fit voler le téléphone des mains de Clarke, attrapa celui-ci par le revers de son manteau et le plaqua violemment contre le mur de brique derrière lui.

« Écoutez-moi, dit-il. Vous m'entendez ? »

Clarke se contentait de le regarder fixement, les lèvres tremblantes. Il avait anticipé la réaction de Byrne, mais maintenant qu'elle se produisait il était complètement pris au dépourvu par sa rapidité et sa violence.

« Je ne le dirai qu'une fois, dit Byrne. Si jamais vous vous approchez de nouveau de cette maison, je vous traquerai et je vous collerai une putain de balle dans la tête. Vous comprenez ?

— Je crois que vous ne…

— Taisez-vous. *Écoutez.* Si vous avez un problème avec moi, alors c'est moi que ça concerne, pas ma famille. Vous ne touchez pas à ma famille ! Vous voulez régler ça maintenant ? Ce soir ? Soit. »

Byrne lâcha le manteau de l'homme. Il recula, tentant de se contrôler. Il ne lui manquerait plus que ça : qu'un citoyen porte plainte contre lui.

La vérité était que Matthew Clarke n'était pas un criminel. Pas encore. Pour le moment, il n'était qu'un type ordinaire confronté à un chagrin terrible, dévastateur. Il s'en prenait à Byrne, au système, éprouvait un effroyable sentiment d'injustice. Et même si c'était déplacé, Byrne comprenait.

« Allez-vous-en, reprit Byrne. Maintenant. »

Clarke rajusta ses vêtements, tenta de retrouver sa dignité. « Ce n'est pas à vous de me dire ce que je dois faire.

— Allez-vous-en, monsieur Clarke. Faites-vous aider.

— Ce n'est pas si simple.

— Qu'est-ce que vous voulez ?

— Je veux que vous admettiez ce que vous avez fait, répondit Clarke.

— Ce que j'ai *fait* ? » Byrne prit une profonde inspiration, tenta de se calmer. « Vous ne savez rien sur moi. Quand vous aurez vu ce que j'ai vu, quand vous serez allé là où je suis allé, alors on en reparlera. »

Clarke lui lança un regard noir. Il ne comptait pas en rester là. « Écoutez, vous avez toutes mes condoléances, monsieur Clarke. Sincèrement. Mais il n'y a…

— Vous ne la connaissiez pas.

— Si.

— Qu'est-ce que vous racontez ? demanda Clarke, visiblement stupéfait.

— Vous croyez que je ne savais pas qui elle était ? Vous croyez que je ne la vois pas chaque jour que Dieu fait ? L'homme qui entre dans une banque pendant un hold-up ? La vieille femme qui rentre de l'église ? La jeune fille dont le seul crime est d'être catholique ? Vous croyez que je ne comprends pas ce que c'est qu'être *innocent* ? »

Clarke continuait de fixer Byrne du regard, sans voix.

« Ça me rend malade, poursuivit Byrne. Mais ni vous ni moi n'y pouvons rien. Les innocents souffrent. Vous avez mes condoléances, et même si ça peut vous sembler sans cœur, c'est tout ce que je vais vous donner. C'est tout ce que je *peux* vous donner. »

Mais au lieu d'accepter ça et de s'en aller, Clarke semblait vouloir pousser les choses un cran plus loin. Byrne se résigna à l'inévitable.

« Vous m'avez frappé dans ce restaurant, dit Byrne. Un coup de poing minable. Vous m'avez loupé. Vous voulez de nouveau tenter le coup ? Allez-y. Dernière chance.

— Vous avez un pistolet, rétorqua Clarke. Je ne suis pas idiot. »

Byrne tira son arme de son holster, la jeta dans sa voiture. Sa plaque et sa carte suivirent.

« Désarmé, dit-il. Je suis en civil maintenant. »

Matthew Clarke regarda un moment le sol. Byrne se disait que les choses pouvaient encore tourner d'une manière ou d'une autre. Mais Clarke se pencha en arrière et le frappa de toutes ses forces en plein visage. Byrne chancela, vit mille chandelles pendant un moment. Il sentit le goût du sang dans sa bouche, chaud et métallique. Clarke mesurait une douzaine de centimètres de moins que lui et pesait facilement vingt kilos de moins. Byrne ne leva pas les mains en signe de défense ou de colère.

« C'est *tout* ? » se contenta-t-il de demander. Il cracha. « Vingt ans de mariage et vous ne pouvez pas faire mieux que ça ? » Byrne provoquait Clarke, il l'insultait. Il semblait incapable de s'arrêter. Peut-être ne le voulait-il pas. « Frappez-moi ! »

Cette fois-ci ce fut un coup assené de façon oblique à proximité du front de Byrne. Jointures contre os. Il ressentit une vive douleur.

« Encore ! »

Clarke le frappa de nouveau, atteignant cette fois Byrne à la tempe droite, et il enchaîna avec un crochet à la poitrine. Puis un autre. La puissance de l'effort faillit faire décoller Clarke du sol.

Byrne tituba d'un ou deux pas en arrière, parvint à rester debout.

« Je ne crois pas que vous y mettiez tout votre cœur, Matt. Je ne le crois vraiment pas. »

Clarke poussa un cri de rage – un hurlement sauvage, animal. Il projeta de nouveau son poing, atteignant Byrne sur le côté gauche de la mâchoire. Mais il était clair que sa passion, sa force déclinaient. Il frappa de nouveau, cette fois-ci un coup oblique qui manqua le visage de Byrne et heurta le mur. Clarke hurla de douleur.

Byrne cracha du sang, attendit. Clarke se recroquevilla contre le mur, vidé, aussi bien physiquement qu'émotionnellement, les jointures de ses mains en sang. Les deux hommes se regardèrent. Ils savaient l'un comme l'autre que cette bataille tirait à sa fin, de la même manière que les hommes savent depuis des siècles quand une lutte est finie. Pour le moment.

« Fini ? demanda Byrne.

— Allez… vous faire… foutre. »

Byrne essuya le sang sur son visage.

« Cette opportunité ne se présentera plus jamais, monsieur Clarke. Si ça se reproduit, si vous vous en prenez encore à moi, je rendrai coup pour coup. Et même si vous pouvez avoir du mal à le comprendre, la mort de votre femme me met autant en colère que vous. Mais vous ne voulez pas que je vous frappe. »

Clarke fondit en larmes.

« Écoutez, croyez-le ou non », reprit Byrne. Il savait que ses paroles produisaient l'effet désiré. Il s'était déjà trouvé dans cette situation, mais curieusement ça n'avait jamais été si dur. « Je suis désolé pour ce qui s'est passé. Vous ne saurez jamais à quel point. Anton Krotz était un putain d'animal, et maintenant il est mort. Si je pouvais faire quelque chose, je le ferais. »

Clarke le fusilla du regard ; sa colère diminuait, sa respiration redevenait normale, sa rage laissait de nouveau place au chagrin et à la douleur. Il essuya les larmes de son visage.

« Oh, vous le pourriez, inspecteur, dit-il. Vous le pourriez. »

Ils se fixèrent mutuellement du regard. Ils n'étaient qu'à un mètre cinquante l'un de l'autre, mais tout les séparait. Byrne devinait que l'homme n'ajouterait rien. Pas ce soir.

Clarke ramassa son téléphone, recula jusqu'à sa voiture, se glissa à l'intérieur et partit sur les chapeaux de roues, sa voiture dérapant brièvement sur la glace.

Byrne baissa les yeux. De longues traînées de sang maculaient sa chemise blanche. Ce n'était pas la première fois, mais c'était la première fois depuis *longtemps*. Il se massa la mâchoire. Il s'était déjà pris des coups de poing au visage, à commencer par ceux que lui avait envoyés Sal Pecchio quand il avait environ huit ans. À l'époque, ç'avait été à cause d'un sorbet.

Si je pouvais faire quelque chose, je le ferais.

Byrne se demanda ce qu'il avait voulu dire par là. *Vous le pourriez.*

Qu'avait voulu dire Clarke ?

Il décrocha son téléphone portable. Son premier appel fut à l'intention de son ex-femme, Donna, sous le prétexte de lui souhaiter un joyeux Noël. Tout allait bien là-bas. Clarke ne leur avait pas rendu visite. Byrne appela ensuite un sergent du district où vivaient Donna et Colleen. Il lui donna une description de Clarke ainsi que l'immatriculation de son véhicule. Ils enverraient une voiture de patrouille. Byrne savait qu'il pouvait lancer un mandat, faire interpeller Clarke, probablement lui coller une inculpation pour agression et voie de fait. Mais il ne pouvait s'y résoudre.

Il ouvrit la portière de sa voiture, récupéra son arme et sa carte, se dirigea vers le pub. Comme il pénétrait dans la chaleur accueillante du bar familier, il eut le sentiment que la prochaine fois qu'il serait confronté à Matthew Clarke, ça tournerait mal.

Très mal.

32

Dans son nouveau monde parfaitement sombre, des couches de son et de sensations se détachaient lentement – l'écho de l'eau qui s'écoulait, la froideur du bois contre sa peau –, mais ce furent les odeurs qui la frappèrent en premier.

Tara Lynn Greene avait toujours été extrêmement sensible aux odeurs. Le parfum du basilic, le relent des vapeurs de diesel, l'arôme de la tarte aux fruits cuisant dans la cuisine de sa grand-mère. Toutes ces choses détenaient le pouvoir de la transporter en un lieu et une époque différents de sa vie. La lotion Coppertone lui rappelait la plage.

Cette odeur aussi était familière. Viande en décomposition. Bois pourrissant.

Où était-elle ?

Tara savait qu'ils avaient voyagé, mais elle n'avait aucune idée de la distance parcourue. Ni du temps que ça avait pris. Elle s'était assoupie, avait été réveillée par le bruit à quelques reprises. L'atmosphère était humide, elle avait froid. Elle entendait le vent murmurer à travers la pierre. Elle était dans un bâtiment, mais elle n'en savait pas plus.

Plus elle reprenait ses esprits, plus sa terreur augmentait.

Le pneu crevé. L'homme aux fleurs. La douleur fulgurante à la base de sa nuque.

Soudain, une lumière s'alluma au-dessus d'elle. L'ampoule de faible puissance rayonna à travers une couche de crasse. Elle voyait maintenant qu'elle se trouvait dans une petite pièce. Sur sa droite, un lit en fer forgé. Une commode. Une chaise. Tous anciens, très sales, une pièce à l'ordre si méticuleux qu'elle en était presque monastique. Devant elle se trouvait une sorte de passage, un conduit de pierres en voûte qui s'enfonçait dans l'obscurité. Ses yeux furent de nouveau attirés par le lit. Un objet blanc était posé dessus. Une robe ? Non. On aurait dit un manteau d'hiver.

Son manteau.

Tara baissa les yeux. Elle portait maintenant une longue robe, et elle se trouvait dans un bateau, un petit bateau qui flottait sur un canal qui traversait la pièce. Le bateau était recouvert de peinture laquée brillante et de couleur vive. Une ceinture de sécurité en nylon enroulée autour de sa taille la maintenait fermement sur un siège en vinyle usé. Ses mains étaient ligotées.

Elle sentit la bile lui refluer dans la gorge. Elle avait lu un article dans le journal sur la femme retrouvée morte à Manayunk. La femme vêtue d'une robe ancienne. Elle comprit ce qui se passait, et ne put soudain plus respirer.

Un bruit : métal contre métal. Puis un nouveau bruit. On aurait dit… un oiseau ? Oui, un oiseau chantait. Un chant magnifique, riche et mélodique. Tara n'avait jamais rien entendu de tel. Quelques instants plus tard elle entendit des bruits de pas. Quelqu'un approchait par-derrière, mais Tara n'osa pas se retourner.

Après un long silence, il parla.

« Chante pour moi », demanda-t-il.

Avait-elle correctement entendu ?

« Je… Je vous demande pardon ?

— Chante, rossignol. »

La gorge brûlante de Tara était serrée. Elle tenta de ravaler sa salive. Elle devait garder tous ses esprits si elle voulait s'en sortir.

« Que voulez-vous que je chante ? parvint-elle à demander.

— Une chanson sur la lune. »

La lune la lune la lune la lune. Que veut-il dire ? De quoi parle-t-il ?

« Je ne crois pas connaître de chanson sur la lune, dit-elle.

— Bien sûr que si. Tout le monde connaît des chansons sur la lune. *Emmène-moi jusqu'à la lune*, *Lune de papier*, *Que la lune est haute*, *Lune bleue*, *Rivière de la lune*. J'aime particulièrement *Rivière de la lune*. Tu la connais ? »

Tara connaissait cette chanson. *Tout le monde* connaît cette chanson, pas vrai ? Mais sur le coup, elle n'arrivait pas à s'en souvenir.

« Oui, répondit-elle pour gagner du temps. Je la connais. » Il se posta devant elle.

Oh, mon Dieu, pensa-t-elle. Elle détourna le regard. « Chante, rossignol », dit-il.

Cette fois, c'était un ordre. Elle chanta *Rivière de la lune*. Les paroles lui revinrent, bien que la mélodie fût approximative. Sa pratique du théâtre prit le dessus. Elle savait que si elle s'arrêtait, ou même hésitait, quelque chose de terrible se produirait.

Il chanta avec elle tout en détachant le bateau, alla se placer derrière l'embarcation et la poussa. Il éteignit les lumières.

Tara avançait désormais dans l'obscurité, le petit bateau heurtant les bords de l'étroit canal. Elle essayait de voir autour d'elle, mais tout était absolument noir. De temps à autre elle remarquait un scintillement d'humidité glaciale sur les pierres luisantes des murs. Les parois étaient maintenant plus proches. Le bateau tanguait. Il faisait *tellement* froid.

Elle n'entendait plus l'homme, mais Tara continuait de chanter, la mélodie se répercutant contre les murs et le plafond bas. Sa voix semblait fluette et tremblante, mais elle ne pouvait s'arrêter.

De la lumière devant elle – une lueur fine comme un cheveu filtrant à travers des fissures dans ce qui semblait être d'épaisses portes en bois.

Le bateau heurta les portes, qui s'ouvrirent. Elle se retrouva dehors. Le jour semblait venir de se lever. Une neige douce tombait. Au-dessus d'elle, des branches d'arbres morts touchaient de leurs doigts noirs un ciel de nacre. Elle tenta de lever les bras, mais n'y parvint pas.

Le bateau dériva jusqu'à une clairière. Tara flottait au milieu de canaux étroits qui serpentaient parmi les arbres. L'eau était encombrée de feuilles, de branches, de débris. De chaque côté des canaux se dressaient de hautes structures pourrissantes dont les ossatures ressemblaient à des côtes malades dans une poitrine en décomposition. L'une d'elles semblait être une maison de pain d'épice tordue et délabrée. Une autre ressemblait à un château. Une troisième ressemblait à un gigantesque coquillage.

Le bateau prit un virage et la vue des arbres fut soudain bouchée par une grande affiche de peut-être six mètres de haut sur neuf de large. Tara essaya de déchiffrer ce qu'elle représentait. On aurait dit un livre de contes pour enfants, ouvert au milieu, avec un ruban rouge délavé dont la peinture s'effritait sur le côté droit. À côté se trouvait un gros rocher, similaire à ceux qu'on trouvait le long des digues. Il y avait quelque chose sur le rocher.

Le vent se leva à cet instant, faisant tanguer le bateau, piquant le visage de Tara, lui faisant monter les larmes aux yeux. La rafale glaciale charriait en elle une odeur fétide, animale, qui lui souleva le cœur. Quelques instants plus tard, lorsque le mouvement cessa et que sa vue s'éclaircit, Tara se retrouva juste en face de l'énorme livre de contes. Elle lut quelques mots dans le coin supérieur gauche.

Bien loin dans la mer, l'eau est bleue comme les feuilles des bluets…

Tara porta son regard au-delà du livre. Son bourreau se tenait au bout du canal, près d'un petit bâtiment qui ressemblait à une vieille école. Il tenait un morceau de corde dans ses mains. Il l'attendait.

Sa chanson se transforma en hurlement.

33

À 6 heures du matin, Byrne avait pour ainsi dire abandonné l'idée de dormir. Il oscillait entre sommeil et veille, hanté par les cauchemars et les visages accusateurs.

Kristina Jakos. Walt Brigham. Laura Clarke.

À 7 h 30 le téléphone sonna. Dieu sait comment, le sommeil l'avait finalement gagné. Le bruit le fit soudain se redresser. *Pas un nouveau cadavre*, pensa-t-il. *Je vous en prie. Pas un nouveau cadavre.*

Il décrocha.

« Byrne.

— Je te réveille ? »

La voix de Victoria fut comme une explosion de soleil dans son cœur.

« Non », répondit-il.

C'était en partie vrai. Son sommeil avait été agité.

« Joyeux Noël, dit-elle.

— Joyeux Noël, Tori. Comment va ta mère ? »

La légère hésitation de Victoria en dit long. Marta Lindstrom n'avait que soixante-six ans, mais elle souffrait d'un début de démence.

« Ça dépend des jours », répondit Victoria. Une longue pause.

Byrne en comprit le sens. « Je crois que je vais devoir retourner vivre à la maison », ajouta-t-elle.

Ça y était. Alors qu'ils avaient l'un comme l'autre cherché à le nier, ils savaient que ça allait arriver. Victoria avait pris un congé prolongé de son boulot au Passage House, un refuge pour fugueurs situé dans Lombard Street.

« Hé, Meadville n'est pas si loin que ça, ajouta-t-elle. C'est plutôt joli ici. Plutôt pittoresque. Tu pourrais considérer ça comme des vacances. On pourrait ouvrir une chambre d'hôte.

— À vrai dire, je n'ai jamais mis les pieds dans une chambre d'hôte, répliqua Byrne.

— On passerait probablement notre temps dans la chambre. On risquerait d'avoir des problèmes avec les mœurs. »

Victoria pouvait modifier son humeur en un clin d'œil. C'était l'une des nombreuses choses que Byrne aimait en elle. Même lorsqu'elle avait le cafard, elle était capable de lui remonter le moral.

Byrne parcourut son appartement du regard. Bien qu'ils n'eussent jamais officiellement emménagé ensemble – ni l'un ni l'autre n'était prêt à franchir ce pas, chacun pour des raisons qui lui étaient propres –, depuis que Byrne fréquentait Victoria, celle-ci avait transformé son gourbi de célibataire typique en quelque chose qui ressemblait à une maison. Il n'avait pas été prêt pour les rideaux en dentelle, mais elle l'avait convaincu d'adopter des stores plissés dont la couleur pastel doré amplifiait la lueur du matin.

Il y avait un tapis au sol, des tables basses là où elles étaient censées se trouver : au bout du divan. Victoria avait même réussi à apporter en douce deux plantes d'intérieur qui, par miracle, avaient non seulement survécu, mais aussi poussé.

Meadville, pensa Byrne. *Meadville n'était qu'à quatre cent cinquante-huit kilomètres de Philadelphie.*

Ça semblait le bout du monde.

Comme on était à la veille de Noël, Jessica et Byrne n'étaient de service qu'une demi-journée. Ils auraient probablement pu la passer tranquille à patrouiller les rues, mais il y avait toujours quelque chose à finir, quelque rapport à lire ou à classer.

Lorsque Byrne entra dans la salle commune, Josh Bontrager était déjà là. Il leur avait apporté trois pâtisseries et trois cafés. Deux capsules de crème, deux sachets de sucre, et une touillette chacun – le tout disposé sur le bureau avec une précision géométrique.

« Bonjour, inspecteur », lança Bontrager, tout sourires. Il fronça les sourcils en voyant le visage enflé de Byrne. « Vous allez bien, monsieur ?

— Ça va. » Byrne ôta son manteau. Il était complètement crevé. « Et moi, c'est Kevin, ajouta-t-il. S'il vous plaît. » Il ôta le couvercle de son café, le leva. « Merci.

— Pas de quoi », répondit Bontrager. Il avait désormais un air sérieux ; il ouvrit son carnet. « J'ai bien peur de n'être arrivé à rien avec le CD de Savage Garden. Les grosses boutiques le vendent bien, mais personne ne se souvient de quelqu'un le demandant spécifiquement au cours des derniers mois.

— Ça valait le coup d'essayer », dit Byrne.

Il prit une bouchée de la pâtisserie qu'avait achetée Josh. C'était un rouleau aux noix. Très frais.

« Je n'en ai pas fini, reprit Bontrager. Il y a encore les boutiques indépendantes. »

À cet instant Jessica entra tel un ouragan dans la salle commune, des étincelles s'illuminant dans son sillage. Ses yeux lançaient des éclairs, elle avait les joues rouges. Et la météo n'y était pour rien. Elle était de toute évidence furieuse.

« Qu'est-ce qui se passe ? » demanda Byrne.

Jessica arpentait la pièce de long en large en marmonnant des invectives en italien. Elle posa enfin violemment son sac à main. Des têtes apparurent au-dessus des partitions de la salle commune.

« Les types de Channel 6 m'ont coincée dans le *putain* de parking !

— Qu'est-ce qu'ils voulaient ?

— Les conneries habituelles.

— Qu'est-ce que vous leur avez répondu ?

— Les conneries habituelles. »

Jessica expliqua comment ils l'avaient coincée avant même qu'elle ait pu sortir de sa voiture. Caméras à l'épaule, projecteurs allumés, la mitraillant de questions. Le département n'aimait pas trop que les inspecteurs soient filmés à l'improviste, mais ça la fichait toujours encore plus mal de voir à l'écran un inspecteur qui se cachait les yeux et hurlait : « Pas de commentaires ! » Ça n'inspirait vraiment pas la confiance. Elle s'était donc arrêtée et avait joué le jeu.

« Comment sont mes cheveux ? » demanda Jessica.

Byrne fit un pas en arrière.

« Hum, bien.

— Bon sang, quel sacré beau parleur vous faites ! rétorqua Jessica en tendant les mains en avant. Je vous jure que je vais m'évanouir.

— Qu'est-ce que j'ai dit ? »

Byrne se tourna vers Bontrager. Les deux hommes haussèrent les épaules.

« Quoi qu'il en soit, mes cheveux sont sans doute mieux que votre visage, dit Jessica. Vous allez me raconter ? »

Byrne s'était appliqué de la glace sur le visage, l'avait nettoyé. Rien de cassé. Il était légèrement enflé, mais ça commençait à diminuer. Il relata sa confrontation avec Matthew Clarke.

« Jusqu'où croyez-vous qu'il ira ? demanda Jessica.

— Je n'en ai aucune idée. Donna et Colleen quittent la ville demain pour une semaine. C'est toujours un souci de moins.

— Je peux faire quelque chose ? demandèrent à l'unisson Jessica et Bontrager.

— Je ne crois pas, répondit Byrne en les regardant tous les deux, mais merci. »

Jessica récupéra ses messages, se dirigea vers la porte. « Où allez-vous ? demanda Byrne.

— À la bibliothèque, répondit-elle. Pour voir si je peux trouver ce dessin de la lune.

— Je vais finir de dresser cette liste de boutiques de vêtements d'occasion, l'informa Byrne. Peut-être qu'on trouvera l'endroit où il a acheté cette robe.

— Vous savez où me joindre, dit Jessica en levant son téléphone portable.

— Inspecteur Balzano ? » fit Bontrager.

Jessica se retourna avec une moue impatiente.

« *Quoi ?*

— Vos cheveux sont très bien. »

La colère de Jessica s'envola. Elle sourit.

« Merci, Josh. »

34

La bibliothèque publique abritait un nombre considérable de livres ayant trait à la lune. Bien trop pour en tirer immédiatement quoi que ce soit d'utile à l'enquête.

Avant de quitter la Rotonde, Jessica avait entré le mot « lune » dans plusieurs bases de données de la police. La mauvaise nouvelle était que les criminels qui utilisaient la lune comme base de leur mode opératoire avaient tendance à être des tueurs compulsifs. Elle avait associé ce mot à d'autres – en particulier « sang » et « sperme » – et n'avait rien obtenu d'utilisable.

Assistée d'une bibliothécaire, Jessica sélectionna dans chaque section un échantillon d'ouvrages.

Elle s'installa derrière deux piles de livres dans une pièce privée du rez-de-chaussée et commença par parcourir les volumes qui abordaient le sujet d'un point de vue scientifique. Il y avait des livres sur les méthodes d'observation de la lune, sur son exploration, sur ses caractéristiques physiques, des manuels d'astronomie amateur, des comptes rendus des missions Apollo, des cartes et des atlas. Jessica n'avait jamais été trop portée sur les sciences. Elle sentit son attention diminuer, ses yeux se voiler.

Elle s'attaqua à l'autre pile. Celle-ci était plus prometteuse. Il s'agissait de livres qui traitaient de la lune dans le folklore, ainsi que de l'iconologie du ciel.

Après avoir parcouru quelques introductions et pris des notes, Jessica découvrit que la lune semblait être représentée dans le folklore dans cinq phases différentes : la nouvelle lune, la pleine lune, le croissant de lune, la demi-lune, et la lune dans le deuxième quartier, un état entre la demi-lune et la pleine. Elle tenait une place importante dans les contes de tous pays et cultures, depuis que la littérature existait – chinoise, égyptienne, arabe, hindoue, nordique, africaine, amérindienne, européenne. Où il y avait des mythes et des croyances, il y avait des récits sur la lune.

Dans le folklore religieux, certaines représentations de l'assomption de la Vierge Marie montraient la lune tel un croissant sous ses pieds. Dans les illustrations de la crucifixion, elle apparaissait sous la forme d'une éclipse d'un côté de la croix, tandis que le soleil était placé de l'autre côté.

Il y avait aussi un grand nombre de références bibliques. Dans l'Apocalypse, il était question d'une « femme vêtue de soleil avec la lune à ses pieds et douze étoiles comme couronne ». Dans la Genèse : « Dieu fit les deux grands luminaires, le grand luminaire pour dominer sur le jour, et le petit luminaire pour dominer sur la nuit, et les étoiles. »

Il y avait des contes où la lune était une femme, d'autres où elle était un homme. Dans le folklore lituanien, la lune était le mari, le soleil était la femme, et la terre était leur enfant. Un conte du folklore britannique affirmait que si l'on vous volait trois jours après la pleine lune, le voleur se ferait rapidement attraper.

Les images et les concepts s'emmêlaient dans l'esprit de Jessica. Au bout de deux heures, elle avait pris cinq pages de notes.

Le dernier livre qu'elle ouvrit était consacré aux illustrations de la lune. Gravures sur bois, eaux-fortes, aquarelles, huiles, fusains. Elle trouva des illustrations par Galilée tirées du *Sidereus Nuncius*. Il y avait aussi des illustrations de jeux de tarot.

Rien qui ressemblât au dessin trouvé sur Kristina Jakos.

Pourtant, quelque chose disait à Jessica qu'il était fort possible que la pathologie de l'homme qu'ils recherchaient provenait de quelque folklore, peut-être du genre de celui que lui avait décrit le père Greg.

Jessica feuilleta une demi-douzaine de livres.

Lorsqu'elle quitta la bibliothèque, elle regarda le ciel d'hiver et se demanda si l'assassin de Kristina Jakos attendait la lune.

Comme elle traversait le parking, l'esprit empli d'images de sorcières, de lutins, de princesses de contes de fées et d'ogres, elle avait du mal à croire que toutes ces histoires ne lui avaient pas fichu une trouille bleue quand elle était petite. Elle se rappelait avoir lu quelques contes courts à Sophie quand celle-ci avait trois ou quatre ans, mais aucun n'avait semblé aussi bizarre et violent que certaines des histoires sur lesquelles elle était tombée dans ces livres. Elle n'y avait jamais trop prêté attention, mais certains contes étaient franchement épouvantables.

Alors qu'elle avait traversé la moitié du parking et n'avait pas encore atteint sa voiture, elle sentit quelqu'un approcher sur sa droite. *Vite*. Elle flaira des ennuis, pivota vivement, sa main droite repoussant instinctivement le revers de son manteau.

C'était le père Greg.

Du calme, Jess. Ce n'est pas le grand méchant loup. Juste un prêtre orthodoxe.

« Tiens, bonjour, dit-il. Quelle surprise de vous trouver ici.

— Bonjour.

— J'espère que je ne vous ai pas fait peur.

— Non », mentit-elle.

Elle baissa les yeux. Le père Greg avait un livre entre les mains. Le plus incroyable était qu'on aurait dit un recueil de contes de fées.

« À vrai dire, j'allais vous appeler aujourd'hui, dit-il.

— Vraiment ? Et pourquoi ?

— Eh bien, depuis que nous nous sommes parlé, cette histoire m'a tracassé », expliqua-t-il. Il leva le livre. « Comme vous pouvez l'imaginer, les contes et les fables folkloriques ne sont pas très prisés par l'église. Nous avons déjà suffisamment de choses difficilement croyables. »

Jessica sourit.

« Les catholiques en ont aussi leur lot.

— J'allais chercher dans ces histoires pour voir si je pouvais trouver une référence à la lune pour vous.

— C'est gentil de votre part, mais ce n'est pas nécessaire.

— Ça ne me pose vraiment aucun problème, répliqua le père Greg. J'adore lire. » Il désigna de la tête un véhicule, une camionnette de modèle récent garée à proximité. « Je peux vous déposer quelque part ?

— Non, merci, répondit-elle. Je suis en voiture. »

Il consulta sa montre.

« Bon, je m'en vais me plonger dans le monde des bonshommes de neige et des vilains petits canards, dit-il. Je vous ferai savoir si je trouve quoi que ce soit.

— Bonne idée, fit Jessica. Merci. »

Il gagna sa camionnette, ouvrit la portière, et se retourna vers Jessica.

« En plus, c'est la nuit parfaite pour ça.

— Que voulez-vous dire ? »

Le père Greg sourit.

« Ça va être une lune de Noël. »

35

De retour à la Rotonde, Jessica n'eut pas le temps d'ôter son manteau et de s'asseoir que son téléphone sonna. L'agent de service dans le hall l'informa que quelqu'un montait la voir. Quelques minutes plus tard, un agent en uniforme entra accompagné de Will Pedersen, le maçon qu'ils avaient rencontré près de la scène de crime de Manayunk. Cette fois, Pedersen portait un blazer trois boutons et un jean. Ses cheveux étaient soigneusement peignés, et il arborait une paire de lunettes à monture d'écaille.

Il échangea une poignée de main avec Jessica et Byrne.

« Que pouvons-nous pour vous ? demanda Jessica.

— Eh bien, vous avez dit que si je me souvenais d'autre chose, je devais vous contacter.

— Exact, dit Jessica.

— J'ai repensé à l'autre matin. Le matin où nous nous sommes rencontrés à Manayunk.

— Et ?

— Comme j'ai dit, j'ai souvent été là-bas dernièrement. Je connais assez bien tous les bâtiments. Et après réflexion, j'ai remarqué quelque chose de différent.

— Différent ? demanda Jessica. C'est-à-dire ?

— Eh bien, les graffitis.

— Les graffitis ? Sur l'entrepôt ?

— Oui.

— Comment ça ?

— Bon, j'ai moi-même un peu été tagueur, vous voyez ? Je traînais avec des skateurs quand j'étais adolescent, expliqua Pedersen, visiblement réticent à en parler, enfonçant profondément ses mains dans les poches de son jean.

— Je pense qu'il doit y avoir prescription », remarqua Jessica. Pedersen sourit.

« OK. Mais je suis toujours assez fan, vous savez ? Avec toutes les peintures murales et les trucs qu'on trouve en ville, je suis tout le temps à l'affût, à prendre des photos. »

Le programme d'art mural de Philadelphie avait été lancé en 1984 dans le but d'éliminer les graffitis nuisibles dans les quartiers les plus pauvres. La municipalité avait contacté des graffiteurs pour les inciter à réorienter leurs pulsions créatrices vers les peintures murales. Il y en avait désormais des centaines, voire des milliers, à Philadelphie.

« D'accord, fit Jessica. Qu'est-ce que ça a à voir avec le bâtiment de Flat Rock Road ?

— Eh bien, vous savez quand vous voyez quelque chose tous les jours ? je veux dire, vous le voyez, mais vous n'y regardez pas vraiment de trop près ?

— Bien sûr.

— Je me demandais, poursuivit Pedersen. Est-ce que vous auriez pris des photos du côté sud du bâtiment par hasard ? »

Jessica consulta les photos sur son bureau, en trouva une du mur en question.

« Et après ? »

Pedersen désigna une zone sur la droite du mur, près d'un grand tag de gang rouge et bleu. À l'œil nu, on aurait dit une petite tache blanche.

« Vous voyez ça ? Ça n'y était pas deux jours avant que je vous rencontre.

— Vous affirmez donc que ça a pu être peint le matin où le cadavre a été placé au bord de la rivière ? demanda Byrne.

— Possible. Je l'ai uniquement remarqué parce qu'il est peint en blanc. Il détonne plutôt. »

Jessica examina la photo. Elle avait été prise avec un appareil numérique, à une résolution assez élevée. Néanmoins, le format d'impression n'était pas grand. Elle enverrait son appareil à l'unité audiovisuelle et leur demanderait de tirer un agrandissement à partir du fichier original.

« Vous pensez que ça peut être important ? demanda Pedersen.

— Peut-être, répondit Jessica. Merci de nous en avoir fait part.

— À votre service.

— Nous vous appellerons si nous avons besoin de vous reparler. »

Lorsque Pedersen fut parti, Jessica appela le service de la police scientifique pour qu'ils envoient un technicien récupérer un échantillon de peinture sur le bâtiment.

Vingt minutes plus tard, l'agrandissement de la photo arriva. Jessica et Byrne le regardèrent. La peinture sur le mur était une version agrandie, rudimentaire, du dessin découvert sur l'abdomen de Kristina Jakos.

Le tueur avait non seulement mis sa victime en scène au bord de la rivière, il avait aussi pris le temps de peindre un symbole sur le mur derrière lui, un symbole destiné à être vu.

Jessica se demanda si les photos de la scène de crime recélaient la clé du mystère.

Peut-être.

Tandis qu'ils attendaient le rapport du labo sur la peinture, le téléphone de Jessica sonna de nouveau. Tu parles d'une veille de Noël. Elle n'était même pas censée être là. La mort n'attend pas.

Elle enfonça le bouton, répondit : « Brigade criminelle, inspecteur Balzano.

— Inspecteur, ici l'agent Valentine, du 92e District. »

Une partie du 92e District bordait la rivière Schuylkill.

« Qu'est-ce qui se passe, agent Valentine ?

— Nous sommes sur le pont de Strawberry Mansion. Nous avons trouvé quelque chose qui devrait vous intéresser.

— Quelque chose ?

— Oui, madame. »

À la brigade criminelle, on vous appelait généralement quand on avait découvert *quelqu'un*, pas *quelque chose*.

« De quoi s'agit-il, agent Valentine ? »

L'agent hésita un moment, et son silence en dit long.

« Eh bien, le sergent Majette m'a demandé de vous appeler. Il dit que vous feriez bien de venir sur-le-champ. »

36

Le pont de Strawberry Mansion avait été construit en 1897. C'était l'un des sept premiers ponts d'acier du comté, et il enjambait la rivière Schuylkill entre Strawberry Mansion et Fairmount Park.

Ce jour-là, la circulation était bloquée des deux côtés. Jessica, Byrne et Bontrager durent gagner à pied le centre du pont, où ils furent accueillis par deux agents de patrouille.

Deux garçons, âgés de onze ou douze ans, se tenaient près des agents. Ils semblaient agités par un mélange de peur et d'excitation.

Du côté nord du pont, un plastique blanc recouvrait quelque chose. L'agent Lindsey Valentine s'approcha de Jessica. Elle avait dans les vingt-quatre ans, l'œil vif, un corps athlétique.

« Qu'est-ce que nous avons ? » demanda Jessica.

L'agent Valentine hésita un moment. Elle avait beau travailler au 92e District, ce qui se trouvait sous le plastique l'avait quelque peu secouée.

« On nous a appelés il y a environ une demi-heure. Ces deux jeunes gens sont tombés dessus en traversant le pont. »

L'agent Valentine souleva le plastique et dévoila une

paire de chaussures. C'étaient des chaussures de femme, d'un cramoisi profond, à peu près de taille trente-sept. Ordinaires en tout point, sauf que ces chaussures rouges renfermaient une paire de pieds amputés.

Jessica leva les yeux, croisa le regard de Byrne.

« Ce sont les garçons qui ont trouvé ça ? demanda-t-elle.

— Oui, madame. »

L'agent Valentine fit signe aux garçons d'approcher. C'étaient des gamins blancs qui flirtaient avec le style hip-hop. Des frimeurs de centre commercial, mais qui n'en menaient pas large à cet instant précis. Pour le moment, ils avaient l'air un peu traumatisés.

« Nous les avons juste regardées, expliqua le plus grand des deux.

— Avez-vous vu qui les a laissées là ? demanda Byrne.

— Non.

— Les avez-vous touchées ?

— Certainement pas.

— Avez-vous vu quelqu'un à proximité en approchant ? demanda Byrne.

— Non, monsieur, répondirent-ils en chœur, secouant emphatiquement la tête. Nous étions ici depuis environ une minute quand une voiture s'est arrêtée et le chauffeur nous a dit de nous en aller. Il a appelé la police après. »

Byrne regarda l'agent Valentine.

« Qui a passé le coup de fil ? »

Celle-ci désigna du doigt une Chevrolet neuve garée à environ six mètres du cercle formé par le cordon qui isolait les lieux. Un homme d'environ quarante ans portant costume et pardessus se tenait à côté. Byrne lui fit signe d'approcher. L'homme s'avança.

« Pourquoi êtes-vous restés ici une fois que la police a été appelée ? » demanda Byrne aux garçons.

Ils haussèrent les épaules en chœur. Byrne se tourna vers l'agent Valentine.

« Avez-vous pris leurs nom et adresse ?

— Oui, monsieur.

— Bien, fit Byrne. Vous pouvez y aller tous les deux. Mais nous aurons peut-être besoin de vous reparler.

— Qu'est-ce que vous allez en faire ? demanda le plus petit des deux en pointant le doigt vers les pieds coupés.

— Qu'est-ce que nous allons en *faire* ? répéta Byrne.

— Oui, dit le plus grand. Est-ce que vous allez les emporter ?

— Oui, répondit Byrne. Nous allons les emporter.

— Pourquoi ?

— *Pourquoi* ? Parce que ce sont des indices d'un crime grave. » Les deux gamins avaient l'air déconfit.

« OK, fit le plus petit des deux.

— Quoi ? demanda Byrne. Vous comptiez les mettre en vente sur eBay ? »

Le gamin leva les yeux.

« On a le droit ?

— Rentrez chez vous, ordonna Byrne en désignant l'autre bout du pont. Tout de suite. Rentrez chez vous, sinon je vous jure que j'arrête toute votre famille. »

Les garçons détalèrent.

« Bon sang, lâcha Byrne. Foutu *eBay* ! »

Jessica voyait ce qu'il voulait dire. Si elle-même était tombée sur une paire de pieds tranchés sur un pont quand elle avait onze ans, elle aurait paniqué. Mais pour ces gamins, c'était comme un épisode des *Experts*. Ou un jeu vidéo.

Byrne s'entretint avec l'auteur du coup de téléphone tandis que les eaux glaciales de la rivière Schuylkill s'écoulaient en contrebas. Jessica se tourna vers l'agent Valentine. C'était un moment étrange ; ils se tenaient au-dessus de ce qui était très certainement les restes tranchés de Kristina Jakos. Jessica repensa à sa propre période en uniforme, aux fois où des inspecteurs étaient arrivés sur une scène qu'elle avait sécurisée. Elle se rappela qu'elle les regardait à l'époque avec une certaine dose d'envie et de respect, et elle se demanda si l'agent Lindsey Valentine la voyait ainsi.

Jessica s'agenouilla pour y regarder de plus près. C'étaient des chaussures à talons bas et à bouts ronds, dotées d'une fine lanière en travers de la partie supérieure, larges au niveau des orteils. Elle prit quelques photos.

Un ratissage du quartier produisit ce à quoi ils s'attendaient. Personne n'avait rien vu ni entendu. Mais une chose était évidente aux yeux des inspecteurs. Et ils n'avaient pas besoin de dépositions de témoins pour en être certains. Les pieds tranchés n'avaient pas été jetés là au hasard. Ils avaient été minutieusement disposés.

Une heure plus tard ils avaient reçu le rapport préliminaire. Comme ils s'y attendaient, des tests sanguins semblaient indiquer que les pieds retrouvés étaient ceux de Kristina Jakos.

Il est un moment au cours de toute enquête criminelle – du moins lorsqu'on ne trouve pas l'assassin au-dessus du cadavre, couteau dégoulinant ou pistolet fumant à la main – où tout se fige. On ne reçoit plus de coups de fil, aucun témoin ne se manifeste, les résultats d'analyses traînent à arriver. Et telle était exactement la phase qu'ils traversaient. Peut-être le fait que c'était la veille de Noël y était-il pour quelque chose. Personne n'avait envie de penser à la mort. Les inspecteurs observaient leurs écrans d'ordinateur, tapotaient leur stylo au rythme de musiques qu'eux seuls entendaient, et les photos de scènes de crime posées sur leurs bureaux les regardaient : accusatrices, interrogatrices, pleines d'espoir, *dans l'attente*.

Ils allaient devoir laisser passer quarante-huit heures avant de pouvoir efficacement interroger certaines des personnes qui empruntaient quotidiennement le pont de Strawberry Mansion vers l'heure à laquelle les chaussures avaient été abandonnées. Le lendemain serait le jour de Noël et les gens n'effectueraient pas leurs trajets habituels.

À la Rotonde, Jessica rassemblait ses affaires lorsqu'elle remarqua que Josh Bontrager était toujours là, plongé dans son boulot. Il était assis face à l'un des terminaux d'ordinateur, parcourant des historiques d'arrestations.

« Quels sont vos projets pour Noël, Josh ? » demanda Byrne.

Bontrager leva les yeux de son écran.

« Je rentre à la maison ce soir. Je suis de service demain. Le privilège du petit nouveau.

— Est-ce que je peux me permettre de vous demander ce que font les amish à Noël ?

— Ça dépend du groupe.

— Du groupe ? fit Byrne. Il y a différents types d'amish ?

— Oh, bien sûr. Il y a les amish de l'Ancien Ordre, les amish du Nouvel Ordre, les mennonites, les amish de Beachy, les mennonites suisses, les amish Swartzentruber.

— Ils organisent des festivités ?

— Eh bien, ils ne mettent pas d'illuminations, naturellement. Mais oui, ils font la fête. C'est très sympa, ajouta Bontrager. En plus, ils ont le second Noël.

— Le second Noël ?

— Bon, en fait, c'est juste le lendemain de Noël. Ils passent généralement la journée à rendre visite à leurs voisins, à beaucoup manger. Parfois ils boivent même du vin chaud.

— Du vin chaud, répéta Jessica avec un sourire. J'ignorais ça. »

Bontrager rougit.

« Comment voulez-vous les retenir à la ferme ? »

Jessica fit la tournée des malheureux qui prenaient la relève, distribuant ses vœux de Noël, puis elle se retourna lorsqu'elle fut à la porte.

Josh Bontrager était assis à son bureau, regardant les photos abominables de ce qu'ils avaient trouvé sur le pont de Strawberry Mansion plus tôt dans la journée. Elle crut distinguer un infime tremblement dans les mains du jeune homme.

Bienvenue à la criminelle.

37

Le livre de Lune est la chose la plus précieuse qu'il possède. Il est épais, relié de cuir, lourd, avec une tranche dorée. Il a appartenu à son grand-père, et avant ça, au père de celui-ci. À l'intérieur, sur la page de titre, se trouve la signature de l'auteur.

Rien n'a plus de valeur que cet objet.

Parfois, tard le soir, Lune ouvre précautionneusement le livre et observe les mots et les dessins à la lueur d'une chandelle, savourant le parfum du vieux papier. Cette odeur lui rappelle son enfance. Et maintenant, comme alors, il prend soin de ne pas trop approcher la chandelle. Il adore la manière dont les tranches dorées scintillent dans la douce lueur jaune.

La première illustration représente un soldat montant à un grand arbre, son havresac en bandoulière. Combien de fois Lune a-t-il été ce soldat, ce jeune homme fort à la recherche du briquet ?

L'illustration suivante représente Petit Claus et Grand Claus. Lune a été ces deux hommes, bien des fois.

Le dessin suivant représente les fleurs de la Petite Ida. Entre le jour du Souvenir et la fête du Travail, Lune avait l'habitude de courir parmi les fleurs. Le printemps et l'été étaient des périodes magiques.

Maintenant, tandis qu'il pénètre dans la grande structure, il est de nouveau plein de magie.

Le bâtiment domine la rivière, majesté perdue, ruine oubliée non loin de la ville. Le vent gémit à travers la large étendue. Lune porte la jeune femme morte jusqu'à la fenêtre. Elle est lourde dans ses bras. Il la place sur le rebord en pierres de la fenêtre, embrasse ses lèvres glaciales.

Je sais, petit oiseau, *pense Lune.*

Je sais.

Lune a aussi un plan pour ça. Bientôt il fera venir le Bonhomme de neige, et l'hiver sera à jamais banni.

38

« Je serai en ville plus tard, déclara Padraig. Je dois passer chez Macy's.

— De quoi as-tu besoin là-bas ? » demanda Byrne.

Il parlait dans son téléphone portable et se trouvait à cinq rues à peine du magasin. Il était de service, mais seulement jusqu'à midi. Ils avaient reçu le coup de fil du labo à propos de la peinture utilisée sur la scène de Flat Rock Road. Peinture pour bateaux standard, disponible partout. Le graffitis représentant la lune – bien que ce fût un indice important – n'avait rien donné. Pour le moment.

« Je peux aller te chercher ce dont tu as besoin, papa.

— Je suis à court de lotion gommante. »

Bon sang, pensa Byrne. *De la lotion gommante*. Son père avait une soixantaine d'années, il était solide comme un chêne, et il venait juste d'entrer dans une phase de narcissisme débridé.

Depuis le Noël précédent, quand Colleen, la fille de Byrne, avait offert à son grand-père un assortiment de soins Clinique pour le visage, Padraig Byrne était obsédé par sa peau. Puis, un jour, Colleen avait écrit un mot à Padraig pour lui dire que sa peau était superbe. Celui-ci avait été fou de joie, et depuis cet instant, le rituel Clinique était devenu une manie, une orgie de vanité sexagénaire.

« Je peux aller t'en chercher, proposa Byrne. Inutile que tu viennes jusqu'ici en voiture.

— Ça ne me dérange pas. Je veux voir ce qu'ils ont d'autre. Je crois qu'ils ont la nouvelle lotion M. »

Difficile de croire qu'il parlait à Padraig Byrne. Ce même Padraig Byrne qui avait passé près de quarante ans sur les docks, qui avait un jour affronté une demi-douzaine d'Italiens du sud de Philly rien qu'avec ses poings et un ventre rempli de bière blonde Harp.

« Ce n'est pas parce que tu te fous de ta peau que je suis censé ressembler à un lézard à l'automne de ma vie », ajouta Padraig.

L'automne de sa vie ? Byrne se dévisagea dans le rétroviseur. Certes, peut-être qu'il pourrait faire un peu plus gaffe à sa peau. Cela dit, il devait bien avouer que la seule raison pour laquelle il avait proposé de passer au magasin était qu'il n'avait vraiment aucune envie que son père conduise à travers la ville avec toute cette neige. Il devenait surprotecteur, mais c'était plus fort que lui. Le silence de Byrne l'emporta. Cette fois.

« OK, tu as gagné, dit Padraig. Va l'acheter à ma place. Mais je veux quand même passer chez Killian's plus tard. Pour dire au revoir aux garçons.

— Tu ne pars pas en Californie, objecta Byrne. Tu peux y retourner n'importe quand. »

Aux yeux de Padraig Byrne, déménager dans le nord-est de la ville équivalait à s'exiler à l'étranger. Il avait mis cinq ans à prendre sa décision, et cinq années de plus à faire le premier pas.

« C'est toi qui le dis.

— OK, je passe te prendre dans une heure, céda Byrne.

— N'oublie pas ma lotion gommante. »

Bon sang, pensa Byrne en raccrochant son téléphone portable.

De la lotion gommante.

Killian's était un bar tumultueux situé près de la jetée 84, à l'ombre du pont Walt-Whitman, une institution vieille de quatre-vingt-dix ans qui avait survécu à mille bagarres, deux incendies, et un boulet de démolition. Sans parler de quatre générations de dockers.

Situé à quelques dizaines de mètres de la Delaware, Killian's était un bastion de l'Association internationale des dockers. Ces hommes vivaient pour et par la rivière.

À l'entrée de Kevin et Padraig Byrne, toutes les têtes se tournèrent vers la porte et la rafale de vent glaciale qui s'engouffra en même temps qu'eux.

« *Paddy !* » semblèrent-ils tous hurler en chœur.

Byrne s'assit au bar tandis que son père payait sa tournée. Le bar était à moitié plein. Padraig était dans son élément.

Byrne observa le gang. Il connaissait la plupart de ces hommes. Les frères Murphy – Ciaran et Luke – avaient travaillé avec Padraig Byrne pendant près de quarante ans. Luke était grand et robuste ; Ciaran, petit et trapu. À côté d'eux se trouvaient Teddy O'Hara, Dave Doyle, Danny McManus, le Petit Tim Reilly. Si ça n'avait pas été le foyer de la Section 1291 du syndicat, ç'aurait pu être la salle de réunion des Fils d'Hibernia.

Byrne saisit sa bière, s'approcha de la longue table.

« Alors, quoi, il te faut un passeport pour aller là-haut ? demanda Luke à Padraig.

— Oui, répondit celui-ci. J'ai entendu dire qu'ils avaient des postes de contrôle armés dans Roosevelt Boulevard. Sinon, comment on va empêcher la racaille du sud de Philly d'aller dans le nord-est ?

— C'est marrant, nous, on voit les choses exactement

à l'inverse. Et je crois que tu les voyais comme nous. Jadis. »

Padraig acquiesça. Ils avaient raison et il n'avait rien à répondre à ça. Le nord-est de la ville était un pays étranger. Byrne vit cette drôle d'expression traverser le visage de son père, cette expression qu'il avait vue bon nombre de fois au cours des derniers mois et qui semblait hurler *Ai-je raison de faire ça ?*

Quelques autres types arrivèrent, certains apportant des plantes d'intérieur ornées de nœuds rouges dans des pots recouverts d'aluminium d'un vert éclatant : la version virile d'un cadeau de crémaillère, de la verdure à coup sûr achetée par les épouses de ces dockers. C'était en train de devenir tout à la fois une fête de Noël et un pot de départ en l'honneur de Padraig Byrne. Le jukebox diffusait *Silent Night : A Christmas in Rome* par les Chieftains. La bière coulait à flots.

Une heure plus tard, Byrne jeta un coup d'œil à sa montre, enfila son manteau. Comme il faisait ses adieux, Danny McManus approcha, accompagné d'un jeune homme que Byrne ne connaissait pas.

« Kevin, dit Danny. Tu as déjà rencontré mon plus jeune fils, Paulie ? »

Paul McManus était svelte, avec une silhouette d'oiseau et des lunettes sans monture. Il n'avait rien de la montagne qu'était son père, mais dégageait néanmoins une certaine force.

« Jamais eu le plaisir, répondit Byrne en tendant la main. Ravi de te rencontrer.

— Moi aussi, monsieur, dit Paul.

— Alors, tu es docker comme ton père ? demanda Byrne.

— Oui, monsieur. »

Les hommes à la table d'à côté échangèrent un coup d'œil et se mirent à inspecter le plafond, leurs ongles, tout sauf le visage de Danny McManus.

« Paulie travaille à Boathouse Row, expliqua finalement Danny.

— Ah, OK, fit Byrne. Qu'est-ce que tu fais là-bas ?

— Il y a toujours à faire à Boathouse Row, répondit Paulie. Poncer, peindre, consolider les embarcadères. »

Boathouse Row était un groupe de hangars à bateaux privés situé sur la rive est de la rivière Schuylkill, dans Fairmount Park, juste à côté du musée. L'endroit abritait les clubs d'aviron et était géré par la Schuylkill Navy, l'une des plus anciennes associations de sport amateur du pays. Rien à voir avec les docks de Packer Avenue.

Était-ce une activité fluviale ? Techniquement. Le garçon était-il docker ? Pas dans ce pub.

« Vous connaissez les paroles de Léonard de Vinci », poursuivit Paulie sans se démonter.

Nouveaux regards de travers. Nouveaux raclements de gorge et gesticulations. Le gamin allait citer Léonard de Vinci. Chez Killian's ! Byrne devait reconnaître qu'il avait du mérite.

« Qu'est-ce qu'il a dit ? demanda Byrne.

— Dans les rivières, l'eau que vous touchez est la fin de celle qui vient de passer, et le début de celle qui arrive, déclara Paulie. Ou quelque chose comme ça. »

Tous les hommes burent une longue gorgée de bière, aucun d'entre eux ne voulant être le premier à dire quelque chose. Finalement, Danny plaça un bras autour des épaules de son fils.

« C'est un poète. Qu'est-ce que vous voulez y faire ? »

Trois des hommes assis à la table poussèrent leurs verres remplis à ras bord de whiskey Jameson en direction de Paulie McManus.

« Bois, de Vinci ! » lancèrent-ils en chœur.

Tous s'esclaffèrent. Paulie s'exécuta.

Quelques instants plus tard, Byrne, debout près de la porte, regardait son père qui jouait aux fléchettes. Padraig avait deux parties d'avance sur Luke Murphy.

Et aussi trois bières d'avance. Byrne se demanda si son père faisait bien de boire ces temps-ci. Cela dit, Byrne ne l'avait jamais vu éméché, et encore moins ivre.

Les hommes étaient alignés de chaque côté de la cible. Byrne se les imagina quand ils avaient une vingtaine d'années, quand ils commençaient à fonder une famille, quand les notions de travail, de loyauté envers le syndicat, de fierté d'être originaire de Philly étaient leurs raisons d'être. Ça faisait quarante ans qu'ils venaient ici. Pour certains encore plus longtemps. Saison sportive après saison sportive, maire après maire, scandale après scandale, malgré les successions de mariages, de naissances, de divorces, de décès, Killian's demeurait une constante, tout comme les vies, les rêves et les espérances de ses habitués.

Son père mit dans le mille. Des acclamations et des clameurs incrédules retentirent dans le bar. Une nouvelle tournée. Ainsi allait la vie pour Paddy Byrne.

Byrne pensa au déménagement imminent de son père. Ils avaient réservé une camionnette pour le 4 février. C'était ce qu'il pouvait faire de mieux. Tout était plus calme dans le nord-est, plus lent. Il savait que c'était le début d'une nouvelle vie, mais il n'arrivait pas à s'ôter de la tête que c'était aussi la fin de quelque chose.

39

L'hôpital psychiatrique de Devonshire Acres était situé sur une pente douce dans une petite ville du sud-est de la Pennsylvanie. À ses grandes heures, cet énorme complexe de pierres et de mortier avait été un sanatorium et une maison de convalescence pour les riches familles des banlieues ouest de Philadelphie. C'était désormais un établissement d'hospitalisation à long terme financé par l'État pour les patients les plus démunis qui avaient besoin d'une surveillance permanente.

Roland Hannah signa le registre, déclina l'escorte qu'on lui proposa. Il connaissait son chemin. Il gravit une à une les marches qui menaient au premier étage. Il n'était pas pressé. Les couloirs d'un vert institutionnel étaient ornés de décorations de Noël mornes et délavées par le temps. Certaines semblaient dater des années quarante ou cinquante : joyeux pères Noël tachés d'eau, rennes aux bois tordus et rafistolés au moyen d'un papier adhésif depuis longtemps jauni. Sur un mur, un message mal orthographié dont les lettres étaient fabriquées à partir de coton, de papier coloré et de paillettes argentées, proclamait : « Joyeux Neol ! »

Charles avait cessé de l'accompagner à l'intérieur de l'hôpital.

Roland la trouva dans la pièce commune, près d'une fenêtre qui donnait sur l'arrière de la propriété et, au-delà, sur la forêt. Il avait neigé deux jours durant et une couche de blanc caressait les collines. Il se demanda ce que ses vieux yeux voyaient, et quels souvenirs, si tant est qu'il y en eût, étaient réveillés par les surfaces lisses de neige vierge. Se rappelait-elle son premier hiver dans le nord ? Se rappelait-elle les flocons sur sa langue ? Les bonshommes de neige ?

Sa peau était parcheminée, parfumée, translucide. Ses cheveux avaient depuis longtemps perdu leur or.

Il y avait quatre autres patients dans la pièce. Roland les connaissait tous, mais aucun ne sembla le reconnaître. Il traversa la pièce, ôta son manteau et ses gants, posa le cadeau sur la table : un peignoir et des chaussons, tous bleu lavande. Charles les avait méticuleusement enveloppés plusieurs fois dans un papier cadeau orné de lutins, d'établis et d'outils de couleurs vives.

Roland l'embrassa sur le sommet du crâne. Elle ne montra aucune réaction.

Dehors, il continuait de neiger – d'énormes flocons veloutés qui tombaient en silence. Elle regardait, semblant se concentrer sur un flocon à la fois, le suivant des yeux jusqu'au bord de la fenêtre, puis jusqu'au sol, en contrebas.

Il s'assit, et ils restèrent sans parler. Depuis de nombreuses années elle n'avait prononcé que quelques mots. *I'll Be Home For Christmas* de Perry Como était diffusé en fond sonore.

À 6 heures on lui apporta son plateau. Maïs à la crème, bâtonnets de poisson pané, galettes de pommes de terre, ainsi qu'un biscuit au beurre parsemé de paillettes rouges et vertes disposé sur un glaçage blanc en forme d'arbre de Noël. Roland la regarda arranger et réarranger ses couverts en plastique de l'extérieur vers l'intérieur – fourchette, cuiller, couteau, puis dans le sens inverse. Trois fois. Toujours trois fois, jusqu'à ce que tout soit parfait. Jamais deux, jamais quatre, jamais plus. Roland s'était toujours demandé quel mécanisme interne lui avait fait porter son choix sur ce nombre.

« Joyeux Noël », dit-il.

Elle leva vers lui ses yeux d'un bleu délavé. Derrière ces yeux, il y avait un univers de mystère.

Roland consulta sa montre. Il était l'heure de partir.

Mais avant qu'il ait le temps de se lever, elle saisit sa main. Ses doigts étaient comme de l'ivoire ciselé. Roland vit ses lèvres trembler, et il sut ce qui allait venir.

« Tant de belles demoiselles, dit-elle, dansent au son du tambour. »

Roland sentit des glaciers se déloger dans son cœur. Il savait que c'était tout ce dont Artemisia Hannah Waite se souvenait de sa fille Charlotte, et de ces terribles jours de 1995.

« Jeune fille, c'est ton tour », répondit-il.

Sa mère sourit, et acheva le couplet : « Ton tour d'user tes semelles ! »

Roland retrouva Charles qui se tenait près de la camionnette. Ses épaules étaient saupoudrées de flocons de neige. Par le passé, c'était le moment où Charles regardait Roland dans les yeux, à la recherche de quelque signe d'amélioration. Mais ça faisait maintenant longtemps que, en dépit de son optimisme inné, il avait cessé de le faire. Sans un mot, ils grimpèrent dans la camionnette.

Après une brève prière, ils reprirent le chemin de la ville.

Ils mangèrent en silence, et lorsqu'ils eurent fini, Charles débarrassa la table. Roland entendait le son des nouvelles télévisées en provenance de son bureau. Quelques instants plus tard, Charles passa la tête par la porte.

« Viens voir ça », dit-il.

Roland marcha jusqu'au petit bureau. À l'écran apparaissait un plan de la Rotonde, le bâtiment de l'administration de la police dans Race Street. Channel 6 avait dépêché sur place un reporter qui suivait une femme à travers le parking.

C'était une jeune femme aux yeux sombres, jolie. Elle marchait avec beaucoup de grâce et d'assurance, et portait un manteau et des gants de cuir noir. Le nom affiché sous son visage indiquait qu'elle était inspecteur. Le reporter lui posait des questions. Charles monta le volume de la télévision.

« … l'œuvre d'une seule personne ? demandait-il.

— Nous ne pouvons ni l'affirmer ni l'exclure, répondit l'inspecteur.

— Est-il vrai que la femme a été mutilée ?

— Je ne peux faire aucun commentaire sur les détails de l'enquête.

— Y a-t-il quelque chose que vous souhaiteriez dire à nos téléspectateurs ?

— Ce que nous voulons, c'est qu'on nous aide à découvrir l'assassin de Kristina Jakos. Si vous savez quelque chose, même quelque chose d'apparemment insignifiant, s'il vous plaît, appelez la brigade criminelle de la police de Philadelphie. »

Sur ce, la femme se retourna et pénétra dans le bâtiment.

Kristina Jakos, pensa Roland. C'était la femme qui avait été retrouvée assassinée au bord de la rivière Schuylkill à Manayunk. Il avait épinglé les coupures de presse sur le tableau de liège à côté de son bureau. Il allait devoir se pencher plus attentivement sur cette affaire. Pour le moment, il saisit un stylo et nota le nom de l'inspecteur.

Jessica Balzano.

40

Sophie Balzano avait clairement des dons de divination quand il était question de cadeaux de Noël. Elle n'avait même pas besoin de secouer le paquet. Telle une Madame Irma miniature, elle pouvait placer le cadeau contre son front, et au bout de quelques secondes, par quelque pouvoir magique enfantin, semblait en mesure de deviner son contenu. Elle avait une voie toute tracée dans les forces de l'ordre. Ou peut-être au service des douanes.

« Ça, c'est des chaussures », dit-elle.

Elle était assise par terre dans le salon, au pied de l'énorme arbre de Noël. Son grand-père était assis à ses côtés.

« Je ne te dis pas », répliqua Peter Giovanni.

Sophie souleva alors l'un des livres de contes que Jessica avait empruntés à la bibliothèque et se mit à le feuilleter.

Jessica l'observa en pensant : *Trouve-moi un indice là-dedans, ma chérie.*

Peter Giovanni avait passé près de trente ans dans les forces de police de Philadelphie. Il avait obtenu bien des récompenses et avait atteint le grade de lieutenant au moment de sa retraite.

La femme de Peter était morte d'un cancer du sein plus de vingt ans auparavant, et il avait enterré son unique fils, Michael, tué au Koweït en 1991. À travers toutes ces épreuves, il ne s'était identifié qu'à une chose, n'avait montré qu'un visage au monde, brandi un seul étendard – celui de policier. Et même si, comme n'importe quel père, il avait chaque jour peur pour sa fille, sa plus grande fierté dans la vie était que celle-ci soit inspectrice à la criminelle.

À une petite soixantaine d'années, Peter Giovanni était toujours actif dans la communauté, ainsi qu'au sein de plusieurs associations caritatives du département de police. Ce n'était pas un homme imposant, mais il dégageait une force intérieure. Il continuait de faire du sport plusieurs fois par semaine, et il était toujours tiré à quatre épingles. Il portait ce jour-là un pull à col roulé onéreux en cachemire noir et un pantalon de laine gris perle. Ses chaussures étaient des mocassins Santoni. Et avec ses cheveux gris pâle, il avait l'air de sortir tout droit des pages d'un magazine pour hommes.

Il caressa les cheveux de sa petite-fille, se leva, alla s'asseoir sur le divan près de Jessica qui était occupée à enfiler du pop-corn pour fabriquer une guirlande.

« Qu'est-ce que tu penses de l'arbre ? » demanda-t-il.

Chaque année, Peter et Vincent emmenaient Sophie à une pépinière dans la ville bien nommée de Tabernacle, dans le New Jersey, où ils coupaient leur propre arbre de Noël. D'ordinaire, c'était Sophie qui le choisissait. Et chaque fois, l'arbre semblait plus grand que l'année précédente.

« À ce train-là, nous allons devoir déménager, observa Jessica.

— Hé, fit Peter en souriant. Sophie grandit. Normal que le sapin fasse de même. »

Inutile de me le rappeler, songea Jessica.

Peter saisit une aiguille et du fil et commença à fabriquer une nouvelle guirlande de pop-corn.

« Des pistes dans l'affaire ? »

Bien que Jessica n'enquêtât pas sur le meurtre de Walt Brigham, et qu'elle eût trois dossiers ouverts sur son bureau, elle savait exactement à quelle « affaire » son père faisait allusion. Chaque fois qu'un flic se faisait tuer, tous les agents de police, actifs ou retraités, à travers tout le pays, en faisaient une affaire personnelle.

« Rien pour le moment, répondit Jessica.

— C'est bien dommage, dit Peter en secouant la tête. Les tueurs de flic ont droit à une place de choix en enfer. »

Tueurs de flic. Jessica posa immédiatement les yeux sur Sophie, qui était toujours campée près de l'arbre et considérait une petite boîte enveloppée dans du papier rouge. Dès que Jessica pensait aux mots « tueurs de flic », elle s'apercevait que les parents de sa fille étaient des cibles chaque jour que Dieu faisait. Était-ce juste pour Sophie ? En de tels instants, lorsqu'ils étaient bien à l'abri dans leur maison chaleureuse, elle n'en était pas sûre.

Jessica se leva, pénétra dans la cuisine. Tout était en ordre. Le jus de viande mijotait, les lasagnes étaient *al dente*, la salade était préparée, le vin décantait. Elle sortit la ricotta du réfrigérateur.

Le téléphone sonna. Elle se figea, espérant que la sonnerie ne retentirait qu'une fois, que la personne au bout du fil s'apercevrait qu'elle avait composé un mauvais numéro et raccrocherait. Une seconde passa. Puis une autre.

Oui.

Puis la sonnerie retentit de nouveau.

Jessica posa les yeux sur son père. Il lui retourna son regard. Ils étaient tous deux flics. C'était la veille de Noël. Il était inutile d'en dire davantage.

41

Byrne ajusta sa cravate pour ce qui pouvait être la vingtième fois. Il but une gorgée d'eau, consulta sa montre, lissa la nappe. Il portait un nouveau costume et ne se sentait pas encore à l'aise dedans. Il s'agitait, déboutonnait, reboutonnait, aplatissait les revers.

Il était assis à une table du Striped Bass dans Walnut Street, l'un des restaurants les plus chic de Philadelphie, attendant la personne avec qui il avait rendez-vous. Ce n'était pas n'importe qui. C'était *la* personne qui comptait. Il s'apprêtait à dîner avec sa fille, Colleen. Il avait dû passer pas moins de quatre coups de fil pour obtenir difficilement une réservation à la dernière minute.

Colleen et lui étaient tombés d'accord sur cet arrangement – dîner au restaurant – au lieu d'essayer de trouver un moment pour fêter Noël chez son ex-femme. Il aurait en effet fallut trouver quelques heures pendant lesquelles le nouveau petit ami de Donna Sullivan Byrne aurait été absent, à moins que Kevin Byrne ne se décide enfin à essayer d'envisager les choses en adulte. Trop compliqué dans les deux cas.

Ils étaient convenus qu'ils n'avaient pas besoin de ces tensions. C'était mieux comme ça.

Sauf que sa fille était en retard.

Byrne balaya le restaurant du regard et en vint à la conclusion qu'il était le seul fonctionnaire des lieux. Médecins, avocats, banquiers d'affaires, une poignée d'espèces d'artistes à succès. Il savait qu'emmener Colleen ici était au-dessus de ses moyens – elle le savait aussi – mais il voulait que ce soit une soirée spéciale.

Il consulta son téléphone portable. Rien. Il s'apprêtait à envoyer un SMS à Colleen lorsque quelqu'un s'approcha de sa table. Byrne leva les yeux. Ce n'était pas Colleen.

« Désirez-vous voir la carte des vins ? demanda de nouveau le serveur prévenant.

— Certainement », répondit Byrne, comme s'il y connaissait quelque chose.

Il s'était à deux reprises retenu de commander un bourbon avec de la glace. Il ne voulait pas être éméché ce soir. Une minute plus tard, le serveur revint avec la carte des vins. Byrne la lut consciencieusement, mais la seule chose qui retenait son attention – parmi un océan de mots tels que pinot, cabernet, vouvray et fumé –, c'était les prix, qui étaient tous clairement au-dessus de ses moyens.

Il garda la carte à la main, supposant que s'il la reposait on viendrait lui demander quelle bouteille il voulait. Et c'est alors qu'il la vit. Elle portait une robe bleu marine qui accentuait la profondeur de ses yeux bleu vert. Ses cheveux lui enveloppaient les épaules, ils étaient plus longs que les dernières fois, plus sombres qu'en été.

Bon sang, pensa Byrne. *C'est une femme. Elle est devenue une femme et j'ai manqué la métamorphose.*

« Désolée d'être en retard », s'excusa-t-elle en langue des signes alors qu'elle avait à peine commencé à traverser la salle.

Les clients la fixaient du regard, pour diverses raisons : la manière élégante dont ses mains formaient les signes, son maintien et sa grâce, sa beauté stupéfiante.

Colleen Siobhan Byrne était sourde de naissance, mais ça ne faisait que quelques années que son père et elle envisageaient sa surdité avec sérénité. Si Colleen ne l'avait jamais considérée comme un handicap, elle semblait maintenant comprendre que son père n'avait pas toujours vu les choses du même œil, et que même maintenant, il avait du mal à faire comme si de rien n'était. Mais ça s'arrangeait d'année en année.

Byrne se leva, l'étreinte lui mit du baume au cœur.

« Joyeux Noël, papa, dit-elle en langue des signes.

— Joyeux Noël, ma chérie, répondit-il.

— Impossible de trouver un taxi. »

Byrne agita la main comme pour dire : *Quoi ? Tu crois que j'étais inquiet ?*

Elle s'assit. Au bout de quelques secondes le téléphone de Colleen vibra. Elle fit à son père un sourire penaud, prit son téléphone, l'ouvrit. C'était un SMS. Byrne l'observa tandis qu'elle le lisait, souriait, rougissait. De toute évidence, le message provenait d'un garçon. Colleen envoya une réponse rapide, rangea son téléphone.

« Désolée », fit-elle.

Byrne aurait voulu lui poser deux ou trois millions de questions. Il se retint. Il la regarda placer délicatement la serviette sur ses cuisses, boire une gorgée d'eau, lire attentivement le menu. Elle avait un port de femme, une grâce de femme. *Et il ne pouvait y avoir qu'une raison à ça*, pensa Byrne avec un serrement de cœur : *ce n'était plus une enfant.*

Et la vie ne serait jamais plus la même.

Ils finirent de manger, le moment approchait de se séparer. Ils le savaient l'un comme l'autre. Colleen était pleine d'une énergie adolescente, elle était probablement invitée à une fête de Noël chez un ami. En plus, elle devait faire ses valises. Sa mère et elle allaient passer une semaine dans la famille de Donna pour la nouvelle année.

« Tu as reçu ma carte ? demanda Colleen.

— Oui. Merci. »

Byrne se tança en silence de ne pas avoir envoyé de cartes de Noël, surtout à la seule personne qui comptait. Il avait même eu une carte de Jessica, que celle-ci avait glissée en douce dans sa serviette. Il vit Colleen jeter un petit coup d'œil furtif à sa montre. Avant que la gêne ne s'installe, Byrne demanda en langue des signes : « Je peux te poser une question ?

— Bien sûr. »

Je me lance, pensa Byrne : « Quels sont tes rêves ? »

Elle rougit, eut un air confus, puis se résigna. Au moins, elle ne roula pas de gros yeux.

« Est-ce que ça va être l'une de nos conversations ? » demanda-t-elle avec un sourire, et Byrne sentit son estomac se nouer.

Elle n'avait pas le temps de parler. Elle n'aurait probablement plus jamais le temps pendant les années à venir.

« Non, répondit-il, sentant ses oreilles le chauffer. Je m'interrogeais juste. »

Quelques minutes plus tard, elle lui dit au revoir et l'embrassa, promettant qu'ils auraient bientôt une discussion à cœur ouvert. Il la mit dans un taxi, regagna la table, commanda un bourbon. Double. Avant que celui-ci n'arrive, son téléphone portable sonna. C'était Jessica.

« Qu'est-ce qui se passe ? » demanda-t-il.

Mais il connaissait ce ton de voix. En réponse à sa question, son équipière prononça les quatre pires mots qu'un inspecteur de la criminelle pouvait entendre la veille de Noël.

« Nous avons un cadavre. »

42

La scène de crime se trouvait une fois de plus au bord de la rivière Schuylkill, cette fois à côté de la gare de Shawmont, près d'Upper Roxborough. Shawmont était l'une des plus anciennes gares des États-Unis. Ça faisait longtemps que plus aucun train ne s'y arrêtait, et elle était tombée en ruine, mais elle constituait une étape fréquente pour les amateurs et les puristes, qui la photographiaient abondamment.

Juste en dessous de la gare, au bas d'une petite pente qui descendait en diagonale vers la rivière, se trouvait l'énorme station hydraulique de Shawmont, qui se dressait sur l'une des dernières parcelles publiques que la municipalité possédait en bordure de rivière.

L'extérieur de la colossale station de pompage disparaissait sous une abondance de broussailles, de plantes grimpantes et de branches noueuses pendant à des arbres morts. En plein jour c'était une imposante relique d'une époque où l'installation prélevait l'eau du bassin situé derrière le barrage de Flat Rock et la pompait dans le réservoir de Roxborough. La nuit, ce mausolée urbain devenait un refuge sombre et inhospitalier pour le trafic de drogue et les unions clandestines de toutes sortes.

L'intérieur avait été désossé, dépouillé de tout ce qui avait un tant soit peu de valeur. Les murs étaient recouverts de graffitis jusqu'à une hauteur d'environ deux mètres, mais sur l'un d'eux, quelques tagueurs ambitieux avaient peint leurs messages à environ cinq mètres du sol, qui était un amalgame irrégulier de béton grossier, d'acier rouillé et de divers gravats urbains.

En approchant, Jessica et Byrne virent les lumières vives qui illuminaient temporairement l'avant du bâtiment. Une douzaine d'agents, techniciens de la police scientifique et inspecteurs les attendaient.

La femme morte était assise à la fenêtre, les jambes croisées au niveau des chevilles, les mains jointes sur ses cuisses. Contrairement à Kristina Jakos, la victime ne semblait avoir subi aucune mutilation. Au premier coup d'œil, elle avait l'air de prier, mais une inspection plus minutieuse révéla que ses mains renfermaient un objet.

Jessica pénétra dans le bâtiment. Il était presque médiéval de par sa taille. Depuis sa fermeture, la station était tombée en délabrement. De nombreuses suggestions avaient été proposées pour sa réhabilitation et il avait notamment été question d'en faire un centre d'entraînement pour l'équipe des Philadelphia Eagles. Mais le coût des rénovations aurait été exorbitant, et rien n'avait été fait pour le moment.

Jessica s'approcha de la victime en prenant soin de ne pas brouiller d'éventuelles traces de pas, même s'il n'y avait pas de neige à l'intérieur du bâtiment et qu'il était peu probable qu'ils trouvent quoi que ce soit d'utilisable. Elle braqua le faisceau de sa lampe sur la victime. La femme avait environ trente ans. Elle portait une longue robe qui, avec son corsage en velours élastique et sa jupe intégralement plissée, semblait là encore dater d'une autre époque. Elle avait une ceinture de nylon autour du cou, nouée à l'arrière, qui semblait être la copie conforme de celle retrouvée autour du cou de Kristina Jakos.

Jessica s'adossa au mur et balaya l'intérieur du regard. Les techniciens de la police scientifique passeraient bientôt l'espace au crible, mais avant de ressortir, elle fit lentement, méticuleusement, courir le faisceau de sa Maglite sur les murs. Et c'est alors qu'elle le vit. À environ six mètres à droite de la fenêtre, noyé dans un méli-mélo de tags de gangs, se trouvait le graffiti blanc représentant la lune.

« Kevin ! »

Byrne pénétra à l'intérieur, suivit des yeux le faisceau de lumière, puis il se retourna et croisa le regard de Jessica dans les ténèbres. Ce n'était pas la première fois, en tant qu'équipiers, qu'ils se trouvaient dans cette situation, confrontés à une escalade de violence, à un moment où une chose qu'ils avaient cru comprendre prenait une tout autre ampleur, devenait bien plus sinistre, remettait en question tout ce qu'ils avaient cru savoir d'une affaire.

Ils ressortirent, leur souffle formant des nuages de vapeur dans l'air nocturne.

« Le légiste ne sera pas là avant environ une heure, déclara Byrne.

— Une heure ?

— Noël à Philly. Déjà deux meurtres. Ils tournent à plein régime. » Il désigna les mains de la victime. « Elle tient quelque chose. »

Jessica regarda de plus près. Il y avait bien quelque chose entre les mains de la femme. Elle prit quelques photos en gros plan.

S'il avait fallu suivre la procédure au pied de la lettre, ils auraient dû attendre que le légiste prononce le décès de la femme, puis qu'une série complète de photos et peut-être de vidéos de la victime et des lieux soit prise. Mais Philadelphie ne suivait pas exactement la procédure ce soir-là – le soir où l'on parlait normalement d'aimer son prochain, et aussi de paix sur terre – et les inspecteurs savaient que plus ils attendaient, plus les éléments risquaient d'effacer de précieuses informations.

Byrne s'approcha, tenta d'écarter doucement les doigts de la femme. Le bout des doigts sembla fléchir sous la pression. Le cadavre n'était pas encore complètement rigide.

Au premier coup d'œil, la victime semblait serrer une boule de feuilles ou de brindilles entre ses mains. Sous le faisceau de lumière crue, ça ressemblait à une matière d'un marron sombre, assurément organique. Byrne s'approcha un peu plus, se campa sur ses jambes. Il déploya un grand sachet en plastique sur les cuisses de la femme. Jessica tentait de tenir sa Maglite d'une main ferme. Byrne continua d'écarter les doigts de la victime, lentement, l'un après l'autre. Si elle avait ramassé une boule de terre ou de compost durant une lutte, il était possible qu'il y ait des indices importants sous ses ongles. Elle pouvait même serrer une véritable preuve entre les mains – un bouton, une boucle, un morceau de tissu. Si un cheveu ou une fibre ou une trace ADN, n'importe quoi, pouvait les mettre sur la piste du tueur, plus tôt ils le sauraient, plus tôt ils pourraient se mettre à sa recherche.

Petit à petit, Byrne écarta les doigts de la femme. Lorsqu'il eut finalement dégagé quatre doigts de sa main droite, ils virent une chose à laquelle ils ne s'attendaient pas. Ce n'était pas une poignée de terre ni de feuilles ni de brindilles que le cadavre serrait. C'était un petit oiseau brun. À la lueur projetée par les lampes des gyrophares on aurait dit un moineau, ou peut-être un roitelet.

Byrne referma doucement les doigts de la victime. Ils les envelopperaient dans un sachet en plastique pour préserver tous les indices car ils n'avaient aucun moyen d'analyser leur découverte *in situ*.

Mais une chose totalement imprévue se produisit alors. L'oiseau se libéra en se tortillant de l'emprise de la morte et il s'envola. Il tournoya dans l'énorme station hydraulique plongée dans la pénombre, le battement de ses ailes résonnant contre les murs de pierres glacés, pépiant soit en signe de protestation, soit de soulagement. Puis il s'échappa.

« *Enfoiré !* hurla Byrne. *Merde !* »

Ce n'était pas une bonne nouvelle. Ils auraient dû immédiatement envelopper les mains du cadavre dans un sac et attendre. L'oiseau leur aurait peut-être fourni une foule de détails, mais le fait même qu'il se fût envolé signifiait déjà une chose : le cadavre ne pouvait se trouver là depuis longtemps. Le fait que l'oiseau soit toujours vivant – peut-être préservé par la chaleur du cadavre – indiquait que l'assassin avait déposé sa victime au cours des dernières heures.

Jessica braqua sa Maglite sur le sol sous la fenêtre. L'oiseau avait laissé quelques plumes. Byrne les désigna à un agent de la police scientifique, qui les ramassa avec une paire de pinces et les plaça dans un sachet en plastique.

Il ne leur restait plus qu'à attendre le légiste.

Jessica marcha jusqu'à la rive, regarda au loin, puis se tourna de nouveau vers le cadavre. Sa silhouette se dessinait à la fenêtre, bien au-dessus de la pente qui descendait doucement vers la route, puis de façon plus abrupte vers le sol tendre de la berge.

Encore une poupée sur une étagère, pensa Jessica.

Comme Kristina Jakos, la victime faisait face à la rivière. Comme pour Kristina Jakos, une représentation de la lune avait été peinte à proximité. Il ne faisait guère de doute qu'ils trouveraient une autre « peinture » sur son corps, une lune dessinée avec du sperme et du sang.

Les médias débarquèrent juste avant minuit. Ils se rassemblèrent au bout du chemin, près de la gare, derrière le cordon de sécurité. Jessica était toujours sidérée de voir à quelle vitesse ils pouvaient arriver sur une scène de crime.

Le meurtre ferait les gros titres des éditions matinales.

43

La scène de crime était bouclée, isolée du reste de la ville. Les journalistes étaient partis rédiger leurs articles. La police scientifique passerait la nuit, et une bonne partie du lendemain, à analyser les indices.

Jessica et Byrne se tenaient au bord de la rivière. Ni l'un ni l'autre n'arrivait à se décider à partir.

« Ça va aller ? demanda Jessica.

— Ouais. »

Byrne tira une flasque de bourbon de la poche de son manteau, joua avec le bouchon. Jessica le vit, ne dit rien. Ils n'étaient plus en service.

Après une minute entière de silence, Byrne se tourna vers elle.

« Quoi ?

— Vous, répondit-elle. Vous avez cette expression dans les yeux.

— Quelle expression ?

— Une expression de chien battu. L'expression qui dit que vous songez à démissionner et à vous trouver un job de shérif à Mayberry.

— Meadville.

— Vous voyez ?

— Vous avez froid ? »

Je suis complètement gelée, pensa Jessica.

« Non. »

Byrne but une rasade de bourbon, tendit la flasque. Jessica déclina en secouant la tête. Il referma la flasque, la garda à la main.

« Il y a des années de cela, nous avions l'habitude d'aller en voiture chez mon oncle dans le New Jersey, commença-t-il. Je savais toujours quand nous approchions parce qu'il y avait ce vieux cimetière. Et quand je dis *vieux*, je veux dire qu'il datait de la guerre de Sécession. Peut-être même d'avant. Il y avait une petite maison de pierres près du portail, et à la fenêtre de devant il y avait une pancarte qui disait : "Terre gratuite". Vous avez déjà vu ce genre de pancartes ? »

Jessica répondit par l'affirmative. Byrne continua.

« Quand vous êtes gamin, vous ne réfléchissez jamais à ce genre de truc, vous savez ? Année après année, je voyais cette pancarte. Elle était toujours là, à se délaver au soleil. Chaque année, ces majuscules rouges pâlissaient de plus en plus. Puis mon oncle est mort, ma tante est retournée vivre en ville, et nous avons arrêté d'aller là-bas.

« Des années plus tard, après le décès de ma mère, je suis allé un jour sur sa tombe. Un après-midi d'été parfait. Ciel bleu, pas un nuage. J'étais assis là, à lui raconter comment les choses allaient. Quelques emplacements plus loin, il y avait une tombe qui venait d'être creusée, vous voyez ? Et ça m'a soudain sauté aux yeux. J'ai soudain saisi pourquoi le cimetière proposait de la terre gratuite. Pourquoi *tous* les cimetières proposent de la terre gratuite. J'ai pensé à tous ces gens qui profitaient de leur offre, pour remplir leur jardin, leurs plantes en pots, leurs jardinières. Les cimetières font de l'espace dans la terre pour les morts, et les gens prennent cette terre et font pousser des choses dedans. »

Jessica se contenta de regarder Byrne. Plus elle le connaissait, plus il lui semblait insondable.

« C'est, heu, c'est beau, dit-elle, luttant contre l'émotion qui la gagnait. Je n'aurais jamais envisagé les choses sous cet angle.

— Oui, eh bien, fit Byrne, nous autres Irlandais, on est des poètes, vous savez. » Il déboucha la flasque, but une gorgée, la reboucha. « Et des buveurs. »

Jessica lui prit doucement la bouteille des mains. Il ne résista pas.

« Allez dormir un peu, Kevin.

— Je vais le faire. C'est juste que j'ai horreur quand on se fout de nous et que je n'arrive pas à mettre le doigt sur ce qui se passe.

— Moi aussi », répondit-elle. Elle attrapa ses clés au fond de sa poche, jeta un nouveau coup d'œil à sa montre, et se maudit immédiatement de l'avoir fait. « Vous savez, vous devriez venir courir avec moi parfois.

— Courir ?

— Oui, fit-elle. C'est comme marcher, mais en plus vite.

— Ah, OK. Ça me dit vaguement quelque chose. Je crois que j'ai essayé une fois quand j'étais gosse.

— Je risque d'avoir un combat de boxe programmé pour la fin mars, je ferais donc bien de me remettre à avaler les kilomètres. Nous pourrions courir ensemble. Ça fait des miracles, croyez-moi. Ça vide complètement l'esprit. »

Byrne tenta de réprimer son envie de rire.

« Courir, OK, le jour où un mec me poursuivra. S'il est vraiment balèze. Et s'il a un couteau. »

Le vent se leva. Jessica frissonna, releva son col.

« Je vais y aller. » Elle aurait voulu ajouter tout un tas de choses, mais ils auraient le temps. « Vous êtes absolument certain que ça va ?

— Impeccable. »

C'est ça, partenaire, pensa-t-elle. Elle marcha jusqu'à sa voiture, se glissa dedans, démarra. Comme elle s'éloignait, elle jeta un coup d'œil dans le rétroviseur, vit la silhouette de Byrne qui se détachait sur les lumières de l'autre rive, désormais juste une ombre de plus dans la nuit.

Elle regarda sa montre. 1 h 15 du matin.

Joyeux Noël.

44

Le matin de noël, le jour se leva, clair et froid, étincelant de promesses.

Le prêtre Roland Hannah et le diacre Charles Waite proposaient un service à 7 heures du matin. Le sermon de Roland traita d'espoir, de renouveau. Il parla de la Croix et du Berceau, cita Matthieu II:1-12.

La corbeille déborda de dons.

Plus tard, Roland et Charles étaient assis à la table dans la cave sous l'église, une cafetière refroidissant entre eux. Dans une heure, ils commenceraient à préparer le rôti de Noël pour plus de cent sans-abri. Le repas serait servi dans leur nouvelle église de la 2e Rue.

« Regarde ça », dit Charles.

Il tendit à Roland l'édition matinale de l'*Inquirer*. Il y avait eu un autre meurtre. Rien d'extraordinaire à Philadelphie, mais celui-là avait une résonance. Une résonance profonde. Son écho se répercutait par-delà les années.

Une femme avait été trouvée à Shawmont. Elle avait été découverte à l'ancienne station hydraulique près de la gare, sur la rive est de la Schuylkill.

Le cœur de Roland s'emballa. Deux cadavres retrouvés au bord de la rivière Schuylkill en une semaine. Et puis il y avait cette histoire dans le journal de la veille, l'article qui rapportait que l'inspecteur Walter Brigham avait été assassiné.

Impossible de nier les faits.

Charlotte et son amie avaient été retrouvées sur la rive de la Wissahickon. Leurs morts avaient été mises en scène, exactement comme ces deux femmes. Peut-être, en fin de compte, n'était-il pas juste question de petites filles. Peut-être était-il question d'*eau*.

Peut-être était-ce un signe.

Charles se laissa tomber à genoux et pria. Ses grosses épaules tremblaient. Par moments, il murmurait dans une langue étrange. Charles était glossolalique, un vrai croyant qui, quand il se laissait envahir par l'esprit, parlait dans ce qu'il pensait être l'idiome de Dieu, une édification de sa propre personnalité. Pour un observateur ordinaire, ça ressemblait sans doute à du charabia. Mais pour un croyant, pour quelqu'un de sensible à ce genre de manifestations, c'était la langue du paradis.

Roland jeta un nouveau coup d'œil au journal, ferma les yeux. Bientôt, un calme divin l'envahit, et une voix intérieure le fit douter.

Est-ce lui ?

Roland toucha le crucifix suspendu à son cou.

Et il sut la réponse.

TROISIÈME PARTIE

LA RIVIÈRE OBSCURE

45

« Pourquoi sommes-nous enfermés dans cette pièce, sergent ? » demanda Tony Park.

Anthony Kim Park était l'un des rares inspecteurs d'origine coréenne de l'unité. Ce père de famille à la quarantaine bien sonnée était un as de l'informatique, un interrogateur habile, et il n'y avait pas dans la brigade d'inspecteur plus pragmatique et débrouillard. Ce jour-là, toutes les personnes dans la pièce se posaient la même question.

L'unité spéciale était composée de quatre inspecteurs – Kevin Byrne, Jessica Balzano, Joshua Bontrager et Tony Park – et étant donné le boulot considérable que constituait le fait de coordonner les sections scientifiques, de collecter les dépositions de témoins, de mener les interrogatoires, plus tous les autres menus détails que comportait une enquête sur un meurtre – deux enquêtes sur deux meurtres *reliés* –, ça ne faisait pas lourd. Mais les effectifs n'étaient tout simplement pas assez importants.

« La porte est fermée pour deux raisons, répondit Ike Buchanan, et je crois que vous connaissez la première. »

Ils la connaissaient tous. On évitait ces temps-ci de faire trop de publicité autour des unités spéciales, surtout celles dont la tâche consistait à appréhender un tueur compulsif. Principalement parce que lorsqu'un petit groupe d'hommes et de femmes avait pour mission de traquer un individu, ceux-ci avaient tendance à attirer cet individu à eux, mettant ainsi leurs enfants, leurs amis et leur famille en danger. C'était déjà arrivé à Jessica et à Byrne, et ça se produisait bien plus souvent que ne l'imaginait le public.

« La deuxième raison est, et je suis désolé de vous dire ça, que des fuites vers les médias ont eu tendance à se produire depuis ce bureau récemment. Et je ne veux provoquer ni rumeurs ni panique, continua Buchanan. De plus, pour ce qui concerne la population, rien ne prouve que nous avons affaire à un tueur compulsif. Pour le moment, les médias pensent que nous avons deux meurtres non résolus qui ne sont pas nécessairement reliés. Arrangeons-nous pour que les choses restent ainsi pendant quelque temps. »

L'équilibre avec les médias était toujours délicat. Les raisons étaient nombreuses de ne pas trop leur communiquer d'informations, celles-ci ayant rapidement tendance à devenir de la *dé*sinformation. Si les médias racontaient qu'un tueur en série arpentait les rues de Philadelphie, les conséquences pouvaient être multiples, et pour la plupart nuisibles. L'une d'elles étant notamment qu'un *copycat* se saisisse de cette opportunité pour se débarrasser d'une belle-mère, d'un mari, d'une femme, d'un petit ami, d'un patron. D'un autre côté, il était arrivé que les journaux et les chaînes de télévision diffusent un portrait-robot au profit de la police de Philadelphie et que celle-ci mette la main sur son assassin dans les jours – voire les heures – qui avaient suivi.

Pour ce qui était de ce matin-là, le lendemain de Noël, le département n'avait encore communiqué aucun détail spécifique sur la deuxième victime.

« Avons-nous identifié la victime de Shawmont ? demanda Buchanan.

— Elle s'appelait Tara Grendel, répondit Bontrager. Elle a été identifiée grâce à sa carte grise. Sa voiture a été retrouvée mal garée dans un parking souterrain de Walnut Street. Nous ne sommes pas sûrs qu'il s'agisse de l'endroit où elle a été enlevée, mais ça y ressemble.

— Que faisait-elle dans ce parking ? Travaillait-elle à proximité ?

— Elle était actrice, sous le nom de Tara Lynn Greene. Elle avait une audition le jour de sa disparition.

— Où avait lieu cette audition ?

— Au théâtre de Walnut Street », répondit Bontrager. Il parcourut ses notes. « Elle a quitté le théâtre seule vers 1 heure de l'après-midi. L'employé du parking a affirmé qu'elle était revenue vers 1 h 10 et qu'elle avait emprunté l'escalier qui menait au sous-sol.

— Est-ce qu'ils ont des caméras de surveillance ?

— Oui. Mais rien n'est enregistré. »

La mauvaise nouvelle était qu'une autre « lune » avait été peinte sur l'abdomen de Tara Grendel. Une analyse ADN était en cours pour déterminer si le sang et le sperme coïncidaient avec ceux retrouvés sur Kristina Jakos.

« Nous avons montré une photo de Tara chez Stiletto, ainsi qu'à Natalya Jakos, expliqua Byrne. Tara n'était pas danseuse au club, et Natalya ne l'a pas reconnue. Si elle a un lien avec Kristina Jakos, celui-ci n'est ni professionnel ni familial.

— Et la famille de Tara ?

— Aucune famille en ville. Père décédé, mère qui vit dans l'Indiana, répondit Bontrager. Elle a été notifiée. Elle arrive demain par avion.

— Qu'ont donné les scènes de crime ? demanda Buchanan.

— Pas grand-chose, répondit Byrne. Pas de traces de pas, pas d'empreintes de pneus.

— Et les vêtements ? » demanda Buchanan.

De l'avis général, c'était l'assassin qui habillait ses victimes. « Deux robes anciennes, répondit Jessica.

— Provenant de friperies ?

— Possible », répondit Jessica.

Ils avaient une liste de plus de cent boutiques de vêtements d'occasion et de friperies. Malheureusement, dans ce genre de boutiques, le renouvellement aussi bien des marchandises que du personnel était rapide, et aucune d'entre elles ne conservait de registre détaillé de ce qui entrait et sortait. Ils allaient devoir battre le pavé et interroger un paquet de personnes pour obtenir la moindre information.

« Pourquoi ces robes en particulier ? demanda Buchanan. Proviennent-elles d'une pièce de théâtre ? D'un film ? D'un tableau célèbre ?

— On y travaille, sergent.

— Faites-moi un résumé de la situation », dit Buchanan. Jessica commença :

« Deux victimes, toutes deux des femmes blanches âgées d'une vingtaine d'années, toutes deux étranglées et abandonnées au bord de la Schuylkill. Les deux victimes avaient un dessin sur le corps, une représentation détaillée de la lune exécutée à partir de sperme et de sang. Les deux scènes de crime comportaient un dessin similaire sur un mur à proximité. La première victime a eu les pieds amputés. Ceux-ci ont été retrouvés sur le pont de Strawberry Mansion. »

Jessica feuilleta ses notes.

« La première victime s'appelait Kristina Jakos. Née à Odessa en Ukraine, a déménagé aux États-Unis avec sa sœur Natalya et son frère Kostya. Parents décédés, pas d'autre famille en Amérique. Kristina avait récemment emménagé dans North Lawrence avec sa colocataire, une certaine Sonja Kedrova, elle aussi originaire d'Ukraine. Kostya Jakos purge une peine de dix ans à Graterford pour violences avec voie de fait. Kristina avait récemment été embauchée dans un club pour hommes de Center City nommé Stiletto, où elle travaillait en tant que danseuse exotique. La nuit de sa disparition, elle a été vue pour la dernière fois dans la laverie All-City vers les 11 heures.

— Croyez-vous qu'il y a un lien avec le frère ? demanda Buchanan.

— Difficile à dire, répondit Park. La personne que Kostya Jakos a agressée était une vieille femme de Merion Station. Son fils a une soixantaine d'années, pas de petits-enfants dans la région. Ce serait un peu brutal comme vengeance si tel était le cas.

— Est-ce qu'il aurait pu avoir des problèmes en prison ?

— Il n'a pas été un prisonnier modèle, mais rien ne semble justifier ce qui a été fait à sa sœur.

— Est-ce qu'on a reçu l'analyse ADN de cette lune dessinée avec du sang sur Jakos ? demanda Buchanan.

— L'analyse est arrivée, répondit Park. Le sang n'est pas le sien. L'analyse pour la seconde victime est toujours en cours.

— Est-ce qu'on a fait une recherche dans le CODIS ?

— Oui », répondit Park. Le CODIS, la base de données ADN du FBI, permettait à tous les labos criminels du pays d'échanger et de comparer électroniquement les profils ADN, reliant ainsi les crimes entre eux et permettant d'identifier des criminels déjà condamnés. « Rien sur ce front pour le moment.

— Et pourquoi pas un cinglé qui fréquenterait la boîte de strip-tease ? demanda Buchanan.

— Je vais parler aux filles de la boîte qui connaissaient Kristina plus tard dans la journée ou demain, dit Byrne.

— Et cet oiseau qui a été retrouvé sur le site de Shawmont ? »

Jessica regarda Byrne. Il avait dit « retrouvé ». Personne n'avait mentionné le fait que l'oiseau s'était envolé quand Byrne avait entrouvert les mains de la victime.

« Les plumes sont au labo, répondit Tony Park. L'un des techniciens est un fana d'oiseaux. Il travaille dessus en ce moment même.

— Bien, fit Buchanan. Quoi d'autre ?

— Il semblerait que le tueur a utilisé une scie manuelle de charpentier sur la première victime, répondit Jessica. Des traces de sciure ont été retrouvées sur la plaie. Alors, peut-être un constructeur de bateaux ? Un constructeur d'embarcadère ? Un docker ?

— Kristina avait travaillé à fabriquer des décors pour une pièce, dit Byrne.

— Avons-nous interrogé les gens avec qui elle travaillait à l'église ?

— Oui, répondit Byrne. Personne d'intéressant.

— Des mutilations sur la deuxième victime ? demanda Buchanan.

— Le corps était intact », répondit Jessica en secouant la tête.

Ils avaient tout d'abord envisagé la possibilité que leur assassin prélevait des morceaux de corps en guise de souvenirs. Mais ça semblait moins probable maintenant.

« Des sévices sexuels ? » demanda Buchanan.

Jessica n'était sûre de rien.

« Eh bien, en dépit de la présence de sperme, il n'y avait aucun indice d'agression sexuelle.

— Arme du crime similaire dans les deux cas ? demanda Buchanan.

— Identique, répondit Byrne. Le labo pense qu'il s'agit du type de corde dont on se sert pour séparer les lignes dans les piscines. Quoi qu'il en soit, ils n'ont retrouvé aucune trace de chlore. Ils effectuent maintenant de nouveaux tests sur les fibres. »

Il y avait de nombreux commerces liés aux activités aquatiques à Philadelphie, une ville qui avait deux rivières à entretenir et exploiter. Voile et offshore sur la Delaware. Aviron sur la Schuylkill. Chaque année, plusieurs événements étaient organisés sur les deux rivières. Il y avait le Schuylkill Sojourn, une excursion de sept jours sur toute la longueur de la rivière. Et puis il y avait la Dad Vail Regatta, la plus grande régate universitaire des États-Unis, à laquelle plus de mille athlètes participaient durant la deuxième semaine de mai.

« Les lieux où les corps ont été abandonnés indiquent que nous avons probablement affaire à quelqu'un qui connaît bien la rivière », déclara Jessica.

Byrne pensa à Paulie McManus et à sa citation de Léonard de Vinci. *Dans les rivières, l'eau que vous touchez est la fin de celle qui vient de passer, et le début de celle qui arrive.*

Qu'est-ce qui allait bien pouvoir arriver ? se demanda Byrne.

« Et les sites eux-mêmes ? reprit Buchanan. Une signification ?

— Une riche histoire à Manayunk. Idem pour Shawmont. Pour le moment, rien qui fasse tilt. »

Buchanan s'assit, se frotta les yeux.

« Une actrice, une danseuse, toutes deux blanches et âgées d'une vingtaine d'années. Deux enlèvements dans des lieux publics. Il y a un lien entre ces deux victimes, inspecteurs. Trouvez-le. »

On frappa à la porte. Byrne l'ouvrit. C'était Nicci Malone. « Vous avez une minute, patron ? demanda-t-elle.

— Oui », répondit Buchanan d'une voix lasse.

Jessica réalisa qu'elle n'avait jamais entendu quelqu'un qui semblait si fatigué. Ike Buchanan faisait le lien entre l'unité et les grosses huiles. Si quelque chose se produisait pendant son service, il en était responsable. Il fit un geste de la tête en direction des quatre inspecteurs. Il était temps de se remettre au travail. Ils quittèrent le bureau. Comme ils s'éloignaient, Nicci passa de nouveau la tête par l'entrebâillement de la porte.

« Il y a quelqu'un en bas qui veut te voir, Jess. »

46

« Je suis l'inspecteur Balzano. »

L'homme qui attendait Jessica dans le lobby avait dans les cinquante-cinq ans – chemise de flanelle couleur rouille, Levi's brun clair, bottes en caoutchouc. Il avait des doigts épais, des sourcils fournis, un teint qui trahissait trop d'hivers à Philly.

« Mon nom est Frank Pustelnik, dit-il en tendant une main calleuse, que Jessica serra. Je possède une société de matériel de restauration dans Flat Rock Road.

— Que puis-je pour vous, monsieur Pustelnik ?

— J'ai lu des articles sur ce qui est arrivé à l'ancien entrepôt. Et puis naturellement j'ai remarqué toute l'activité là-bas. » Il montra une cassette vidéo. « J'ai une caméra de surveillance sur mon parking. Celui qui fait face au bâtiment où… vous savez.

— Ceci est une cassette de surveillance ?

— Oui.

— Qu'y a-t-il dessus, exactement ? demanda Jessica.

— Je ne suis pas trop sûr, mais je crois qu'il y a quelque chose qui pourra vous intéresser.

— Quand cette cassette a-t-elle été enregistrée ? »

Frank Pustelnik tendit la cassette à Jessica.

« Elle date du jour où le corps a été découvert. »

Jessica, Byrne, et Frank Pustelnik se tenaient derrière Mateo Fuentes dans la salle de montage de l'unité audio-visuelle.

Mateo inséra la cassette dans un magnétoscope à déroulement lent, fit une avance rapide. Les images défilèrent à toute allure. La plupart des caméras de surveillance enregistraient beaucoup plus lentement qu'un magnétoscope ordinaire, aussi lorsqu'elles étaient lues sur un appareil du commerce, elles passaient bien trop vite pour pouvoir être regardées.

Les images nocturnes statiques défilaient. Finalement, l'image devint un peu plus claire.

« À peu près ici », dit Pustelnik.

Mateo arrêta la vidéo, appuya sur la touche « Lecture ». C'était un plan en plongée. Le code temporel indiquait 7 h 00 du matin.

Au fond, en arrière-plan, se trouvait le parking de l'entrepôt. L'image était floue, à peine éclairée. Dans le coin supérieur gauche de l'écran se trouvait une petite tache claire près de l'endroit où le parking descendait en pente vers la rivière. Un frisson parcourut Jessica. La tache était Kristina Jakos.

Lorsque le code indiqua 7 h 07, une voiture pénétra dans le parking dans la partie supérieure de l'écran et commença à le traverser de la droite vers la gauche. Impossible d'en distinguer la couleur, encore moins la marque ni le modèle. La voiture s'engagea derrière le bâtiment. Ils la perdirent de vue. Quelques instants plus tard, une ombre apparut en haut de l'écran. De toute évidence, quelqu'un traversait le parking, se dirigeant vers la rivière, vers le corps de Kristina Jakos. Peu après, la silhouette noire se fondit dans la noirceur des arbres.

Soudain l'ombre se détacha de nouveau, recommença à bouger. Mais cette fois, rapidement. Jessica en déduisit que la personne qui était arrivée en voiture avait traversé le parking, repéré le corps de Kristina Jakos, puis avait regagné son véhicule en courant. Quelques secondes plus tard, la voiture surgit de derrière le bâtiment et fonça vers la sortie pour s'engager dans Flat Rock Road. La vidéo de surveillance redevint alors statique. Il ne restait qu'une petite tache claire près de la rivière, une tache qui avait été une vie humaine.

Mateo rembobina la cassette jusqu'à l'instant précédant le départ de la voiture. Il appuya sur « Lecture » et laissa défiler la bande jusqu'à ce qu'ils aient une bonne vue sur l'arrière de l'automobile au moment où elle s'engageait dans Flat Rock Road. Il figea l'image.

« Pouvez-vous dire de quel genre de voiture il s'agit ? » demanda Byrne à Jessica.

Ses années dans la brigade automobile faisaient d'elle l'experte en voitures de la criminelle. Même si certains modèles très récents ne lui étaient pas familiers, elle connaissait toutes les voitures de luxe de la dernière décennie. La brigade automobile s'occupait beaucoup de vols de voitures de luxe.

« On dirait une BMW, répondit-elle.

— Est-ce qu'on peut zoomer dessus ? demanda Byrne.

— Est-ce que l'*ursus americanus* défèque dans son habitat naturel ? » répliqua Mateo.

Byrne jeta un coup d'œil à Jessica, haussa les épaules. Ni l'un ni l'autre n'avait la moindre idée de ce que racontait Mateo.

« Je suppose que oui », répondit Byrne.

Parfois il fallait se plier aux fantaisies de l'agent Fuentes.

Mateo ajusta ses cadrans. L'image s'agrandit, mais n'y gagna pas énormément en clarté. C'était cependant assurément le logo BMW sur le coffre de la voiture.

« Pouvez-vous nous dire de quel modèle il s'agit ? demanda Byrne.

— On dirait une 525i, répondit Jessica.

— Et la plaque d'immatriculation ? »

Mateo recadra l'image, zooma légèrement en arrière. À l'écran n'apparaissait plus qu'un rectangle gris flou, qui ne correspondait en plus qu'à la moitié de la plaque.

« C'est tout ? » demanda Byrne.

Mateo lui jeta un regard noir.

« Qu'est-ce que vous croyez qu'on fait ici, inspecteur ?

— Je ne l'ai jamais trop su, répliqua Byrne.

— Vous devez reculer pour la voir clairement.

— Reculer jusqu'où ? demanda Byrne. Jusqu'à Camden ? »

Mateo centra l'image, zooma. Jessica et Byrne reculèrent de quelques pas, regardèrent l'écran en plissant les yeux. Rien.

Quelques pas de plus. Ils étaient maintenant dans le couloir. « Qu'est-ce que vous en pensez ? demanda Jessica.

— Je ne vois rien », répondit Byrne.

Ils reculèrent aussi loin que possible. L'image à l'écran était fortement pixelisée, mais ça commençait à prendre forme. Les deux premières lettres de la plaque semblaient être HO.

HO.

HORNEE, pensa Jessica. Elle lança un coup d'œil à Byrne, qui lâcha à voix haute ce qu'elle pensait tout bas.

« Le fils de *pute* ! »

47

David Hornstrom était assis dans l'une des quatre salles d'interrogatoire de la brigade criminelle. Il était venu de son propre chef, ce qui était une bonne chose. S'ils avaient été forcés d'aller le chercher chez lui, une tactique d'interrogatoire tout à fait différente aurait été mise en place.

Jessica et Byrne comparèrent leurs notes et leurs stratégies, puis ils pénétrèrent dans le petit espace délabré qui n'était pas plus grand qu'un cagibi. Jessica s'assit, Byrne se posta derrière Hornstrom. Tony Park et Josh Bontrager les observaient à travers le miroir sans tain.

« Nous avons juste besoin d'éclaircir quelques points », commença Jessica.

C'était le baratin typique du flic qui signifiait : *Nous ne voulons pas être obligés de vous pourchasser à travers toute la ville s'il s'avère que vous êtes notre assassin.*

« N'aurions-nous pas pu le faire à mon bureau ? demanda Hornstrom.

— Aimez-vous travailler à votre bureau, monsieur Hornstrom ? demanda à son tour Byrne.

— Bien sûr.

— Nous aussi. »

Hornstrom se contenta de le regarder fixement, vaincu. Après quelques instants, il croisa les jambes, joignit les mains sur ses cuisses.

« Faites-vous des progrès dans l'enquête sur la mort de cette femme ? »

Il faisait la conversation maintenant. C'était le baratin typique du fumier qui signifiait : *J'ai quelque chose à cacher, mais je suis fermement persuadé d'être plus malin que vous.*

« Je crois que oui, répondit Jessica. Merci de poser la question. »

Hornstrom acquiesça, comme s'il venait de marquer un point.

« Ça nous a tous un peu fait flipper au bureau, dit-il.

— Comment ça ?

— Eh bien, une chose comme ça n'arrive pas tous les jours. Bon, vous autres voyez ça tout le temps. Mais nous, on est juste une bande de commerciaux.

— Avez-vous entendu quoi que ce soit auprès de vos collègues qui pourrait nous aider dans notre enquête ?

— Pas vraiment. »

Jessica le foudroya du regard, attendant la suite.

« Vous voulez dire pas vraiment, ou vous voulez dire non ? demanda-t-elle enfin.

— Heu, non. C'était juste une façon de parler.

— Ah, OK », fit Jessica tout en pensant : *Tu es en état d'arrestation pour obstruction à la justice. Ça aussi, c'est une façon de parler.* Elle feuilleta ses notes. « Vous avez affirmé ne pas être retourné à la propriété de Manayunk pendant la semaine qui a précédé notre premier entretien.

— C'est exact.

— Étiez-vous en ville cette semaine-là ? »

Hornstrom réfléchit un moment.

« Oui. »

Jessica glissa une grande enveloppe en papier kraft sur la table. Elle la laissa pour le moment fermée.

« Connaissez-vous la société de matériel de restauration Pustelnik ?

— Bien sûr », répondit Hornstrom.

Ses joues commençaient à se colorer. Il se pencha légèrement en arrière, ajoutant quelques centimètres entre Jessica et lui. Le premier signe qu'il était sur la défensive.

« Bon, il s'avère qu'ils ont eu des problèmes de vols pendant un bon moment », déclara Jessica. Elle détacha la boucle de l'enveloppe qu'Hornstrom semblait incapable de quitter des yeux.

« Il y a quelques mois, les propriétaires ont installé des caméras de surveillance aux quatre côtés du bâtiment. Le saviez-vous ? »

Hornstrom secoua la tête. Jessica enfonça la main dans la grande enveloppe, en tira une photo qu'elle plaça sur la table de métal sillonnée de cicatrices.

« Cette photo est tirée de leur vidéo de surveillance, reprit-elle. La caméra était celle située du côté qui fait face à l'entrepôt où Kristina Jakos a été retrouvée morte. *Votre* entrepôt. Elle a été prise le matin où son cadavre a été découvert. »

Hornstrom jeta un rapide coup d'œil au cliché.

« OK.

— Est-ce que vous voulez bien la regarder de plus près, s'il vous plaît ? »

Hornstrom souleva la photo, la scruta. Il ravala sèchement sa salive.

« Je ne sais pas trop ce que je suis censé y voir, dit-il, et il reposa la photo.

— Pouvez-vous lire l'heure dans le coin en bas à droite ? demanda Jessica.

— Oui, répondit Hornstrom. Je la vois. Mais je ne…

— Voyez-vous la voiture en haut à droite ? »

Hornstrom plissa les yeux.

« Pas vraiment », répondit-il. Jessica le vit adopter une posture encore plus défensive. Les muscles de sa mâchoire se crispèrent. Il se mit à battre du pied droit. « Enfin, je vois bien *quelque chose*. Je suppose que ça pourrait être une voiture.

— Peut-être ceci vous aidera-t-il », dit Jessica.

Elle lui montra une autre photo, ce coup-ci un agrandissement de la voiture. On y distinguait le côté gauche du coffre et un bout de plaque d'immatriculation. Le logo BMW était assez clair. David Hornstrom blêmit immédiatement.

« Cette voiture n'est pas la mienne.

— C'est le même modèle, rétorqua Jessica. Une 525i noire.

— Vous ne pouvez pas en être certaine.

— Monsieur Hornstrom, j'ai passé trois ans à la brigade automobile. Je peux faire la différence entre une 525i et une 530i les yeux fermés.

— D'accord, mais il y en a un paquet d'autres sur les routes.

— Certes, concéda Jessica. Mais combien d'entre elles ont cette immatriculation ?

— D'après moi ça ressemble à HG. Ce n'est pas nécessairement HO.

— Vous vous doutez bien que nous avons vérifié toutes les BMW 525i noires de Pennsylvanie à la recherche d'immatriculations qui pourraient être similaires. »

À la vérité, ils ne l'avaient pas fait. Mais David Hornstrom n'avait pas besoin de le savoir.

« Ça… ça ne veut rien dire, répliqua Hornstrom. N'importe qui aurait pu trafiquer ça avec Photoshop. »

C'était vrai. Ça ne tiendrait jamais le coup devant un jury. Mais Jessica avait juste posé les photos sur la table pour ébranler David Hornstrom. Et ça commençait à fonctionner. D'un autre côté, il avait l'air d'un homme sur le point d'appeler son avocat. Ils devaient mettre la pédale douce.

Byrne tira une chaise, s'assit.

« Et l'astronomie ? demanda-t-il. Est-ce que vous vous intéressez à l'astronomie ? »

Le changement de sujet était abrupt. Hornstrom mit un moment à réagir.

« Je vous demande pardon ?

— L'astronomie, répéta Byrne. J'ai remarqué que vous aviez un télescope dans votre bureau. »

Hornstrom semblait encore plus confus. *Qu'est-ce qu'ils lui voulaient maintenant ?*

« Mon télescope ? Et après ?

— J'ai toujours voulu en avoir un. C'est un quoi, le vôtre ? »

C'était le genre de question à laquelle même dans le coma David Hornstrom aurait probablement pu répondre. Mais là, dans la salle d'interrogatoire de la brigade criminelle, ça ne semblait pas lui venir. Il répondit finalement : « C'est un Zhumell.

— Il est bien ?

— Pas mal. Mais loin d'être un haut de gamme.

— Qu'est-ce que vous regardez avec ? Les étoiles ?

— Ça m'arrive.

— Vous avez déjà observé la lune, David ? »

Les premières gouttes de sueur apparurent sur le front de Hornstrom. Il était sur le point soit de passer à table, soit de se fermer complètement. Byrne passa à la vitesse inférieure. Il enfonça la main dans sa serviette, en tira une cassette audio.

« Nous avons le coup de téléphone à la police, monsieur Hornstrom, déclara-t-il. Et par cela, j'entends spécifiquement le coup de téléphone qui nous a alertés de la présence d'un cadavre derrière l'entrepôt de Flat Rock Road.

— OK. Mais qu'est-ce que…

— J'ai la nette impression que si nous effectuons des tests de reconnaissance vocale, ça correspondra à votre voix. »

Ça aussi, c'était improbable, mais ça produisait toujours son effet.

« C'est *n'importe quoi* ! s'exclama Hornstrom.

— Donc, vous affirmez que ce n'est pas vous qui avez appelé la police ?

— Non. Je ne suis pas retourné à la propriété, et je n'ai pas appelé la police. »

Byrne soutint le regard du jeune homme pendant un long moment inconfortable. Hornstrom finit par détourner les yeux. Byrne posa la cassette sur la table.

« Il y a aussi de la musique sur l'enregistrement. La personne qui a passé ce coup de fil a oublié de couper la musique avant de composer le numéro. Elle est faible, mais elle est bien là.

— Je ne sais pas de quoi vous parlez. »

Byrne tendit la main vers un ghetto-blaster posé sur la table, le régla sur CD, enfonça la touche « Lecture ». Moins d'une seconde plus tard, une chanson commença à passer. C'était *I Want You* par Savage Garden. Hornstrom leva les yeux, reconnaissant immédiatement la chanson. Il bondit sur ses pieds.

« Vous n'aviez pas le droit de fouiller ma voiture ! C'est une violation claire de mes droits civils !

— Que voulez-vous dire ? demanda Byrne.

— Vous n'aviez pas de mandat de perquisition ! Ceci m'appartient ! »

Byrne fixa Hornstrom du regard jusqu'à ce que celui-ci comprenne qu'il serait plus sage de se rasseoir. Byrne enfonça ensuite la main dans la poche de son manteau, en tira un boîtier de CD transparent et un petit sac plastique de la boutique Coconuts Music. Il sortit aussi une facture indiquant que l'album éponyme de Savage Garden datant de 1997 avait été acheté une heure plus tôt.

« Personne n'a fouillé votre voiture, monsieur Hornstrom », déclara Jessica.

Hornstrom regarda le sac, le boîtier de CD, le reçu. Et il comprit. Il s'était fait berner.

« Maintenant, nous avons une suggestion, reprit Jessica. À prendre ou à laisser. À cet instant, vous êtes un témoin important dans une enquête criminelle. La ligne de démarcation entre témoin et suspect – même dans le meilleur des cas – est ténue. Une fois que vous franchissez cette ligne, votre vie change pour toujours. Même s'il s'avère que vous n'êtes pas la personne que nous recherchons, votre nom, dans certains cercles, sera toujours relié à des mots comme "enquête criminelle", "suspect", "personne à surveiller". Vous comprenez ce que je dis ? »

Une inspiration profonde, puis, tout en expirant : « Oui.

— Bien, fit Jessica. Donc, vous êtes ici, dans un poste de police, avec un choix crucial à faire. Vous pouvez répondre à nos questions honnêtement et nous irons au fond des choses. Ou alors vous pouvez choisir de jouer un jeu dangereux. Dès que vous aurez appelé un avocat, nous en aurons fini, c'est le bureau du procureur qui prendra les choses en main, et, voyons les choses en face, ce ne sont pas les gens les plus flexibles de la ville. À côté d'eux, nous sommes des anges. »

Les dés étaient jetés. Hornstrom sembla soupeser ses options. « Je vais vous dire tout ce que vous voulez savoir », déclara-t-il enfin.

Jessica souleva la photo de la voiture quittant le parking de Manayunk.

« C'est vous, n'est-ce pas ?

— Oui.

— Vous êtes entré dans le parking ce matin-là à approximativement 7 h 07 ?

— Oui.

— Vous avez vu le corps de Kristina Jakos, et vous êtes reparti ?

— Oui.

— Pourquoi n'avez-vous pas immédiatement appelé la police ?

— Je… ne pouvais pas prendre le risque.

— Quel risque ? De quoi parlez-vous ? »

Hornstrom laissa passer un moment.

« Nous avons beaucoup de clients importants, d'accord ? Le marché est très instable en ce moment, et le moindre scandale pourrait tout faire basculer. J'ai paniqué. Je… je suis désolé.

— Est-ce que c'est vous qui avez appelé la police ?

— Oui, répondit Hornstrom.

— À partir d'un vieux téléphone portable.

— Oui. J'ai juste changé d'opérateur, précisa-t-il. Mais j'ai bien fini par appeler. Ça ne veut rien dire d'après vous ? N'ai-je pas fait ce qu'il fallait ?

— Vous estimez donc que vous devriez recevoir des félicitations sous prétexte que vous avez fait la chose la plus élémentaire qu'on puisse imaginer ? Vous découvrez une femme morte et vous trouvez qu'appeler la police est une sorte d'acte noble ? »

Hornstrom s'enfonça le visage entre les mains.

« Vous avez menti à la police, poursuivit Jessica. Et ça vous suivra pour le restant de vos jours. »

Hornstrom demeura silencieux.

« Vous êtes déjà allé à Shawmont ? » demanda Byrne.

Hornstrom leva les yeux.

« Shawmont ? Je suppose que oui. Enfin, j'ai dû *traverser* Shawmont en voiture. Qu'est-ce que…

— Vous êtes déjà allé dans un club nommé Stiletto ? »

Pâle comme un linge. *Bingo.*

Hornstrom s'appuya au dossier de sa chaise. Il était clair qu'il était sur le point de se fermer.

« Suis-je en état d'arrestation ? » demanda-t-il.

Jessica avait vu juste. Il était temps d'y aller mollo. « Nous revenons dans une minute », dit-elle.

Ils sortirent de la pièce, refermèrent la porte, puis pénétrèrent dans la petite alcôve avec la glace sans tain qui donnait sur la salle d'interrogatoire. Tony Park et Josh Bontrager les avaient observés.

« Qu'est-ce que vous en dites ? demanda Jessica à Park.

— Je ne suis pas convaincu, répondit celui-ci. Je crois que c'est juste un pauvre type qui a découvert un cadavre et a vu sa carrière partir en jus de boudin. D'après moi on peut le relâcher. Si nous avons de nouveau besoin de lui, il aura peut-être suffisamment confiance pour venir de son plein gré. »

Park avait raison. Hornstrom ne leur donnait pas l'impression d'être un tueur de sang-froid.

« Je vais faire un saut au bureau du procureur, déclara Byrne. Pour voir si nous pouvons nous intéresser d'un peu plus près à monsieur HORNEE. »

Ils n'en avaient probablement pas encore assez contre lui pour pouvoir effectuer une perquisition de sa voiture ou de son domicile, mais ça ne coûtait rien d'essayer. Kevin Byrne pouvait être très persuasif. Et David Hornstrom méritait qu'on lui serre un peu la vis.

« Après ça, j'irai voir quelques filles chez Stiletto, ajouta Byrne.

— Faites-moi savoir si vous avez besoin de renforts pour votre expédition chez Stiletto, dit Tony Park avec un sourire.

— Je crois que je vais y arriver tout seul, répliqua Byrne.

— Je vais m'enfermer quelques heures avec ces livres dans la bibliothèque, déclara Bontrager.

— Et moi, je vais parcourir la ville pour voir si je trouve quelque chose sur ces robes, dit à son tour Jessica. Qui qu'il soit, notre type a bien dû les acheter quelque part. »

48

Il était une fois une jeune femme nommée Anne Lisbeth. C'était une belle fille aux dents étincelantes, aux cheveux brillants et au joli teint. Un jour elle eut un enfant, mais son enfant n'étant pas très beau, on l'envoya vivre avec d'autres personnes.

Lune savait tout de cette histoire.

Tandis que la femme du laboureur élevait son enfant, Anne Lisbeth alla vivre au château du comte, dans la soie et le velours. Personne n'avait le droit de poser son souffle sur elle. Personne n'avait le droit de lui parler.

Lune regarde Anne Lisbeth depuis le fond de la pièce. Elle est aussi belle que la fable. Elle est cernée par le passé, par tout ce qui a existé auparavant. Dans cette pièce résonne l'écho de nombreuses histoires. C'est un endroit pour les choses abandonnées.

Lune sait également tout de cela.

Dans l'histoire, Anne Lisbeth a vécu longtemps, elle est devenue une femme respectée et de haut rang. Les gens de son village l'appelaient « madame[1] *».*

Cette Anne Lisbeth-ci ne vivra pas si longtemps.

Elle revêtira sa robe aujourd'hui.

1. En français dans le texte. *(N.d.T.)*

49

Il y avait environ cent boutiques de vêtements d'occasion dans les comtés de Philadelphie, Montgomery, Bucks et Chester, en incluant les petits dépôts-ventes qui comportaient une section habillage.

Avant d'avoir pu établir son itinéraire, Jessica reçut un appel de Byrne. Il n'avait pas obtenu de mandat de perquisition pour David Hornstrom. En plus, il n'y avait pas d'agent disponible pour le filer. Pour le moment, les gens du bureau du procureur avaient décidé de ne pas l'inculper pour obstruction. Byrne continuerait de leur mettre la pression.

Jessica entama son investigation dans Market Street. Les boutiques les plus proches de Center City tendaient à être les plus chères, et c'étaient soit des dépôts-ventes qui proposaient des vêtements de stylistes, soit des boutiques qui proposaient des reproductions de vêtements anciens qui étaient revenus au goût du jour. Étrangement, au moment où elle atteignit la troisième boutique, Jessica avait déjà fait l'acquisition d'un adorable gilet Pringle. Elle n'en avait pas eu l'intention. Ça s'était fait tout seul.

Après cela, elle laissa sa carte de crédit et ses espèces dans sa voiture fermée à clé. Elle était censée mener une enquête criminelle, pas se constituer une garde-robe.

Elle avait emporté des photos des deux robes qui avaient été retrouvées sur les victimes, mais pour le moment, personne ne les avait reconnues.

La cinquième boutique qu'elle visita se trouvait dans South Street, coincée entre un magasin de disques et une sandwicherie.

Elle s'appelait TrueSew.

La fille derrière le comptoir avait dans les dix-neuf ans, elle était blonde et d'une beauté délicate, fragile. Une sorte d'*Euro trance* était diffusée en fond sonore, à bas volume. Jessica montra sa plaque à la fille.

« Comment vous appelez-vous ? demanda Jessica.

— Sa'mantha, répondit la fille. Avec une apostrophe.

— Et où suis-je censée mettre cette apostrophe ?

— Après le premier *a.* »

Jessica nota *Samantha.*

« Je vois. Et depuis combien de temps travaillez-vous ici ?

— Environ deux mois. Presque trois.

— Un bon boulot ?

— Ça va, répondit-elle avec un haussement d'épaules. Sauf quand on est obligés d'examiner les trucs que les gens nous apportent.

— C'est-à-dire ?

— Ben, ça peut être un peu cradingue, vous voyez.

— Comment ça, cradingue ?

— Eh bien, une fois j'ai trouvé un sandwich au salami pourri dans la poche arrière d'une salopette. Je veux dire, OK, *primo*, qui mettrait un foutu sandwich dans sa poche ? Pas de sachet, juste le sandwich. Et un sandwich au salami par-dessus le marché.

— C'est dégueulasse.

— Archidégueu. Et, genre, *secundo*, qui prendrait même pas la peine de vérifier ses poches avant de vendre ou de donner quelque chose ? Qui ferait ça ?

Vous en venez à vous demander ce que ce type a pu donner d'autre, si vous voyez ce que je veux dire. Vous imaginez ça ? »

Jessica imaginait. Elle aussi avait vu son lot d'horreurs.

« Et une autre fois on a trouvé une douzaine de souris mortes au fond d'un gros carton de vêtements. Certaines n'étaient que des bébés souris. J'ai *flippé*. Je crois que j'ai pas dormi pendant une semaine. » Sa'mantha haussa les épaules. « Je risque de pas dormir cette nuit. Ça m'apprendra à y repenser. »

Jessica parcourut la boutique du regard. Elle semblait totalement désorganisée. Les vêtements étaient empilés sur les présentoirs circulaires. Certains des articles les plus petits – chaussures, chapeaux, gants, écharpes – étaient toujours dans des cartons disséminés à même le sol avec le prix écrit sur le côté au crayon noir. Jessica s'imagina que ça faisait partie du charme bohémien qui plaisait aux jeunes filles et auquel elle ne souscrivait plus. Deux hommes farfouillaient au fond de la boutique.

« Quel genre d'articles vendez-vous ici ? demanda-t-elle.

— Toutes sortes, répondit Sa'mantha. Ancien, gothique, sport, militaire. Un peu de Riley.

— C'est quoi, Riley ?

— Riley, c'est une ligne. Je crois que ça vient d'Hollywood. Ou peut-être que c'est juste la rumeur. Ils récupèrent des trucs anciens et recyclés et ils les embellissent. Chemises, vestes, pantalons. Pas vraiment mon truc, mais c'est plutôt cool. Principalement pour les femmes, mais j'ai aussi vu des vêtements pour gosses.

— Ils les embellissent comment ?

— Avec des jabots, des broderies, des trucs comme ça. Chaque article est unique.

— J'aimerais vous montrer quelques photos, dit Jessica. Ce serait possible ?

— Bien sûr. »

Jessica ouvrit une enveloppe, en tira des photocopies représentant les robes trouvées sur Kristina Jakos et Tara Grendel, ainsi qu'une photo de David Hornstrom, celle qui avait été prise pour son badge de visiteur à la Rotonde.

« Reconnaissez-vous cet homme ? »

Sa'mantha regarda la photo.

« Je crois pas, répondit-elle. Désolée. »

Jessica posa les photos des robes sur le comptoir.

« Avez-vous vendu ce genre de robes à quelqu'un récemment ? »

Sa'mantha examina les photos. Elle les leva à la lumière, prit son temps.

« Pas que je me souvienne, dit-elle. Mais ce sont de jolies robes. Excepté la ligne Riley, la plupart des trucs qu'on vend ici sont plutôt basiques. Levi's, Columbia Sportswear, de vieux trucs de chez Adidas et Nike. Ces robes ont l'air de sortir de *Jane Eyre* ou quelque chose du genre.

« À qui appartient cette boutique ?

— À mon frère. Mais il est pas là pour le moment.

— Quel est son nom ?

— Danny.

— Avec des apostrophes ?

— Non, répondit Sa'mantha avec un sourire. Juste Danny tout simple.

— Depuis combien de temps possède-t-il ce magasin ?

— Peut-être deux ans. Mais avant, ça a appartenu à ma grand-mère pendant une éternité. C'est toujours le cas, techniquement, je crois. Niveau prêts. C'est à elle qu'il faut s'adresser. D'ailleurs, elle doit venir tout à l'heure. Elle sait tout ce qu'il y a à savoir sur les trucs anciens. »

La rançon de la vieillesse, pensa Jessica. Elle regarda le sol derrière le comptoir, remarqua un fauteuil pour bébé. Une barre à jouets était fixée à l'avant, sur laquelle étaient accrochés des animaux de cirque de couleurs vives. Sa'mantha la vit regarder la chaise.

« C'est pour mon petit garçon, expliqua-t-elle. Il dort dans le bureau de derrière en ce moment. »

La voix de Sa'mantha s'était soudain teintée d'une certaine tristesse. On aurait dit que sa situation était une question légale, pas quelque chose qui venait du cœur. Mais ça ne regardait pas Jessica.

Le téléphone derrière le comptoir sonna. Sa'mantha répondit. Lorsqu'elle lui tourna le dos, Jessica remarqua deux mèches rouge et verte dans ses cheveux blonds. Étrangement, ça lui allait bien. Après quelques instants, Sa'mantha raccrocha.

« J'aime bien vos cheveux, dit Jessica.

— Merci, répondit Sa'mantha. Ma petite touche personnelle pour Noël. Il est probablement temps de changer ça. »

Jessica donna à Sa'mantha une carte de visite.

« Pourriez-vous demander à votre grand-mère de m'appeler ?

— Bien sûr, répondit-elle. Elle *adore* les intrigues.

— Je vais aussi laisser ces photos ici. Si vous pensez à quoi que ce soit d'autre, n'hésitez pas à me contacter.

— OK. »

Lorsque Jessica se retourna pour partir, elle remarqua que les deux personnes qui s'étaient trouvées au fond de la boutique avaient disparu. Personne n'était passé à côté d'elle en sortant par la porte de devant.

« Est-ce que vous avez une porte à l'arrière ? demanda Jessica.

— Oui, répondit Sa'mantha.

— Vous n'avez pas de problèmes de vols ? »

Sa'mantha pointa le doigt vers un petit écran vidéo et un magnétoscope situés sous le comptoir. Jessica ne les avait pas remarqués. Ils montraient un angle du couloir menant à la porte de derrière.

« Avant, c'était une bijouterie, croyez-le ou non, expliqua Sa'mantha. Ils ont laissé les caméras et tout. J'ai observé ces types durant tout le temps qu'a duré notre conversation. Pas de souci. »

Jessica fut bien obligée de sourire. Dupée par une gamine de dix-neuf ans. On ne connaissait jamais les gens.

Lorsque arriva le début d'après-midi, Jessica avait vu son lot de gamins gothiques, grunge, hip-hop, de rockeurs et de sans-abri, ainsi qu'un contingent de secrétaires et de réceptionnistes de Center City en quête de la perle Versace. Elle s'arrêta dans un petit restaurant de la 3e Rue, avala vite fait un sandwich, appela le bureau. Parmi les messages qu'elle avait reçus il y en avait un d'une friperie située dans la 2e Rue. Dieu sait comment, l'information que la deuxième victime était vêtue d'une robe ancienne était parvenue aux oreilles de la presse et, manifestement, toutes les personnes qui avaient vu une friperie de près ou de loin sortaient du bois.

Il était malheureusement possible que leur tueur ait acheté ces articles en ligne, ou qu'il se les soit procurés dans une friperie de Chicago, ou Denver, ou San Diego. Ou peut-être les avait-il simplement conservés dans une malle de marin pendant quarante ou cinquante ans.

Elle entra dans la dixième friperie de sa liste, la boutique de la 2e Rue d'où quelqu'un avait appelé pour lui laisser un message. Jessica montra sa plaque au jeune homme à la caisse – un type d'une petite vingtaine d'années à l'air particulièrement excité. Il avait les yeux écarquillés et l'air agité de celui qui a bu une boisson énergétique de trop. Ou peut-être s'agissait-il d'un produit un peu plus pharmaceutique. La moindre mèche de ses cheveux en pointe semblait survoltée. Elle lui demanda si c'était lui qui avait appelé la police, ou s'il savait qui l'avait fait. Après avoir regardé partout sauf dans les yeux de Jessica, le jeune homme répondit qu'il n'était au courant de rien. Jessica supposa que le coup de fil était un canular de plus. Les appels loufoques commençaient à s'accumuler dans cette enquête. Dès la parution des premiers articles sur Kristina Jakos dans la presse et sur Internet, ils avaient reçu des coups de fil de pirates, de lutins, de fées – même du fantôme de quelqu'un qui était mort en 1777 à Valley Forge.

Jessica jeta un coup d'œil dans la longue boutique étroite. C'était un espace propre et bien éclairé. Il y flottait une odeur de peinture fraîche. Dans la vitrine se trouvait un présentoir à niveaux supportant divers petits appareils électroménagers – toasteurs, mixeurs, machines à café, radiateurs d'appoint. Le long du mur du fond étaient exposés des jeux de société, des disques vinyle, quelques reproductions artistiques dans des cadres. Sur la droite se trouvaient des meubles.

Jessica longea l'allée jusqu'aux vêtements pour femmes. Il n'y avait que cinq ou six présentoirs, mais tout semblait propre et en bon état, assurément bien organisé, surtout comparé à l'inventaire de TrueSew.

Quand Jessica était étudiante à Temple et que la mode des jeans déchirés avait commencé à exploser, elle avait fréquenté l'Armée du Salut et les boutiques de fripes à la recherche du bon pantalon. Elle en avait probablement essayé des centaines. Sur un présentoir au milieu de la boutique elle vit un jean Gap pour trois dollars quatre-vingt-dix-neuf. La bonne taille en plus. Elle dut se retenir.

« Je peux vous aider ? »

Jessica se retourna pour voir l'homme qui lui avait

posé cette question. C'était assurément étrange. On aurait dit qu'il travaillait chez Nordstrom ou chez Saks. Elle n'était pas habituée à ce qu'on s'occupe d'elle dans une friperie.

« Je suis l'inspecteur Jessica Balzano, dit-elle en lui montrant sa plaque.

— Ah, oui. » L'homme était grand, très soigné, il parlait doucement, avait les mains manucurées. Il détonnait dans ce genre d'endroit. « C'est moi qui ai appelé. » Il tendit la main. « Bienvenue au bazar de la Nouvelle Page. Mon nom est Roland Hannah. »

50

Byrne interrogea trois danseuses à Stiletto. Aussi plaisante fût-elle, cette expédition ne lui apprit rien, hormis le fait que les danseuses exotiques mesurent parfois plus d'un mètre quatre-vingts. Aucune des jeunes femmes n'avait vu quiconque porter une attention particulière à Kristina Jakos.

Byrne décida de retourner jeter un coup d'œil à la station de pompage de Shawmont.

Avant qu'il eût regagné Kelly Drive, son téléphone portable sonna. C'était Tracy McGovern, du laboratoire.

« Nous avons trouvé d'où proviennent les plumes », déclara Tracy.

Byrne fit la moue en repensant à l'oiseau. *Bon sang*, il détestait merder.

« D'où ?

— Vous êtes prêt ?

— C'est une question lourde de sens, Tracy, répondit Byrne. Je ne sais pas trop quoi répondre.

— L'oiseau était un rossignol.

— Un *rossignol* ? »

Byrne se rappela l'animal entre les mains de la victime. C'était un petit oiseau à l'air ordinaire. Pour une raison ou une autre, il s'imaginait qu'un rossignol aurait eu l'air exotique.

« Oui. *Luscinia megarhynchos*, aussi connu sous le nom de rossignol philomèle, expliqua Tracy. Et voici la cerise sur le gâteau.

— Bon sang, je n'ai pas besoin d'une cerise sur le gâteau.

— Les rossignols ne vivent pas en Amérique du Nord.

— C'est ça, la cerise ?

— Exact. Et voici pourquoi. Le rossignol est d'ordinaire considéré comme un oiseau anglais, mais on peut aussi le trouver en Espagne, au Portugal, en Autriche et en Afrique. Et j'ai encore *mieux* comme nouvelle. Pas tant pour l'oiseau, mais pour nous. Les rossignols ne survivent pas très bien en captivité. Quatre-vingt-dix pour cent des spécimens capturés meurent dans le mois qui suit leur prise.

— D'accord, fit Byrne. Donc, comment se fait-il que l'un d'entre eux finisse entre les mains d'une victime de meurtre à Philly ?

— Bonne question. À moins d'en rapporter soi-même un d'Europe – et en ces temps de grippe aviaire ça n'est guère probable –, il n'y a qu'un seul moyen de s'en procurer un.

— Comment ?

— Auprès d'un éleveur d'oiseaux exotiques. On sait que les rossignols survivent en captivité s'ils y sont élevés. À la main, si vous voulez.

— S'il vous plaît, dites-moi qu'il y a un élevage à Philly.

— Non, mais il y en a un dans le Delaware. Je les ai appelés, mais ils affirment ne pas avoir vendu ni élevé de rossignol depuis des années. Le propriétaire m'a dit qu'il établirait une liste des éleveurs et des importateurs et qu'il rappellerait. Je lui ai laissé votre numéro.

— Bon boulot, Tracy. »

Byrne raccrocha, puis il appela Jessica, lui laissa l'information sur sa messagerie.

Une pluie glaciale commençait à tomber comme il s'engageait dans Kelly Drive, une brume grise qui recouvrait la route d'un vernis de verglas. À de tels moments, Kevin Byrne avait l'impression que l'hiver ne finirait jamais, et il restait trois mois à tirer.

Un rossignol.

Lorsqu'il atteignit la station hydraulique de Shawmont, la pluie glaciale s'était transformée en véritable tempête de pluie verglaçante. Il n'eut qu'à parcourir les quelques mètres qui séparaient sa voiture des marches de pierres glissantes de la station de pompage pour être bien trempé.

Byrne se tint dans l'entrebâillement de la porte, observa l'énorme salle principale de la station. Il était toujours sidéré par l'échelle et la désolation absolue du bâtiment. Il avait vécu toute sa vie à Philadelphie, mais n'était jamais venu ici jusqu'à cette affaire. Le site était si isolé – et pourtant assez proche de Center City – qu'il aurait parié que la plupart des habitants de la ville ne connaissaient même pas son existence.

Le vent projetait des tourbillons de pluie dans le bâtiment. Byrne s'enfonça plus avant dans l'obscurité. Il songea à l'activité qui avait jadis régné ici, au vacarme. Durant plusieurs générations des gens avaient travaillé ici pour permettre l'alimentation en eau de la ville.

Byrne toucha le rebord de fenêtre en pierres sur lequel Tara Grendel avait été retrouvée…

… et il voit l'ombre du tueur, baignée de noir, positionnant la femme face à la rivière… il entend le chant du rossignol tandis que l'homme le place entre les mains de la victime, des mains qui deviennent rapidement

rigides... il voit le tueur ressortir, regarder la lune... il entend le rythme d'une comptine...

... puis il s'écarta.

Byrne laissa passer quelques instants, tentant de s'ôter les images de la tête, tentant d'en tirer un sens. Il avait perçu les premiers vers d'une comptine – on aurait même dit une voix d'enfant – mais il n'avait pas compris les paroles. Une histoire de demoiselles.

Il fit le tour de l'énorme espace, faisant courir le faisceau de sa Maglite sur le sol défoncé et encombré de détritus. Les agents chargés de la scène de crime avaient pris des photos, fait des croquis à l'échelle, passé la zone au crible à la recherche d'indices. Mais ils n'avaient rien trouvé d'intéressant. Byrne éteignit sa lampe torche et décida de retourner à la Rotonde.

Mais avant de ressortir, il fut envahi par une nouvelle sensation, une impression sombre et menaçante, comme si quelqu'un l'observait. Il se retourna vivement, examina les recoins de l'énorme salle.

Personne.

Byrne inclina la tête, écouta. Juste la pluie, le vent.

Il gagna la porte, jeta un coup d'œil dehors. À travers l'épaisse brume grise, de l'autre côté de la rivière, il vit un homme sur la berge qui se tenait les bras ballants. L'homme semblait l'observer. La silhouette se trouvait à plusieurs dizaines de mètres, et impossible de distinguer le moindre détail, mais une chose était sûre : un homme vêtu d'un manteau sombre se tenait là-bas, au beau milieu d'une tempête glaciale, et il *regardait* Byrne.

Byrne retourna à l'intérieur du bâtiment, hors de vue, attendit un moment. Il passa la tête au coin de la porte. L'homme était toujours là, immobile, scrutant l'énorme bâtiment sur la rive est de la Schuylkill. L'espace d'une seconde, la petite silhouette se fondit dans le paysage, noyée dans un rideau de pluie, puis elle réapparut.

Byrne s'enfonça dans l'obscurité de la station de

pompage. Il tira son téléphone portable, appela la brigade. Quelques secondes plus tard il demandait à Nick Palladino de se rendre sur les lieux, sur la rive ouest de la Schuylkill, face à la station de pompage de Shawmont, et d'amener la cavalerie. S'ils se trompaient, tant pis. Ils s'excuseraient auprès de l'homme et chacun retournerait à ses occupations.

Mais Byrne savait qu'il ne se trompait pas. Il le sentait au fond de lui.

« Attends une seconde, Nick. »

Byrne ne raccrocha pas, il prit un moment pour calculer quel pont était le plus proche et le mènerait le plus rapidement de l'autre côté de la Schuylkill. Il traversa la salle, attendit un temps sous l'énorme voûte, piqua un sprint jusqu'à sa voiture et, au même instant, quelqu'un surgit de sous un haut portique, à quelques mètres à peine, juste devant lui. Byrne ne regarda pas le visage de l'homme. Pour le moment, il ne pouvait décoller ses yeux de l'arme à petit calibre que celui-ci tenait à la main. Arme qui était pointée sur le ventre de Byrne.

L'homme qui tenait le pistolet était Matthew Clarke.

« Qu'est-ce que vous foutez ? hurla Byrne. *Tirez-vous de là !* »

Clarke ne bougea pas. Byrne sentit son haleine chargée d'alcool. Il vit aussi le pistolet trembler dans sa main. Jamais une bonne combinaison.

« Vous allez m'accompagner », déclara Clarke.

Par-dessus l'épaule de Clarke, à travers l'épaisse brume de pluie, Byrne distinguait la silhouette de l'homme qui se tenait sur la rivière opposée. Il tenta d'imprimer cette image dans son esprit. Impossible. L'homme pouvait mesurer un mètre soixante-dix comme un mètre quatre-vingts. Il pouvait avoir vingt ans comme cinquante.

« Donnez-moi ce pistolet, monsieur Clarke, dit Byrne. Vous faites obstruction à une enquête. C'est très sérieux. »

Le vent se leva, fouettant la rivière, charriant une masse de neige fondue.

« Je veux que vous sortiez votre arme, très lentement, et que vous la posiez par terre, dit Clarke.

— Je ne peux pas faire ça. »

Clarke arma son pistolet. Sa main se remit à trembler. « Faites ce que je vous dis. »

Byrne vit la rage dans les yeux de l'homme, le feu de la folie. Il déboutonna lentement son manteau, glissa la main dessous, tira son pistolet à deux doigts. Il éjecta alors le chargeur, le jeta par-dessus son épaule, dans la rivière, puis il posa le pistolet par terre. Hors de question qu'il abandonne une arme chargée.

« Allons-y. » Clarke désigna sa voiture, qui était garée près du dépôt ferroviaire. « Nous allons faire un petit tour.

— Monsieur Clarke », commença Byrne, cherchant le ton de voix approprié. Il calcula ses chances de parvenir à désarmer Clarke. Toujours risqué, même dans les meilleures circonstances. « Si j'étais vous, je ne ferais pas ça.

— J'ai dit : allons-y. »

Clarke colla son arme sur la tempe droite de Byrne. Celui-ci ferma les yeux. *Colleen*, pensa-t-il, *Colleen*.

« Nous allons faire un petit tour, répéta Clarke. Vous et moi. Si vous ne montez pas dans ma voiture, je vous tue sur place. »

Byrne rouvrit les yeux, tourna la tête. De l'autre côté de la rivière, l'homme avait disparu.

« Monsieur Clarke, vous êtes un homme fini, déclara Byrne. Vous n'avez pas la moindre idée de la merde dans laquelle vous venez de vous mettre.

— Ne prononcez plus un mot. Plus un seul. Vous m'entendez ? »

Byrne acquiesça.

Clarke alla se placer derrière Byrne, lui enfonça le canon de son arme dans le creux des reins.

« Allons-y, dit-il une fois de plus, et ils prirent la direction de la voiture. Savez-vous où nous allons ? »

Byrne le savait. Mais il voulait entendre Clarke le dire à voix haute.

« Non, mentit-il.

— Nous allons au Crystal Diner, reprit Clarke. Nous allons à l'endroit même où vous avez tué ma femme. »

Ils atteignirent la voiture, grimpèrent dedans au même moment, Byrne à la place du conducteur, Clarke juste derrière lui.

« Tout doux, conseilla Clarke. Roulez. »

Byrne démarra, alluma les essuie-glaces, les dégivreurs. Ses cheveux, son visage, ses vêtements étaient trempés, son cœur battait à tout rompre.

Il essuya la pluie de ses yeux, puis prit la direction de la ville.

51

Jessica Balzano et Roland Hannah se trouvaient dans la petite pièce à l'arrière de la friperie. Les murs comportaient plusieurs affiches chrétiennes, un calendrier chrétien, des tapisseries encadrées reproduisant des dictons religieux, des dessins d'enfants. Dans un coin se trouvait une pile bien ordonnée de matériel de peinture – aérosols, rouleaux, bacs, bâches de protection. Les murs de la pièce étaient d'un jaune pastel.

Roland Hannah était grand, blond, svelte. Il portait un jean délavé, des Reebok usées et un sweatshirt blanc avec un slogan à l'avant, imprimé en lettres noires : « Seigneur, si tu ne peux me rendre maigre, fais que tous mes amis soient gros. »

Il avait des mouchetures de peinture sur les doigts.

« Puis-je vous offrir du café ou du thé ? Une boisson gazeuse peut-être ? proposa-t-il.

— Ça va, merci », répondit Jessica.

Roland s'assit à la table, face à Jessica. Il joignit les mains, entrelaça les doigts.

« En quoi puis-je vous aider ? »

Jessica ouvrit son carnet, décapuchonna son stylo.

« Vous dites que c'est vous qui avez appelé la police.

— C'est exact.

— Puis-je vous demander pourquoi ?

— Eh bien, j'ai lu les comptes rendus de ces horribles meurtres, répondit Roland. Et le détail de la robe ancienne a attiré mon attention. Je me suis juste dit que je pourrais peut-être vous aider.

— Comment ?

— Ça fait un bout de temps que je fais ça, inspecteur Balzano, dit-il. Même si cette boutique n'a ouvert que récemment, je sers la communauté et le Seigneur d'une manière ou d'une autre depuis de nombreuses années. Et pour ce qui est des friperies à but charitable de Philadelphie, je connais à peu près tout le monde. Je connais également bon nombre de pasteurs dans le New Jersey et le Delaware. J'ai pensé que je pourrais peut-être faciliter les présentations, des choses comme ça.

— Depuis combien de temps êtes-vous à cette adresse ?

— Nous venons d'ouvrir nos portes il y a environ dix jours, répondit Roland.

— Avez-vous eu beaucoup de clients ?

— Oui. La bonne parole se répand.

— Connaissez-vous les personnes qui viennent faire leurs courses ici ?

— Un bon nombre, répondit-il. Cela fait maintenant quelque temps que la boutique figure dans le bulletin de notre église. Certains journaux alternatifs locaux nous ont même inclus dans leurs guides. Le jour de l'ouverture, nous avions des ballons de baudruche pour les enfants, ainsi que des gâteaux et du punch pour tous.

— Quel genre d'articles les clients achètent-ils principalement ?

— Cela dépend de leur âge, naturellement. Les couples mariés ont tendance à regarder le mobilier et les vêtements d'enfants. Les jeunes gens, comme vous-même, se ruent généralement sur les pantalons et les vestes en jean. Ils espèrent toujours trouver des vêtements de marque au milieu des vêtements bon marché. Mais je peux vous dire que ça arrive rarement. La plupart des articles qui sortent du lot se font mettre la main dessus avant d'atteindre nos étagères, j'en ai peur. »

Jessica observa attentivement l'homme. Si elle avait dû lui donner un âge, elle aurait dit qu'il avait quelques années de moins qu'elle.

« Des jeunes gens comme moi ?

— Exactement.

— Quel âge me donnez-vous ? »

Roland la scruta, la main sur le menton.

« Je dirais vingt-cinq ou vingt-six ans. »

Roland Hannah était son nouveau meilleur ami.

« Puis-je vous montrer quelques photos ?

— Certainement », répondit-il.

Jessica sortit les clichés des deux robes et les plaça sur la table.

« Avez-vous déjà vu ces robes ? »

Roland Hannah examina attentivement les photos. Bientôt, une lueur apparut sur son visage.

« Oui, dit-il. Je crois avoir déjà vu ces robes. »

Après une journée frustrante passée à se heurter à des impasses, Jessica mit un temps avant de comprendre ce qu'il venait de dire.

« C'est vous qui les avez vendues ?

— Je n'en suis pas sûr. Je crois que je me rappelle les avoir déballées et placées sur les présentoirs. »

Le pouls de Jessica s'emballa. C'était cette même sensation qu'éprouvaient tous les enquêteurs lorsqu'un premier indice solide leur tombait du ciel. Elle voulait appeler Byrne, mais se retint.

« C'était il y a combien de temps ? »

Roland réfléchit un moment.

« Voyons. Nous sommes ouverts depuis environ une dizaine de jours, comme j'ai dit. Je dirais donc que j'ai dû les placer sur le présentoir il y a environ deux semaines. Je crois que nous les avions à l'ouverture. Donc, à peu près deux semaines.

« Est-ce que le nom de David Hornstrom vous dit quelque chose ?

— David Hornstrom ? répéta Roland. J'ai bien peur que non.

— Vous rappelez-vous qui a pu acheter ces robes ?

— Je n'en suis pas sûr. Mais si je voyais des photos, je serais peut-être capable de vous le dire. Des photos réveilleront peut-être mes souvenirs. Est-ce que la police fait toujours ça ?

— Quoi ?

— Demander aux gens de regarder des photos d'identité ? Ou est-ce que ça ne se fait qu'à la télé ?

— Non, nous le faisons beaucoup, répondit Jessica. Accepteriez-vous de venir à la Rotonde maintenant ?

— Bien entendu, répondit Roland. Je ferai tout mon possible pour vous aider. »

52

La circulation dans la 18e Rue n'avançait pas. Les voitures dérapaient. La température était en chute libre et une neige humide ne cessait de tomber.

Un million de pensées se bousculaient dans l'esprit de Kevin Byrne. Il pensait aux autres fois où il s'était retrouvé face à un pistolet au cours de sa carrière. Et il ne s'y faisait toujours pas. Les nœuds dans son estomac étaient aussi solides que de l'acier.

« Si j'étais vous, je ne ferais pas ça, monsieur Clarke. Nous pouvons toujours oublier cet incident. »

Clarke demeura silencieux. Byrne jeta un coup d'œil dans le rétroviseur. Clarke avait le regard perdu au loin.

« Vous ne saisissez pas, rétorqua finalement l'homme.

— Détrompez-vous.

— Non, vous ne saisissez pas. Comment le pourriez-vous ? Avez-vous déjà perdu quelqu'un que vous aimiez de mort violente ? »

Byrne n'avait jamais vécu ça. Mais il n'en était pas passé loin. Il avait failli tout perdre lorsque sa fille s'était retrouvée aux mains d'un tueur. Et lui-même avait failli perdre la raison ce sinistre jour.

« Garez-vous », ordonna Clarke.

Byrne se rapprocha doucement du trottoir, s'arrêta,

laissant tourner le moteur. Le clic-clac des essuie-glaces résonnait dans la voiture, en rythme avec les martèlements de son cœur.

« Et maintenant ? demanda-t-il.

— Nous allons entrer dans le restaurant, et nous allons mettre un terme à tout ça. Pour vous comme pour moi. »

Byrne regarda le restaurant. À travers la brume de pluie glaciale, les lumières étincelaient et chatoyaient. La vitrine avait déjà été remplacée. Le sol avait été nettoyé à l'eau de Javel. C'était comme si rien ne s'était passé. Sauf que quelque chose s'était bel et bien passé. Et c'était pour ça qu'ils revenaient ici.

« Ça n'est pas forcé de se terminer ainsi, dit Byrne. Si vous posez votre arme, vous avez toujours une chance de récupérer votre vie.

— Vous voulez dire que je pourrais tout simplement m'en aller comme si de rien n'était ?

— Non, répondit Byrne. Je ne vais pas vous faire l'insulte de prétendre ça. Mais vous pouvez vous faire aider. »

Byrne jeta un nouveau coup d'œil dans le rétroviseur. Et c'est alors qu'il les vit.

Deux petits points rouges sur la poitrine de Clarke.

Byrne ferma un moment les yeux. C'était à la fois la meilleure nouvelle possible, mais aussi la pire. Son téléphone portable était resté allumé depuis le moment où Clarke avait fait irruption à la station de pompage. De toute évidence, Nick Palladino avait appelé le groupe d'intervention, qui s'était déployé autour du restaurant. Pour la seconde fois en une semaine. Byrne balaya la rue du regard. Il repéra des tireurs d'élite postés à l'entrée de l'allée qui jouxtait le restaurant.

Tout pouvait s'achever soudain, violemment. Byrne voulait que ça s'achève, mais pas de cette manière. Il connaissait les tactiques de négociation, même s'il était loin d'être un expert. Règle numéro un. Rester calme. Personne ne doit mourir.

« Je vais vous dire quelque chose, commença Byrne. Et je veux que vous m'écoutiez attentivement. Est-ce que vous me comprenez ? »

Silence. L'homme était sur le point de craquer.

« Monsieur Clarke ?

— Quoi ?

— Il faut que je vous dise quelque chose. Mais vous devez tout d'abord faire exactement comme je vais vous dire. Vous devez rester absolument immobile.

— Qu'est-ce que vous racontez ?

— Avez-vous remarqué qu'il n'y a pas de circulation ? »

Clarke regarda par la vitre. Une rue plus loin, des voitures de patrouille bloquaient la rue.

« Pourquoi est-ce qu'ils font ça ? demanda Clarke.

— Je vais vous le dire dans une seconde. Mais tout d'abord je veux que vous baissiez les yeux, très lentement. Inclinez juste légèrement la tête. Pas de mouvements brusques. Regardez votre poitrine, monsieur Clarke. »

Clarke fit comme le suggérait Byrne.

« Qu'est-ce que c'est que ça ? demanda-t-il.

— C'est la fin, monsieur Clarke. Ce sont des viseurs laser. Ils proviennent des fusils de deux tireurs d'élite.

— Pourquoi sont-ils sur moi ? »

Oh, merde, pensa Byrne. C'était encore pire que ce qu'il s'imaginait. Matthew Clarke était complètement à côté de la plaque.

« Encore une fois, ne bougez pas votre corps, recommanda Byrne. Juste vos yeux. Je veux que vous regardiez mes mains maintenant, monsieur Clarke. » Byrne avait les deux mains posées sur le volant, à 10 h 10. « Voyez-vous mes mains ?

— Vos mains ? Qu'est-ce qu'elles ont ?

— Vous voyez comment elles agrippent le volant ? demanda Byrne.

— Oui.

— Si je soulève ne serait-ce que l'index de ma main droite, ils appuieront sur la détente. Ils tireront, insista Byrne, espérant qu'il était crédible. Vous vous souvenez de ce qui est arrivé à Anton Krotz dans ce restaurant ? »

Byrne entendit Matthew Clarke fondre en sanglots.

« Oui.

— Il n'y avait qu'un seul tireur. Maintenant, il y en a deux.

— Je… Je m'en fous. Je vous tuerai avant.

— Vous n'aurez jamais le temps de tirer. Si je bouge, c'est fini. Un simple millimètre, et c'est fini. »

Byrne observa Clarke dans le rétroviseur. Il allait péter les plombs d'une seconde à l'autre.

« Vous avez des enfants, monsieur Clarke, reprit Byrne. Pensez à eux. Vous ne voulez pas leur laisser cet héritage. »

Clarke secoua la tête, rapidement, de droite à gauche.

« Ils ne vont pas me laisser partir, n'est-ce pas ?

— Non, répondit Byrne. Mais dès l'instant où vous baisserez votre pistolet, votre vie prendra un meilleur tournant. Vous n'êtes pas comme Anton Krotz, Matt. Vous n'êtes pas comme lui. »

Les épaules de Clarke se mirent à trembler.

« Laura… »

Byrne laissa s'écouler un moment.

« Matt ? »

Clarke leva les yeux, son visage était sillonné de larmes. Byrne n'avait jamais vu un homme si proche du point de rupture.

« Ils ne vont pas continuer d'attendre longtemps, dit Byrne. Laissez-moi vous aider. »

Et alors, dans les yeux rougis de Clarke, Byrne vit. Il vit que sa résolution commençait à se fissurer. Clarke baissa son arme. Aussitôt, une ombre traversa le flanc gauche de la voiture, obscurcie par le voile de pluie glaciale qui maculait les vitres. Byrne jeta un coup d'œil dehors. C'était Nick Palladino. Il braquait un fusil sur la tête de Matthew Clarke.

« Posez votre arme par terre et les mains sur la tête ! hurla Nick. Maintenant ! »

Clarke ne bougeait pas. Nick arma le fusil.

« Maintenant ! »

Après une seconde affreusement longue, Matthew Clarke obéit. Aussitôt, la portière s'ouvrit et Clarke fut tiré hors de la voiture, jeté brutalement par terre, instantanément cerné par des agents.

Quelques instants plus tard, Matthew Clarke gisait face contre terre au beau milieu de la 18e Rue pilonnée par la pluie hivernale, bras écartés, un tireur d'élite lui pointant son fusil sur la tête. Un agent en uniforme apparut, lui posa un genou sur le dos, lui joignit brutalement les poignets et le menotta.

Byrne pensa au pouvoir écrasant du chagrin, à l'emprise inflexible de la folie qui avait mené Clarke jusque-là.

Les agents remirent Clarke sur pied et, avant qu'ils ne le poussent à l'arrière d'une voiture de patrouille proche, celui-ci se tourna vers Byrne.

Quelle qu'elle eût été, la personne qui s'était présentée au monde comme Matthew Clarke quelques semaines plus tôt – mari, père, citoyen – n'existait plus. Lorsque Byrne le regarda dans les yeux, il ne détecta pas la moindre lueur de vie. À la place, il vit un homme anéanti, et là où il aurait dû voir une âme, brûlait désormais la flamme bleue et froide de la folie.

53

Jessica aperçut Byrne dans l'arrière-salle du restaurant ; il avait une serviette autour du cou, une tasse de café fumante à la main. La pluie avait tout verglacé, et la ville avançait au ralenti. Elle était à la Rotonde, occupée à passer en revue les photos de l'identité judiciaire avec Roland Hannah, lorsque l'appel signalant qu'un agent avait besoin d'aide était arrivé. Quasiment tous les inspecteurs s'étaient aussitôt mis en route. Chaque fois qu'un flic était en détresse, la totalité des forces de police se précipitait à son secours, et lorsque Jessica arriva, il devait y avoir dix voitures de patrouille dans la 18e Rue.

Jessica traversa le restaurant, Byrne se leva. Ils s'étreignirent. Ce n'était pas le genre de chose qu'ils étaient censés faire, mais Jessica n'en avait rien à foutre. Quand l'appel était arrivé, elle avait été persuadée qu'elle ne le reverrait jamais. Et si ça s'était produit, une partie de son monde serait à coup sûr morte avec lui.

Ils s'écartèrent l'un de l'autre, regardèrent autour d'eux avec un léger embarras, puis ils s'assirent.

« Ça va ? » demanda Jessica.

Byrne fit signe que oui. Jessica n'en était pas si sûre. « Où vous est-il tombé dessus ? demanda-t-elle.

— À Shawmont. À la station hydraulique.
— Il vous a suivi jusque là-bas ?
— Apparemment. »
Jessica réfléchit un instant. À tout moment, n'importe quel inspecteur pouvait être la proie d'un désaxé – investigations en cours ou anciennes, cinglés que vous aviez envoyés derrière les barreaux des années auparavant et qui sortaient de prison. Elle songea au corps de Walt Brigham au bord de la route. Tout pouvait arriver à tout moment.
« Il allait le faire à l'endroit même où sa femme a été assassinée, expliqua Byrne. Moi d'abord, puis lui.
— Bon sang.
— Oui, bon. Il y a autre chose. »
Jessica n'avait aucune idée de ce dont il parlait.
« Comment ça, autre chose ? »
Byrne but une gorgée de café.
« Je l'ai vu.
— Vous l'avez vu ?
— Notre assassin.
— Quoi ? Qu'est-ce que vous racontez ?
— Sur le site de Shawmont. Il était de l'autre côté de la rivière, à me regarder.
— Comment savez-vous que c'était lui ? »
Byrne fixa un moment son café du regard.
« Instinct de flic. C'était lui.
— Vous avez pu le voir clairement ?
— Non, fit Byrne en secouant la tête. Il était sur l'autre rive. Il pleuvait.
— Qu'est-ce qu'il faisait ?
— Rien. Je crois qu'il voulait revenir sur les lieux, et qu'il s'est dit que l'autre côté de la rivière serait plus sûr. »
Jessica réfléchit un moment à ce qu'elle venait d'entendre. C'était assez commun, les assassins qui retournaient sur le lieu de leur crime.

« C'est en fait pour ça que j'ai appelé Nick, reprit Byrne. Si je n'avais pas… »

Jessica savait ce qu'il voulait dire. S'il n'avait pas passé ce coup de fil, il serait peut-être étendu sur le sol du Crystal Diner, baignant dans une mare de sang.

« Avons-nous reçu des nouvelles des éleveurs d'oiseaux dans le Delaware ? demanda Byrne, tentant clairement de changer de sujet.

— Rien pour le moment, répondit Jessica. Je me disais que nous ferions peut-être bien d'examiner les listes d'abonnés aux magazines d'ornithologie. Ils ne peuvent pas être si nombreux que…

— Tony est déjà sur le coup », coupa Byrne.

Jessica aurait dû s'en douter. Même au milieu de tous ces événements, Byrne continuait de réfléchir. Il but une gorgée de café, se tourna vers elle, esquissa un sourire.

« Et vous, comment s'est passée votre journée ? » demanda-t-il.

Jessica lui retourna son sourire. Elle espérait qu'elle avait l'air sincère.

« Beaucoup moins aventureuse, Dieu merci. » Elle lui raconta sa matinée et son après-midi dans les friperies, sa rencontre avec Roland Hannah. « Nous lui montrons des photos en ce moment même. Il gère une friperie au profit d'une église. C'est peut-être lui qui a vendu les robes à notre assassin. »

Byrne but le restant de son café d'un trait, se leva.

« Faut que je sorte d'ici, dit-il. J'aime bien cet endroit, mais pas tant que ça.

— Le boss veut que vous rentriez chez vous.

— Je vais bien, objecta Byrne.

— Vous êtes sûr ? »

Byrne ne répondit rien. Quelques instants plus tard, un agent en uniforme traversa le restaurant, rendit son arme à Byrne. Byrne devina en la soupesant que le chargeur avait été remplacé. En entendant l'échange entre Clarke et Byrne au téléphone, Nick Palladino avait dépêché une voiture de patrouille sur le site de Shawmont pour récupérer l'arme. Philly n'avait pas besoin d'un pistolet de plus dans la nature.

« Où est notre inspecteur amish ? demanda Byrne à Jessica.

— Josh écume les librairies, pour voir si quelqu'un se rappelle avoir vendu des livres sur l'élevage d'oiseaux, les oiseaux exotiques et ainsi de suite.

— C'est un gars bien », déclara Byrne.

Jessica ne sut quoi répondre. De la part de Kevin Byrne, c'était un sacré éloge.

« Qu'allez-vous faire maintenant ? demanda Jessica.

— Eh bien, je vais en effet rentrer chez moi, mais juste histoire de prendre une douche chaude et de me changer. Après, je me remets au boulot. Peut-être quelqu'un d'autre a-t-il vu ce type sur l'autre rive. Ou sa voiture lorsqu'il s'est garé.

— Vous avez besoin d'aide ?

— Non, c'est bon. Continuez à enquêter sur la corde et les éleveurs d'oiseaux. Je vous appelle dans une heure. »

54

Byrne emprunta Hollow Road jusqu'à la rivière. Il passa sous la voie express, se gara, descendit de voiture. La douche chaude lui avait fait du bien, mais à moins que l'homme qu'ils cherchaient ne soit toujours là, sur la rive, les mains dans le dos, attendant qu'on lui passe les menottes, ce serait une journée de merde. Mais bon, chaque fois que vous vous retrouviez avec un pistolet braqué sur vous, c'était une journée de merde.

La pluie avait diminué, mais le verglas était toujours là. Il recouvrait toute la ville. Byrne négocia prudemment la pente qui menait au bord de la rivière. Il se posta entre deux arbres désolés, juste en face de la station de pompage, le bourdonnement des voitures résonnant au-dessus de lui. Il regarda la station hydraulique. Même à cette distance, la structure était imposante.

Il se tenait à l'endroit exact depuis lequel l'homme l'avait observé. Il remercia Dieu que l'homme en question n'ait pas été un tueur embusqué. Byrne s'imagina quelqu'un armé d'un fusil à lunette se tenant à cet endroit même, appuyé contre un arbre pour conserver son équilibre. Il aurait facilement pu abattre Byrne.

Il examina le sol des environs immédiats. Pas de

mégots de cigarettes, pas d'emballages de bonbons brillants commodément couverts d'empreintes digitales.

Byrne s'agenouilla au bord de la rive. L'eau ne s'écoulait qu'à quelques centimètres de lui. Il se pencha en avant, toucha d'un doigt le courant glacial et…

… il vit un homme portant Tara Grendel à l'intérieur de la station de pompage… un homme sans traits qui regardait fixement la lune… un bout de corde bleue et blanche entre ses mains… il entendit le son d'un petit bateau heurtant des pierres… vit deux fleurs, l'une petite, l'autre rouge, et…

… il retira sa main, comme si l'eau avait été brûlante. Les images étaient de plus en plus puissantes, claires, troublantes.

Dans les rivières, l'eau que vous touchez est la fin de celle qui vient de passer, et le début de celle qui arrive.

Quelque chose allait arriver.

Deux fleurs.

Quelques secondes plus tard, son téléphone portable sonna. Byrne se releva, l'ouvrit, répondit. C'était Jessica.

« Il y a une nouvelle victime », annonça-t-elle.

Byrne baissa les yeux vers l'eau sombre et indomptable de la Schuylkill. Il connaissait la réponse, mais posa tout de même la question : « Au bord de la rivière ?

— Oui, partenaire, répondit-elle. Au bord de la rivière. »

55

Ils se rendirent sur la rive de la Schuylkill, près des raffineries de pétrole au sud-ouest de la ville. La scène de crime était en partie cachée de la rivière ainsi que du pont à proximité. L'odeur âcre des effluves de la raffinerie emplissait l'air, les poumons.

Les premiers inspecteurs sur l'affaire étaient Ted Campos et Bobby Lauria. Ces deux-là faisaient équipe depuis une éternité. Le vieux cliché sur le fait que l'un finissait les phrases de l'autre était vrai, mais ça allait au-delà avec Ted et Bobby. Un jour, ils étaient allés faire du shopping chacun de leur côté et avaient acheté la même cravate. Lorsqu'ils s'en étaient aperçus, naturellement, ils avaient cessé de porter lesdites cravates. Et ils n'avaient pas trop envie que ça se sache. Ça faisait un peu trop *Brokeback Mountain* pour deux durs à cuire de la vieille école comme Bobby Lauria et Ted Campos.

Lorsque Byrne, Jessica et Josh Bontrager étaient arrivés, deux voitures de patrouille garées à une cinquantaine de mètres l'une de l'autre bloquaient la route. La scène, située beaucoup plus au sud que les deux premières, se trouvait presque au point de confluence entre la Schuylkill et la Delaware, à l'ombre du pont Platt.

Ted Campos rejoignit les trois inspecteurs au bord

de la route. Byrne lui présenta Josh Bontrager. Une camionnette de la police scientifique était sur les lieux, ainsi que Tom Weyrich, le légiste.

« Qu'avons-nous, Ted ? demanda Byrne.

— Personne de sexe féminin, morte à notre arrivée, répondit Campos.

— Étranglée ?

— Ça y ressemble. »

Campos pointa le doigt en direction de la rivière. Le corps gisait sur la rive, au pied d'un érable mourant. À la vue du cadavre, le cœur de Jessica se serra. Ce qu'elle craignait s'était finalement réalisé.

« Oh, non ! » s'exclama-t-elle.

Le cadavre était celui d'une enfant. Pas plus d'une douzaine d'années. Ses épaules menues étaient tordues à un angle bizarre, son torse était recouvert de feuilles et de détritus. Elle aussi portait une longue robe ancienne. Autour de son cou se trouvait une corde de nylon qui semblait identique aux deux premières.

Tom Weyrich se tenait près du corps, dictant ses notes.

« Qui l'a découverte ? demanda Byrne.

— Un vigile, répondit Campos. Il est descendu ici pour fumer une cigarette. Le type est complètement anéanti.

— Quand ?

— Il y a environ une heure. Mais Tom pense que cette femme est ici depuis un moment. »

Les trois inspecteurs furent abasourdis en l'entendant. « Une femme ? » demanda Jessica.

Campos acquiesça.

« J'ai cru la même chose que vous, dit-il. Et ça fait un moment qu'elle est morte. Elle est dans un état de décomposition avancé. »

Tom Weyrich s'approcha d'eux. Il ôta ses gants de latex, enfila ses gants de cuir.

« Ce n'est pas une enfant ? » demanda Jessica.

Elle était sidérée. La victime ne pouvait pas mesurer plus d'un mètre vingt.

« Non, répondit Weyrich. Elle était petite, mais adulte. Elle avait probablement dans les quarante ans.

— Alors, vous pensez que ça fait combien de temps qu'elle est ici ? demanda Byrne.

— À vue de nez, environ une semaine. Impossible d'être plus précis pour le moment.

— C'est antérieur à l'assassinat de Shawmont ?

— Oh, oui », répondit Weyrich.

Deux agents de la police scientifique sortirent de la camionnette et prirent la direction de la rive. Josh Bontrager leur emboîta le pas.

Jessica et Byrne regardèrent l'équipe établir un périmètre autour de la scène de crime. Jusqu'à nouvel ordre, cette affaire n'était pas la leur, et elle n'était même pas officiellement reliée aux deux meurtres sur lesquels ils enquêtaient.

« Inspecteurs ! » lança Bontrager à leur intention.

Campos, Lauria, Jessica et Byrne se dirigèrent tous vers la rive. Il se tenait à environ cinq mètres en amont du corps.

« Regardez. »

Bontrager désigna une zone derrière un fourré de petits buissons. Ce qu'ils virent par terre était si incongru dans ce décor que Jessica dut se rapprocher pour être sûre qu'elle ne rêvait pas. Une petite tulipe rouge en plastique était plantée dans la neige. Sur l'arbre d'à côté, à environ quatre-vingt-dix centimètres de hauteur, une lune blanche avait été peinte.

Jessica prit deux photos. Puis elle s'écarta et laissa le photographe de l'équipe scientifique prendre des clichés de toute la scène. Parfois l'environnement d'un objet sur une scène de crime était aussi important que l'objet lui-même. Le contexte dans lequel une chose était placée pouvait supplanter sa nature.

Une tulipe.

Jessica regarda Byrne. Il semblait captivé par la tulipe. Elle se tourna alors vers le cadavre. La femme était si petite qu'il était aisé de comprendre pourquoi elle avait été prise pour une enfant. Jessica voyait que sa robe était trop grande, et qu'elle avait été irrégulièrement ourlée. Ses bras et ses jambes étaient intacts. Aucune amputation de visible. Ses mains étaient ouvertes. Elle ne tenait pas d'oiseau.

« Est-ce que ça colle avec votre type ? demanda Campos.

— Oui, répondit Byrne.

— Même mode opératoire avec la corde ? »

Byrne fit signe que oui.

« Vous voulez l'affaire ? » demanda Campos, souriant à moitié, mais aussi à moitié sérieux.

Byrne ne répondit rien. Ce n'était pas à lui de décider. Il y avait une bonne chance pour que ces affaires soient bientôt regroupées et confiées à une équipe spéciale beaucoup plus conséquente, une équipe qui inclurait le FBI et d'autres agences fédérales. Il y avait un tueur compulsif qui se livrait à un vrai massacre, et cette femme était peut-être sa première victime. Pour une raison ou une autre, ce cinglé était obsédé par les costumes anciens et la rivière Schuylkill, et ils n'avaient pas la moindre idée de qui il était, ni de l'endroit où il frapperait de nouveau. Ou peut-être qu'il l'avait déjà fait. Il pouvait y avoir dix cadavres entre l'endroit où ils se tenaient et la scène de crime de Manayunk.

« Ce type ne s'arrêtera pas tant qu'il ne sera pas allé jusqu'au bout, n'est-ce pas ? demanda Byrne.

— Il semble que non, répondit Campos.

— La rivière mesure cent cinquante putains de kilomètres.

— Deux cent cinq kilomètres, rectifia Campos. À peu près. »

Deux cent cinq kilomètres, pensa Jessica. Dont une grande partie invisible depuis les routes et les voies express, bordée d'arbres et de broussailles, une rivière qui serpentait à travers peut-être une demi-douzaine de comtés jusqu'au cœur du sud-est de la Pennsylvanie.

Deux cent cinq kilomètres de scènes de crime potentielles.

56

C'était sa troisième cigarette de la journée. La troisième. Pas mal. Trois cigarettes, ce n'était pas fumer, pas vrai ? Quand elle était une vraie fumeuse, elle en était à deux paquets. Trois cigarettes, c'était comme si elle avait déjà arrêté. Enfin, bref.

De qui se moquait-elle ? Elle savait qu'elle n'arrêterait jamais réellement tant que sa vie ne serait pas en ordre. Sans doute aux alentours de son soixante-dixième anniversaire.

Sa'mantha Fanning ouvrit la porte de derrière, jeta un coup d'œil dans la boutique. Déserte. Elle écouta. Le bébé, Jamie, était silencieux. Elle referma la porte, resserra son manteau autour d'elle. Merde, ça caillait. Elle détestait devoir sortir pour fumer, mais au moins elle n'était pas l'une de ces pétasses qu'on voyait dans Broad Street, plantées devant les bâtiments, recroquevillées contre le mur, tirant comme des dingues sur leur mégot. C'était pour cette raison qu'elle ne fumait jamais à l'avant du magasin, même si c'était beaucoup plus facile de garder un œil sur la boutique depuis là-bas. Elle refusait d'avoir l'air d'une criminelle. Mais il faisait vraiment un froid de canard ici.

Elle pensa à ses projets pour le nouvel an, ou plutôt

à son absence de projets. Ce serait juste elle et Jamie, peut-être une bouteille de vin. Telle était la vie d'une mère célibataire. Une mère célibataire fauchée. Une mère célibataire fauchée avec un semblant de boulot dont l'ex-petit ami était une feignasse junkie qui ne lui avait pour le moment jamais filé un rond de pension alimentaire. Elle avait dix-neuf ans, et sa vie était déjà écrite.

Elle ouvrit une fois de plus la porte, juste histoire de tendre l'oreille, et faillit sauter au plafond. Un homme se tenait juste dans l'entrebâillement. Il avait été complètement seul dans la boutique. Il avait pu voler quelque chose. Elle allait à coup sûr se faire virer, famille ou non.

« Bon sang, s'écria-t-elle. Vous m'avez flanqué une de ces trouilles.

— Je suis désolé », répondit-il.

Il était bien habillé, avait un visage agréable. Ce n'était pas le client typique.

« Je suis l'inspecteur Byrne, poursuivit-il. De la police de Philadelphie. Brigade criminelle.

— Oh, OK, fit-elle.

— Je me demandais si vous auriez quelques minutes à m'accorder.

— Bien sûr. Pas de problème, répondit-elle. Mais j'ai déjà parlé à…

— L'inspectrice Balzano ?

— Exact. L'inspectrice Balzano. Elle portait un chouette manteau de cuir.

— C'est elle. » Il désigna l'intérieur de la boutique. « Ça vous ennuierait de revenir au chaud à l'intérieur ? »

Elle leva sa cigarette.

« J'ai pas le droit de fumer là-dedans. Ironique, hein ?

— Je ne suis pas sûr de vous suivre.

— Je veux dire que la moitié des trucs là-dedans sentent déjà le fauve, expliqua-t-elle. C'est bon si on parle dehors ?

— Bien sûr », répliqua l'homme. Il sortit, referma la porte derrière lui. « J'ai juste quelques questions supplémentaires. Je promets de ne pas vous retenir trop longtemps. »

Elle faillit rire. *Me retenir de quoi ?*

« J'ai tout mon temps, dit-elle. Allez-y.

— À vrai dire, je n'ai qu'une seule question.

— OK.

— Je m'interrogeais sur votre fils. »

Ce mot la prit par surprise. Qu'avait Jamie à voir avec tout ça ?

« Mon fils ?

— Oui. Je me demandais pourquoi vous vouliez vous en débarrasser. Est-ce parce qu'il n'est pas beau ? »

Elle crut tout d'abord qu'il plaisantait – même si elle ne saisissait pas la plaisanterie. Mais il ne souriait pas.

« Je ne suis pas sûre de savoir de quoi vous parlez, dit-elle.

— Le fils du comte est loin d'être aussi beau que vous le pensez. »

Elle le regarda dans les yeux. Son regard semblait la transpercer. Quelque chose ne tournait pas rond. Quelque chose ne tournait franchement pas rond. Et elle était toute seule.

« Est-ce que vous croyez que je pourrais, genre, voir votre plaque ou quelque chose ? demanda-t-elle.

— Non. » L'homme s'approcha d'elle. Il déboutonna son manteau. « Ça ne va pas être possible. »

Sa'mantha Fanning fit quelques pas en arrière. Impossible d'en faire plus. Elle avait déjà le dos contre les briques.

« Est-ce… est-ce que nous nous sommes déjà rencontrés ? demanda-t-elle.

— Oui, Anne Lisbeth, répondit l'homme. Il était une fois. »

57

Jessica était assise à son bureau, épuisée, les événements de la journée – la découverte de la troisième victime, plus Byrne qui l'avait échappé belle – l'avaient quasiment vidée.

En plus, elle ne connaissait rien de pire que la circulation à Philly par temps de verglas. C'était physiquement épuisant. Elle avait les bras aussi lourds que si elle venait de combattre dix rounds ; son cou était raide. En regagnant la Rotonde, elle avait évité de peu trois accidents.

Roland Hannah avait passé près de deux heures devant un livre de photos de l'identification judiciaire. Elle lui avait aussi donné une feuille avec cinq photos plus récentes, dont l'une était celle qui figurait sur le badge de visiteur de David Hornstrom. Il n'avait reconnu personne.

L'enquête sur l'assassinat de la victime retrouvée dans le sud-ouest de la ville serait bientôt confiée à l'unité spéciale, et de nouveaux dossiers n'allaient pas tarder à s'empiler sur son bureau.

Trois victimes. Trois femmes étranglées, abandonnées au bord de la rivière, chacune vêtue d'une robe ancienne. L'une d'elles avait été horriblement mutilée.

Une autre serrait un oiseau rare entre ses mains. La dernière avait été retrouvée à proximité d'une tulipe rouge en plastique.

Jessica se pencha de nouveau sur la question du rossignol. Il y avait trois sociétés dans les États de New York, du New Jersey et du Delaware qui élevaient des oiseaux exotiques. Elle décida de ne pas attendre qu'on l'appelle et décrocha son téléphone. Elle reçut pour ainsi dire les mêmes informations de la part des trois firmes. On lui expliqua qu'avec suffisamment de connaissances, et dans les conditions appropriées, il était possible d'élever un rossignol, et on lui communiqua une liste de livres et de publications. Chaque fois qu'elle raccrochait, elle avait la sensation de se trouver au pied d'une énorme montagne de connaissances qu'elle n'avait pas l'énergie de gravir.

Elle se leva pour aller chercher une tasse de café. Son téléphone sonna. Elle décrocha, enfonça le bouton.

« Criminelle, Balzano.

— Inspecteur, mon nom est Ingrid Fanning. »

C'était une voix de femme âgée. Ce nom ne disait rien à Jessica.

« Que puis-je pour vous, madame ?

— Je suis la copropriétaire de TrueSew. Ma petite-fille vous a parlé plus tôt.

— Oh, exact, oui, dit Jessica, comprenant que la femme parlait de Sa'mantha.

— J'ai regardé ces photos que vous avez laissées, reprit Ingrid. Les photos des robes.

— Et ?

— Eh bien, pour commencer, ce ne sont pas des robes anciennes.

— Non ?

— Non, répondit-elle. Ce sont des reproductions de robes anciennes. Je situerais les originales vers la deuxième moitié du XIXe siècle. Plutôt vers la fin.

Peut-être vers 1875. Assurément des silhouettes de la fin de l'ère victorienne. »

Jessica nota ces informations.

« Comment savez-vous que ce sont des reproductions ?

— Il y a plusieurs raisons. *Primo*, il manque de nombreux détails. Ce ne sont pas de très bonnes reproductions. *Secundo*, si c'étaient des originales, et dans cet état, elles vaudraient dans les trois ou quatre mille dollars pièce. Croyez-moi, elles ne se trouveraient pas sur les étalages d'une friperie.

— Mais des reproductions si ? demanda Jessica.

— Oh, naturellement. Il y a de nombreuses raisons de reproduire de tels vêtements.

— Par exemple ?

— Par exemple quelqu'un pourrait produire une pièce ou un film. Ou bien peut-être recréer un événement particulier dans un musée. Nous recevons sans cesse des coups de fil de troupes de théâtre locales. Pas pour ce genre de robes, attention, mais plutôt pour des vêtements plus récents. On nous demande beaucoup d'habits des années cinquante et soixante, ces temps-ci.

— Avez-vous déjà eu des vêtements de ce genre dans votre boutique ?

— Quelques fois. Mais ces robes sont des costumes, ce ne sont pas des habits d'époque. »

Jessica songea au fait qu'elle avait cherché aux mauvais endroits. Elle aurait dû se concentrer sur les fournisseurs de théâtre. Elle allait s'y atteler dès maintenant.

« Merci d'avoir appelé, dit Jessica.

— C'est tout naturel, répondit la femme.

— Et remerciez Sa'mantha de ma part.

— Eh bien, ma petite-fille n'est pas ici. Quand je suis arrivée, la boutique était fermée à clé et mon arrière-petit-fils était dans son berceau dans le bureau.

— Est-ce que tout va bien ?

— Je suis sûre que oui, répondit-elle. Elle est probablement partie à la banque. Elle ne doit pas être loin de toute façon. »

Jessica n'avait pas eu le sentiment que Sa'mantha était du genre à se tirer et laisser son fils seul. Cela dit, elle ne la connaissait pas vraiment.

« Merci encore pour votre appel, dit-elle. Et si vous pensez à autre chose, s'il vous plaît, appelez-nous.

— Je n'y manquerai pas. »

Jessica pensa à la date. La fin du XIXe siècle. Pour quelle raison le tueur était-il obsédé par cette période ? Elle prit quelques notes. Elle vérifierait les dates des événements importants qui s'étaient déroulés à Philly à cette époque. Peut-être leur cinglé faisait-il une fixation sur quelque incident qui avait alors eu lieu au bord de la rivière.

Byrne passa la fin de l'après-midi à effectuer des vérifications sur toutes les personnes reliées de près ou de loin à Stiletto – serveurs, surveillants de parking, personnel de ménage de nuit, livreurs. Même si ces gens n'étaient pas les plus recommandables, aucun d'entre eux n'avait sur son casier quoi que ce soit suggérant le genre de violence qui avait été déployée lors des meurtres de la rivière.

Il marcha jusqu'au bureau de Jessica, s'assit.

« Devinez qui est blanc comme neige ? demanda Byrne.

— Qui ?

— Alasdair Blackburn. Contrairement à son père, il n'a pas de casier. Et le plus bizarre est qu'il est né ici. Dans le comté de Chester. »

Cela surprit un peu Jessica.

« Il donne assurément l'impression de venir du vieux continent, avec sa façon de parler.

— Exactement ce que je pense.

— Que voulez-vous faire ?

— Je crois que nous devrions faire une petite virée chez lui. Pour voir si on peut le choper hors de son élément.

— Allons-y. »

Mais Jessica n'eut pas le temps d'attraper son manteau que son téléphone sonna. Elle décrocha. C'était de nouveau Ingrid Fanning.

« Oui, madame, dit Jessica. Vous êtes-vous souvenue d'autre chose ? »

Mais il ne s'agissait pas de ce dont se souvenait Ingrid Fanning. Il s'agissait de tout autre chose. Jessica écouta quelques instants, un peu incrédule, puis elle répondit :

« Nous serons là dans dix minutes. »

Elle raccrocha le téléphone.

« Qu'est-ce qui se passe ? » demanda Byrne.

Jessica laissa passer un moment. Elle avait besoin de bien comprendre ce qu'elle venait d'entendre.

« C'était Ingrid Fanning », dit-elle enfin.

Elle résuma brièvement la conversation qu'elle avait précédemment eue avec la femme.

« Est-ce qu'elle a quelque chose pour nous ?

— Je ne suis pas sûre, répondit Jessica. Elle semble croire que quelqu'un tient sa petite-fille.

— Comment ça ? demanda Byrne, qui était maintenant sur ses pieds. Qui tient sa petite-fille ? »

Jessica laissa passer un nouveau moment avant de répondre. Mais c'était loin d'être suffisant.

« Un certain inspecteur Byrne. »

58

Ingrid Fanning était une septuagénaire solide – maigre et nerveuse, vigoureuse, d'une jeunesse dangereuse. Son nuage de cheveux blancs était noué en queue-de-cheval. Elle portait une longue jupe de laine bleue et un col roulé de cachemire couleur crème. La boutique était déserte. Jessica remarqua que la musique qui passait était désormais celtique. Elle remarqua aussi que les mains d'Ingrid Fanning tremblaient.

Jessica, Byrne et Ingrid se tenaient derrière le comptoir, sous lequel se trouvaient un magnétoscope Panasonic d'un modèle ancien et un petit écran noir et blanc.

« Après vous avoir appelée la première fois j'ai commencé à faire un peu de ménage ici, et j'ai remarqué que le magnétoscope était arrêté, commença Ingrid. C'est un appareil ancien. Il fait toujours ça. J'ai rembobiné un peu, et j'ai accidentellement appuyé sur la touche "Lecture". Et alors j'ai vu ça. »

Ingrid passa la vidéo. Le plan en plongée qui apparut montrait un couloir vide menant à l'arrière de la boutique. Contrairement à la plupart des systèmes de surveillance vidéo, celui-ci n'avait rien de sophistiqué et était juste constitué d'un magnétoscope ordinaire réglé sur la vitesse lente. Il permettait probablement d'enregistrer six heures de vidéo en temps réel.

Il y avait aussi le son. La vue du couloir vide était accompagnée du bruit faible des voitures qui passaient dans South Street, des occasionnels coups de klaxon, et de la musique que Jessica se rappelait avoir entendue lors de sa visite.

Après environ une minute, une silhouette emprunta le couloir, jetant un bref coup d'œil par une porte sur la droite. Jessica reconnut immédiatement Sa'mantha Fanning.

« C'est ma petite-fille, expliqua Ingrid d'une voix tremblante. La pièce sur la droite est celle où se trouvait Jamie. »

Byrne jeta un coup d'œil interrogateur à Jessica. Jamie ?

Celle-ci désigna le berceau derrière le comptoir. Le bébé se portait bien, il dormait à poings fermés. Byrne acquiesça.

« Elle avait l'habitude d'aller fumer derrière », continua Ingrid. Elle se tapota les yeux avec un mouchoir, ce qui, songea Jessica, n'annonçait rien de bon. « Elle m'a dit qu'elle avait arrêté, mais je savais que c'était faux. »

À l'écran, Sa'mantha continua d'avancer jusqu'à la porte située au bout du couloir. Elle l'ouvrit, laissant un rai de lumière grise s'engouffrer dans le couloir, et la referma derrière elle. Le couloir fut de nouveau désert, silencieux. La porte resta fermée environ quarante-cinq secondes, puis elle s'entrouvrit d'à peu près trente centimètres. Sa'mantha passa la tête à l'intérieur, tendant l'oreille. Elle referma une fois de plus la porte.

L'image demeura statique environ trente secondes de plus, puis la caméra trembla légèrement et changea de position, comme si quelqu'un avait incliné l'objectif vers le bas. Ils ne voyaient désormais plus que la moitié inférieure de la porte et le bout du couloir. Quelques secondes plus tard ils entendirent des bruits de pas, virent une silhouette. Elle semblait appartenir à un homme, mais impossible de l'affirmer avec certitude. La caméra ne montrait que la partie inférieure d'un manteau sombre vu de dos. Ils virent alors la personne enfoncer la main dans sa poche, en tirer une corde de couleur claire.

Une main glaciale serra le cœur de Jessica.

Était-ce leur tueur ?

Puis l'homme replaça la corde dans sa poche. Quelques secondes plus tard, la porte s'ouvrit en grand. De toute évidence, Sa'mantha vérifiait une fois de plus que son fils allait bien. Elle se tenait une marche en contrebas du couloir et sembla étonnée de se retrouver face à quelqu'un. Elle prononça des paroles incompréhensibles. L'homme répondit quelque chose.

« Pouvez-vous repasser ça ? » demanda Jessica.

Ingrid Fanning rembobina la bande, appuya sur « Stop », puis sur « Lecture ». Byrne augmenta le volume du moniteur. À l'écran, la porte s'ouvrit de nouveau, et quelques instants plus tard, l'homme déclarait : « Je suis l'inspecteur Byrne. »

Jessica vit les poings de Kevin Byrne se serrer, sa mâchoire se contracter.

Peu après, l'homme franchissait la porte et la refermait derrière lui. Il y eut vingt ou trente secondes d'un silence atroce. Juste le bruit de la circulation et le martèlement de la musique.

Puis ils entendirent un hurlement.

Jessica et Byrne se tournèrent tous deux vers Ingrid Fanning.

« Y a-t-il autre chose sur la bande ? » demanda Jessica. Ingrid secoua la tête, se tapota les yeux.

« Ils ne sont jamais rentrés », répondit-elle.

Les deux inspecteurs longèrent le couloir. Jessica examina la caméra. Elle pointait toujours vers le bas.

Ils ouvrirent la porte, sortirent. Derrière la boutique se trouvait un petit espace de peut-être deux mètres quarante sur trois bordé à l'arrière par une clôture en bois. La clôture comportait une porte ouvrant sur une allée qui coupait derrière les bâtiments. Byrne appela des agents pour que les lieux soient passés au crible. Ils chercheraient des empreintes sur la caméra et la porte, même si les deux inspecteurs se doutaient qu'ils n'en trouveraient pas d'autres que celles des employés de TrueSew.

Jessica tenta de s'imaginer un scénario dans lequel Sa'mantha n'aurait pas été entraînée dans cette folie. En vain.

Le tueur était venu dans la boutique, peut-être à la recherche d'une robe victorienne.

Il connaissait le nom de l'inspecteur qui le recherchait. Et maintenant il tenait Sa'mantha Fanning.

59

Anne Lisbeth est assise dans un bateau, elle porte sa robe – une robe bleu nuit. Elle a cessé de lutter contre ses liens.

Il est temps.

*Lune pousse l'embarcation dans le tunnel qui mène au canal principal – l'*Østtunnelen, *comme l'appelait sa grand-mère. Il se précipite hors du hangar à bateaux, passe devant la colline aux Elfes, devant la vieille cloche de l'église, et file jusqu'à l'école. Il adore regarder les bateaux.*

Bientôt il voit l'embarcation d'Anne Lisbeth apparaître, flottant devant Le Briquet, puis sous le pont de la grande ceinture. Il se rappelle l'époque où des bateaux passaient chaque jour – jaunes et rouges et verts et bleus.

La maison du Bonhomme de neige est désormais vide. Elle sera bientôt de nouveau occupée.

Lune se tient debout avec la corde entre les mains. Il attend au bout du dernier canal, près de la petite école, embrassant le village du regard. Tant de choses à faire, tant de réparations à effectuer. Il voudrait que son grand-père soit encore là. Il se rappelle ces matins froids, l'odeur de la vieille boîte à outils en bois, la sciure humide, la façon qu'avait son grand-père de fredonner I Danmark er jeg fodt, *l'arôme magnifique de sa pipe.*

Anne Lisbeth va maintenant prendre sa place sur la rivière, et ils viendront tous. Mais pas avant les deux dernières histoires.

D'abord, Lune amènera le Bonhomme de neige.

Puis il rencontrera sa princesse.

60

L'équipe de police scientifique avait prélevé les empreintes de la troisième victime et les analysait en priorité. Pour le moment, la minuscule femme retrouvée dans le sud-ouest de la ville n'avait pas été identifiée. Josh Bontrager s'intéressait aux personnes disparues. Tony Park avait porté la tulipe en plastique au labo.

La femme avait elle aussi le même dessin de « lune » sur le ventre. L'analyse ADN du sperme et du sang retrouvés sur les deux premières victimes avait conclu que les échantillons étaient identiques. Personne ne s'attendait à un résultat différent cette fois. Là aussi, l'analyse était en cours.

Deux techniciens de la section documentaire du labo de la criminelle avaient pour mission exclusive de retrouver l'origine du dessin de la lune.

L'agence du FBI de Philadelphie avait été contactée à propos de l'enlèvement de Sa'mantha Fanning. Ils analysaient la vidéo et passaient les lieux au crible. Pour le moment, l'affaire était hors des mains de la police de Philadelphie. Chacun s'attendait que cet enlèvement se transforme en meurtre. Comme toujours, chacun espérait se tromper.

« Où en sommes-nous en ce qui concerne les contes de fées ? » demanda Buchanan.

Il était 6 heures tout juste passées. Tout le monde était épuisé, affamé, de mauvaise humeur. Des vies étaient mises en suspens, des projets, annulés. De sacrées vacances de Noël. Ils attendaient le rapport préliminaire du légiste. Jessica et Byrne faisaient partie de la poignée de détectives présents dans la salle commune.

« On y travaille », répondit Jessica.

Buchanan lui tendit une coupure tirée de l'*Inquirer* du matin. C'était un bref article sur un certain Trevor Bridgwood. À en croire l'article, Bridgwood était conteur et troubadour. Allez savoir en quoi ça consistait.

Mais c'était de la part de Buchanan plus qu'une simple suggestion, semblait-il. Il avait déniché une piste, et ils avaient intérêt à la suivre.

« On s'y colle, sergent », dit Byrne.

Ils le rencontrèrent dans une chambre du Sofitel de la 17e Rue. Plus tard dans la soirée, Trevor Bridgwood donnait une lecture et une séance de dédicaces à la librairie Joseph Fox, une boutique indépendante de Sansom Street.

Le business des contes de fées a l'air de rapporter, songea Jessica. Le Sofitel était loin d'être donné.

Trevor Bridgwood avait une petite trentaine d'années, il était svelte et élégant, bien sous toutes les coutures. Il avait le nez pointu et des cheveux clairsemés, des manières théâtrales.

« Tout cela est assez nouveau pour moi, dit-il. Plus qu'un peu perturbant, oserais-je ajouter.

— Nous voulons juste quelques informations, expliqua Jessica. Nous vous sommes reconnaissants d'accepter de nous rencontrer aussi rapidement.

— J'espère pouvoir vous être utile.

— Puis-je vous demander ce que vous faites exactement ? demanda Jessica.

— Je suis conteur, répondit Bridgwood. Je passe neuf ou dix mois par an sur les routes. Je me produis dans le monde entier ; aux États-Unis, en Grande-Bretagne, en Australie, au Canada. Partout où l'on parle anglais.

— Devant des spectateurs ?

— Essentiellement. Mais je me produis aussi à la radio et à la télévision.

— Et vous vous concentrez principalement sur les contes de fées ?

— Contes de fées, contes folkloriques, fables.

— Que pourriez-vous nous dire à leur sujet ? » demanda Byrne.

Bridgwood se leva, marcha jusqu'à la fenêtre. Il avait des déplacements de danseur.

« Il y a énormément de choses à savoir, commença-t-il. C'est une forme de narration ancienne qui englobe de nombreux styles et traditions.

— Juste le b. a.-ba alors, je suppose, dit Byrne.

— Nous pouvons commencer par *Éros et Psyché*, si vous voulez, qui a été écrit vers l'an 150 de notre ère.

— Peut-être quelque chose d'un peu plus récent, suggéra Byrne.

— Bien entendu, fit Bridgwood en souriant. Il y a beaucoup de grands textes entre Apuleius et *Edward aux mains d'argent*.

— Comme ? demanda Byrne.

— Par où commencer ? Eh bien, les *Histoires ou Contes du temps passé* de Charles Perrault sont importants. Ce recueil contenait *Cendrillon*, *La Belle au bois dormant*, *Le Petit Chaperon rouge* et d'autres.

— À quand remonte-t-il ?

— 1697, ou dans ces eaux-là, répondit Bridgwood. Puis, naturellement, au début du XIXe siècle, les frères Grimm ont publié deux volumes d'histoires intitulés *Kinder und Hausmärchen*. Ils contiennent certains des meilleurs contes de fées connus, bien sûr – *Le Joueur de flûte de Hamelin*, *Tom Pouce*, *Raiponce*, *Le Nain Tracassin*. »

Jessica notait du mieux qu'elle pouvait.

« Après ça, Hans Christian Andersen a publié ses *Contes racontés aux enfants* en 1835. Dix ans plus tard, deux hommes nommés Asbjornsen et Moe ont publié une collection intitulée *Contes de Norvège*, d'où sont entre autres tirés *Les Trois Boucs*.

« Nous pouvons affirmer que plus nous approchons du XXe siècle, plus les œuvres ou recueils modernes intéressants se font rares. Ils sont pour la plupart des reprises de classiques jusqu'à l'opéra d'Humperdinck *Hänsel et Gretel*. Puis Disney a sorti *Blanche-Neige et les sept nains* en 1927, la forme a connu un renouveau, et elle a prospéré depuis.

— Prospéré ? demanda Byrne. Comment ça ?

— Ballet, théâtre, télévision, films. Même le film *Shrek* est redevable à cette forme. Et, dans une certaine mesure, *Le Seigneur des anneaux*. Tolkien lui-même a publié *Du conte de fées*, un essai sur le sujet qui est le développement d'une conférence qu'il a donnée en 1939. Il est encore beaucoup lu et discuté dans les milieux universitaires. »

Byrne se tourna vers Jessica, puis de nouveau vers Bridgwood. « On étudie les contes de fées à l'université ?

— Oh, oui », répondit Bridgwood avec un sourire. Il traversa la pièce, s'assit au bureau. « Vous vous imaginez probablement que les contes de fées sont de gentilles petites histoires morales destinées aux enfants.

— Je suppose que oui, dit Byrne.

— C'est parfois le cas. Mais nombre d'entre eux sont bien plus sombres que ça. De fait, un livre intitulé *Psychanalyse des contes de fées* par Bruno Bettelheim a exploré leur effet psychologique sur les enfants. Il a remporté le National Book Award.

« Il y a, bien entendu, de nombreuses autres figures importantes. Mais vous m'avez demandé un aperçu, et c'est ce que je vous donne.

— Si vous pouviez résumer ce qui définit les contes de fées, ça nous faciliterait peut-être les choses, suggéra Byrne. Quel est le dénominateur commun ?

— Par essence, un conte de fées est une histoire qui provient des mythes et des légendes. Les contes écrits sont probablement nés de la tradition populaire orale. Ils tendent à faire appel au mystérieux ou au surnaturel, à n'être liés à aucune période spécifique de l'histoire. D'où l'expression “Il était une fois”.

— Sont-ils liés à la religion ?

— D'ordinaire, non, répondit Bridgwood. Même s'ils peuvent avoir un fort contenu spirituel. Ils comportent généralement un héros humble, une quête périlleuse, un méchant cruel. Les gens sont généralement soit bons, soit mauvais dans les contes de fées. Bien souvent, le conflit est résolu en usant, dans une certaine mesure, de la magie. Mais cela est extrêmement général. Extrêmement général. »

Bridgwood avait maintenant l'air de s'excuser, tel un homme qui aurait bafoué un pan entier de la recherche universitaire.

« Je ne veux pas vous laisser l'impression que les contes de fées se ressemblent tous, ajouta-t-il. Rien ne pourrait être plus éloigné de la vérité.

— Voyez-vous des histoires ou des recueils spécifiques dont le sujet principal serait la lune ? » demanda Jessica.

Bridgwood réfléchit quelques instants.

« La première chose qui me vienne à l'esprit est une histoire assez longue qui est en fait une série de sketches très courts. C'est un récit qui raconte l'histoire d'un jeune peintre et de la lune. »

Les « peintures » retrouvées sur les victimes surgirent soudain à l'esprit de Jessica.

« Que se passe-t-il dans ces histoires ? demanda-t-elle.

— Eh bien, il s'agit d'un peintre qui se sent très seul, voyez-vous. » Bridgwood s'anima soudain. Il sembla passer en mode théâtral – meilleure posture, gestes des mains, ton plein d'entrain. « Il vit dans une petite ville et n'a pas d'amis. Une nuit, il est assis à sa fenêtre et la lune vient le voir. Ils discutent un moment. Bientôt, la lune fait au peintre la promesse de revenir le voir chaque soir et de lui raconter ce qu'elle a vu à travers le monde. Ainsi, le peintre, sans quitter sa maison, pourra se représenter les scènes, les reproduire sur la toile, et peut-être devenir célèbre. Ou alors juste se faire des amis. C'est une magnifique histoire.

— Vous dites que la lune vient le voir chaque soir ? demanda Jessica.

— Oui.

— Pendant combien de temps ?

— Elle vient trente-deux fois. »

Trente-deux fois, pensa Jessica.

« Et c'est un conte de Grimm ? demanda-t-elle.

— Non, il a été écrit par Hans Christian Andersen. Cette histoire s'appelle *Le Livre d'images sans images*.

— Et quand a vécu Hans Christian Andersen ?

— De 1805 à 1875 », répondit Bridgwood.

Je situerais les originales vers la deuxième moitié du XIXe siècle, avait affirmé Ingrid Fanning à propos des robes. *Plutôt vers la fin. Peut-être vers 1875.*

Bridgwood tira un livre à reliure de cuir d'une valise posée sur la table.

« Ce ne sont en aucune manière les œuvres complètes d'Andersen, et malgré son apparence ancienne, ce livre n'a aucune valeur particulière. Je serais ravi de vous le prêter. » Il glissa une carte dans le livre. « Retournez-le à cette adresse quand vous aurez fini. Gardez-le aussi longtemps qu'il vous plaira.

— Ça nous serait très utile, dit Jessica. Nous vous le rendrons dès que possible.

— Maintenant, si vous voulez bien m'excuser. »

Jessica et Byrne se levèrent, enfilèrent leurs manteaux.

« Désolé de vous presser, poursuivit Bridgwood. J'ai une représentation dans vingt minutes. Je ne peux pas faire attendre les petits magiciens et les petites princesses.

— Bien entendu, convint Byrne. Merci pour votre temps. »

Sur ce, Bridgwood traversa la pièce, ouvrit une penderie et en tira un smoking noir d'apparence ancienne qu'il suspendit à l'arrière de la porte.

« Est-ce que vous voyez autre chose qui pourrait nous aider ? demanda Byrne.

— Juste ceci : Pour comprendre la magie, vous devez avoir la foi. » Bridgwood enfila la vieille veste de costume. Il ressemblait soudain à un personnage de la fin du XIXe siècle – svelte, aristocratique, quelque peu insolite. Trevor Bridgwood se retourna, fit un clin d'œil. « Du moins un petit peu. »

61

Les inspecteurs firent une découverte effrayante : tout était dans le livre de Trevor Bridgwood.

Les Chaussons rouges était une fable sur une fille nommée Karen, une danseuse qui avait les pieds amputés.

Le Rossignol parlait d'un oiseau dont le chant fascinait un empereur.

La Petite Poucette racontait l'histoire d'une femme minuscule qui vivait sur une tulipe.

Kevin Byrne et Jessica Balzano, ainsi que quatre autres inspecteurs, se tenaient muets dans la salle commune soudain silencieuse, regardant les illustrations à la plume d'un livre pour enfants, abasourdis par ce à quoi ils se trouvaient confrontés. La colère qui flottait dans l'air était palpable. Le sentiment de frustration était pire encore.

Des habitants de Philadelphie étaient victimes de meurtres inspirés de contes d'Andersen. À ce qu'ils savaient, le tueur avait frappé trois fois, et tout laissait maintenant supposer qu'il détenait Sa'mantha Fanning. Quel conte choisirait-il pour elle ? À quel endroit de la rivière allait-il l'abandonner ? Parviendraient-ils à la retrouver à temps ?

Mais toutes ces questions n'étaient rien comparées à une autre découverte épouvantable qu'ils avaient faite en parcourant le livre emprunté à Trevor Bridgwood.

Hans Christian Andersen avait écrit près de deux cents histoires.

62

Les détails des assassinats par étranglement des trois victimes retrouvées sur les rives de la rivière Schuylkill avaient fait l'objet de fuites, et tous les journaux de la ville, de la région et de l'État racontaient qu'un tueur compulsif sévissait à Philadelphie. Les titres, comme on pouvait s'y attendre, étaient racoleurs.

« Un assassin de contes de fées à Philadelphie ? »

« Un tueur de légende ? »

« Qui est le *serial Schuylkiller* ? »

« Hänsel et Regrettable ? » claironnait *The Record*, un torchon à scandale de la pire espèce.

Les médias d'ordinaire blasés de Philadelphie étaient dans tous leurs états. Des équipes de journalistes avaient pris d'assaut la Schuylkill, diffusant des reportages en direct depuis les ponts, les berges. Un hélicoptère d'une chaîne d'infos avait survolé la rivière, la filmant sur toute sa longueur. Les librairies et les bibliothèques n'avaient plus un seul livre de Hans Christian Andersen sur leurs rayonnages, idem pour ceux des frères Grimm et pour les *Contes de ma mère l'Oye*. La presse à scandale avait de quoi se mettre sous la dent.

La brigade ne cessait de recevoir des appels signalant que des ogres, des monstres et des lutins suivaient des enfants à travers la ville. Une femme avait appelé et déclaré avoir vu un homme déguisé en loup dans Fairmount Park. Une voiture de patrouille s'était rendue sur les lieux et avait découvert qu'elle disait vrai. L'homme se trouvait pour le moment dans la cellule de dégrisement de la Rotonde.

Le 30 décembre au matin, un total de cinq inspecteurs et six agents de la police scientifique enquêtaient sur les meurtres. Sa'mantha Fanning n'avait pas encore été retrouvée.

Ils n'avaient pas de suspect.

63

Juste après 3 heures, l'après-midi du 30 décembre, Ike Buchanan sortit de son bureau et attira l'attention de Jessica. Elle était occupée à rassembler des informations sur les établissements qui proposaient la marque spécifique de cordes pour piscine dont on avait également retrouvé des traces sur la troisième victime. La mauvaise nouvelle était que, à l'époque de l'Internet, il était possible d'acheter à peu près n'importe quoi sans contact direct avec un vendeur. La bonne nouvelle était que les achats en ligne exigeaient généralement l'utilisation d'une carte de crédit ou de PayPal. C'était la prochaine piste qu'elle comptait suivre.

Nick Palladino et Tony Park étaient partis interroger les gens du Center Theatre à Norristown, à la recherche de personnes qui auraient pu être liées à Tara Grendel. Kevin Byrne et Josh Bontrager ratissaient la zone où la troisième victime avait été trouvée.

« Je peux vous voir une minute ? » demanda Buchanan.

Jessica, ravie de cette interruption, se rendit dans le bureau de Buchanan. Il lui fit signe de refermer la porte. Ce qu'elle fit.

« Qu'est-ce qui se passe patron ?

— Je vous retire de l'équipe. Juste pour quelques jours. »

Elle tombait des nues, c'était le moins qu'on puisse dire. Non, cette annonce lui faisait plutôt l'effet d'un crochet dans les tripes. C'était comme s'il avait dit qu'elle était virée. Ce n'était pas le cas, bien entendu, mais on ne lui avait jamais retiré une enquête auparavant. Elle n'aimait pas ça. Elle ne connaissait aucun flic qui aimait ça.

« Pourquoi ?

— Parce que je mets Eric sur cette affaire de gang. Il a les contacts, c'est son ancien terrain de jeu, et il parle leur langue. »

Il y avait eu un triple meurtre la veille, un couple de Latinos et leur fils de treize ans avaient été assassinés, littéralement exécutés, pendant leur sommeil. On supposait qu'il s'agissait des représailles d'un gang, et Eric Chavez, avant de rejoindre la brigade criminelle, avait travaillé à l'antigang.

« Alors, vous voulez que je…

— Que vous enquêtiez sur le meurtre de Walt Brigham, répondit-il. Vous ferez équipe avec Nicci. »

Jessica ressentait un étrange mélange d'émotions. Elle avait mené une opération avec Nicci, et était ravie d'avoir l'opportunité de travailler de nouveau avec elle, mais Kevin était son équipier, et ils étaient unis par un lien qui allait au-delà de leur sexe, de leur âge, ou de leur expérience.

Buchanan tendit un carnet. Jessica le saisit.

« Voici les notes d'Eric sur l'affaire. Ça devrait vous faire gagner du temps. Il a dit que vous pouviez l'appeler si vous aviez des questions.

— Merci, sergent, répondit Jessica. Kevin est-il au courant ?

— Je viens de lui parler. »

Jessica se demanda pourquoi son téléphone portable n'avait pas encore sonné.

« Est-ce qu'il fait équipe avec quelqu'un d'autre ? »

Dès qu'elle eut posé la question, elle identifia le sentiment qui la transperçait : jalousie. Si Byrne choisissait un autre partenaire, même temporairement, elle se sentirait trompée.

Tu es une ado ou quoi, Jess ? pensa-t-elle. *Ce n'est pas ton petit copain, c'est ton partenaire. Bordel, ressaisis-toi.*

« Kevin, Josh, Tony et Nick vont enquêter sur les meurtres. Nous sommes à court de personnel. »

C'était vrai. Après avoir connu un pic de sept mille agents trois ans plus tôt, les effectifs de la police de Philadelphie étaient retombés à six mille quatre cents, leur niveau le plus bas depuis le milieu des années quatre-vingt-dix. Et ça ne faisait qu'empirer. Environ six cents agents étaient soit absents pour cause de blessure, soit en service restreint derrière un bureau. Des équipes spéciales en civil étaient affectées à des missions en uniforme pour renforcer la présence de la police dans certains quartiers. Récemment, le divisionnaire avait annoncé la création de l'unité mobile d'intervention tactique, une brigade anticriminelle d'élite composée de quarante-six agents censés patrouiller dans les zones les plus dangereuses de la ville. Au cours des trois derniers mois, tous les agents subalternes avaient été de nouveau affectés dans la rue. C'était une sale période pour les flics de Philly, et parfois un inspecteur voyait sa mission et ses objectifs modifiés sans préavis.

« Combien de temps ? demanda Jessica.

— Juste quelques jours.

— J'ai des choses sur le feu, patron.

— Je comprends. Si vous avez quelques minutes, ou si vous avez une piste, suivez-la. Mais pour le moment, nous croulons sous le boulot. Et nous n'avons pas les effectifs nécessaires. Travaillez avec Nicci. »

Jessica comprenait qu'il était urgent de résoudre le

meurtre d'un flic. Les criminels se faisaient ces temps-ci de plus en plus intrépides – personne n'en doutait – et la situation deviendrait incontrôlable s'ils pouvaient impunément exécuter un flic en pleine rue.

« Salut, partenaire ! »

Jessica se retourna. C'était Nicci Malone. Elle aimait beaucoup Nicci, mais son apostrophe sonnait… bizarre. Non. Elle sonnait faux. Cependant, comme dans n'importe quel autre boulot, c'était le boss qui avait le dernier mot, et pour le moment elle faisait équipe avec la seule autre femme inspecteur de la brigade criminelle de Philly.

« Salut. »

Jessica ne trouvait rien d'autre à répondre. Elle était certaine que Nicci comprenait.

« Prête ? demanda Nicci.

— Allons-y. »

64

Jessica et Nicci roulaient dans la 8e Rue. Il s'était remis à pleuvoir. Byrne n'avait toujours pas appelé.

« Mets-moi au parfum », demanda Jessica, quelque peu abasourdie.

Elle avait l'habitude de travailler sur plusieurs enquêtes à la fois – de fait, la plupart des inspecteurs de la criminelle en menaient trois ou quatre en même temps – mais elle avait toujours du mal à se mettre dans le bain, à se plonger dans l'état d'esprit d'un nouvel assassin. Et d'un nouveau partenaire. Elle avait passé la première partie de la journée à penser à un psychopathe qui déposait des cadavres au bord de la rivière. Elle avait la tête pleine de titres de contes d'Andersen – *La Petite Sirène*, *La Princesse au petit pois*, *Le Vilain Petit Canard* – se demandant lequel ce serait la prochaine fois, pour autant qu'il y ait une prochaine fois. Et maintenant elle traquait un tueur de flic.

« Bon, une chose me semble claire, répondit Nicci. Walt Brigham n'a pas été victime d'un vol qui aurait mal tourné. On n'asperge pas d'essence et on ne met pas le feu à quelqu'un pour lui piquer son portefeuille.

— Tu crois donc que c'est quelqu'un que Walt Brigham a mis à l'ombre ?

— Possible. Nous avons passé en revue les arrestations et les condamnations dont il a été à l'origine au cours des quinze dernières années. Hélas, pas de pyromane dans le lot.

— Quelqu'un de récemment libéré ?

— Pas au cours des six derniers mois. Et je ne vois pas le type qui a fait ça attendre aussi longtemps pour se payer celui qu'il jugeait responsable de son arrestation, et toi ? »

Non, pensa Jessica. Ce qui avait été fait à Walt Brigham trahissait un degré de férocité et de folie extrême.

« Et quelqu'un qui aurait été impliqué dans sa dernière affaire ? demanda-t-elle.

— J'en doute. Sa dernière enquête était une querelle domestique. Une femme qui a cogné son mari à coups de pied-de-biche. Il est mort, elle est en prison. »

Jessica savait ce que ça signifiait. Comme il n'y avait aucun témoin oculaire du meurtre de Walt Brigham et qu'elles manquaient d'indices scientifiques, elles allaient devoir commencer par le commencement – tous ceux que Walt Brigham avait arrêtés, ou simplement contrariés, en remontant dans le temps à partir de sa dernière enquête. Ce qui réduisait leur liste de suspects à quelques milliers d'individus.

« Donc on va aux archives ?

— J'ai quelques autres idées avant qu'on se coltine la paperasse, répondit Nicci.

— Raconte.

— J'ai parlé à la veuve de Walt Brigham. Elle a affirmé qu'il louait un box de stockage. Si c'était une affaire personnelle – c'est-à-dire, qui n'aurait rien à voir avec le boulot –, on y trouvera peut-être quelque chose.

— Tout plutôt que de la paperasse, concéda Jessica. Comment on l'ouvre ? »

Nicci montra une simple clé sur un anneau, sourit.

« Je suis passée chez Marjorie Brigham ce matin. »

Le garde-meuble Easy Max Storage se trouvait dans Mifflin Street. C'était une grande structure en U de deux étages qui abritait plus de cent unités de tailles diverses. Certaines étaient chauffées, mais la plupart ne l'étaient pas. Manque de pot, Walt Brigham ne s'était pas offert l'une des unités chauffées. Elles eurent l'impression de pénétrer dans une chambre froide.

L'espace mesurait environ deux mètres quarante sur trois, et des piles de boîtes en carton s'élevaient presque jusqu'au plafond. La bonne nouvelle était que Walt Brigham était un homme organisé. Toutes les boîtes étaient identiques – du genre de celles qu'on achetait pliées dans les boutiques de fournitures pour bureau – et la plupart étaient étiquetées et datées.

Elles commencèrent par les boîtes du fond. Trois d'entre elles étaient uniquement consacrées aux cartes de Noël et d'anniversaire, pour la plupart envoyées par les enfants de Walt. En les parcourant, Jessica vit leurs vies défiler devant ses yeux, et à mesure qu'ils grandissaient, leur grammaire et leur écriture s'améliorer. Les années d'adolescence étaient faciles à repérer : de simples signatures remplaçaient les témoignages d'affection exubérants de l'enfance, les cartes étincelantes faites à la main laissaient place à des cartes de supermarché. Une autre boîte ne contenait que des cartes routières et des brochures de voyages. Apparemment, Walt et Marjorie Brigham étaient des amateurs de camping-car et ils avaient visité le Wisconsin, la Floride, l'Ohio et le Kentucky.

Au fond de la boîte se trouvait une vieille page de cahier jaunie sur laquelle étaient inscrits une douzaine de prénoms féminins – Melissa, Arlene, Rita, Elizabeth, Cynthia et ainsi de suite. Tous étaient barrés, sauf le dernier : Roberta. La fille aînée de Walt Brigham s'appelait Roberta. Jessica comprit soudain ce qu'elle tenait à la main. C'était la liste des prénoms que le jeune couple avait envisagés pour son premier enfant. Elle la replaça avec soin dans la boîte.

Tandis que Nicci fouillait dans des boîtes de lettres et de documents personnels, Jessica examina une boîte remplie de photos. Mariages, anniversaires, remises de diplômes, fêtes de la police. Comme chaque fois qu'elle se retrouvait à fouiner dans les effets personnels d'une victime, elle était tiraillée entre le désir d'obtenir autant d'informations que possible, et celui de préserver dans une certaine mesure l'intimité de cette personne.

De nouvelles boîtes contenaient d'autres photos et d'autres souvenirs, tous méticuleusement datés et catalogués. Un Walt Brigham incroyablement jeune à l'école de police, un Walt Brigham superbe le jour de son mariage, vêtu d'un smoking bleu marine assez saisissant. Des photos de Walt en uniforme, Walt avec ses enfants à Fairmount Park, Walt et Marjorie plissant les yeux face à l'appareil sur une plage, peut-être celle de Wildwood, leurs visages rose vif laissant supposer de douloureux coups de soleil ce soir-là.

Que tirait-elle de tout ça ? Ce qu'elle soupçonnait déjà. Walt Brigham n'était pas un flic renégat. C'était un père de famille qui conservait et chérissait les souvenirs des meilleurs moments de sa vie. Ni Jessica ni Nicci n'avaient rien trouvé qui pût indiquer pourquoi quelqu'un l'avait si sauvagement assassiné.

Elles continuèrent de chercher dans les boîtes de souvenirs, intruses dans la forêt des morts.

65

La troisième victime retrouvée sur les berges de la rivière Schuylkill se nommait Lisette Simon. Elle avait quarante et un ans, vivait avec son mari à Upper Darby, n'avait pas d'enfants. Elle travaillait dans une clinique psychiatrique du nord de Philadelphie.

Lisette Simon mesurait juste en dessous d'un mètre vingt. Son mari, Ruben, était avocat dans un cabinet situé dans le nord-est de la ville. Ils l'interrogeraient dans l'après-midi.

Nick Palladino et Tony Park étaient rentrés de Norristown. Personne au Center Theatre n'avait remarqué quiconque portant une attention particulière à Tara Grendel.

Malgré la diffusion et la publication de sa photo dans tous les médias locaux – télévision comme presse écrite – il n'y avait toujours aucune trace de Sa'mantha Fanning.

Le tableau blanc était recouvert de photos, de notes, de mémos, une mosaïque d'indices disparates et de culs-de-sac. Byrne se tenait devant, aussi énervé qu'il était impatient. Il avait besoin de son équipière.

Ils savaient tous que le meurtre de Brigham prendrait une tournure politique. Aussi le département avait-il besoin que l'affaire progresse, et vite. La municipalité ne pouvait pas laisser ses meilleurs agents courir des risques.

Il ne faisait aucun doute que Jessica était l'un des meilleurs inspecteurs de l'unité. Byrne ne connaissait pas trop Nicci Malone, mais elle avait une bonne réputation, et, venant du secteur nord de la ville, ce n'était pas une enfant de chœur.

Deux femmes. Dans un département aussi politiquement sensible que la police de Philadelphie, refiler à deux femmes une enquête sur laquelle étaient braqués tous les projecteurs était astucieux.

De plus, songea Byrne, ça détournerait peut-être l'attention des médias du fait qu'un tueur compulsif arpentait les rues de la ville.

Tout le monde s'accordait maintenant à dire que les meurtres de la rivière étaient inspirés des contes d'Andersen. Mais comment les victimes étaient-elles choisies ?

Chronologiquement, Lisette Simon avait été la première. Elle avait été abandonnée sur la rive de la Schuylkill dans le sud-ouest de la ville.

La deuxième victime avait été Kristina Jakos, déposée au bord de la rivière à Manayunk. Ses pieds amputés avaient été retrouvés sur le pont de Strawberry Mansion, qui enjambait la rivière.

La victime numéro trois était Tara Grendel, enlevée dans un parking de Center City, assassinée, puis abandonnée sur la rive de la Schuylkill à Shawmont.

Le tueur les attirait-il vers l'amont de la rivière ?

Byrne marqua l'emplacement des trois scènes de crime sur une carte. Un long tronçon de rivière séparait la scène du sud-ouest de la ville de celle de Manayunk, les sites qui, pensaient-ils, correspondaient aux deux premiers meurtres.

« Pourquoi une telle distance entre les deux sites ? »

demanda Bontrager, qui avait lu les pensées de Byrne. Celui-ci fit courir sa main le long de la rivière tortueuse.

« Eh bien, nous ne sommes pas sûrs qu'il n'y a pas un autre cadavre quelque part. Mais d'après moi, il ne trouve pas beaucoup d'endroits où il peut garer sa voiture et commettre ses atrocités sans être vu. Personne ne fait trop attention à la zone sous le pont de Platt. La scène de Flat Rock Road n'est visible ni depuis la voie express ni depuis la rue. Quant à la station de pompage de Shawmont, elle est totalement isolée. »

C'était vrai. À mesure que la rivière traversait la ville, ses berges étaient visibles depuis de nombreux endroits. Surtout depuis Kelly Drive. Ce tronçon était fréquenté presque à longueur d'année par les joggeurs, les rameurs, les cyclistes. Il y avait bien des endroits où se garer, mais la route était rarement déserte. Il y avait toujours de la circulation.

« Il cherche des endroits tranquilles, déclara Bontrager.

— Exactement, répondit Byrne. Et où il peut prendre son temps. »

Bontrager s'assit face à un ordinateur, se connecta à Google Maps. Plus la rivière s'éloignait de la ville, plus ses berges étaient isolées.

Byrne étudia la carte satellite. Si le tueur les entraînait vers l'amont, la question demeurait : jusqu'où ? Près de cent soixante kilomètres devaient séparer la station de pompage de Shawmont des sources de la Schuylkill. Ce n'étaient pas les endroits où cacher un corps sans être vu qui manquaient.

Et comment choisissait-il ses victimes ? Tara était actrice. Kristina, danseuse. Il y avait là un lien. C'étaient deux artistes. Des personnes issues du monde du spectacle. Mais le lien s'achevait avec Lisette, qui travaillait dans le milieu de la psychiatrie.

L'âge ?

Tara avait vingt-huit ans. Kristina, vingt-quatre. Lisette, quarante et un. Trop de différence.

La Petite Poucette. Les Chaussons rouges. Le Rossignol. Rien ne reliait ces femmes les unes aux autres. Du moins, en surface. Rien sauf les contes.

Les maigres informations qu'ils avaient sur Sa'mantha Fanning ne les menaient dans aucune direction évidente. Elle avait dix-neuf ans, était célibataire et mère d'un fils de six mois nommé Jamie. Le père du garçon était un raté nommé Joe Radnor. Il avait un petit casier – quelques inculpations pour possession de drogue, une simple agression, rien d'autre. Et il était à Los Angeles depuis un mois.

« Et si notre type était le genre de fêlé qui passe sa vie à attendre les actrices à la sortie des théâtres ? » demanda Bontrager.

Ça avait traversé l'esprit de Byrne, même s'il savait qu'envisager l'affaire sous cet angle était tiré par les cheveux. Ces victimes n'avaient pas été choisies parce qu'elles se connaissaient. Elles n'avaient pas été choisies parce qu'elles fréquentaient le même centre médical, ni la même église ni le même club. Elles avaient été choisies parce qu'elles correspondaient à l'histoire affreusement tordue du tueur. Elles répondaient à un type de corps, de visage, leur apparence satisfaisait un idéal.

« Savons-nous si Lisette Simon faisait du théâtre ? demanda Byrne.

— Je vais voir ça », répondit Bontrager en se levant.

Il quitta la pièce tandis que Tony Park entrait avec une liasse de listings informatiques à la main.

« Voici tous les gens avec qui Lisette Simon a travaillé à la clinique psychiatrique au cours des six derniers mois, expliqua Park.

— Combien de noms là-dedans ? demanda Byrne.

— Quatre cent soixante-six.

— Doux Jésus.

— Il ne manque que lui dans la liste.

— Voyons si nous pouvons extraire les hommes âgés de dix-huit à cinquante ans pour commencer.

— C'est comme si c'était fait. »

Une heure plus tard, la liste avait été réduite à un total plus raisonnable de quatre-vingt-dix-sept noms. Ils commencèrent la tâche abrutissante qui consistait à effectuer une série de vérifications – dans les bases de données du PDCH, du PCIC, du NCIC – sur chacun d'eux.

Josh Bontrager parla à Ruben Simon. Sa défunte épouse, Lisette, n'avait jamais fait de théâtre.

66

La température avait chuté de quelques degrés supplémentaires et l'unité de stockage ressemblait encore plus à un réfrigérateur. Les doigts de Jessica viraient au bleu. Bien que ce ne fût pas très pratique pour manipuler des papiers, elle enfila ses gants de cuir.

La dernière boîte dans laquelle elle regarda avait été victime d'un dégât des eaux. Elle contenait un simple classeur en accordéon qui renfermait des photocopies humides de fiches tirées de dossiers de meurtres datant des douze dernières années environ. Jessica ouvrit le classeur à la section la plus récente.

À l'intérieur se trouvaient deux grandes photos noir et blanc représentant chacune le même bâtiment, la première prise à quelques dizaines de mètres, l'autre de beaucoup plus près. Les photos étaient gondolées à cause de l'eau et la mention « Duplicata » avait été tamponnée en travers de chacune. Ce n'étaient pas des photos officielles de la police. Le bâtiment ressemblait à une ferme ; le cliché éloigné révélait qu'il était situé sur une colline en pente douce, et montrait une ligne d'arbres couverts de neige au second plan.

« Tu as vu d'autres photos de cette maison ? » demanda Jessica.

Nicci examina attentivement les clichés.

« Non. Jamais vu. »

Jessica retourna l'une des photos. À l'arrière figurait une série de cinq nombres, dont les deux derniers avaient été quasiment effacés par l'humidité. Les trois premiers semblaient être 195. Un code postal peut-être ?

« Tu connais ce code postal ? demanda-t-elle.

— 195, fit Nicci. Peut-être le comté de Berks ?

— C'est ce que je pensais.

— Où dans Berks ?

— Aucune idée. »

Le *pager* de Nicci se déclencha. Elle le détacha de sa ceinture, lut le message.

« C'est le patron, déclara-t-elle. Tu as ton téléphone sur toi ?

— Tu n'as pas de téléphone ?

— Laisse tomber, répliqua Nicci. J'en ai perdu trois au cours des six derniers mois. Ils vont finir par me faire une retenue sur salaire.

— Moi, c'est les *pagers* que je paume, dit Jessica.

— On va faire une belle équipe. »

Jessica tendit son téléphone portable à Nicci, qui sortit du box pour passer son coup de fil.

Jessica examina de nouveau l'une des photos, celle qui montrait la ferme en plan rapproché. Elle la retourna. À l'arrière étaient inscrites en tout et pour tout trois lettres.

ADC.

Qu'est-ce que ça signifie ? se demanda Jessica. *Agence pour le développement de la culture ? Association dentaire du Connecticut ? Association des décorateurs de cinéma ?*

Parfois Jessica détestait le mode de pensée des flics. Elle-même s'était rendue coupable du même travers par le passé : insérer des notes abrégées dans un dossier avec l'intention de les développer plus tard. Les carnets des inspecteurs finissaient toujours avec les pièces à conviction, et l'idée que le sort d'une affaire pouvait dépendre de ce que vous gribouilliez à toute allure à un feu rouge avec un cheeseburger et une tasse de café en équilibre dans l'autre main n'était pas rassurante.

Mais quand Walt Brigham avait pris ces notes, il ne savait pas qu'un autre inspecteur les lirait et tenterait d'en tirer un sens – un inspecteur enquêtant sur son propre meurtre.

Jessica regarda de nouveau au dos de la première photo. Juste ces cinq nombres. 195 suivi de ce qui pouvait être 72 ou 78. Peut-être 18.

Cette ferme avait-elle quelque chose à voir avec le meurtre de Walt ? La photo datait de quelques jours avant sa mort. *Super, merci, Walt*, pensa Jessica. *Tu vas te faire assassiner et tu nous laisses un sudoku à résoudre.*

195.

ADC.

Nicci pénétra de nouveau dans le box, tendit son téléphone à Jessica.

« C'était le labo, dit-elle. La voiture de Walt n'a rien donné. » Case départ, du moins niveau indices, pensa Jessica.

« Mais ils m'ont dit de te dire qu'ils avaient effectué de nouveaux tests sur le sang retrouvé dans ton triple meurtre, ajouta Nicci.

— Et ?

— Ils disent que le sang est ancien.

— Ancien ? demanda Jessica. Comment ça, ancien ?

— La personne à qui il appartenait est probablement morte depuis longtemps. »

67

Roland luttait contre le diable. Et si c'était un combat quotidien pour un homme de foi tel que lui, ce jour-là, le diable le serrait autour du cou.

Il avait regardé toutes les photos au poste de police, espérant un signe. Il avait vu tant de malfaisance dans ces yeux, tant d'âmes noires. Chacune lui avait parlé de ses actions. Mais aucune n'avait parlé de Charlotte.

Ça ne pouvait cependant pas être une coïncidence. Charlotte avait été retrouvée sur la rive de la Wissahickon, mise en scène comme si elle n'était qu'une simple poupée.

Et maintenant ces meurtres au bord de la rivière.

Roland savait que la police finirait par les rattraper Charles et lui. Il avait été chanceux toutes ces années durant, chanceux de savoir se faire si discret, de posséder un cœur vertueux, une telle endurance.

Il recevrait un signe. Il en était certain.

Le Seigneur savait que le temps était crucial.

« Je n'ai jamais pu y retourner. »

Elijah Paulson racontait le récit poignant de l'agression dont il avait été victime en rentrant à pied du marché de Reading Terminal.

« Peut-être un jour, par la grâce de Dieu, en serai-je

capable. Mais pas maintenant, ajouta Elijah Paulson. Pas avant longtemps. »

Ce jour-là, le groupe de soutien aux victimes n'accueillait que quatre participants. Sadie Pierce, comme toujours. Le vieil Elijah Paulson. Une jeune femme nommée Bess Schrantz, une serveuse du nord de Philly dont la sœur avait été sauvagement agressée. Et Sean. Il était assis en retrait, comme souvent, et écoutait. Mais ce jour-là, quelque chose semblait bouillonner sous la surface.

Lorsque Elijah Paulson se fut rassis, Roland se tourna vers Sean. Peut-être était-il enfin prêt à raconter son histoire. Un silence s'abattit sur la pièce. Roland lui fit un signe de tête, et après s'être agité pendant environ une minute, Sean se leva, et commença :

« Mon père nous a quittés quand j'étais petit. J'ai juste grandi avec ma mère et ma sœur. Ma mère travaillait à la filature. Nous n'avions pas grand-chose, mais nous nous en sortions. Nous nous serrions les coudes. »

Les membres du groupe acquiescèrent. Personne ici n'était très riche.

« Un jour d'été nous sommes allés à ce petit parc d'attractions. Ma sœur adorait donner à manger aux pigeons et aux écureuils. Elle adorait l'eau, les arbres. C'était une petite fille douce. »

Tout en écoutant, Roland ne put s'empêcher de regarder Charles.

« Cet après-midi-là elle s'est éloignée, et nous n'avons pas réussi à la retrouver, continua Sean. Nous avons cherché partout. Puis la nuit est tombée. Et plus tard dans la soirée ils l'ont retrouvée dans les bois. Elle… elle avait été assassinée. »

Un murmure parcourut la pièce. Des paroles de compassion, de douleur. Roland s'aperçut que ses mains tremblaient. L'histoire de Sean était presque la même que la sienne.

« Quand cela s'est-il produit, frère Sean ? » demanda Roland.

Après avoir laissé passer un moment pour reprendre contenance, Sean répondit : « C'était en 1995. »

Vingt minutes plus tard, la réunion s'acheva sur une prière et une bénédiction, puis les fidèles sortirent les uns après les autres.

« Dieu vous bénisse, leur lança Roland depuis la porte. À dimanche. »

La dernière personne à sortir était Sean.

« Avez-vous quelques instants à m'accorder, frère Sean ?

— Bien sûr, pasteur. »

Roland referma la porte, se tint devint le jeune homme. Après quelques longues secondes, il demanda : « Savez-vous combien ce jour a été important pour vous ? »

Sean fit signe que oui. Il était visiblement au bord des larmes. Roland le prit dans ses bras et Sean se mit à sangloter doucement. Lorsque ses larmes cessèrent de couler, ils rompirent leur étreinte. Charles traversa la pièce, tendit à Sean une boîte de mouchoirs en papier, recula.

« Pouvez-vous m'en dire plus sur ce qui s'est passé ? » demanda Roland.

Sean baissa la tête pendant un moment. Lorsqu'il leva de nouveau les yeux, il scanna la pièce du regard et se pencha en avant, comme pour partager un secret.

« Nous avons toujours su qui était le coupable, mais ils n'ont jamais trouvé la moindre preuve. Je parle de la police.

— Je vois.

— En fait, c'était le bureau du shérif qui a mené l'enquête. Ils ont prétendu qu'ils n'avaient jamais trouvé d'indices suffisants pour arrêter qui que ce soit.

— D'où venez-vous exactement ?

— Ça s'est passé près d'un petit village nommé Odense.

— Odense ? demanda Roland. Comme la ville du Danemark ? »

Sean haussa les épaules d'un air ignorant.

« Cette personne vit-elle toujours là-bas ? demanda Roland. La personne que vous soupçonniez ?

— Oh, oui, répondit Sean. Je peux vous donner son adresse. Ou je peux même vous y emmener, si vous voulez.

— Ce serait une bonne chose », déclara Roland.

Sean jeta un coup d'œil à sa montre.

« Je dois travailler aujourd'hui, dit-il. Mais je peux y aller demain. »

Roland lança un regard à Charles. Celui-ci quitta la pièce.

« Ce sera parfait », dit-il.

Roland raccompagna Sean à la porte, un bras passé autour des épaules du jeune homme.

« Ai-je bien fait de vous en parler, pasteur ? demanda Sean.

— Oh, que oui, répondit Roland en ouvrant la porte. C'était ce qu'il fallait faire. » Il étreignit fortement le jeune homme une fois de plus et s'aperçut que Sean tremblait. « Je vais m'occuper de tout.

— D'accord, fit Sean. Demain alors ?

— Oui, répondit Roland. Demain. »

68

Dans son rêve elles n'ont pas de visage. Dans son rêve elles se dressent devant lui, statuaires, sculpturales, immobiles. Dans son rêve il ne voit pas leurs yeux, mais sait néanmoins qu'elles le regardent, l'accusent, exigent que justice soit faite. Leurs silhouettes s'enfoncent en cascade dans le brouillard, l'une après l'autre, stoïque armée de natures mortes.

Il connaît leurs noms. Il se rappelle la position de leurs corps. Il se rappelle leur odeur, la sensation de leur peau sous ses doigts, leur chair cireuse qui, dans la mort, ne réagissait plus.

Mais il ne voit pas leur visage.

Et pourtant leurs noms résonnent comme un souvenir dans son rêve. Lisette Simon, Kristina Jakos, Tara Grendel.

Il entend une jeune femme pleurer doucement. Sa'mantha Fanning, et il ne peut rien faire pour l'aider. Il la voit marcher dans le couloir. Il la suit, mais à chaque pas le couloir s'allonge, s'étire, s'assombrit. Il ouvre la porte au bout, mais elle a disparu. À sa place se trouve un homme ciselé dans l'ombre. Il tire son arme, la lève, vise, fait feu.

Fumée.

Kevin Byrne se réveilla en sursaut, son cœur battant à tout rompre. Il jeta un coup d'œil au réveil. 3 h 50. Il scruta la pièce vide. Pas de spectres, ni de fantômes, pas de parade de cadavres traînant les pieds.

Juste le bruit onirique de l'eau, juste la certitude que chacune d'elles, chaque morte sans visage du monde, se dressait dans la rivière.

69

Le matin du dernier jour de l'année le soleil était d'une pâleur de mort. Les prévisions météo annonçaient une tempête de neige.

Jessica était de repos, mais pas son esprit. Ses pensées allaient de Walt Brigham aux trois femmes retrouvées au bord de la rivière à Sa'mantha Fanning. Cette dernière n'avait toujours pas été localisée. L'espoir de la retrouver en vie était mince.

Vincent était de service ; Sophie avait été envoyée chez son grand-père pour le nouvel an. Jessica avait la maison pour elle. Elle pouvait faire ce qui lui plaisait.

Alors pourquoi était-elle là dans la cuisine, à couver sa quatrième tasse de café, à penser à tous ces morts ?

Juste après 8 heures quelqu'un frappa à la porte. C'était Nicci Malone.

« Salut, fit Jessica, plus qu'un peu surprise. Entre. »

Nicci entra.

« Bon sang, qu'est-ce qu'il caille.

— Café ?

— Oh, oui. »

Elles s'installèrent à la table du salon. Nicci avait apporté quelques dossiers.

« Il y a quelque chose ici que tu devrais voir », dit Nicci, surexcitée.

Elle ouvrit une grande enveloppe, en tira quelques photocopies. C'étaient les notes de Walt Brigham. Pas celles de son carnet officiel, mais d'un autre carnet, personnel. La dernière entrée concernait l'assassinat d'Annemarie DiCillo et datait de deux jours avant le meurtre de Walt. Les notes avaient été prises de son écriture cryptique qui leur était désormais familière.

Nicci avait aussi emprunté le dossier officiel de l'affaire. Jessica le parcourut.

Byrne lui en avait parlé, mais les détails la rendirent malade. Deux petites filles qui fêtaient leur anniversaire à Fairmount Park en 1995. Annemarie DiCillo et Charlotte Waite. Elles s'étaient enfoncées dans la forêt, et n'en étaient jamais ressorties. Combien de fois Jessica avait-elle emmené sa propre fille dans ce parc ? Combien de fois avait-elle quitté Sophie des yeux pendant juste une seconde ?

Jessica regarda les photos de la scène de crime. Les fillettes avaient été retrouvées au pied d'un pin. Les gros plans montraient ce qui ressemblait à un nid de fortune autour d'elles.

Il y avait quelques douzaines de dépositions de familles qui s'étaient trouvées dans le parc ce jour-là, mais personne ne semblait avoir rien vu. Les fillettes s'étaient subitement volatilisées. La police avait été appelée vers 7 heures du soir, et une « recherche âge tendre » avait été lancée, à laquelle avaient participé deux agents et des chiens de l'unité K-9. À 3 heures du matin les fillettes avaient été retrouvées sur la rive de la Wissahickon Creek.

Au cours des années suivantes, de nouvelles entrées avaient été périodiquement ajoutées au dossier, principalement par Walt Brigham, parfois par son partenaire John Longo. Toutes étaient similaires : Rien de neuf.

« Regarde. »

Nicci tira les photos de la ferme, les retourna. Au dos de l'une d'elles se trouvait le code postal partiel. Sur l'autre étaient inscrites les lettres ADC. Nicci désigna une chronologie dans les notes de Walt Brigham. Parmi les nombreuses abréviations figuraient les mêmes initiales : ADC.

ADC était Annemarie DiCillo.

Une décharge électrique traversa Jessica. La ferme avait quelque chose à voir avec le meurtre d'Annemarie. Et le meurtre d'Annemarie avait quelque chose à voir avec la mort de Walt Brigham.

« Walt touchait au but, déclara Jessica. Il s'est fait assassiner parce qu'il resserrait son étau autour du tueur.

— Bingo. »

Jessica mit en regard cette théorie et les indices qu'elles avaient. Nicci avait probablement raison.

« Qu'est-ce que tu veux faire ? demanda-t-elle.

— Je veux aller faire un tour dans le comté de Berks, répondit Nicci en tapant du doigt sur la photo de la ferme. Peut-être qu'on pourra trouver cette maison. »

Jessica se leva aussitôt.

« Je t'accompagne.

— Tu n'es pas en congé ?

— Ça veut dire quoi, en congé ? fit Jessica en riant.

— C'est la Saint-Sylvestre.

— Tant que je suis à la maison et dans les bras de mon mari à minuit, pas de problème. »

Juste après 9 heures du matin, le 31 décembre, les inspecteurs Jessica Balzano et Nicolette Malone de la brigade criminelle de la police de Philadelphie s'engageaient sur la voie express Schuylkill, en route vers le comté de Berks, en Pennsylvanie, en amont de la rivière.

QUATRIÈME PARTIE

CE QU'A VU LA LUNE

70

Tu te tiens à l'endroit où se rencontrent les eaux, à la confluence de deux superbes rivières. Le soleil d'hiver est bas dans un ciel couleur sel. Tu choisis un sentier, tu suis la petite rivière vers le nord, te faufilant parmi les noms lyriques et les lieux historiques – Jardins Bartram, Point Breeze, Grays Ferry. Tu passes en flottant devant des rangées de maisons sinistres, devant la ville majestueuse, devant Boathouse Row et le musée, devant la gare de triage, le réservoir d'East Park, et le pont de Strawberry Mansion. Tu glisses vers le nord-ouest, murmurant dans ton sillage d'antiques incantations – Miquon, Conshohocken, Wissahickon. Tu quittes maintenant la ville, et flottes parmi les fantômes de Valley Forge, Phoenixville, Spring City. La Schuylkill serpente au milieu de l'histoire, de la mémoire de la nation. Et pourtant, elle est la rivière cachée.

Tu dis bientôt adieu à la rivière principale, pénétrant dans un havre de paix, un mince affluent sinueux qui se dirige vers le sud-ouest. La voie d'eau se rétrécit, s'élargit, se rétrécit de nouveau, un fouillis tortueux de roches et d'argile et d'acanthes.

Soudain, de la brume nébuleuse de l'hiver émergent quelques bâtiments. Un énorme treillis enjambe le canal, jadis majestueux, aujourd'hui négligé et en ruine, ses couleurs vives désormais ternes, effritées, sèches.

Tu vois une vieille structure, autrefois un fier hangar à bateaux. Le parfum de la peinture et du vernis flotte toujours dans l'air. Tu pénètres dans une pièce. Une pièce bien ordonnée, pleine d'ombres profondes et d'angles aigus.

Dans cette pièce tu trouves un établi sur lequel est posée une scie, vieille mais aiguisée. À côté, un rouleau de corde bleue et blanche.

Tu vois une robe qui attend sur un canapé-lit. La robe est magnifique, d'un rose framboise pâle, froncée à la taille. Une robe de princesse.

Tu continues, serpentant dans un dédale de canaux étroits. Tu entends l'écho des rires, le clapotement des vaguelettes contre les bateaux colorés. Tu sens l'arôme des friandises de carnaval – beignets, barbe à papa, la saveur splendide du Sauerbrauten *sur des petits pains frais couverts de graines. Tu entends les inflexions de l'orgue à vapeur.*

Et plus loin, encore plus loin, tout est de nouveau silencieux. Tu atteins un endroit de ténèbres. Un endroit où les tombes glacent la terre.

C'est là que Lune te retrouvera.

Il sait que tu arrives.

71

Dans tout le sud-est de la Pennsylvanie, de petites villes et des villages étaient disséminés parmi les fermes, la plupart ne comprenant qu'une poignée de commerces, une ou deux églises, une petite école. Outre les villes en expansion telles Lancaster et Reading, il y avait des villages bucoliques comme Oley et Exeter, des hameaux quasiment épargnés par le temps.

Comme elles traversaient Valley Forge, Jessica se rendit compte qu'elle connaissait bien mal l'État dans lequel elle était née. À sa grande honte, elle avait mis vingt-six ans à voir la Cloche de la liberté de près. Elle supposait que c'était souvent comme ça quand on avait l'histoire à portée de main.

Il y avait plus de trente codes postaux dans le comté de Berks. Le préfixe 195 correspondait à une vaste zone à l'extrémité sud-est du comté.

Jessica et Nicci empruntèrent quelques routes de campagne et commencèrent à se renseigner sur la ferme. Elles avaient envisagé d'impliquer la police locale dans leur quête, mais ce genre de démarche pouvait engendrer des paperasseries, des querelles juridictionnelles. Elles n'avaient pas complètement fait une croix sur cette possibilité, mais préféraient continuer seules pour le moment.

Elles se renseignèrent dans de petites boutiques, dans des stations-service, à l'occasionnel stand en bordure de route. Elles s'arrêtèrent à hauteur d'une église dans White Bear Road. Les gens avaient beau être aimables, personne ne semblait reconnaître la ferme, ni avoir la moindre idée de l'endroit où elle se trouvait.

À midi, elles empruntèrent une route qui descendait vers le sud en passant par Robeson Township. Après s'être trompées de chemin à quelques reprises, elles se retrouvèrent sur une deux-voies raboteuse qui sinuait parmi les bois. Un quart d'heure plus tard elles tombèrent sur un atelier de mécanique automobile.

Les champs qui entouraient l'entreprise étaient des nécropoles de carcasses corrodées – ailes et portières, pare-chocs depuis longtemps rouillés, blocs-moteurs, hard-tops en aluminium pour pick-up. Sur la droite se trouvait une remise ; un hangar en tôle ondulée maussade qui formait un angle d'environ quarante-cinq degrés avec le sol. Tout était envahi par les mauvaises herbes, négligé, couvert de neige et de crasse grises. Sans les lumières aux fenêtres – dont une enseigne au néon fatiguée aux couleurs de la marque Mopar –, le bâtiment aurait eu l'air à l'abandon.

Jessica et Nicci s'engagèrent sur le parking, lui-même peuplé de voitures, de camionnettes et de pick-up en panne. Un camping-car sans roues se trouvait aussi là, et Jessica se demanda si le propriétaire habitait dedans. Une pancarte au-dessus de l'entrée du garage annonçait : « Garage Double K / Deux fois mieux ».

Un mastiff hors d'âge et indifférent, enchaîné à un poteau, émit un bref aboiement comme elles approchaient du bâtiment principal.

Jessica et Nicci entrèrent. Le garage, qui comprenait trois travées de réparation, était encombré de débris automobiles. Sur le comptoir, une radio couverte de graisse diffusait une chanson de Tim McGraw. Il flottait une odeur de produit antirouille, de bonbons aux raisins, de vieille charcuterie.

La sonnerie à la porte les annonça, et quelques secondes plus tard, deux hommes apparurent. Ils étaient jumeaux, âgés d'une petite trentaine d'années. Ils portaient des salopettes bleues crasseuses assorties, avaient des cheveux blonds ébouriffés, les mains noires. Sur leurs badges étaient inscrits les prénoms « Kyle » et « Keith ».

D'où le double K, soupçonna Jessica.

« Salut », lança Nicci.

Ni l'un ni l'autre ne répondirent. À la place, ils se contentèrent de lentement reluquer Nicci de la tête aux pieds, puis Jessica. Nicci se lança. Elle leur montra sa carte, se présenta.

« Nous sommes de la police de Philadelphie. »

Les deux hommes grimacèrent d'un air moqueur. Ils demeurèrent silencieux.

« Nous aimerions que vous nous accordiez quelques minutes », ajouta Nicci.

Kyle se fendit d'un grand sourire jaune.

« J'ai toute la journée pour toi, chérie. »

Ça commence, pensa Jessica.

« Nous cherchons une maison qui se trouve peut-être par ici, poursuivit Nicci, imperturbable. J'aimerais vous montrer quelques photos.

— Oooooh, fit Keith. On aime ça les photos. Nous autres gens de la campagne il nous faut des photos parce qu'on sait pas lire. »

Kyle lâcha un grognement amusé.

« C'est des photos cochonnes ? » ajouta-t-il.

Les deux frères cognèrent leurs poings crasseux.

Nicci les regarda fixement un moment, sans ciller. Elle prit une profonde inspiration, se calma, recommença.

« Si vous pouviez juste les regarder, ça nous ferait vraiment plaisir. Après on s'en ira. »

Elle leur tendit une photo. Les deux hommes y jetèrent un coup d'œil, se remirent à la reluquer.

« Ouais, fit Kyle. C'est chez moi. On pourrait y faire un petit tour maintenant si vous voulez. »

Nicci se tourna vers Jessica, puis de nouveau vers les frères. Ça allait chauffer.

« On a la langue bien pendue, hein ? » fit-elle.

Kyle s'esclaffa.

« Oh, je te le fais pas dire, rétorqua-t-il. Demande à n'importe quelle fille en ville. » Il se passa la langue sur les lèvres. « Pourquoi tu viens pas t'en rendre compte par toi-même ?

— C'est peut-être ce que je vais faire, répliqua Nicci. Peut-être que je vais te la faire ravaler, ta putain de langue. »

Nicci fit un pas dans leur direction. Jessica lui posa une main sur le bras, la retint fermement.

« Bon, les gars, dit Jessica. Nous vous remercions pour votre temps. C'est vraiment sympa de votre part. » Elle sortit une carte de visite. « Vous avez vu la photo. Si quelque chose vous revient à l'esprit, s'il vous plaît, appelez-nous. »

Elle posa la carte sur le comptoir.

Kyle regarda Keith, puis Jessica.

« Oh, j'ai quelque chose à l'esprit. Merde, j'ai plein de choses à l'esprit. »

Jessica se tourna vers Nicci. Elle vit que celle-ci était sur le point de leur rentrer dans le lard. Après un moment, elle sentit la tension dans le bras de Nicci se relâcher. Elles se retournèrent pour s'en aller.

« Y a votre numéro personnel sur la carte ? » hurla l'un d'eux.

Nouveau rire de hyène.

Jessica et Nicci regagnèrent leur voiture, grimpèrent dedans.

« Tu te souviens de ce gamin dans *Délivrance* ? demanda Nicci. Celui qui jouait du banjo ? »

Jessica boucla sa ceinture.

« Oui, et ?

— Je ne savais pas qu'il avait des frères jumeaux. »

Jessica éclata de rire.

« Quelle direction ? » demanda-t-elle.

Elles regardèrent toutes deux la route. La neige tombait doucement. Les collines étaient recouvertes d'un mince duvet blanc.

Nicci jeta un coup d'œil à la carte, tapota du doigt vers le sud.

« Je crois qu'on devrait aller par là, dit-elle. Et je crois qu'il est temps qu'on change de tactique. »

Vers 1 heure, elles arrivèrent à un restaurant de type familial appelé Doug's Den. Les parois extérieures étaient recouvertes d'un revêtement grossier d'un brun profond, et surmontées d'un toit brisé. Dans le parking étaient garés quatre véhicules.

Comme Jessica et Nicci s'approchaient de la porte, la neige redoubla.

Elles entrèrent dans le restaurant. Deux hommes âgés, immédiatement identifiables comme des types du coin grâce à leurs casquettes John Deere et leurs gilets usés, occupaient l'extrémité du bar.

L'homme qui astiquait le comptoir avait cinquante ans – épaules et mains larges, un petit début de bedaine. Il portait un pull sans manches d'un vert jaune pardessus une chemise blanche impeccable, un pantalon de coton noir.

« Bonjour, lança-t-il, s'égayant un peu en voyant deux femmes entrer dans son établissement.

— Comment allez-vous ? demanda Nicci.

— Bien, répondit-il. Que puis-je vous servir, mesdemoiselles ? »

Il avait une voix douce, un ton affable.

Nicci lui lança un regard oblique, le genre de regard qu'on lance à quelqu'un qu'on croit reconnaître. Ou à qui on veut faire croire qu'on le reconnaît.

« Ancien flic, pas vrai ? dit-elle.

— Ça se voit ? » demanda l'homme avec un sourire. Nicci lui fit un clin d'œil.

« C'est dans les yeux. »

L'homme balança son chiffon sous le comptoir, rentra légèrement son ventre.

« J'étais dans la police de l'État. Dix-neuf ans. »

Nicci passa en mode coquette, comme s'il venait d'annoncer qu'il était Ashley Wilkes.

« Police d'État ? Quelle caserne ?

— Erie, répondit-il. Escadron E. Lawrence Park.

— Oh, j'adore Erie, déclara Nicci. Vous êtes né là-bas ?

— Pas loin. À Titusville.

— Quand avez-vous quitté la maison ? »

L'homme regarda le plafond tandis qu'il calculait.

« Eh bien, voyons voir. » Il pâlit légèrement. « Ouah.

— Quoi ?

— Je viens de m'apercevoir que ça fait presque exactement dix ans. »

Jessica aurait parié qu'il savait exactement combien de temps ça faisait, probablement à l'heure et à la minute près. Nicci tendit le bras, lui toucha doucement le revers de la main droite. Jessica était émerveillée. C'était comme regarder la Callas s'échauffer avant une représentation de *Madame Butterfly*.

« Je parie que vous entrez toujours dans votre uniforme », dit Nicci.

L'homme rentra un peu plus son ventre. Il avait

quelque chose de touchant avec ses manières de grand gars de la campagne.

« Oh, je n'y mettrais pas ma main à couper. »

Jessica ne put s'empêcher de penser que, quoi que ce type ait fait dans la police, il n'était assurément pas enquêteur. S'il n'était pas fichu de voir qu'elle l'embobinait, il n'aurait pas été foutu de retrouver Shaquille O'Neal dans une garderie. Ou peut-être que c'était juste ce qu'il avait envie d'entendre. Jessica observait constamment ce genre de réaction chez son père ces temps-ci.

« Doug Prentiss », dit-il en tendant la main.

Poignées de main et présentations. Nicci l'informa qu'elles faisaient partie de la police de Philadelphie, sans préciser qu'elles étaient de la criminelle.

Bien entendu, elles connaissaient l'essentiel de ces informations avant de mettre les pieds dans l'établissement de Doug. Comme les avocats, les flics aimaient connaître la réponse à une question avant de la poser. Le pick-up Ford étincelant garé à proximité de la porte arborait une plaque d'immatriculation sur laquelle était inscrit DOUG1, et un autocollant sur la lunette arrière qui proclamait : « Les agents de la police d'État le font au bord de la route. »

« Je suppose que vous êtes en service », dit Doug, prêt à les servir. Si Nicci le lui avait demandé, il aurait probablement repeint sa maison. « Je peux vous proposer une tasse de café ? Je viens d'en faire.

— Ce serait super, Doug », répondit Nicci.

Jessica acquiesça.

« Deux cafés, c'est parti. »

Doug fila comme l'éclair. Il revint bientôt avec deux tasses de café fumantes et un bol comportant des doses de crème individuelles posées sur de la glace.

« Êtes-vous ici en mission officielle ? demanda-t-il.

— Oui, répondit Nicci.

— Si je peux faire quoi que ce soit pour vous aider, n'hésitez pas à me le demander.

— Vous ne pouvez pas savoir combien ça me fait plaisir d'entendre ça, Doug », dit Nicci. Elle but une gorgée de café. « Il est bon ce café. »

Doug bomba légèrement le torse.

« C'est quoi votre mission ? »

Nicci sortit une grande enveloppe, l'ouvrit. Elle en tira la photo de la ferme, la fit glisser en travers du bar.

« Nous essayons de localiser cet endroit, mais ce n'est pas notre jour de chance. Nous sommes à peu près certaines que c'est dans le coin. Ça vous dit quelque chose ? »

Doug chaussa une paire de lunettes à double foyer, saisit la photo. Après l'avoir minutieusement examinée, il répondit :

« Je ne reconnais pas cet endroit. Mais si c'est quelque part dans le coin, je sais qui pourra vous aider.

— Qui ça ?

— Une femme nommée Nadine Palmer. Elle tient avec son neveu la petite boutique d'artisanat plus loin sur la route, expliqua Doug, clairement ravi d'être de nouveau en selle, ne serait-ce que pour quelques minutes. C'est une sacrée peintre. Et son neveu aussi. »

72

L'Arche de l'art était une petite boutique usée par les intempéries située au bout d'un pâté de maisons, sur la seule et unique rue principale de la petite ville. La vitrine était un collage habile de pinceaux, peintures, toiles, blocs à aquarelles, auxquels se mêlaient les paysages rustiques de rigueur représentant des fermes du coin, exécutés par des artistes locaux, plus que probablement disciples – ou parents – de la propriétaire.

Une cloche au-dessus de la porte annonça l'entrée de Jessica et Nicci, qui furent accueillies par un arôme de fleurs séchées, d'huile de lin et un relent subtil de chat.

La femme derrière le comptoir avait une petite soixantaine d'années. Ses cheveux tirés en chignon étaient maintenus en place au moyen d'une pince en bois minutieusement sculptée. Si elles ne s'étaient pas trouvées en Pennsylvanie, Jessica l'aurait bien imaginée à une foire d'art à Nantucket. Peut-être était-ce le but recherché.

« Bonjour », dit la femme.

Jessica fit les présentations, expliquant qu'elles étaient de la police.

« C'est Doug Prentiss qui nous a conseillé de passer vous voir, dit-elle.

— Bel homme, ce Doug Prentiss.

— En effet, répondit Jessica. Il a dit que vous pourriez peut-être nous aider.

— Je ferai mon possible, répliqua-t-elle. Mon nom est Nadine Palmer, au fait. »

Elle promettait de coopérer, mais s'était quelque peu raidie en entendant le mot « police ». Il fallait s'y attendre. Jessica lui montra la photo de la ferme.

« Doug a affirmé que vous sauriez peut-être où se trouve cette maison. »

Avant de regarder la photo, Nadine demanda : « Est-ce que je pourrais voir votre plaque ?

— Absolument », répondit Jessica.

Elle sortit sa plaque, l'ouvrit. Nadine la lui prit des mains, l'examina.

« Ça doit être un travail excitant, déclara-t-elle en la lui rendant.

— Parfois », répondit Jessica.

Nadine saisit la photo.

« Oh, bien sûr, fit-elle. Je connais cet endroit.

— C'est loin d'ici ? demanda Nicci.

— Pas trop.

— Savez-vous qui y habite ? demanda Jessica.

— Je crois que plus personne n'habite là-bas. » Elle fit un pas vers l'arrière de la boutique, cria : « Ben ?

— Oui ? répondit une voix en provenance de la cave.

— Tu peux apporter l'aquarelle qui est appuyée contre le congélateur ?

— La petite ?

— Oui.

— Bien sûr. »

Quelques secondes plus tard un jeune homme gravit les marches, portant une aquarelle dans un cadre. Il avait entre vingt et vingt-cinq ans, l'allure typique du péquenaud de Pennsylvanie. Sa tignasse blonde lui tombait dans les yeux. Il portait un gilet bleu marine, un

T-shirt blanc et un jean. Ses traits avaient quelque chose de presque féminin.

« Voici mon neveu, Ben Sharp », déclara Nadine, puis elle présenta Jessica et Nicci, et expliqua qui elles étaient.

Ben tendit à sa tante l'aquarelle encadrée avec goût. Nadine la posa sur un chevalet près du comptoir. Le tableau, une reproduction réaliste, était une copie presque conforme de la photo.

« Qui a peint ça ? demanda Jessica.

— Moi-même, répondit Nadine. J'y suis allée en douce un samedi de juin. Il y a très, très longtemps de cela.

— C'est très beau, dit Jessica.

— Il est à vendre », répliqua Nadine avec un clin d'œil. Un sifflement de bouilloire retentit dans la pièce du fond. « Si vous voulez bien m'excuser une seconde », ajouta-t-elle, et elle quitta la pièce.

Ben Sharp dévisagea l'une après l'autre ses deux visiteuses, enfonça profondément les mains dans ses poches, se balança un moment sur ses talons.

« Alors, vous êtes de Philly ? demanda-t-il.

— C'est exact, répondit Jessica.

— Et vous êtes de la police ?

— Encore exact.

— Super. »

Jessica consulta sa montre. Il était 2 heures passées. Si elles voulaient localiser cette maison, elles avaient intérêt à se dépêcher. Elle remarqua alors un étalage de pinceaux sur le comptoir derrière Ben. Elle pointa le doigt dans leur direction.

« Que pouvez-vous me dire sur ces pinceaux ? demanda-t-elle.

— À peu près tout ce que vous voulez savoir, répondit Ben.

— Sont-ils tous similaires ?

— Non, madame. Tout d'abord, il existe différentes gammes – pinceaux de maître, d'atelier, d'étude. Ça va jusqu'aux pinceaux économiques, mais vous ne pouvez pas vraiment peindre avec ceux-là. Ils sont plus destinés aux amateurs. J'utilise la gamme atelier, mais c'est parce que j'ai une réduction. Je n'ai pas le talent de tante Nadine, mais je progresse. »

Sur ce, Nadine pénétra de nouveau dans la boutique en portant un plateau sur lequel était posée une théière fumante.

« Avez-vous le temps de boire une tasse de thé ? demanda-t-elle.

— J'ai peur que non, répondit Jessica. Mais merci. » Elle se tourna vers Ben, lui montra la photo de la ferme. « Connaissez-vous cet endroit ?

— Bien sûr, répondit-il.

— C'est loin ?

— Peut-être une dizaine de minutes. Mais c'est assez difficile à trouver. Si vous voulez, je peux vous emmener.

— Ça nous serait d'une grande aide », dit Jessica.

Ben Sharp fit un sourire radieux. Puis son expression s'assombrit.

« Je peux, tante Nadine ?

— Bien sûr, répondit la femme. Ce n'est pas comme si les clients se bousculaient, vu que c'est la Saint-Sylvestre et tout. Je ferais sans doute aussi bien de fermer boutique et de déboucher le mousseux. »

Ben courut dans l'arrière-salle, revint vêtu d'une parka.

« Je vais chercher ma camionnette, je vous retrouve devant. »

Comme elles attendaient, Jessica parcourut la boutique du regard. Il y régnait cette atmosphère rustique qu'elle avait trouvée attirante ces derniers temps. Peut-être était-ce ce qu'elle recherchait maintenant que

Sophie grandissait. Elle se demanda comment étaient les écoles du coin. Elle se demanda s'il y avait même des écoles dans le coin.

Nicci la poussa du coude, la tirant de sa rêverie. Il était temps d'y aller.

« Merci pour votre temps, dit Jessica à Nadine.

— À votre service », répondit la femme.

Celle-ci fit le tour du comptoir, les accompagna jusqu'à la porte. Et c'est alors que Jessica remarqua la boîte en bois à côté du radiateur ; à l'intérieur se trouvaient une chatte et quatre ou cinq chatons.

« Je ne pourrais pas vous convaincre d'en adopter un ou deux, par hasard ? demanda Nadine avec un sourire plein d'espoir.

— Non merci », répondit Jessica.

Mais comme elle ouvrait la porte et s'engouffrait dans l'après-midi neigeux aux allures de lithographie pastorale, Jessica se tourna de nouveau vers la chatte qui allaitait.

Tout le monde avait des bébés.

73

Ils mirent bien plus de dix minutes à atteindre la maison, empruntant des chemins de traverse et s'enfonçant profondément dans les bois tandis que la neige continuait de tomber. À plusieurs reprises, la visibilité étant nulle, ils durent s'arrêter. Après environ vingt minutes, la route dessina une courbe et ils tombèrent sur une allée privée qui disparaissait quasiment au milieu des arbres.

Ben s'arrêta, leur fit signe de venir se placer à hauteur de sa camionnette. Il baissa sa vitre.

« Il y a plusieurs accès, mais celui-ci est probablement le plus aisé. Suivez-moi. »

Il s'engagea sur le sentier couvert de neige. Jessica et Nicci le suivirent. Ils atteignirent bientôt une clairière, et le sentier rejoignit ce qui devait être l'allée principale menant à la maison.

Au moment où ils approchaient, franchissant une brève élévation, Jessica prit la photo à la main. Elle avait été prise depuis l'autre côté de la colline, mais même à cette distance, ça ne faisait aucun doute. C'était bien la maison que Walt Brigham avait photographiée.

L'allée s'achevait en s'élargissant pour permettre de

faire demi-tour à dix mètres de la maison. Il n'y avait aucun autre véhicule à l'horizon.

En descendant de voiture, la première chose qui frappa Jessica ne fut pas l'isolement de la maison, ni même le décor hivernal plutôt pittoresque. Ce fut le silence. Elle entendait presque la neige heurter le sol.

Jessica avait grandi dans le sud de Philly, étudié à l'université de Temple, passé toute sa vie dans un rayon de quelques kilomètres autour de la ville. Ces temps-ci, quand elle se rendait sur les lieux d'un homicide à Philly, elle était accueillie par des coups de klaxon, des bus, de la musique forte. Parfois par les cris de citoyens en colère. Ce lieu était idyllique en comparaison.

Ben Sharp descendit de sa camionnette, laissant tourner le moteur. Il enfila une paire de gants en laine.

« Je crois que plus personne n'habite ici.

— Savez-vous qui y habitait avant ? demanda Nicci.

— Non, répondit-il. Désolé. »

Jessica regarda la maison. Elle comportait deux fenêtres à l'avant, qui les regardaient comme des yeux sinistres. Aucune lumière n'était allumée.

« Comment se fait-il que vous connaissiez cet endroit ? demanda-t-elle.

— On venait ici quand on était gosses. On trouvait ça plutôt flippant à l'époque.

— C'est toujours plutôt flippant, observa Nicci.

— Il y avait deux gros chiens sur la propriété.

— En liberté ? demanda Jessica.

— Oh, oui, répondit Ben, souriant. C'était ça, le défi. »

Jessica examina la propriété, la zone à proximité du perron. Il n'y avait pas de chaînes, pas d'écuelles, pas de traces de pattes dans la neige.

« Et il y a combien de temps de cela ?

— Oh, très longtemps, répondit Ben. Quinze ans. »

Tant mieux, pensa Jessica. Elle avait eu sa dose de

gros chiens quand elle était en uniforme. Comme tous les flics.

« Bon, on va vous laisser rentrer à la boutique, dit Nicci.

— Vous voulez que je vous attende ? proposa Ben. Pour vous montrer le chemin du retour ?

— Je crois qu'on peut se débrouiller seules maintenant, répondit Jessica. Nous vous remercions pour votre aide.

— Pas de problème, dit-il, même s'il semblait un brin déçu ; peut-être s'imaginait-il faire partie de l'enquête maintenant.

— Et remerciez une fois de plus Nadine de notre part.

— Je n'y manquerai pas. »

Quelques instants plus tard, Ben grimpait dans sa camionnette, faisait demi-tour et reprenait la direction de la route. Après quelques secondes, son véhicule disparut parmi les pins.

Jessica regarda Nicci. Elles se tournèrent toutes deux vers la maison.

Elle était toujours là.

Le porche était en pierres ; la porte de devant, en chêne solide, imposante. Un heurtoir en acier rouillé était fixé dessus. Il semblait plus vieux que la maison.

Nicci frappa avec son poing. Rien. Jessica colla l'oreille contre la porte. Silence. Nicci frappa une fois de plus, au moyen du heurtoir cette fois. Le son résonna un moment sur le vieux porche en pierres. Pas de réponse.

La fenêtre à droite de la porte était recouverte d'une épaisse couche de crasse accumulée au fil des années. Jessica en gratta une partie, regarda entre ses mains à travers la vitre. Tout était rendu opaque par la couche de crasse à l'intérieur. Elle ne distinguait même pas s'il y avait des rideaux ou des volets de l'autre côté de la vitre. Idem pour la fenêtre située à gauche de la porte.

« Alors, qu'est-ce que tu veux faire ? » demanda Jessica.

Nicci regarda en direction de la route, se tourna de nouveau vers la maison. Elle consulta sa montre.

« Ce que je veux, c'est un bain chaud avec de la mousse et un verre de pinot noir. Mais là, on est au bout du monde.

— On ferait peut-être bien d'appeler le bureau du shérif ? »

Nicci sourit. Jessica ne la connaissait pas si bien que ça, mais elle connaissait ce sourire. Chaque inspecteur avait ce sourire dans son arsenal.

« Pas encore. »

Nicci essaya la poignée de la porte. Verrouillée à double tour.

« Laisse-moi voir s'il y a un autre moyen d'entrer », dit-elle.

Elle descendit du perron, contourna le côté de la maison.

Pour la première fois de la journée, Jessica se demanda si elles ne perdaient pas leur temps. Ils n'avaient à vrai dire aucun indice solide reliant le meurtre de Walt Brigham à cette maison.

Décidant qu'elle ferait bien d'appeler Vincent, Jessica tira son téléphone portable. Elle regarda l'écran LCD. Pas de barres. Pas de signal. Elle renfonça son téléphone dans sa poche.

Quelques secondes plus tard, Nicci revint.

« J'ai trouvé une porte ouverte.

— Où ? demanda Jessica.

— À l'arrière. Elle donne sur un silo, je crois. Peut-être un abri.

— Elle était ouverte ?

— En quelque sorte. »

Jessica suivit Nicci. Le terrain derrière le bâtiment donnait sur une vallée, qui à son tour donnait sur une forêt. Comme elles arrivaient à l'arrière du bâtiment, Jessica sentit son impression d'isolement redoubler. Elle s'était pendant un moment imaginé qu'elle aimerait peut-être vivre dans un tel endroit, loin du bruit, de la pollution, de la criminalité. Mais maintenant, elle n'en était plus si sûre.

Elles atteignirent l'entrée du silo, deux lourdes portes en bois encastrées dans le sol et barrées par une épaisse traverse. Elles soulevèrent la traverse, la posèrent à proximité, ouvrirent les portes en les tirant.

Elles perçurent immédiatement une odeur de moisissure et de bois pourri. Avec un relent d'autre chose, quelque chose d'animal.

« Et on dit que le boulot de flic n'est pas glamour », ironisa Jessica.

Nicci se tourna vers elle.

« Alors ?

— Après vous, tantine. »

Nicci alluma sa Maglite.

« Police ! » hurla-t-elle dans le trou noir. Pas de réponse. Elle se tourna vers Jessica, la mine réjouie. « J'adore ce boulot ! »

Nicci prit les devants. Jessica suivit.

Tandis que de nouveaux nuages chargés de neige s'accumulaient au-dessus du sud-est de la Pennsylvanie, les deux inspectrices descendirent dans les ténèbres glacées de la cave.

74

Roland sentait la chaleur du soleil sur son visage. Il entendait le claquement de la balle contre le gant, percevait l'odeur douce de la graisse pour cuir. Le ciel était parfaitement dégagé.

Il avait quinze ans.

Ils étaient dix ce jour-là, onze si l'on comptait Charles. C'était la fin du mois d'avril. Chacun avait son joueur de base-ball préféré – parmi lesquels Lenny Dykstra, Bobby Munoz, Kevin Jordan, et le retraité Mike Schmidt. Et la moitié d'entre eux portaient une version faite maison du maillot de Mike Schmidt.

Ils avaient improvisé une partie après s'être glissés en douce sur un terrain situé à quelques dizaines de mètres de la Wissahickon, près de Lincoln Drive.

En regardant en direction des arbres, il voyait sa demi-sœur Charlotte et son amie Annemarie. La plupart du temps, elles les rendaient dingues, lui et ses amis, à jacasser et à brailler pour un rien. Mais pas toujours, pas Charlotte. C'était une enfant particulière, autant que son frère jumeau Charles. Elle avait, tout comme Charles, des yeux aussi bleus que des œufs de merle d'Amérique, cent fois plus éclatants qu'un ciel de printemps.

Charlotte et Annemarie. Elles étaient inséparables.

Ce jour-là, dans leurs robes d'été, elles chatoyaient dans la lueur éblouissante. Charlotte portait des rubans bleu lavande. C'était leur anniversaire – elles étaient nées le même jour, à exactement deux heures d'intervalle. Elles s'étaient rencontrées au parc quand elles avaient six ans, et n'envisageaient pas depuis de fêter leur anniversaire ailleurs.

À 6 heures, tous avaient entendu le tonnerre, bientôt suivi des appels de leurs mères.

Roland s'était éloigné. Il avait ramassé son gant et s'était éloigné comme ça, laissant Charlotte derrière lui. Il l'avait abandonnée au diable ce jour-là, et depuis ce jour, le diable avait possédé son âme.

Pour Roland, comme pour nombre de ses ouailles, le diable n'était pas une abstraction. C'était un être réel, qui pouvait se manifester sous bien des formes.

Il songea aux années qui avaient suivi, se rappela combien il était jeune lorsqu'il avait ouvert la mission. Il songea à Julianne Weber, aux brutalités que lui avait infligées un homme nommé Joseph Barber. La mère de la petite Julianne était venue le voir, et il avait parlé à l'enfant. Il songea à sa confrontation avec Joseph Barber dans ce taudis du nord de Philly, à l'expression dans les yeux de Barber lorsqu'il avait compris que l'heure de son jugement terrestre était arrivée, que la colère divine était imminente.

Treize couteaux, pensa Roland. Le chiffre du diable. Joseph Barber. Basil Spencer. Edgar Luna.

Tant d'autres.

Étaient-ils innocents ? Non. Peut-être n'étaient-ils pas directement responsables de ce qui était arrivé à Charlotte, mais ils avaient été les laquais du diable.

« Nous y sommes », annonça Sean.

Il gara le véhicule au bord de la route. Il y avait une pancarte au milieu des arbres, près d'une étroite allée bloquée par la neige. Sean descendit de la camionnette, alla gratter la neige fraîche qui recouvrait la pancarte.

« Bienvenue à Odense ».

Roland baissa sa vitre.

« Il y a un petit pont de bois à quelques centaines de mètres, expliqua Sean. Je me souviens qu'il était plutôt en mauvais état. Si ça se trouve, il n'est même plus là. Je crois que je devrais aller y jeter un coup d'œil avant que nous nous engagions en voiture.

— Merci, frère Sean », répondit Roland.

Sean rabaissa son bonnet de laine, noua son écharpe. « Je reviens tout de suite. »

Il s'engagea dans l'allée – progressant lentement dans la neige qui lui montait jusqu'aux mollets – et après quelques instants il disparut dans la tempête.

Roland jeta un coup d'œil à Charles.

Celui-ci se tordait les mains, se balançait sur son siège. Roland posa une main sur la grosse épaule de Charles. Ils y étaient presque.

Bientôt ils feraient face à l'assassin de Charlotte.

75

Byrne étudia le contenu de l'enveloppe – une poignée de photos avec, en bas de chacune, une notation griffonnée au stylo-bille, mais il n'avait aucune idée de ce que tout ça signifiait. Il examina de nouveau l'enveloppe. Elle était adressée à Kevin Byrne, département de police. Manuscrite, lettres majuscules, encre noire, pas d'expéditeur, cachet de la poste de Philly.

Byrne était à son bureau dans la salle commune de la Rotonde. La pièce était quasiment déserte. Tous les officiers qui avaient des projets pour le nouvel an étaient partis se préparer.

Il y avait six photos : de petits Polaroid. En bas de chacune se trouvait une suite de nombres. Les nombres semblaient familiers – ils renvoyaient apparemment à des dossiers de police. Mais c'étaient les photos elles-mêmes qu'il ne comprenait pas. Ce n'étaient pas des photos officielles.

L'une d'entre elles était un cliché représentant une peluche bleu lavande. Peut-être un ourson. Une autre représentait une barrette de petite fille, elle aussi couleur lavande. Une troisième représentait une petite paire de chaussettes. Difficile d'en distinguer la couleur exacte à cause de la légère surexposition du cliché, mais elles semblaient également bleu lavande.

Et il y avait trois autres photos, chacune représentant un objet méconnaissable, mais chaque fois couleur lavande.

Byrne scruta de nouveau chaque photo. C'étaient principalement des gros plans, aussi y avait-il peu de champ. Trois des objets étaient posés sur de la moquette, deux sur un plancher, le dernier sur ce qui ressemblait à du béton. Byrne était occupé à recopier les nombres lorsque Josh Bontrager entra, manteau à la main.

« Je voulais juste vous souhaiter une bonne année, Kevin. »

Bontrager traversa la pièce, serra la main de Byrne. Josh Bontrager était un fana de poignées de main. Depuis une semaine, Byrne et lui avaient bien dû en échanger une trentaine.

« Bonne année à vous, Josh.

— On va attraper ce type l'année prochaine. Vous verrez. »

Un peu de bon sens paysan, songea Byrne, mais ça tombait à point nommé.

« Aucun doute. » Byrne souleva la feuille sur laquelle il avait noté les numéros de dossiers. « Vous pourriez me rendre un service avant de partir ?

— Bien sûr.

— Est-ce que vous pourriez me sortir ces dossiers ?

— J'y vais de ce pas », répondit Bontrager en posant son manteau.

Byrne se pencha de nouveau sur les photos. Elles représentaient toutes des objets couleur lavande, ça le frappa de nouveau. Des objets de petite fille. Une barrette, un ourson en peluche, une paire de chaussettes ornées d'un petit ruban.

Qu'est-ce que ça voulait dire ? Les photos représentaient-elles six victimes ? Avaient-elles été tuées à cause de cette couleur lavande ? Était-ce la signature d'un tueur en série ?

Byrne jeta un coup d'œil par la fenêtre. La tempête se levait. Bientôt la ville se figerait. En général, les tempêtes de neige étaient une bonne nouvelle pour la police. Elles avaient tendance à tout ralentir, à apaiser les disputes qui dégénéraient souvent en bagarres, en meurtres.

Il regarda les photos dans sa main. Quoi qu'elles représentent, ça s'était déjà produit. Et le fait que des enfants étaient impliqués – probablement des petites filles – n'était pas un bon présage.

Il se leva, longea les couloirs jusqu'à l'ascenseur, et attendit Josh.

76

Le silo était humide et sentait le renfermé. Il était constitué d'une grande pièce et de trois autres plus petites. La section principale abritait une pile de boîtes en bois dans un coin et une grande malle de marin. Les autres pièces étaient pour ainsi dire vides. L'une comportait une goulotte à charbon condamnée et une poubelle. Dans une autre se trouvait une longue étagère pourrie sur laquelle étaient posés quelques bocaux en verre de couleur verte d'une contenance d'un demi-litre, une paire de pichets brisés. Au-dessus étaient fixés des brides en cuir craquelé ainsi qu'un vieux piège à loups.

La malle de marin ne comportait pas de cadenas, mais son large fermoir semblait scellé par la rouille. Jessica trouva une barre d'acier à proximité. Elle cogna sur la malle. Après trois coups, le fermoir sauta. Aidée de Nicci, elle ouvrit la malle.

Sur le dessus se trouvait un vieux drap. Elles l'écartèrent et découvrirent en dessous des couches de magazines : *Life*, *Look*, *Woman's Home Companion*, *Collier's*. Une odeur de papier moisi et de produit antimites s'éleva. Nicci souleva quelques magazines.

En dessous se trouvait un classeur en cuir de peut-être vingt-trois centimètres sur trente, nervuré et couvert d'une fine pellicule de moisissure verte. Jessica l'ouvrit. Il ne renfermait que quelques pages.

Elle feuilleta les deux premières pages. Sur la gauche se trouvait une coupure de presse jaunie tirée de l'*Inquirer* datant d'avril 1995, un article concernant le meurtre de deux fillettes à Fairmount Park. Annemarie DiCillo et Charlotte Waite. L'illustration sur la page de droite était un dessin à la plume représentant grossièrement deux cygnes blancs dans un nid.

Le pouls de Jessica s'accéléra. Walt Brigham avait vu juste. Cette maison – ou, plus exactement, ses occupants – avait quelque chose à voir avec le meurtre d'Annemarie et de Charlotte. Walt avait resserré son étau autour du tueur. Il avait été proche de la vérité, et le tueur l'avait suivi dans le parc cette nuit-là, jusqu'à l'endroit précis où les fillettes avaient été assassinées, et il l'avait immolé par le feu.

Jessica songea à la terrible ironie de la situation.

Dans la mort, Walt Brigham les avait menées à la maison du tueur.

Dans la mort, Walt Brigham tiendrait peut-être sa revanche.

77

Les six dossiers étaient des affaires de meurtres. Chacune des victimes était un homme, âgé de vingt-cinq à cinquante ans. Trois d'entre eux avaient été poignardés à mort – dont l'un à coups de cisailles de jardinier. Deux autres étaient morts sous des coups de matraque, et le dernier, écrasé par un gros véhicule, peut-être une camionnette. Ils étaient tous originaires de Philadelphie. Quatre étaient noirs, un blanc, un asiatique. Trois étaient mariés, deux divorcés, un célibataire.

Ils avaient en commun d'avoir été soupçonnés, à divers degrés, de violences à l'égard de fillettes. Tous les six étaient morts. Et, apparemment, un objet couleur lavande avait été retrouvé sur les lieux de chaque meurtre. Chaussettes, barrette, ourson en peluche...

Il n'y avait de suspect pour aucune des affaires.

« Ces dossiers sont-ils reliés à notre assassin ? » demanda Bontrager.

Byrne avait presque oublié que le jeune inspecteur était toujours dans la pièce. Il savait se faire discret. Peut-être par respect.

« Pas sûr, répondit Byrne.

— Vous voulez peut-être que je reste pour me pencher sur certains de ces dossiers ?

— Non, dit Byrne. C'est le nouvel an. Allez vous amuser. »

Après quelques instants, Bontrager attrapa son manteau et se dirigea vers la porte.

« Josh », lança Byrne.

Bontrager se retourna, plein d'attente.

« Oui ?

— Merci, dit Byrne en désignant les dossiers.

— Pas de problème. » Bontrager leva deux recueils de contes d'Andersen. « Je vais potasser ça ce soir. Je me dis que s'il compte recommencer, il y aura peut-être un indice là-dedans. »

Tu parles d'un nouvel an, songea Byrne. *À lire des contes de fées.*

« Bon courage.

— Je pensais vous appeler si je tombais sur quelque chose. Ça vous va ?

— Absolument », répondit Byrne. Ce gamin commençait à lui faire penser à lui-même à ses débuts à la brigade. Une version amish, néanmoins similaire. Byrne se leva, enfila son manteau. « Attendez. Je vais descendre avec vous.

— Cool, fit Bontrager. Vous allez où ? »

Byrne avait vérifié dans les dossiers les noms des inspecteurs qui avaient mené l'enquête. Ç'avait chaque fois été Walter J. Brigham et John Longo. Byrne avait cherché les coordonnées de ce dernier. Il avait pris sa retraite en 2001, et vivait maintenant dans le nord-est de la ville.

« Je crois que je vais aller faire un tour dans le nord-est », répondit Byrne en appuyant sur le bouton de l'ascenseur.

John Longo vivait dans une maison bien entretenue de Torresdale. Byrne fut accueilli par son épouse, Denise, une jolie femme élancée d'une petite quarantaine d'années. Elle mena Byrne à l'atelier du sous-sol, avec une expression sceptique et légèrement soupçonneuse derrière son sourire chaleureux.

Les murs étaient recouverts de plaques et de photos, dont la moitié représentait Longo en divers endroits, affublé de diverses tenues policières. L'autre moitié consistait en photos de famille – mariage dans un parc, Atlantic City, quelque part sous les tropiques.

Longo paraissait quelques années de plus que sur sa photo de police officielle, ses cheveux bruns étaient désormais mouchetés de gris, mais il était toujours svelte et athlétique. Avec ses quelques centimètres, et ses quelques années de moins que Byrne, il semblait toujours capable de mettre un suspect à terre s'il y était obligé.

Après l'échange habituel sur leurs connaissances communes, leurs équipiers, ils abordèrent finalement le motif de la visite de Byrne. Quelque chose dans les réponses de Longo disait à Byrne que celui-ci s'était d'une certaine manière attendu que ce jour arrive.

Les six photos étaient étalées sur l'établi, dont la surface était d'ordinaire consacrée à la fabrication de nichoirs en bois.

« Où vous les êtes-vous procurées ? demanda Longo.

— Vous voulez une réponse honnête ? » dit Byrne.

Longo acquiesça.

« Je croyais que c'était vous qui me les aviez envoyées.

— Non. » Longo examina l'enveloppe sous toutes les coutures. « Ce n'est pas moi. À vrai dire, j'espérais passer le restant de ma vie sans plus jamais voir rien de tel. »

Byrne comprenait. Il y avait un paquet de choses que lui aussi ne voulait plus jamais voir.

« Combien de temps avez-vous passé dans la maison ?

— Dix-huit ans, répondit Longo. Une moitié de carrière pour certains. Beaucoup trop pour d'autres. » Il examina attentivement l'une des photos. « Je me souviens de ça. Il y a eu bien des nuits où j'aurais préféré ne pas m'en souvenir. »

La photo était celle qui représentait un ourson en peluche.

« Elle a été prise sur une scène de crime ? demanda Byrne.

— Exact. »

Longo traversa la pièce, ouvrit un placard, en tira une bouteille de Glenfiddich. Il leva la bouteille, arquant un sourcil d'un air interrogateur. Byrne acquiesça. Longo remplit deux verres, en tendit un à Byrne.

« Ça a été ma dernière enquête, expliqua Longo.

— C'était dans le nord de Philly, n'est-ce pas ? »

Byrne le savait. Il avait juste besoin qu'ils soient en phase.

« Dans le quartier de Badlands. On traquait ce connard. Sans relâche. Ça a duré des mois. Il s'appelait Joseph Barber. On l'avait embarqué deux fois pour l'interroger sur une série de viols sur jeunes filles, mais impossible de lui mettre la main dessus. Puis il a remis ça. On a eu un tuyau qui nous informait qu'il était terré dans un vieux repaire de drogués près de l'angle de la 5e et de Cambria. » Longo vida son verre. « Il était mort quand on est arrivés sur les lieux. Treize couteaux dans le corps.

— Treize ?

— Oui. » Longo s'éclaircit la gorge. Ce n'était pas facile pour lui. Il se versa un autre verre. « Des couteaux à steak. Bon marché. Du genre de ceux qu'on trouve aux puces. Impossible de savoir d'où ils provenaient.

— L'affaire a-t-elle jamais été résolue ? »

Byrne connaissait aussi la réponse à cette question. Mais il voulait continuer de faire parler Longo.

« Pas que je sache.

— Vous avez suivi ses développements.

— Je ne voulais pas. Walt a continué à s'y intéresser un moment. Il a essayé de prouver que Joseph Barber avait été assassiné par une espèce de redresseur de torts.

Ça n'a convaincu personne. » Longo désigna la photo sur l'établi. « Quand j'ai vu cet ourson bleu lavande par terre, j'ai su que c'en était fini pour moi. Je n'ai jamais regardé en arrière.

— Une idée de la personne à qui appartenait cet ourson ? » demanda Byrne.

Longo fit signe que non.

« Quand les pièces à conviction ont été remises à disposition, je l'ai montré aux parents de la petite fille.

— Les parents de la dernière victime de Barber ?

— Oui. Ils ont répondu qu'ils ne l'avaient jamais vu. Comme j'ai dit, Barber était un violeur d'enfants récidiviste. Je ne veux pas savoir comment ni où il a pu se le procurer.

— Quel était le nom de sa dernière victime ?

— Julianne. » La voix de Longo se brisa. Byrne arrangea quelques outils sur l'établi, attendit. « Julianne Weber.

— Est-ce que vous savez ce qu'ils sont devenus ? »

Il acquiesça.

« Il y a quelques années, je passais en voiture devant chez eux et je me suis garé de l'autre côté de la rue. J'ai vu Julianne qui partait à l'école. Elle avait l'air d'aller – du moins au premier coup d'œil – mais je devinais sa tristesse dans chacun de ses pas. »

Byrne sentait que cette conversation touchait à sa fin. Il rassembla les photos, son manteau et ses gants.

« Je suis désolé pour Walt. C'était un type bien.

— Il avait le boulot dans le sang, répondit Longo. Je n'ai pas pu aller à la fête. Je n'ai même pas… » L'émotion le submergea un moment. « J'étais à San Francisco. Ma fille venait d'accoucher. Ma première petite-fille.

— Félicitations », dit Byrne.

À peine eurent-elles franchi ses lèvres que ces paroles – bien que sincères – lui semblèrent creuses. Longo vida son verre. Byrne fit de même, se leva, enfila son manteau.

« C'est le moment où on dit normalement : "Si je peux faire quoi que ce soit d'autre, s'il vous plaît n'hésitez pas à m'appeler", n'est-ce pas ? demanda Longo.

— Je suppose, répondit Byrne.

— Faites-moi une faveur.

— Bien sûr.

— Hésitez.

— OK », fit Byrne avec un sourire.

Tandis qu'il se retournait pour s'en aller, Longo lui posa une main sur le bras.

« Il y a autre chose.

— Allez-y.

— Walt disait que j'avais sans doute des visions à l'époque, mais j'étais convaincu. »

Byrne croisa les mains, attendit.

« Le motif formé par les couteaux, poursuivit Longo. Les blessures sur le torse de Joseph Barber.

— Qu'est-ce qu'elles avaient ?

— Je n'étais sûr de rien jusqu'à ce que je voie les photos de la morgue. Mais je suis certain que les blessures formaient un C.

— La lettre C ? »

Longo acquiesça, se versa un autre verre. Puis il s'assit à son établi. La conversation était officiellement terminée.

Byrne le remercia une fois de plus. En remontant au rez-de-chaussée, il vit que Denise Longo se tenait en haut des marches. Elle le raccompagna jusqu'à la porte, avec beaucoup plus de froideur que lorsqu'il était arrivé.

Tandis que le moteur de sa voiture chauffait, Byrne regarda la photo. Il serait probablement confronté à un meurtre d'enfant un jour, probablement dans un futur proche. Et il se demanda si, comme John Longo, il aurait le courage de tirer sa révérence.

78

Jessica fouilla la malle de fond en comble, feuilleta chaque magazine de bout en bout. Il n'y avait rien d'autre. Elle trouva quelques recettes jaunies, quelques patrons de couture. Elle trouva une boîte pleine de tasses à café enveloppées dans du papier journal. Le journal datait du 22 mars 1950. Elle s'intéressa de nouveau au classeur.

La dernière page était couverte de plusieurs dessins abominables – pendaisons, mutilations, éviscérations, démembrements –, enfantins dans leur exécution, extrêmement perturbants par leur contenu.

Jessica retourna à la première page. L'article de presse concernait le meurtre d'Annemarie DiCillo et de Charlotte Waite. Nicci le lut également.

« Bon, fit cette dernière. Je vais téléphoner. Il nous faut des renforts ici. Walt Brigham avait établi un lien entre la personne qui vivait ici et le meurtre d'Annemarie DiCillo, et on dirait qu'il avait raison. Dieu sait ce qu'on va découvrir ici. »

Jessica lui tendit son téléphone. Au bout d'un moment, après avoir essayé en vain de capter un signal depuis le silo, Nicci remonta les marches et sortit.

Jessica s'attaquait maintenant aux boîtes.

Qui vivait ici ? se demandait-elle. Où est cette personne maintenant ? Dans une petite ville comme ça, si elle était toujours dans les parages, ça se saurait. Jessica fouilla dans les boîtes qui se trouvaient dans le coin de la pièce. Elles contenaient d'autres vieux journaux, dont certains dans une langue qu'elle ne reconnut pas, peut-être du hollandais ou du danois. Elle trouva des jeux de société qui pourrissaient dans leurs boîtes depuis longtemps dévorées par la moisissure. Rien qui mentionnât le meurtre d'Annemarie DiCillo.

Elle ouvrit une nouvelle boîte, celle-ci moins abîmée que les autres, qui renfermait des journaux et des magazines plus récents. Sur le dessus se trouvait une année complète d'*Amusement Today*, une sorte de bulletin qui semblait être une publication professionnelle consacrée à l'industrie des parcs d'attractions. Jessica en retourna un exemplaire et découvrit une étiquette d'expédition à l'intention de monsieur Damgaard.

Était-ce l'assassin de Walt Brigham ? Jessica arracha l'étiquette, l'enfonça dans sa poche.

Elle était occupée à tirer les boîtes vers la porte lorsqu'un bruit la fit s'arrêter net. Elle crut d'abord qu'il s'agissait des montants de bois sec qui grinçaient dans le vent. Puis elle l'entendit de nouveau, un bruit de vieux bois assoiffé.

« Nicci ? »

Rien.

Elle était sur le point de remonter les marches lorsqu'elle entendit un bruit de pas approchant rapidement. Des pas précipités étouffés par la neige. Elle entendit alors ce qui ressemblait à une lutte, ou peut-être Nicci peinait-elle à porter quelque chose. Puis une voix. Son nom ?

Nicci venait-elle de l'appeler ?

« Nicci ? » lança Jessica.

Silence.

« Est-ce que tu as contacté le… »

Jessica n'eut pas le temps de finir sa question. À cet instant les lourdes portes se refermèrent en claquant, le bruit du bois résonnant bruyamment entre les pierres froides du silo exigu.

Puis un nouveau bruit bien plus inquiétant. Quelqu'un replaçait la traverse sur les portes. À l'extérieur.

79

Byrne faisait les cent pas sur le parking de la Rotonde. Il ne sentait pas le froid. Il pensait à John Longo et à son histoire.

Il a essayé de prouver que Joseph Barber avait été assassiné par une espèce de redresseur de torts. Ça n'a convaincu personne.

La personne qui avait envoyé les photos – probablement Walt Brigham – essayait de prouver la même chose. Sinon, pourquoi chaque objet sur les photos aurait-il été bleu lavande ? Ça devait être une sorte de carte de visite laissée par l'assassin, une touche personnelle de la part du redresseur de torts qui avait pris la liberté d'éliminer des hommes qui s'en étaient violemment pris à des fillettes et à des jeunes femmes.

Quelqu'un avait tué ces suspects avant que la police ne puisse prouver leur culpabilité.

Avant de quitter le nord-est de la ville, Byrne avait passé un coup de fil aux archives. Il avait demandé qu'on lui sorte les dossiers de tous les crimes non résolus des dix dernières années. Il avait aussi demandé qu'une recherche croisée soit effectuée à partir du mot « lavande ».

Byrne pensait à Longo, bien à l'abri dans sa cave,

occupé à fabriquer des nichoirs, qui plus est. Aux yeux du monde, Longo avait l'air satisfait. Mais Byrne voyait le fantôme. Et s'il avait attentivement examiné son propre visage dans un miroir – chose qu'il faisait de moins en moins ces temps-ci –, il aurait probablement vu la même chose en lui.

La petite ville de Meadville commençait à être attirante.

Byrne passa à autre chose et songea à l'affaire. Son affaire. Les meurtres de la rivière. Il savait qu'il devait tout détruire et tout reconstruire depuis le début. Ce n'était pas la première fois qu'il rencontrait ce genre de cinglés, des assassins qui s'inspiraient d'une chose qu'on voyait chaque jour et à laquelle on ne prêtait plus trop attention.

Lisette Simon avait été la première. C'était du moins ce qu'ils pensaient. Une femme de quarante et un ans qui travaillait dans un établissement psychiatrique. Peut-être l'assassin avait-il commencé là-bas. Peut-être avait-il rencontré Lisette, travaillé avec elle, fait quelque découverte qui avait déclenché ce carnage.

Les tueurs compulsifs commencent dans leur environnement immédiat.

Le nom du tueur figure dans ce listing informatique. Avant qu'il ne reprenne la direction de la Rotonde, Byrne sentit une présence proche.

« Kevin. »

Il pivota brutalement. C'était Vincent Balzano. Ils avaient mené une opération commune quelques années plus tôt. Et, bien entendu, il l'avait vu au bras de Jessica à plusieurs cérémonies organisées par la police. Ce qu'il savait de Vincent dans le boulot, c'est qu'il avait des méthodes peu orthodoxes, qu'il s'était mis plusieurs fois en danger pour sauver un collègue, et qu'il avait le sang plutôt chaud. Il n'était donc pas si différent de Byrne lui-même.

« Salut, Vince, dit Byrne.

— Vous avez parlé à Jess aujourd'hui ?

— Non, répondit Byrne. Qu'est-ce qui se passe ?

— Elle m'a laissé un message ce matin. J'ai passé ma journée en mission. Je n'ai eu son message qu'il y a une heure.

— Vous êtes inquiet ? »

Vincent regarda la Rotonde, puis de nouveau Byrne.

« Oui, je suis inquiet.

— Que disait son message ?

— Qu'elle se rendait avec Nicci Malone dans le comté de Berks, répondit Vincent. Jess n'était pas en service. Et maintenant je n'arrive pas à la contacter. Avez-vous la moindre idée de l'endroit où elles sont allées ?

— Non, répondit Byrne. Vous avez essayé son portable ?

— Oui. Je tombe sur sa messagerie. » Vincent se détourna un moment, puis fit de nouveau face à Byrne. « Qu'est-ce qu'elle fout dans le comté de Berks ? Elle travaille sur votre triple meurtre ?

— Elle enquête sur le meurtre de Walt Brigham.

— Le meurtre de Walt Brigham ? Quel rapport avec Berks ?

— Aucune idée.

— Quelle est la dernière entrée qu'elle a laissée dans le registre ?

— Allons voir. »

De retour dans la salle commune de la brigade criminelle, Byrne tira le classeur concernant le meurtre de Walt Brigham. Il le feuilleta jusqu'à la dernière entrée.

« Ça date d'hier soir », dit-il.

Le dossier contenait des photocopies de deux clichés, recto verso – des clichés en noir et blanc représentant une vieille ferme en pierre. C'étaient des duplicatas. Au dos de l'un d'eux figuraient cinq nombres, dont deux avaient été presque effacés, sans doute par de l'eau. En dessous, à l'encre rouge, d'une écriture que les deux hommes reconnurent aussitôt comme étant celle de Jessica, figurait la mention suivante : « 195- / Comté de Berks / N de French Creek ? »

« Vous pensez que c'est là qu'elle est allée ? demanda Vincent.

— Je ne sais pas, répondit Byrne. Mais si son message disait qu'elle allait dans le comté de Berks avec Nicci, il y a de grandes chances. »

Vincent prit son téléphone portable, essaya une fois de plus d'appeler Jessica. Rien. L'espace d'un instant, il sembla sur le point de balancer le téléphone par la fenêtre. Qui était fermée. Byrne avait déjà eu la même envie.

Vincent rempocha son téléphone, se dirigea vers la porte.

« Où allez-vous ? demanda Byrne.

— À Berks. »

Byrne attrapa les photos de la ferme, rangea le classeur.

« Je vous accompagne.

— Vous n'êtes pas obligé.

— D'où tenez-vous ça ? » demanda Byrne en le fixant du regard.

Vincent hésita un moment, acquiesça.

« Allons-y. »

Ils atteignirent la voiture de Vincent – une Cutlass S de 1970 entièrement restaurée – quasiment au pas de course. Byrne était à bout de souffle lorsqu'il se glissa sur le siège du passager. Vincent Balzano était en bien meilleure forme que lui.

Vincent flanqua un gyrophare sur le tableau de bord. Lorsqu'ils atteignirent la voie express Schuylkill, ils roulaient déjà à cent trente à l'heure.

80

L'obscurité était presque complète. Un simple trait fin de lumière froide pénétrait par la fente entre les portes du silo.

Jessica appela à quelques reprises, écouta. Vide, la campagne était silencieuse.

Elle appuya l'épaule contre les portes presque horizontales et poussa.

Rien.

Elle inclina son corps pour accroître la pression au maximum et essaya de nouveau. Une fois de plus, les portes ne bougèrent pas. Jessica regarda entre les deux battants. Elle distingua une bande noire en travers, ce qui signifiait que la barre avait été remise en place. De toute évidence, les portes ne s'étaient pas refermées toutes seules.

Il y avait quelqu'un dehors. Quelqu'un qui avait replacé la traverse sur les portes.

Où était Nicci ?

Jessica parcourut le silo du regard. Contre un mur se trouvaient un vieux râteau et une pelle à manche court. Elle saisit le râteau, tenta d'insérer le manche entre les portes. Impossible.

Elle pénétra dans la pièce suivante, fut accueillie par

une épaisse odeur de moisissure et de souris. Elle ne trouva rien.

Pas d'outils, pas de leviers, pas de marteaux ni de scie. Et sa Maglite commençait à faiblir. Contre le mur du fond, un mur intérieur, était tendue une paire de rideaux couleur rubis. Elle se demanda s'ils donnaient sur une autre pièce.

Elle les arracha, découvrit dans un coin une échelle, fixée au mur au moyen de boulons et d'une paire de crochets. Elle frappa sa lampe torche contre sa paume pour la maintenir allumée, fit courir le faisceau sur le plafond couvert de toiles d'araignée et découvrit une trappe qui semblait ne pas avoir été ouverte depuis des années. Jessica estima qu'elle devait maintenant se trouver au niveau de la porte d'entrée de la maison. Elle décrassa un peu l'échelle, testa le premier barreau. Il grinça sous son poids, mais tint bon. Elle serra sa Maglite entre ses dents et commença de grimper. Elle poussa la trappe en bois, et reçut une poignée de poussière noire en pleine face.

« Merde ! »

Jessica redescendit, essuya la poussière de ses yeux, cracha. Elle ôta son manteau, se l'enveloppa autour de la tête et des épaules, puis elle recommença à gravir l'échelle. Elle eut pendant une seconde l'impression que l'un des barreaux allait céder. Elle fit porter son poids vers les bords de l'échelle, s'arc-bouta. Cette fois-ci, lorsqu'elle poussa sur la trappe, elle détourna la tête. Le bois bougea. L'abattant n'était pas scellé et il ne semblait rien y avoir de lourd dessus.

Elle poussa une fois de plus, de toutes ses forces. La trappe céda. En la soulevant lentement, Jessica aperçut la faible lueur de l'après-midi. Elle la poussa complètement, et la trappe retomba sur le sol de la pièce au-dessus. Bien qu'il fût épais et rance, Jessica fut ravie de respirer l'air de la maison. Elle prit quelques inspirations profondes.

Elle ôta son manteau de sa tête, l'enfila et leva les yeux vers le plafond doté de poutres de la vieille ferme. Elle jugea qu'elle allait refaire surface dans un petit garde-manger situé à côté de la cuisine. Elle s'immobilisa, écouta. Juste le souffle du vent. Elle rangea la Maglite dans sa poche, tira son arme, et continua de gravir l'échelle.

Quelques secondes plus tard, Jessica franchissait l'ouverture et posait le pied sur le sol de la maison, heureuse de quitter le silo humide et étouffant. Elle pivota lentement à trois cent soixante degrés, et ce qu'elle vit lui coupa le souffle. Elle n'avait pas simplement pénétré dans une vieille ferme.

Elle avait pénétré dans un autre siècle.

81

Byrne et Vincent atteignirent le comté de Berks en un temps record grâce à la puissante voiture de Vincent et à sa capacité à se faufiler parmi la circulation de la voie express dans ce qui était en passe de devenir une véritable tempête de neige. Après avoir grossièrement défini les limites de la zone dont le code postal commençait par 195, ils se retrouvèrent à Robeson Township.

Ils empruntèrent une route à deux voies qui descendait vers le sud. Les maisons étaient éparpillées et aucune ne ressemblait à la ferme visiblement isolée qu'ils recherchaient. Après avoir roulé quelques minutes, ils tombèrent sur un homme qui déneigeait le bord de la route à l'aide d'une pelle.

L'homme, qui devait approcher des soixante-dix ans, déblayait l'entrée de son allée, une allée qui semblait mesurer plus de quinze mètres.

Vincent s'arrêta de l'autre côté de la rue, baissa sa vitre. La neige ne tarda pas à s'engouffrer dans la voiture.

« Bonjour », lança Vincent.

L'homme leva les yeux de sa corvée. Il avait l'air de porter tous les vêtements qu'il possédait – trois manteaux, deux chapeaux, trois paires de gants. Ses écharpes étaient tricotées à la main, couleur arc-en-ciel. Il était barbu ; ses cheveux gris étaient noués dans une tresse. Un ancien hippie.

« Bonjour, jeune homme.

— Vous n'avez pas déblayé tout ça tout seul, si ? »

L'homme s'esclaffa.

« Non, mes deux petits-enfants s'en sont chargés. Mais ils ne finissent jamais rien. »

Vincent lui montra la photo de la ferme.

« Ça vous dit quelque chose ? »

L'homme traversa lentement la route, examina la photo en prenant tout son temps.

« Non. Désolé.

— Est-ce que vous auriez vu par hasard deux autres inspecteurs passer aujourd'hui ? Deux femmes dans une Ford Taurus ?

— Non, monsieur, répondit l'homme. Je ne peux pas dire que je les ai vues. Je m'en souviendrais. »

Vincent réfléchit un moment. Il pointa le doigt en direction du carrefour devant eux.

« Il y a quelque chose par là ?

— Tout ce qu'il y a, c'est le garage Double K, répondit-il. Si elles se sont perdues ou si elles ont demandé leur chemin, j'imagine qu'elles se seront arrêtées là-bas.

— Merci, monsieur, dit Vincent.

— Je vous en prie, jeune homme. Allez en paix.

— Ne vous acharnez pas trop là-dessus, lança Vincent tout en démarrant la voiture. Ce n'est que de la neige. Elle sera fondue au printemps. »

L'homme s'esclaffa une fois de plus.

« C'est un boulot ingrat, répliqua-t-il en traversant de nouveau la rue. Mais j'ai du karma à revendre. »

Le garage Double K était un bâtiment branlant en tôle ondulée bâti en retrait de la route. Des voitures et des pièces automobiles à l'abandon jonchaient le paysage sur quatre cents mètres dans chaque direction. On aurait dit un jardin d'êtres étranges recouvert de neige.

Vincent et Byrne pénétrèrent dans l'établissement juste après 5 heures.

À l'intérieur, derrière un grand vestibule crasseux, un homme debout près du comptoir lisait *Hustler*. Il ne tenta aucunement de cacher le magazine de la vue de clients potentiels. Il avait une trentaine d'années, des cheveux blonds gras, une salopette de mécanicien infecte. Sur son badge était inscrit le prénom Kyle.

« Comment allez-vous ? » lança Vincent.

Accueil frais. Voire glacial. L'homme ne répondit pas un mot.

« Moi, ça va, poursuivit Vincent. Merci de me le demander. » Il montra sa plaque. « Je me demandais si...

— Je peux rien pour vous. »

Vincent se figea, plaque à la main. Il se tourna vers Byrne, de nouveau vers Kyle. Il resta ainsi quelque temps, puis reprit :

« Je me demandais si deux autres agents de police s'étaient arrêtés ici plus tôt dans la journée. Deux femmes, de Philadelphie.

— Je peux rien pour vous », répéta l'homme en se penchant de nouveau sur son magazine.

Vincent prit quelques inspirations rapides, tel un haltérophile se préparant à soulever une lourde charge. Il fit un pas en avant, rempocha sa plaque, écarta le revers de son manteau.

« Vous dites que deux agents de police de Philadelphie ne se sont pas arrêtés ici aujourd'hui. C'est exact ?

— Moi désolé. Vous être un peu sourd ? » répliqua Kyle avec une grimace d'attardé.

Vincent regarda de nouveau Byrne. Il savait que celui-ci n'aimait pas trop qu'on se moque des malentendants, mais Byrne gardait son sang-froid.

« Une dernière fois, tant que nous sommes toujours

amis, reprit Vincent. Deux femmes de la police de Philadelphie se sont-elles arrêtées ici aujourd'hui, à la recherche d'une ferme ? Oui ou non ?

— Je suis au courant de rien, mon pote, répondit Kyle. Bonne soirée. »

Vincent lâcha un éclat de rire qui, sur le coup, sembla plus effrayant que son air menaçant. Il se passa la main dans les cheveux, sur la mâchoire. Il balaya du regard la zone du vestibule. Puis ses yeux se posèrent sur un objet qui attira son attention.

« Kevin, dit-il.

— Quoi ? »

Vincent désigna une poubelle proche. Byrne regarda.

Là, au-dessus d'une paire de boîtes d'accessoires automobiles couvertes de graisse, se trouvait une carte de visite ornée d'un logo qui leur était familier – caractères noirs en relief, carton blanc. Elle appartenait à l'inspecteur Jessica Balzano, département de police de Philadelphie, brigade criminelle.

Vincent pivota sur ses talons. Kyle, qui se tenait toujours dans le coin, l'observait. Mais son magazine était maintenant par terre. En s'apercevant qu'ils n'allaient pas partir, il baissa la main pour attraper quelque chose sous le comptoir.

À cet instant, Kevin Byrne fut le témoin d'une scène incroyable.

Vincent Balzano traversa la pièce en courant, bondit par-dessus le comptoir et saisit l'homme blond à la gorge, le poussant brutalement contre un présentoir. Filtres à huile, filtres à air et bougies s'envolèrent.

Tout cela n'avait semblé durer qu'une fraction de seconde. Vincent avait agi en un clin d'œil.

Dans un mouvement agile, tout en serrant de la main gauche la gorge de Kyle, il tira son arme et la pointa sur un rideau couvert de traînées de crasse qui donnait sur ce qui était probablement une arrière-salle. Le tissu semblait jadis avoir été un rideau de douche, même si Byrne doutait que Kyle fût familier de ce concept. Quelqu'un se tenait derrière le rideau. Byrne l'avait également vu.

« Sortez de là ! » cria Vincent.

Rien. Pas un mouvement. Vincent pointa son arme vers le plafond, fit feu. La détonation fut assourdissante. Il braqua de nouveau son arme sur le rideau.

« Maintenant ! »

Quelques secondes plus tard un homme apparut, bras écartés. C'était le sosie parfait de Kyle. Son badge indiquait qu'il s'appelait Keith.

« Inspecteur ? lança Vincent.

— Je m'occupe de lui », répondit Byrne en regardant Keith.

L'homme était pétrifié. Byrne n'avait pas besoin de sortir son arme. Du moins pas pour le moment.

Vincent porta toute son attention sur Kyle.

« Maintenant, je te laisse environ deux putains de secondes pour te mettre à table, dégénéré. » Il colla son arme contre le front de Kyle. « Non. Une seule seconde.

— Je sais pas ce que vous…

— Regarde-moi dans les yeux et dis-moi que je ne rêve pas. » Vincent accentua la pression sur la gorge de Kyle, qui commençait à virer au vert olive. « Vas-y. »

À bien y réfléchir, étrangler un homme tout en lui demandant de parler n'était sans doute pas la meilleure technique d'interrogatoire. Mais pour le moment, Vincent Balzano ne réfléchissait plus trop bien.

Il joua de tout son poids et flanqua Kyle par terre, lui coupant sèchement le souffle. Il lui colla son genou dans l'entrejambe.

« Je vois tes lèvres bouger, mais je n'entends rien. » Il relâcha la pression sur la gorge de Kyle. Légèrement. « Parle. Maintenant.

— Elles… elles sont venues ici, dit Kyle.

— Quand.

— Vers midi.

— Où sont-elles allées ?

— Je… j'en sais rien. »

Vincent appuya le canon de son arme contre l'œil gauche de Kyle.

« Attendez ! J'en sais vraiment rien, j'en sais rien, j'en sais rien ! »

Vincent inspira profondément pour se calmer. Ça ne sembla avoir aucun effet.

« De quel côté sont-elles reparties ?

— Vers le sud, parvint à prononcer Kyle.

— Qu'est-ce qu'il y a par là-bas ?

— Chez Doug. Elles y sont peut-être allées.

— C'est quoi, Chez Doug ?

— Reuh-restaurant. »

Vincent ôta son arme.

« Meuh-merci, Kyle. »

Cinq minutes plus tard, les deux inspecteurs repartaient vers le sud. Mais pas avant d'avoir fouillé de fond en comble le garage. Rien n'indiquait que Jessica et Nicci s'y étaient attardées.

82

Roland n'en pouvait plus d'attendre. Il enfila ses gants, son bonnet de laine. Avancer à l'aveugle à travers une forêt dans une tempête de neige ne le tentait guère, mais il n'avait pas le choix. Il jeta un coup d'œil à l'indicateur de niveau d'essence. Le moteur avait continué de tourner et le chauffage était resté allumé depuis qu'ils s'étaient arrêtés. Il leur restait moins d'un huitième de réservoir.

« Attends ici, dit Roland. Je vais aller chercher Sean. Je ne serai pas parti longtemps. »

Charles l'étudia avec dans les yeux une peur intense que Roland avait déjà vue à plusieurs reprises. Il lui saisit la main.

« Je vais revenir, dit-il. Je te le promets. »

Roland descendit de la camionnette, referma la portière. Une couche de neige glissa du toit du véhicule et lui tomba sur les épaules. Il s'épousseta, jeta un coup d'œil par la vitre, fit un geste de la main à Charles, qui lui retourna son geste.

Roland s'engagea dans l'allée.

Les arbres semblaient serrer les rangs. Roland marchait depuis près de cinq minutes. Il ne trouvait pas le pont dont Sean avait parlé, ni rien d'autre d'ailleurs. Il se retourna à quelques reprises, à la dérive dans le déluge de neige. Il avait perdu ses points de repère.

« Sean ? » appela-t-il.

Silence. Juste la forêt blanche et déserte.

« *Sean !* »

Pas de réponse. Son appel avait été étouffé par la neige qui tombait, absorbé par les arbres, avalé par le crépuscule. Roland décida de rebrousser chemin. Ses vêtements n'étaient pas adaptés à la situation, et ce monde lui était inconnu. Il regagnerait la camionnette et y attendrait Sean. Il baissa les yeux vers le sol. Les tourbillons de neige avaient presque effacé ses pas. Il fit demi-tour, reprit aussi vite que possible le chemin par lequel il était arrivé. Ou du moins le pensait-il.

Tandis qu'il rebroussait péniblement chemin, le vent se leva soudain. Roland tourna le dos à la bourrasque, se couvrit le visage avec son écharpe, attendit que ça passe. Lorsque la rafale s'atténua, il leva les yeux et aperçut une étroite clairière parmi les arbres. Il y avait une ferme en pierre et, au loin, peut-être quatre cents mètres derrière, un grand treillis et ce qui ressemblait à des attractions de parc à thème.

Mes yeux doivent me jouer des tours, songea-t-il.

Roland se tourna vers la maison et perçut soudain de l'agitation sur sa gauche – un bruit sec, doux, pas un craquement de branche sous des pieds, mais plutôt comme un tissu clapotant dans le vent. Roland pivota. Il entendit alors un autre bruit, plus proche cette fois. Il dirigea sa lampe torche vers les arbres et distingua une silhouette sombre oscillant dans le faisceau de lumière, une forme en partie dissimulée par les pins vingt mètres devant lui. Avec la neige qui tombait, impossible de dire de quoi il s'agissait.

Un animal ? Une pancarte quelconque ?

Quelqu'un ?

Il s'approcha lentement, et l'objet se fit plus net. Ce

n'était ni une personne, ni une pancarte. C'était le manteau de Sean, accroché à un arbre, couvert de neige fraîche. Son écharpe et ses gants gisaient au pied de l'arbre.

Sean était invisible.

« Oh, mon Dieu ! s'écria Roland. Oh, Seigneur, non. »

Il hésita quelques instants, puis décrocha le manteau, le secoua pour en ôter la neige. Il avait d'abord cru que le manteau était suspendu à une branche cassée, mais il s'était trompé. Roland regarda de plus près et vit qu'il était en fait accroché à un petit canif planté dans l'écorce de l'arbre. Sous le manteau, quelque chose était gravé – une forme ronde, d'environ quinze centimètres de diamètre. Roland braqua sa lampe torche dessus.

C'était une lune à visage humain. Fraîchement gravée.

Il se mit à frissonner. Et le temps glacial n'y était pour rien.

« Quel froid délicieux », murmura une voix, portée par le vent.

Une ombre bougea dans l'obscurité toute proche, puis elle disparut, se fondant dans la neige incessante.

« Qui est là ? demanda Roland.

— Je suis Lune, répondit le murmure, désormais derrière lui.

— Qui ? demanda Roland d'une voix grêle et effrayée qui lui fit honte.

— Et tu es le Bonhomme de neige. »

Roland entendit un bruit de pas précipités. Il était trop tard. Il se mit à prier.

Dans un blizzard de blanc, le monde de Roland Hannah devint noir.

83

Jessica était plaquée contre le mur, son arme braquée devant elle. Elle se trouvait dans un petit couloir qui reliait la cuisine et le salon de la ferme. Elle sentait l'adrénaline déferler dans son corps.

Elle avait inspecté la cuisine à la hâte. La pièce ne comportait qu'une table en bois, deux chaises. Un papier peint à fleurs taché au-dessus de panneaux de bois blanc. Les placards étaient vides. Il y avait un vieux poêle en fonte, probablement inutilisé depuis des années. Tout était recouvert d'une épaisse couche de poussière. C'était comme se trouver dans un musée que le temps aurait épargné.

Tout en longeant le couloir en direction du salon, Jessica tendait l'oreille, cherchant à détecter une autre présence humaine. Mais elle n'entendait que le martèlement de son pouls dans ses oreilles. Elle aurait voulu avoir son gilet pare-balles, du renfort. Elle n'avait ni l'un ni l'autre. Quelqu'un l'avait délibérément enfermée dans le silo. Elle était bien forcée de supposer que Nicci était blessée, ou retenue contre son gré.

Jessica se glissa furtivement jusqu'à l'angle, compta en silence jusqu'à trois, puis jeta un coup d'œil dans le salon.

La hauteur sous plafond dépassait les trois mètres, et une grande cheminée se dressait contre le mur opposé. Le sol était fait de vieilles planches. Les murs, depuis longtemps ravagés par la moisissure, avaient jadis été enduits de badigeon. Au centre de la pièce se trouvait un divan à dossier à médaillons, tapissé d'un velours vert délavé, de style victorien, et, à côté, une petite table ronde sur laquelle était posé un livre à reliure de cuir. La pièce n'était pas poussiéreuse. Elle servait encore.

En s'approchant, Jessica vit une légère dépression sur l'extrémité droite du divan, près de la table. Quelqu'un venait s'asseoir ici, peut-être pour lire le livre. Elle regarda en l'air. Il n'y avait aucun éclairage au plafond, ni électrique ni à bougies.

Elle scruta les coins de la pièce, la sueur lui coulant dans le dos malgré le froid. Elle marcha jusqu'à la cheminée, posa la main sur la pierre. Froide. Mais dans l'âtre se trouvaient les restes d'un journal à moitié consumé. Elle l'attrapa par un coin, l'examina. Il datait de trois jours plus tôt. Quelqu'un était venu ici récemment.

À côté du salon se trouvait une petite chambre. Elle jeta un coup d'œil à l'intérieur. Celle-ci renfermait un grand sommier surmonté d'un matelas, le lit était fait au carré. Une petite table de nuit ; posés dessus, un peigne pour homme hors d'âge et une délicate brosse à cheveux pour femme. Elle regarda sous le lit, puis se dirigea lentement vers le placard, prit une profonde inspiration, et ouvrit d'un coup la porte.

À l'intérieur se trouvaient deux vêtements. Un costume sombre, et une longue robe couleur crème, tous deux semblant provenir d'une autre époque. Ils étaient suspendus à des cintres recouverts de velours rouge.

Jessica rengaina son arme, regagna le salon, essaya d'ouvrir la porte de devant. Verrouillée. Elle vit des traces de frottement près du trou de la serrure, métal brillant contre fer rouillé. Il fallait une clé. Elle comprit aussi pourquoi elles avaient été incapables de voir quoi que ce soit à travers les fenêtres depuis l'extérieur. Celles-ci étaient recouvertes d'un vieux papier de boucher. Une inspection plus approfondie révéla que les fenêtres étaient condamnées au moyen d'une douzaine de vis rouillées. Elles n'avaient pas été ouvertes depuis des années.

Jessica traversa le salon jusqu'au divan, les craquements du plancher résonnant dans la vaste pièce. Elle souleva le livre sur la table basse. Sa gorge se serra.

Les *Contes* de Hans Christian Andersen.

Le temps ralentit, s'arrêta.

Tout était lié. Tout.

Annemarie et Charlotte. Walt Brigham. Les meurtres de la rivière – Lisette Simon, Kristina Jakos, Tara Grendel. Une seule et unique personne était responsable, et Jessica était dans sa maison.

Elle ouvrit le livre. Chaque histoire comportait une illustration, et chaque illustration était exécutée dans le même style que les dessins retrouvés sur les cadavres, les lunes peintes à partir de sperme et de sang.

Le livre renfermait divers articles de presse qui faisaient office de marque-pages. L'un d'eux datait d'un an plus tôt et relatait l'histoire de deux hommes retrouvés morts dans une grange de Mohrsville, en Pennsylvanie. La police avait affirmé qu'ils avaient été noyés, puis enfermés dans des sacs en toile. L'illustration de l'histoire correspondante représentait un homme tenant deux garçons, un grand et un petit, dans ses mains tendues.

L'article suivant datait de huit mois plus tôt et relatait le meurtre d'une vieille femme qui avait été étranglée et retrouvée dans un tonneau de chêne sur sa propriété de Shoemakersville. L'illustration du livre représentait une femme bienveillante, les bras chargés de gâteaux, de tartelettes et de biscuits. Les mots « tante Millie » avaient été griffonnés en travers de l'illustration d'une main innocente.

Tous les articles suivants traitaient de personnes disparues – hommes, femmes, enfants – et étaient accompagnés d'un dessin délicat illustrant chacun une histoire de Hans Christian Andersen. *Petit Claus et Grand Claus. Tante Rage-de-Dents. Le Coffre volant. La Reine des neiges.*

À la fin du livre se trouvait un article du *Daily News* sur le meurtre de l'inspecteur Walter Brigham. À côté se trouvait une illustration d'un soldat de plomb.

Jessica sentit la nausée la gagner. Elle tenait un livre de mort, une anthologie du crime.

Également insérée entre les pages du livre se trouvait une brochure aux couleurs passées représentant deux enfants heureux dans un petit bateau aux couleurs vives. Elle semblait dater des années 1940. Devant les enfants se trouvait une grande enseigne installée à flanc de colline : un livre de six mètres de haut. Au milieu de l'enseigne, une jeune femme était représentée sous les traits de la Petite Sirène. En haut de la page, de joyeuses lettres rouges proclamaient : « Bienvenue à la Rivière des contes : un monde d'enchantement ! »

Tout à la fin du livre, Jessica trouva un court article de presse. Il datait de quatorze ans plus tôt.

> Odense, Pennsylvanie (AP) – Après près de six décennies, un petit parc à thème du sud-est de la Pennsylvanie fermera définitivement ses portes à la fin de la saison estivale. La famille à la tête de la Rivière des contes affirme qu'elle ne souhaite pas rénover sa propriété. La propriétaire, Elise Damgaard, explique que c'est son mari Frederik, un jeune émigrant danois, qui a ouvert le parc pour enfants de la Rivière des contes. Le parc lui-même a été conçu d'après la ville danoise d'Odense, la ville de naissance de Hans Christian Andersen, dont les histoires et les fables ont servi de base à de nombreuses attractions.

Sous l'article se trouvait le titre découpé d'une notice nécrologique :

ELISE M. DAMGAARD,
DIRECTRICE DE PARC D'ATTRACTIONS.

Jessica chercha autour d'elle un objet avec lequel briser une fenêtre. Elle souleva la table basse. Celle-ci comportait un plateau de marbre, et pesait lourd. Mais avant d'avoir pu traverser la pièce elle entendit un froissement de papier. Non.

Quelque chose de plus doux. Elle sentit une brise qui rendit l'air encore plus froid l'espace d'une seconde. Et elle vit alors un petit oiseau brun se poser sur le divan près d'elle. Aucun doute. C'était un rossignol.

« Tu es ma Vierge des glaces. »

C'était une voix d'homme, une voix familière, mais qu'elle ne parvint pas à identifier immédiatement. Avant que Jessica ait pu se retourner et dégainer son arme, l'homme lui arracha la table des mains et la projeta vers sa tête, la frappant au niveau de la tempe avec une force qui lui fit voir mille chandelles.

Jessica se retrouva sur le sol froid et humide du salon. Elle sentit de l'eau glaciale sur son visage. De la neige fondue. Elle aperçut des bottes d'homme à quelques centimètres. Elle roula sur le flanc tandis que sa vision se voilait. Son agresseur l'attrapa par les pieds et la tira à travers la pièce.

Quelques secondes plus tard, avant qu'elle perdît conscience, l'homme se mit à fredonner.

« *Tant de belles demoiselles…* »

84

La neige ne diminuait pas. Par moments, Byrne et Vincent étaient obligés de s'arrêter pour laisser passer une bourrasque. Les lumières qu'ils voyaient – la maison ou le bâtiment commercial occasionnels – semblaient apparaître et disparaître dans un brouillard blanc.

La Cutlass de Vincent était conçue pour les routes dégagées, pas pour les chemins de campagne enneigés. Parfois ils faisaient du huit à l'heure, essuie-glaces à fond, les phares n'éclairant pas à plus de trois mètres devant eux.

Ils traversaient petite ville après petite ville. À 6 heures passées, ils prirent conscience que ça risquait d'être sans espoir. Vincent s'arrêta au bord de la route, tira son téléphone portable. Il composa une fois de plus le numéro de Jessica, tomba sur sa messagerie.

Il regarda Byrne, qui lui retourna son regard.

« Qu'est-ce qu'on fait ? » demanda Vincent.

Byrne pointa le doigt en direction de la fenêtre du côté du conducteur. Vincent se tourna, regarda.

L'enseigne semblait apparaître de nulle part.

DOUG'S DEN.

Il n'y avait que deux couples dans le restaurant, ainsi que deux serveuses d'une soixantaine d'années.

L'intérieur était décoré à la façon chaleureuse typique des petites villes – nappes à carreaux rouges et blancs, chaises recouvertes de vinyle, plafond sillonné de minuscules lumières blanches de Noël. Un feu brûlait dans une cheminée de pierres. Vincent montra sa plaque à l'une des serveuses.

« Nous cherchons deux femmes, expliqua-t-il. Des agents de police. Elles ont pu s'arrêter ici aujourd'hui. »

La serveuse dévisagea les inspecteurs avec un scepticisme de campagnarde endurcie.

« Je peux revoir votre plaque ? »

Vincent inspira profondément, lui tendit le porte-cartes. Elle l'examina pendant ce qui sembla durer trente secondes, le lui rendit.

« Oui. Elles sont venues ici », répondit-elle.

Byrne remarqua que Vincent semblait aussi impatient qu'au garage, et il espérait qu'il n'allait pas se mettre à brutaliser des serveuses sexagénaires.

« Vers quelle heure ? demanda Byrne.

— Peut-être aux alentours de 1 heure. Elles ont parlé au propriétaire. Monsieur Prentiss.

— Monsieur Prentiss est-il ici en ce moment ?

— Non, répondit la serveuse. J'ai peur qu'il soit absent pour un moment. »

Vincent jeta un coup d'œil à sa montre.

« Savez-vous où ces deux femmes sont allées ensuite ? demanda-t-il.

— Eh bien, je sais où elles ont dit vouloir aller, répondit-elle. Il y a une petite boutique de matériel d'art au bout de cette route. Mais elle est fermée à cette heure-ci. »

Byrne regarda Vincent. Ses yeux disaient : *Non, elle n'est pas fermée*.

Et il sortit, une fois de plus, en un clin d'œil.

85

Jessica était transie. Sa tête semblait pleine de verre brisé. Sa tempe battait.

Au début, elle avait eu l'impression d'être sur un ring de boxe. Elle s'était déjà retrouvée à terre à l'entraînement, et la première sensation était toujours une sensation de chute. Pas sur la toile du ring – à travers l'espace. Puis arrivait la douleur.

Mais elle n'était pas sur le ring. Il faisait trop froid.

Elle ouvrit les yeux, sentit le sol sous elle. Terre humide, aiguilles de pin, feuilles. Elle se redressa, un peu trop rapidement. Tout chavira. Elle s'appuya sur son coude. Après environ une minute, elle regarda autour d'elle.

Elle était dans une forêt. Deux bons centimètres de neige s'étaient accumulés sur elle.

Depuis combien de temps suis-je dehors ? Comment suis-je arrivée ici ?

Pas de traces de pas autour d'elle. La neige lourde avait tout recouvert. Jessica s'inspecta rapidement. Rien de cassé, apparemment pas de fractures.

La température chutait ; il neigeait de plus en plus fort. Jessica se leva, s'appuya à un arbre, fit rapidement le point. Pas de téléphone. Pas d'arme. Pas de partenaire.

Nicci.

À 6 h 30, il cessa de neiger. Il faisait cependant complètement nuit et Jessica n'avait aucun moyen de s'orienter. Non seulement les activités de plein air n'étaient pas son fort, mais elle n'était même pas en mesure d'utiliser le peu qu'elle savait.

La forêt était dense. De temps à autre elle allumait sa Maglite mourante dans l'espoir de se repérer. Mais elle voulait économiser ses piles car elle ne savait pas combien de temps elle passerait ici.

Elle glissa plusieurs fois sur des cailloux glacés recouverts de neige, tombant par terre à quelques reprises, et décida d'avancer d'un arbre dépouillé à l'autre, se raccrochant aux branches basses. Sa progression s'en trouva ralentie, mais elle n'avait pas besoin de se fouler la cheville, voire pire.

Après environ une demi-heure, Jessica s'arrêta. Elle croyait entendre… un ruisseau ? Oui, un bruit d'eau qui coulait. Mais où ? De l'autre côté d'une petite élévation sur sa droite. Elle gravit lentement la pente et découvrit un ruisseau étroit qui serpentait à travers la forêt. Elle n'était pas experte en cours d'eau, mais le fait qu'il avançait signifiait quelque chose, pas vrai ?

Elle le suivrait. Elle ne savait pas s'il la mènerait plus profondément dans la forêt, ou plus près de la civilisation. Mais elle était certaine d'une chose. Elle devait avancer. Si elle restait sur place, habillée comme elle l'était, elle ne survivrait pas à la nuit. La vision de la peau gelée de Kristina Jakos lui revint soudain à l'esprit.

Elle resserra son manteau autour d'elle, et longea le ruisseau.

86

La galerie d'art s'appelait l'Arche de l'art. La boutique n'était pas éclairée, mais une lumière brillait à la fenêtre du premier étage. Vincent cogna violemment à la porte. Quelques instants plus tard, une voix de femme, provenant de derrière le rideau tiré sur la porte, lança : « C'est fermé !

— Police, annonça Vincent. Il faut que nous vous parlions. »

Le rideau s'écarta de quelques centimètres.

« Vous ne travaillez pas pour le shérif Toomey, répliqua la femme. Je vais l'appeler.

— Nous sommes de la police de Philadelphie, madame », expliqua Byrne en s'interposant entre Vincent et la porte.

Ce dernier était sur le point de démolir la porte, et la femme manifestement âgée qui se trouvait derrière avec. Byrne sortit sa plaque. Le faisceau d'une lampe torche traversa la vitre. Quelques secondes plus tard, les lumières s'allumèrent dans la boutique.

« Elles sont venues ici cet après-midi », expliqua Nadine Palmer.

Âgée d'une soixantaine d'années, elle portait un peignoir en tissu éponge rouge et une paire de Birkenstock.

Elle leur avait offert du café, qu'ils avaient décliné. La télé était allumée dans le coin de la boutique, une énième diffusion de *La vie est belle*.

« Elles avaient la photo d'une ferme, poursuivit Nadine. Elles disaient qu'elles la cherchaient. Mon neveu Ben les y a emmenées.

— S'agissait-il de cette maison ? demanda Byrne en lui montrant la photo.

— Exactement.

— Votre neveu est-il ici en ce moment ?

— Non. C'est le nouvel an, jeune homme. Il est avec ses amis.

— Pouvez-vous nous indiquer comment y aller ? » demanda Vincent.

Il trépignait, tapait du doigt sur le comptoir, une vraie pile électrique.

La femme les regarda tous deux d'un air sceptique.

« Beaucoup de gens s'intéressent à cette ferme ces temps-ci. Est-ce qu'il se passe quelque chose que je devrais savoir ?

— Madame, il est d'une importance capitale que nous nous rendions à cette maison tout de suite », répliqua Byrne.

La femme attendit quelques secondes, juste pour faire son effet. Puis elle saisit un carnet de croquis et décapuchonna un stylo.

Tandis qu'elle dessinait un plan, Byrne jeta un coup d'œil à la télé dans le coin. Le film avait été interrompu pour laisser place à un flash d'infos. Lorsque Byrne vit le sujet du flash, son cœur se serra : une femme assassinée venait d'être retrouvée au bord de la rivière Schuylkill.

« Pourriez-vous monter le volume, s'il vous plaît ? » demanda Byrne.

Nadine s'exécuta.

« La jeune femme a été identifiée comme Sa'mantha

Fanning de Philadelphie. Elle faisait l'objet de recherches intensives de la part des autorités locales et fédérales. Son corps a été retrouvé sur la rive est de la rivière Schuylkill, près de Leesport. Des détails supplémentaires dès que nous en aurons. »

Byrne savait qu'ils n'étaient pas loin de la scène de crime, mais ils ne pouvaient rien faire depuis l'endroit où ils se trouvaient. Ils étaient sortis de leur juridiction. Il appela Ike Buchanan à son domicile. Ike contacterait le procureur du comté de Berks.

Byrne saisit le plan que lui tendait Nadine Palmer.

« Nous vous sommes très reconnaissants. Merci beaucoup.

— J'espère que ça vous aidera », répondit Nadine.

Vincent était déjà à la porte. Comme Byrne se retournait pour s'en aller, des cartes postales sur présentoir attirèrent son attention. Elles représentaient divers personnages de contes de fées, grandeur nature, on aurait dit des personnes réelles costumées.

La Petite Poucette. La Petite Sirène. La Princesse au petit pois.

« Qu'est-ce que c'est que ça ? demanda Byrne.

— Ce sont des cartes postales anciennes, répondit Nadine.

— Cet endroit a existé ?

— Oh, pour sûr. Ça faisait partie d'une espèce de parc à thème. Assez célèbre dans les années 1940 et 1950. Il y en avait beaucoup en Pennsylvanie à l'époque.

— Il est toujours ouvert ?

— Non, hélas. D'ailleurs, il va être détruit dans quelques semaines. Ça fait des années qu'il n'est plus ouvert. Je croyais que vous le connaissiez.

— Que voulez-vous dire ?

— La ferme que vous cherchez.

— Eh bien ?

— La Rivière des contes est juste à côté. Le parc a appartenu à la famille Damgaard pendant des années. »

Le nom lui fit l'effet d'une bombe. Byrne sortit de la boutique en courant, sauta dans la voiture.

Tandis que Vincent démarrait sur les chapeaux de roues, Byrne sortit le listing informatique que Tony Park avait compilé, la liste des patients de la clinique psychiatrique du comté. Quelques secondes plus tard, il avait trouvé ce qu'il cherchait.

L'un des patients de Lisette Simon s'appelait Marius Damgaard.

Et alors, il comprit. Tout était lié, tout avait commencé par une belle journée de printemps, en avril 1995. Une journée durant laquelle deux fillettes s'étaient enfoncées seules dans la forêt.

Et maintenant Jessica Balzano et Nicci Malone étaient à leur tour prisonnières de la fable.

87

Il est une obscurité dans les forêts du sud-est de la Pennsylvanie, un noir absolu qui semble consumer la moindre trace de lumière alentour.

Jessica longeait prudemment la rive du ruisseau, le seul bruit était celui de l'eau noire qui s'écoulait. Sa progression était abominablement lente. Elle utilisait avec parcimonie sa Maglite, dont le mince faisceau illuminait les flocons potelés autour d'elle.

Elle avait plus tôt ramassé une branche et s'en servait pour tâter le terrain devant elle, un peu à la manière d'un aveugle sur un trottoir en ville.

Elle avançait, agitant la branche, tâtant à chaque pas le sol gelé du bout du pied. Elle rencontra un gigantesque obstacle.

Juste devant elle se trouvait un énorme amas d'arbres morts. Si elle voulait continuer à longer le ruisseau, elle allait devoir l'escalader. Elle portait des chaussures à semelles de cuir. Pas franchement l'idéal pour la randonnée ou l'escalade.

Elle détermina le chemin le plus court, commença à gravir l'enchevêtrement de racines et de branches recouvertes de glace et de neige. À plus d'une reprise Jessica glissa, tombant en arrière, s'éraflant les genoux et les coudes. Ses mains semblaient solidifiées par le froid.

Après trois nouvelles tentatives, elle parvint à trouver son équilibre. Elle gagna le sommet de l'amas, puis dégringola de l'autre côté, atterrissant dans une pile de branches cassées et d'aiguilles de pin.

Elle resta quelques instants sur le derrière, épuisée, retenant ses larmes. Elle alluma sa Maglite. Les piles étaient presque à plat. Ses muscles la faisaient souffrir, elle ressentait une douleur lancinante dans la tête. Elle fouilla de nouveau dans ses poches, à la recherche de quelque chose, n'importe quoi – chewing-gum, bonbon à la menthe, rafraîchisseur d'haleine. Elle trouva quelque chose. Elle était sûre que c'était un Tic-Tac. Tu parles d'un dîner. Lorsqu'elle parvint à l'extirper de sa poche, elle s'aperçut que c'était encore mieux. Un comprimé de Tylenol. Elle emportait parfois des antalgiques au boulot, et ce cachet devait être un vestige d'une migraine récente, ou d'une gueule de bois. Peu importe, elle le goba, l'avala avec peine. Ça ne changerait pas grand-chose au train de marchandises qui lui rugissait à travers la tête, mais c'était toujours ça de pris, un rappel d'une vie qui semblait désormais à mille lieues.

Elle était au cœur de la forêt, il faisait nuit noire, elle n'avait ni nourriture ni refuge. Jessica pensa à Vincent et à Sophie. En ce moment même, Vincent devait devenir dingue. Ils s'étaient promis il y avait longtemps de cela – à cause des dangers inhérents à leur boulot – qu'ils ne laisseraient jamais passer un dîner sans un coup de fil. Quelle que soit la situation. Jamais. Si l'un d'eux n'appelait pas, c'était que quelque chose clochait.

Et quelque chose clochait assurément.

Jessica se leva, ses diverses douleurs et éraflures lui arrachant une grimace. Elle tenta de contrôler ses émotions. Et c'est alors qu'elle aperçut une lumière au loin. Une lueur faible, oscillante, mais qui indiquait clairement une présence humaine, un minuscule point d'illumination sur l'énorme tableau noir de la nuit. Peut-être des bougies ou des lampes à huile, ou bien un radiateur à pétrole. Qu'importait, cette lumière, c'était la vie. C'était la chaleur. Jessica voulut crier, mais se ravisa. La lumière était trop éloignée, et il pouvait y avoir des animaux dans les parages. Elle n'avait pas besoin d'attirer ce genre d'attention sur elle pour le moment.

Elle n'aurait su dire si la lumière provenait d'une maison, ou de quelque bâtiment. Elle n'entendait aucun bruit de route, ce n'était donc probablement pas une boutique, ni un véhicule. Peut-être était-ce un petit feu de camp. On campait en Pennsylvanie à longueur d'année.

Jessica estima la distance qui la séparait de la lumière, probablement pas plus de huit cents mètres. Mais c'étaient huit cents mètres de ténèbres. Elle pouvait tomber sur n'importe quoi en chemin. Rochers, canalisations, fossés. Ours.

Mais au moins elle savait maintenant où elle allait.

Elle fit quelques pas chancelants, et se dirigea vers la lumière.

88

Roland flottait. Il avait les bras et les jambes ligotés au moyen d'une corde résistante. La lune était haute, la neige avait cessé, le ciel était dégagé. Dans la lumière réfléchie par la terre d'un blanc éclatant il voyait bien des choses. Il dérivait le long d'un étroit canal de chaque côté duquel s'élevaient des structures squelettiques. Il vit une énorme enseigne représentant un livre de contes, ouvert au milieu. Il vit des pierres taillées représentant des champignons vénéneux. Il vit une façade qui ressemblait à un château norvégien délabré.

Le bateau était plus petit qu'un dériveur. Roland s'aperçut bientôt qu'il n'était pas le seul passager à bord. Quelqu'un était assis juste derrière lui. Il tenta de toutes ses forces de se retourner, mais il ne pouvait pas bouger.

« Que voulez-vous de moi ? » demanda-t-il.

Une voix murmura doucement, à quelques centimètres de son oreille : « Je veux que vous arrêtiez l'hiver. »

Qu'est-ce qu'il raconte ?

« Comment… comment puis-je le faire ? Comment puis-je arrêter l'hiver ? »

Il y eut un long silence, rythmé uniquement par le bruit du canot de bois heurtant les pierres glacées du canal tandis qu'il avançait dans le dédale.

« Je sais qui vous êtes, reprit la voix. Je sais ce que vous avez fait. Je l'ai toujours su. »

Une sombre appréhension s'abattit sur Roland. Quelques instants plus tard, le bateau s'arrêta devant une attraction à l'abandon sur sa droite, composée de gros flocons de neige fabriqués à partir de pin à moitié moisi, et d'un poêle en fonte rouillée doté d'un long tuyau et de poignées en cuivre ternies. Un manche de balai et un grattoir à four étaient posés contre le poêle. Au centre de l'attraction se trouvait un trône fait de petites branches et de brindilles dont les feuilles vertes indiquaient qu'elles avaient été fraîchement coupées. Le trône était récent.

Roland lutta contre ses liens, contre la ceinture de nylon qui lui serrait le cou. Le Seigneur l'avait abandonné. Tout ce temps à traquer le diable, pour simplement finir comme ça.

L'homme le contourna et alla se poster à l'avant du bateau. Roland le regarda dans les yeux, et il vit le reflet du visage de Charlotte.

Alors, sous la lune vif-argent, le diable se pencha en avant, un couteau étincelant à la main, et arracha les yeux de Roland Hannah.

89

Jessica avait l'impression de marcher depuis une éternité. Elle n'était tombée qu'une fois – en glissant sur ce qui ressemblait à un sentier pavé couvert de verglas.

Les lumières qu'elle avait repérées depuis le ruisseau provenaient d'une maison à un niveau. Elle se trouvait encore à une bonne distance, mais Jessica distinguait désormais qu'elle faisait partie d'un complexe de bâtiments délabrés construits autour d'un dédale de canaux étroits.

Certains bâtiments ressemblaient à des boutiques de petit village scandinave. D'autres étaient censés ressembler à des maisons de port de mer. À mesure qu'elle se faufilait le long des canaux, s'enfonçant de plus en plus profondément dans le complexe, elle découvrait de nouveaux bâtiments, de nouveaux dioramas. Tous étaient décrépits, ravagés par le temps, cassés.

Jessica savait où elle était. Elle était entrée dans le parc à thème. Elle était entrée dans la Rivière des contes.

Elle se retrouva à trente mètres d'un bâtiment qui devait être une réplique d'école danoise.

Une bougie brillait à l'intérieur. La lueur était vive. Des ombres vacillaient et dansaient.

Elle voulut instinctivement saisir son arme, mais son

holster était vide. Elle s'approcha du bâtiment à pas de loup. Devant elle s'étirait le canal le plus large qu'elle ait vu jusqu'à présent. Il menait à un hangar à bateaux. Sur sa gauche, à une dizaine de mètres, une petite passerelle enjambait le canal. Au bout de la passerelle, une statue tenait une lampe à pétrole allumée qui diffusait une sinistre lueur cuivrée dans la nuit.

En s'approchant, elle s'aperçut que ce n'était pas une statue, mais un homme. Un homme qui se tenait sur la passerelle et fixait des yeux le ciel.

Comme elle n'était plus qu'à quelques mètres de lui, son cœur s'emballa.

L'homme était Joshua Bontrager.

Et ses mains étaient couvertes de sang.

90

Byrne et Vincent s'enfonçaient dans la forêt sur la route sinueuse. Elle ne comportait parfois qu'une voie, et était totalement verglacée. Ils avaient franchi deux ponts branlants et, après avoir parcouru environ un kilomètre et demi dans la forêt, ils rencontrèrent un sentier qui partait vers l'est, bloqué par une barrière. Aucune barrière ne figurait sur le plan qu'avait dessiné Nadine Palmer.

« Je vais réessayer de l'appeler. »

Le téléphone portable de Vincent était fixé à un socle sur le tableau de bord. Il tendit la main, composa le numéro. Une seconde plus tard, une sonnerie jaillit du haut-parleur. Une fois. Deux fois.

Puis on décrocha. C'était la messagerie de Jess, mais le message enregistré semblait différent. Un long sifflement, puis des parasites. Puis une respiration.

« Jess ! » lança Vincent.

Silence. Juste un faible murmure de bruit électronique. Byrne regarda l'écran LCD. La connexion était toujours ouverte.

« Jess ! »

Rien. Puis un bruissement. Et enfin, faible, une voix. Une voix d'homme.

« *Tant de belles demoiselles.*

— Quoi ? fit Vincent.

— *Dansent au son du tambour.*

— Putain, qui vous êtes ?

— *Jeune fille, c'est ton tour.*

— Répondez-moi !

— *Ton tour d'user tes semelles !* »

En entendant ça, Byrne sentit un frisson lui parcourir les bras. Il regarda Vincent, qui avait une expression vide, impénétrable.

Puis la connexion fut coupée.

Vincent appuya sur la numérotation abrégée. La sonnerie retentit de nouveau. Le même message. Il raccrocha.

« Putain, qu'est-ce qui se passe ?

— Je ne sais pas, répondit Byrne. À vous de décider ce qu'on fait, Vince. »

Vincent enfonça pendant une seconde son visage entre ses mains.

« Allons la chercher. »

Byrne descendit de voiture à hauteur de la barrière. Elle était fermée au moyen d'une énorme chaîne fixée à un vieux cadenas qui semblait ne pas avoir été manipulé depuis longtemps. La route qui s'enfonçait dans la forêt était bordée de profonds fossés verglacés. Impossible de contourner la barrière en voiture. Les phares du véhicule transperçaient l'obscurité jusqu'à environ cinq mètres, puis la lumière était étouffée par les ténèbres.

Vincent descendit de voiture, alla ouvrir le coffre, en tira un fusil de chasse. Il l'arma, referma le coffre. Puis il retourna éteindre les phares et couper le moteur, attrapa les clés. L'obscurité était maintenant totale ; la nuit, silencieuse.

Ils étaient là, deux inspecteurs de la police de Philadelphie, au cœur de la campagne de Pennsylvanie.

Sans un mot, ils s'engagèrent sur le sentier.

91

« Il ne pouvait y avoir qu'un endroit, expliqua Bontrager. J'ai lu les contes, j'ai fait le rapprochement. Ça ne pouvait être qu'ici. La Rivière des contes. J'aurais dû y penser plus tôt. Dès que j'ai pigé, je me suis mis en route. J'allais appeler le patron, mais ça me semblait tiré par les cheveux, et puis c'est le nouvel an. »

Josh Bontrager se tenait maintenant au milieu de la passerelle. Jessica essayait de comprendre ce qui se passait. Pour le moment, elle ne savait plus que croire, ni à qui faire confiance.

« Vous connaissiez cet endroit ? demanda-t-elle.

— J'ai grandi pas loin d'ici. D'accord, nous n'avions pas le droit de venir, mais nous savions tous que le parc existait. Ma grand-mère vendait des confitures aux propriétaires.

— Josh. » Jessica désigna ses mains. « À qui est ce sang ?

— À un homme que j'ai trouvé.

— Un homme ?

— Près du premier canal, expliqua-t-il. Il est… il est mal en point.

— Qui avez-vous trouvé ? demanda Jessica. De quoi parlez-vous ?

— Il est dans l'une des attractions. » Bontrager baissa un moment les yeux vers le sol. Jessica ne sut comment interpréter ce geste. Il leva de nouveau les yeux. « Je vais vous montrer. »

Ils retraversèrent la passerelle. Les canaux serpentaient à travers les arbres, sinuant vers la forêt, puis revenant en arrière. Ils marchèrent sur les étroits rebords de pierres. Bontrager maintenait sa lampe torche baissée vers le sol. Au bout de quelques minutes ils atteignirent l'une des attractions composée d'un poêle, de quelques gros flocons de neige en bois, d'une réplique en pierre de chien endormi. Bontrager braqua sa lampe torche sur une silhouette au milieu de l'attraction, une silhouette assise sur un trône de branchages. Sa tête était enveloppée d'un tissu rouge.

La pancarte au-dessus de l'attraction disait : «Le Bonhomme de neige. »

« Je connais ce conte, expliqua Bontrager. C'est l'histoire d'un bonhomme de neige qui rêve d'être près d'un poêle. »

Jessica s'approcha de la silhouette. Elle ôta doucement le tissu. Un sang sombre, presque noir à la lumière de la lampe torche, goutta sur la neige.

L'homme était ligoté et bâillonné. Du sang coulait de ses yeux. Ou, plus précisément, de leurs orbites vides. À leur place il n'y avait plus que des triangles noirs.

« Mon Dieu ! s'exclama Jessica.

— Quoi ? demanda Bontrager. Vous le connaissez ? »

Jessica reprit son calme. L'homme était Roland Hannah.

« Avez-vous vérifié ses fonctions vitales ? » demanda-t-elle.

Bontrager baissa les yeux vers le sol.

« Non, je… commença-t-il. Non, madame.

— C'est bon, Josh. »

Elle fit un pas en avant, chercha le pouls de l'homme.

Après quelques secondes, elle le trouva. Il était encore en vie.

« Appelez le bureau du shérif, ordonna Jessica.

— Déjà fait, répondit Bontrager. Ils sont en route.

— Vous avez votre arme ? »

Bontrager acquiesça, tira son Glock de son holster. Il le tendit à Jessica.

« Je ne sais pas ce qui se passe dans le bâtiment là-bas, dit Jessica en désignant l'école. Mais nous devons y mettre fin.

— OK, répondit Bontrager d'une voix beaucoup moins confiante que la réponse elle-même.

— Vous vous sentez bien ? »

Jessica éjecta le chargeur de l'arme. Plein. Elle le renfonça, inséra une balle dans la chambre.

« Je suis prêt, répondit Bontrager.

— Baissez votre lampe. »

Bontrager prit les devants, dos voûté, pointant sa Maglite vers le sol. Ils n'étaient pas à plus de trente mètres de l'école. Comme ils se faufilaient à travers les arbres, Jessica tenta de se faire une idée de la disposition des lieux. La petite structure ne comportait ni porche ni balcons. Il y avait une porte et deux fenêtres à l'avant. Les côtés du bâtiment étaient dissimulés par les arbres. Sous l'une des fenêtres se trouvait une petite pile de briques.

Lorsque Jessica vit les briques, elle comprit. Ça faisait des jours que ça la titillait, et elle comprenait enfin.

Ses mains.

Ses mains étaient trop douces.

Jessica jeta un coup d'œil par l'une des fenêtres. À travers des rideaux de dentelle elle vit l'intérieur constitué d'une unique pièce au fond de laquelle se trouvait une estrade. Quelques chaises de bois étaient éparpillées ici et là.

Des bougies brûlaient partout, notamment sur un lustre tarabiscoté suspendu au plafond.

Sur l'estrade se trouvait un cercueil dans lequel Jessica aperçut une silhouette de femme. Celle-ci était vêtue d'une robe d'un rose framboise. Jessica ne pouvait voir si elle respirait ou non.

Un homme grimpa sur l'estrade, vêtu d'une élégante queue-de-pie sombre et d'une chemise blanche à col cassé. Son gilet était rouge à motif cachemire, et il portait une cravate bouffante en soie noire. Une chaîne de montre formait une boucle au niveau de la poche de son gilet. Un chapeau haut de forme victorien était posé sur une table à proximité.

Il se tint au-dessus de la femme étendue dans le cercueil richement ciselé, l'observa. Il serrait entre ses mains une corde qui remontait vers le plafond. Jessica suivit la corde du regard. Elle avait du mal à y voir clair à travers les fenêtres crasseuses, mais lorsqu'elle comprit ce qui se passait, un frisson la parcourut. Une grande arbalète était fixée au-dessus de la femme, pointée vers son cœur. Une longue flèche d'acier était chargée dans le mécanisme. L'arbalète était bandée et reliée à la corde, qui traversait un œillet percé dans une poutre, puis redescendait.

Jessica, tout en restant baissée, gagna la fenêtre de gauche qui était plus propre. Lorsqu'elle regarda à travers, la scène lui apparut clairement. Elle aurait presque préféré ne rien voir.

La femme dans le cercueil était Nicci Malone.

92

Byrne et Vincent gravirent la colline qui dominait le parc à thème. La lune diffusait une lueur bleu clair au-dessus de la vallée, et ils avaient une bonne vue d'ensemble du parc. Des canaux serpentaient à travers les arbres désolés. À chaque angle, parfois dos à dos, se trouvaient des attractions et des décors qui pouvaient s'élever jusqu'à cinq ou six mètres dans les airs. Certains ressemblaient à des livres gigantesques, d'autres à des devantures de boutiques richement décorées.

L'air était chargé d'une odeur de terre, de compost et de chair en décomposition.

Seul un bâtiment était éclairé. Une petite structure qui ne mesurait pas plus de six mètres sur six, située près de l'extrémité du canal principal. Ils repérèrent aussi deux personnes qui regardaient par les fenêtres.

Byrne vit un chemin qui descendait vers le parc. Il était presque intégralement recouvert de neige, mais comportait des balises de chaque côté. Il le montra du doigt à Vincent.

Quelques instants plus tard, ils descendaient vers la vallée, vers la Rivière des contes.

93

Jessica ouvrit la porte et pénétra dans le bâtiment. Elle tenait son arme sur le côté, sans la braquer vers l'homme sur l'estrade. Elle perçut immédiatement une odeur entêtante de fleurs mortes. Le cercueil en était rempli à ras bord. Pâquerettes, muguet, roses, glaïeuls. L'odeur était intense et légèrement écœurante. Elle faillit avoir un haut-le-cœur.

L'homme à la tenue étrange qui se tenait sur l'estrade se tourna aussitôt vers elle.

« Bienvenue à la Rivière des contes », dit-il.

Malgré ses cheveux peignés en arrière et séparés par une raie aussi droite qu'une lame de rasoir, Jessica le reconnut immédiatement. Will Pedersen. Ou plutôt le jeune homme qui s'était fait passer pour Will Pedersen. Le maçon qu'ils avaient interrogé le matin de la découverte du corps de Kristina Jakos. L'homme qui avait eu le culot de venir à la Rotonde – sur le territoire de Jessica – pour leur parler des peintures de la lune.

Ils l'avaient eu à portée de main, et ils l'avaient laissé repartir. Jessica sentit son estomac se nouer sous l'effet de la colère. Elle devait se calmer.

« Merci, répondit-elle.

— Fait-il froid dehors ?

— Très.

— Eh bien, vous pouvez rester ici aussi longtemps que vous le souhaitez. » Il se tourna vers un grand gramophone Victrola qui se trouvait sur sa droite. « Aimez-vous la musique ? »

Jessica s'était déjà retrouvée dans cette situation, à la lisière de la folie. Elle jouerait son jeu, pour le moment.

« J'adore la musique. »

Tout en tenant fermement la corde d'une main, il tourna la manivelle de l'autre, souleva le bras du gramophone, le plaça sur un vieux disque 78 tours. Une valse pleine de craquements interprétée à l'orgue à vapeur retentit.

« C'est la *Valse de la neige*, déclara-t-il. Mon morceau préféré de tous les temps. »

Jessica referma la porte, parcourut la pièce du regard.

« Donc, votre nom n'est pas Will Pedersen, n'est-ce pas ?

— Non. Je m'excuse d'avoir menti. Je n'aime vraiment pas ça. »

Une idée la tracassait depuis plusieurs jours, mais elle n'avait vu aucune raison de persister dans cette voie. Will Pedersen avait les mains trop douces pour être maçon.

« Will Pedersen est un nom que j'ai emprunté à un homme très célèbre, expliqua-t-il. Le lieutenant Vilhelm Pedersen, qui a illustré certains livres de Hans Christian Andersen. C'était véritablement un grand artiste. »

Jessica jeta un coup d'œil à Nicci. Elle n'arrivait toujours pas à voir si elle respirait.

« Très intelligent de votre part d'utiliser ce nom, observa-t-elle.

— J'ai dû réfléchir vite ! s'exclama-t-il avec un grand sourire. Je ne savais pas que vous me parleriez ce jour-là.

— Alors, quel est votre nom ? »

Il réfléchit un moment. Jessica remarqua qu'il semblait

plus grand que la dernière fois qu'elle l'avait vu, plus large d'épaules. Elle regarda ses yeux sombres et perçants.

« J'ai eu de nombreux noms, répondit-il finalement. Sean, par exemple. Sean est une variation de John. Tout comme Hans.

— Mais quel est votre vrai nom ? demanda Jessica. Enfin, si ça ne vous ennuie pas que je vous pose la question.

— Ça ne m'ennuie pas. Mon nom de naissance est Marius Damgaard.

— Puis-je vous appeler Marius ?

— S'il vous plaît, appelez-moi Lune, répliqua-t-il avec un geste de la main.

— Lune, répéta Jessica en frissonnant.

— Et s'il vous plaît, posez ce pistolet. » Il tira sur la corde pour la tendre. « Posez-le par terre, et poussez-le du pied. » Jessica regarda l'arbalète, la flèche d'acier pointée sur le cœur de Nicci. « Maintenant, s'il vous plaît », ajouta-t-il.

Jessica posa son arme par terre, la poussa du pied.

« Je suis désolé pour ce qui est arrivé plus tôt, chez ma grand-mère », dit-il.

Jessica acquiesça. Une douleur lancinante lui battait les tempes. Elle devait réfléchir. Mais le son de l'orgue à vapeur ne facilitait pas les choses.

« Je comprends. »

Jessica jeta un nouveau coup d'œil furtif à Nicci. Aucun mouvement.

« Lorsque vous êtes venu au poste de police, était-ce juste pour vous payer notre tête ? » demanda-t-elle.

Lune sembla blessé.

« Non, madame. J'avais simplement peur que vous ne la voyiez pas.

— La lune dessinée sur le mur ?

— Oui, madame. »

Lune fit le tour de la table, lissant la robe de Nicci. Jessica observait ses mains. Nicci ne réagissait pas.

« Puis-je vous poser une question ? ajouta Jessica.

— Bien entendu. »

Elle chercha le ton juste.

« Pourquoi ? Pourquoi avez-vous fait tout ça ? »

Lune s'arrêta, tête baissée. Elle crut qu'il ne l'avait pas entendue. Puis il leva les yeux avec de nouveau une expression radieuse.

« Pour faire revenir les gens, naturellement. Pour les faire revenir à la Rivière des contes. Ils vont tout démolir. Vous le saviez ? »

Jessica ne voyait aucune raison de mentir.

« Oui.

— Vous n'êtes jamais venue ici dans votre enfance, n'est-ce pas ? demanda-t-il.

— Non, répondit Jessica.

— Imaginez. C'était un endroit magique où venaient les enfants. Des familles entières. De l'armistice à la fête du Travail. Chaque année, année après année. »

Tout en parlant, Lune relâchait la tension sur la corde. Jessica jeta un coup d'œil à Nicci Malone, vit son torse se soulever et retomber.

Pour comprendre la magie, vous devez avoir la foi.

« Et qui est-elle ? »

Jessica fit un geste en direction de Nicci. Elle espérait que ce type était trop dingue pour comprendre qu'elle jouait simplement son jeu. Il l'était.

« C'est Ida, répondit-il. Elle va m'aider à enterrer les fleurs. »

Bien que Jessica eût lu *Les Fleurs de la petite Ida* dans son enfance, elle ne se rappelait pas les détails de l'histoire.

« Pourquoi allez-vous enterrer les fleurs ? »

Lune sembla un moment vexé. Jessica était en train de le perdre. Ses doigts caressaient la corde. Il dit alors, lentement : « Afin que l'été prochain elles repoussent plus belles que jamais. »

Jessica fit un petit pas sur la gauche. Lune ne remarqua rien.

« Pourquoi avez-vous besoin de l'arbalète ? Je peux vous aider à enterrer les fleurs si vous voulez.

— C'est gentil de votre part. Mais dans l'histoire, Jonas et Adolphe avaient des arbalètes. Ils ne pouvaient pas s'offrir de pistolets.

— J'aimerais que vous me parliez de votre grand-père. » Jessica se déporta lentement sur la gauche. Une fois de plus, il ne remarqua rien. « Si ça ne vous ennuie pas. »

Les larmes montèrent immédiatement aux yeux de Lune. Il détourna le regard, peut-être par gêne. Il essuya ses larmes, puis se tourna de nouveau vers elle.

« C'était un homme magnifique. Il a conçu et bâti la Rivière des contes de ses propres mains. Toutes les attractions, toutes les expositions. Il venait du Danemark, vous savez, tout comme Hans Christian Andersen. D'un petit village nommé Sonder-Oske. Près d'Aalborg. D'ailleurs, ceci est le costume de son père. » Il désigna son costume, redressa les épaules, comme s'il était au garde-à-vous. « Il vous plaît ?

— Oui. Il vous va très bien. »

L'homme qui s'était baptisé Lune sourit.

« Son nom était Frederick. Savez-vous ce que ce nom signifie ?

— Non, répondit Jessica.

— Ça signifie souverain paisible. Et c'était tout à fait mon grand-père. Il régnait sur ce petit royaume paisible. »

Jessica regarda derrière lui. Il y avait deux fenêtres au fond de la pièce, une de chaque côté de l'estrade. Josh Bontrager était en train de contourner le bâtiment par la droite. Elle espérait parvenir à distraire l'homme suffisamment longtemps pour qu'il lâche la corde un instant. Elle jeta un coup d'œil à la fenêtre de droite. Pas de Josh.

« Savez-vous ce que signifie Damgaard ? reprit-il.

— Non. »

Jessica fit un nouveau petit pas sur la gauche. Cette fois Lune la suivit du regard, s'écartant légèrement de la fenêtre. « En danois, Damgaard signifie “la ferme près de l'étang”. » Jessica devait continuer à le faire parler.

« C'est joli, dit-elle. Êtes-vous déjà allé au Danemark ? »

Le visage de Lune s'illumina. Il rougit.

« Mon Dieu, non. Je n'ai quitté qu'une fois la Pennsylvanie. »

Pour aller chercher les rossignols, songea Jessica.

« Quand j'étais enfant, la Rivière des contes connaissait déjà des temps difficiles, vous voyez, poursuivit-il. Il y avait tous ces autres parcs, d'affreux endroits bruyants où les familles préféraient aller. C'était mauvais pour ma grand-mère. » Il tira un peu plus sur la corde. « C'était une femme dure, mais elle m'aimait. » Il fit un geste en direction de Nicci Malone. « Ceci était la robe de sa mère.

— Elle est très belle. »

Une ombre près de la fenêtre.

« Quand j'étais à l'endroit horrible, après les cygnes, ma grand-mère venait me voir chaque week-end. Elle prenait le train.

— Vous voulez dire les cygnes à Fairmount Park ? En 1995 ?

— Oui. »

Jessica distingua le contour d'une épaule à travers la fenêtre. Josh était là.

Lune plaça quelques fleurs mortes supplémentaires dans le cercueil, les arrangea doucement.

« Ma grand-mère est morte, vous savez.

— Je l'ai lu dans le journal. Je suis désolée.

— Merci. Le soldat de plomb se rapprochait de la vérité, dit-il. Il était très près. »

Outre les meurtres de la rivière, l'homme qui se tenait devant elle avait immolé Walt Brigham par le feu. Jessica eut une brève vision du corps calciné dans le parc.

« Il était intelligent, ajouta Lune. Il aurait interrompu l'histoire avant sa fin.

— Et Roland Hannah ? » demanda Jessica.

Lune leva lentement les yeux pour croiser ceux de Jessica. Son regarda sembla la transpercer.

« Le Bonhomme de neige ? Vous ignorez beaucoup de choses à son sujet. »

Jessica se déporta un peu plus sur la gauche, afin que Lune n'aperçoive pas Josh, qui n'était plus qu'à un mètre cinquante de l'endroit où gisait Nicci. Si seulement Jessica pouvait lui faire lâcher la corde, ne serait-ce qu'une seconde…

« Je crois que les gens vont revenir ici, déclara Jessica.

— Vous pensez ? »

Il tendit le bras, remit le disque. Le son des sifflements de vapeur emplit une fois de plus la pièce.

« Absolument, répondit-elle. Les gens sont curieux. »

Lune redevint distant.

« Je n'ai pas connu mon arrière-grand-père. Mais c'était un marin. Un jour, mon grand-père m'a raconté que quand il était jeune, il avait vu une sirène en mer. Je savais que ce n'était pas vrai. Je l'avais lu dans un livre. Il m'a aussi raconté qu'il avait aidé les Danois à bâtir un endroit nommé Solvang en Californie. Connaissez-vous cet endroit ?

— Non, répondit Jessica qui n'en avait jamais entendu parler.

— C'est un authentique village danois. J'aimerais y aller un jour.

— Peut-être le ferez-vous. »

Nouveau pas sur la gauche. Lune leva rapidement les yeux.

« Où allez-vous, soldat de plomb ? »

Jessica lança un regard furtif en direction de la fenêtre. Josh tenait une grosse pierre entre ses mains.

« Nulle part », répondit-elle.

Jessica vit que les manières d'hôte affable de Lune étaient en train de laisser place à une expression de folie furieuse et de colère. Il tira un peu plus sur la corde. Le mécanisme de l'arbalète gémit au-dessus du corps étendu de Nicci Malone.

94

Byrne visa. Dans la pièce éclairée à la bougie, un homme se tenait sur une estrade, près d'un cercueil. Un cercueil dans lequel se trouvait Nicci Malone. Une grande arbalète munie d'une flèche d'acier était pointée vers son cœur.

L'homme était Will Pedersen. Il avait une fleur blanche au revers de sa redingote.

La fleur blanche, avait dit Natalya Jakos.

Faites feu.

Quelques secondes plus tôt, Byrne et Vincent s'étaient approchés de l'avant de l'école. À l'intérieur, Jessica tentait de négocier avec l'aliéné. Elle se déportait lentement vers la gauche.

Savait-elle que Byrne et Vincent étaient là ? Cherchait-elle à dégager leur ligne de mire ?

Byrne leva légèrement le canon de son arme, anticipant la déviation de la trajectoire de la balle lorsqu'elle traverserait la fenêtre. Il ne savait pas trop dans quelle mesure ça affecterait son tir. Il visa de nouveau.

Il vit Anton Krotz.

La fleur blanche.

Il vit le couteau contre la gorge de Laura Clarke.

Faites feu.

L'homme leva les bras, la corde. Il allait actionner le mécanisme de l'arbalète.

Byrne ne pouvait attendre. Pas cette fois.

Il fit feu.

95

Marius Damgaard tira sur la corde tandis que le coup de feu tonnait dans la pièce. Au même instant, Josh Bontrager lança la pierre à travers la vitre, qui vola en éclats dans une projection de verre cristallin. Damgaard tituba en arrière, du sang inondant son impeccable chemise blanche. Le jeune inspecteur bondit sur les débris de verre couverts de givre, puis il se précipita à travers la pièce, sur l'estrade, en direction du cercueil. Damgaard chancela, tomba à la renverse, tirant de tout son poids sur la corde. Le mécanisme de l'arbalète se déclencha tandis que Damgaard disparaissait par la fenêtre brisée, laissant une traînée écarlate sur le sol, le mur, le rebord de fenêtre.

Josh Bontrager atteignit Nicci Malone alors même que la flèche d'acier était éjectée. Le projectile s'enfonça dans sa cuisse droite, la traversa, atteignit Nicci. Bontrager hurla de douleur tandis qu'un abondant jet de sang éclaboussait la pièce.

Quelques instants plus tard, la porte de devant était défoncée.

Jessica plongea vers son arme, fit un roulé-boulé, visa. Et bizarrement, elle vit Kevin Byrne et Vincent debout devant elle. Elle se releva tant bien que mal.

Les trois inspecteurs se ruèrent vers l'estrade. Nicci était toujours en vie. La pointe de la flèche lui avait entaillé l'épaule droite, mais la blessure ne semblait pas sérieuse. Celle de Josh était beaucoup plus inquiétante. La flèche aiguisée lui avait transpercé la jambe et avait pu toucher une artère.

Byrne ôta à la hâte son manteau, sa chemise. Aidé de Vincent, il souleva Bontrager, lui plaça un garrot en haut de la jambe. Bontrager poussa un cri de douleur.

Vincent se tourna vers son épouse, la prit entre ses bras.

« Tu vas bien ?

— Oui, répondit Jessica. Josh a appelé des renforts. L'équipe du shérif est en route. »

Byrne regarda par la vitre pulvérisée. Un canal asséché longeait l'arrière du bâtiment. Damgaard avait disparu.

« Je m'occupe de Josh, dit Jessica en exerçant une pression sur la blessure de Bontrager. Attrapez-le.

— Tu es sûre ? demanda Vincent.

— Sûre. Allez-y ! »

Byrne renfila son manteau. Vincent attrapa son fusil de chasse.

Ils sortirent en courant et s'enfoncèrent dans la nuit noire.

96

Lune saigne. Il se faufile dans l'obscurité en direction de l'entrée de la Rivière des contes. Il n'y voit pas grand-chose, mais il connaît la moindre courbe des canaux, la moindre pierre, la moindre attraction. Il respire péniblement, progresse lentement.

Il s'arrête un moment, enfonce la main dans sa poche, en tire ses allumettes. Il se rappelle l'histoire de la petite fille aux allumettes. Nu-pieds et sans manteau, elle se retrouve seule à la veille de la nouvelle année. Il fait très froid. Au fil de la nuit, elle craque allumette après allumette pour se réchauffer.

Dans chaque flamme elle aperçoit une vision.

Lune craque une allumette. Dans la flamme il voit les beaux cygnes, chatoyants dans la lumière du printemps. Il en craque une autre. Cette fois, il voit la Petite Poucette, sa minuscule forme sur la tulipe. La troisième allumette est le rossignol. Il se rappelle son chant. Ensuite vient Karen, si gracieuse avec ses chaussures rouges. Puis Anne Lisbeth. L'une après l'autre, les allumettes brillent d'un éclat vif dans la nuit. Lune voit chaque visage, se rappelle chaque histoire.

Il ne lui reste que quelques allumettes.

Peut-être, comme la petite fille du conte, les allumera-t-il toutes d'un coup. À cet instant, la grand-mère de la fillette vient la chercher et l'emmène au paradis.

Lune entend un bruit. Un homme se tient près de la berge du canal principal, à quelques mètres de lui. Il n'est pas grand, mais il est large d'épaules, visiblement fort. Il lance une corde au-dessus de la traverse de l'énorme treillis qui enjambe le canal Østtunnelen.

Lune sait que l'histoire touche à sa fin.

Il craque une allumette, commence à réciter.

« Tant de belles demoiselles. »

L'une après l'autre, les têtes des allumettes s'enflamment.

« Dansent au son du tambour. »

Un éclat chaud emplit le monde.

« Jeune fille, c'est ton tour. »

Lune laisse tomber ses allumettes par terre. L'homme s'approche, lui ligote les mains derrière le dos. Quelques instants plus tard, Lune sent la douce boucle de la corde autour de son cou, il voit le couteau luisant dans la main de l'homme.

« Ton tour d'user tes semelles ! »

Lune est soulevé dans les airs, vers le ciel, vers le paradis. Sous lui, il voit les visages radieux des cygnes, d'Anne Lisbeth, de la Petite Poucette, de Karen, de toutes les autres. Il voit les canaux, les attractions, la merveilleuse Rivière des contes.

L'homme disparaît dans la forêt.

Sur le sol, les allumettes diffusent leur lueur vive, brûlent un moment, puis s'éteignent doucement.

Pour Lune, il ne reste maintenant que la nuit.

97

Byrne et Vincent ratissèrent la zone à proximité immédiate de l'école, braquant leurs lampes au-dessus de leurs armes, en vain. Les traces qui menaient vers le côté nord du bâtiment étaient celles laissées par Josh Bontrager. Elles s'arrêtaient à la fenêtre.

Ils longèrent la berge du canal étroit qui serpentait au milieu des arbres, leurs lampes torches découpant de minces faisceaux dans l'obscurité totale de la nuit.

Après la deuxième courbe du canal, ils virent des traces de pas. Et du sang. Byrne croisa le regard de Vincent. Mieux valait se séparer pour chercher de chaque côté du canal étroit.

Vincent traversa la passerelle en voûte, Byrne resta du même côté. Ils longèrent les canaux sinueux, rencontrèrent diverses attractions en ruine aux enseignes délavées.

« La Petite Sirène ». « Le Coffre volant ». « L'Histoire de Valdemar Daae ». « Le Vieux Réverbère ». De véritables squelettes ornaient les attractions. Des habits en décomposition enveloppaient les silhouettes.

Au bout de quelques minutes, ils atteignirent le bout des canaux. Damgaard était introuvable. Le treillis qui enjambait le canal principal près de l'entrée se trouvait quinze mètres plus loin. Derrière, le monde. Damgaard avait pris la fuite.

« Pas un geste », lança une voix juste derrière eux. Byrne entendit un fusil de chasse qu'on armait.

« Nous sommes de la police de Philly, dit Vincent.

— Je n'ai pas l'habitude de répéter ce que je dis, jeune homme. Posez vos armes par terre, maintenant. »

Byrne comprit. C'était la police du comté de Berks. Il jeta un coup d'œil sur sa droite. Des agents approchaient parmi les arbres, leurs lampes torches fendant les ténèbres. Byrne aurait voulu protester – chaque seconde qu'ils perdaient était une seconde de gagnée pour Marius Damgaard – mais ils n'avaient pas le choix. Ils obéirent, posèrent leurs armes par terre, puis posèrent les mains sur la tête, croisèrent les doigts.

« Un à la fois, déclara la voix. Lentement. Montrez-nous votre pièce d'identité. »

Byrne enfonça la main dans la poche de son manteau, montra sa plaque. Vincent fit de même.

« OK », dit l'homme.

Byrne et Vincent se retournèrent, récupérèrent leurs armes. Derrière eux se tenaient le shérif Jacob Toomey et deux jeunes adjoints. Jake Toomey avait la cinquantaine grisonnante, un cou épais, une coupe en brosse de campagnard. Ses adjoints étaient deux masses de quatre-vingts kilos d'adrénaline élevées à la nourriture frite. Les tueurs en série ne couraient pas les rues dans cette partie du monde.

Quelques instants plus tard, une équipe de secouristes passa en courant devant eux, fila vers l'école.

« Toute cette histoire a à voir avec le jeune Damgaard ? » demanda Toomey.

Byrne lui fit succinctement part de ce qu'ils savaient.

Le shérif parcourut le parc à thème du regard, puis baissa les yeux vers le sol.

« Merde.

— Shérif Toomey ! » appela une voix depuis la berge opposée, près de l'entrée.

Les hommes se dirigèrent dans la direction d'où provenait la voix, atteignirent l'embouchure du canal. Et ils le virent.

Un corps se balançait au bout d'une corde sous la barre centrale du treillis qui enjambait l'entrée. Au-dessus du corps, s'étirait une enseigne jadis festive : « LA R VIÈ E D S CONT S ».

Une demi-douzaine de torches électriques illuminèrent le cadavre de Marius Damgaard. Il avait les mains attachées dans le dos. Ses pieds flottaient à quelques dizaines de centimètres au-dessus de l'eau. Il était pendu au moyen d'une corde bleue et blanche. Byrne vit alors des traces de pas qui s'enfonçaient dans la forêt. Le shérif Toomey ordonna à deux adjoints de les suivre. Fusil de chasse à la main, ils disparurent dans les bois.

Marius Damgaard était mort. Lorsque Byrne et les autres pointèrent leurs lampes torches sur le corps, ils s'aperçurent qu'il avait non seulement été pendu, mais également éviscéré. Une longue plaie béante courait de sa gorge à son ventre. Ses entrailles pendaient, fumantes dans l'air glacial de la nuit.

Quelques minutes plus tard, les deux adjoints revinrent les mains vides. Ils croisèrent le regard implacable de leur patron, secouèrent la tête. La personne qui s'était trouvée là, sur les lieux de l'exécution de Marius Damgaard, avait pris la fuite.

Byrne se tourna vers Vincent Balzano, qui pivota sur ses talons et se mit à courir en direction de l'école.

Tout était fini. Ne restait plus que le bruit des gouttes qui s'écoulaient régulièrement du cadavre mutilé de Marius Damgaard.

Le bruit du sang se mêlant à la rivière.

98

Deux jours après la découverte des horreurs qui s'étaient déroulées à Odense, en Pennsylvanie, les médias avaient pour ainsi dire établi leur résidence permanente au sein de la petite communauté rurale. L'affaire avait fait le tour du monde, et le comté de Berks n'était pas préparé à cette attention inopportune.

Josh Bontrager avait passé six heures sur le billard. Il se trouvait dans un état stable à l'hôpital de Reading. Nicci Malone avait reçu des soins et était sortie de l'hôpital.

Les premiers rapports du FBI indiquaient que Marius Damgaard avait assassiné au moins neuf personnes. Mais aucun indice le reliant directement aux meurtres d'Annemarie DiCillo et de Charlotte Waite n'avait pour le moment été découvert.

Il avait passé près de huit années interné dans une clinique psychiatrique de l'État de New York, de onze à dix-neuf ans, et avait été relâché lorsque sa grand-mère était tombée malade. Quelques mois après le décès d'Elise Damgaard, les meurtres avaient repris.

Une fouille approfondie de la maison et de la propriété avait donné lieu à quelques découvertes macabres. On avait notamment découvert que Marius Damgaard conservait une fiole pleine du sang de son grand-père près de son lit. Les tests ADN correspondaient aux représentations de la lune retrouvées sur les victimes. Quant au sperme, c'était celui de Marius Damgaard lui-même.

Damgaard s'était fait passer pour Will Pedersen, et aussi pour un jeune homme nommé Sean lors des séances du groupe de soutien de Roland Hannah. Il avait été patient dans la clinique psychiatrique où travaillait Lisette Simon. Il s'était rendu plusieurs fois à la boutique TrueSew, et avait vu en Sa'mantha Fanning son Anne Lisbeth idéale.

Lorsqu'il avait appris que la Rivière des contes – une zone de quatre cents hectares que Frederick Damgaard avait instituée en une municipalité nommée Odense en 1930 – avait été condamnée et saisie pour impôts impayés, et que sa démolition était prévue, il avait senti son univers s'effondrer. Il avait alors décidé de faire revenir le public à sa chère Rivière des contes en pavant de mort et d'horreur le chemin qui y menait.

Le 3 janvier, Jessica et Byrne se tenaient près de l'embouchure des canaux qui serpentaient à travers le parc à thème. Le soleil qui brillait conférait à cette journée des airs de faux printemps. En plein jour, le lieu était radicalement différent. Malgré les boiseries à moitié pourries et les maçonneries effritées, Jessica voyait pourquoi l'atmosphère unique du parc avait jadis attiré les familles. Elle avait consulté de vieilles brochures. Elle-même aurait pu y emmener sa fille.

Maintenant, c'était un cirque macabre, un lieu de mort qui attirerait des gens du monde entier. Peut-être le vœu de Marius Damgaard serait-il exaucé. La totalité du complexe était une scène de crime, et le demeurerait pendant un bon bout de temps.

Y avait-il d'autres cadavres ? D'autres horreurs à découvrir ? Le temps le dirait.

Ils avaient passé en revue des centaines de documents et de dossiers – au niveau de la ville, de l'État, du comté, et maintenant au niveau fédéral. Pour Jessica et Byrne, une déposition de témoin sortait du lot, une déposition que personne ne comprendrait probablement jamais complètement. Un résident de Pine Tree Lane, l'une des routes menant à l'entrée de la Rivière des contes, avait vu un véhicule la nuit de la mort de Damgaard, arrêté sur le bas-côté, moteur allumé. Jessica et Byrne s'étaient rendus sur les lieux, qui se trouvaient à moins de cent mètres de l'endroit où Marius Damgaard avait été retrouvé pendu et éviscéré. Le FBI avait relevé des empreintes de pas laissées par des couvre-chaussures en caoutchouc d'une marque très courante, que l'on pouvait se procurer partout.

Le témoin avait affirmé que le véhicule était un utilitaire vert visiblement onéreux, équipé de feux de brouillard jaunes et méticuleusement entretenu.

Il n'avait pas noté son immatriculation.

Excepté dans le film *Witness*, Jessica n'avait jamais vu autant d'amish de sa vie. C'était à croire que la totalité de la population du comté de Berks était venue à Reading. Ils faisaient le pied de grue autour de l'hôpital. Les plus âgés méditaient, priaient, observaient, chassaient les enfants des distributeurs de bonbons et de boissons.

Lorsque Jessica se présenta, ils lui serrèrent tous la main. De toute évidence, Josh n'était pas le seul amish amateur de poignées de main.

« Vous m'avez sauvé la vie », dit Nicci.

Jessica et Nicci Malone se tenaient au chevet de Josh Bontrager. Sa chambre d'hôpital était remplie de fleurs.

La flèche aiguisée comme une lame de rasoir avait entaillé l'épaule droite de Nicci, qui avait pour le moment le bras en écharpe. Les médecins disaient qu'elle serait de repos – blessée en service – pendant environ un mois.

« La routine », répliqua Bontrager avec un sourire.

Il avait repris des couleurs ; son sourire ne l'avait jamais quitté. Il se redressa dans le lit, entouré d'une multitude de fromages, pains, pots de confiture, saucisses, tous enveloppés dans du papier paraffiné. Les cartes de rétablissement faites main abondaient.

« Quand vous irez mieux, je vous offre le meilleur dîner de Philly », déclara Nicci.

Bontrager se caressa le menton, cherchant apparemment un restaurant où elle pourrait l'emmener.

« Le Bec fin ? suggéra-t-il.

— Oui. D'accord. Le Bec fin. Marché conclu », répondit Nicci.

Jessica savait que Le Bec fin coûterait un sacré paquet à Nicci. Mais elle lui devait bien ça.

« Vous feriez cependant bien d'être prudente, ajouta Bontrager.

— Comment ça ?

— Eh bien, vous connaissez le proverbe ?

— Non, je ne le connais pas, répondit Nicci. Quel proverbe, Josh ? »

Bontrager leur fit un clin d'œil.

« Les amish, c'est pour la vie. »

99

Byrne était assis sur un banc devant le tribunal. Il avait témoigné d'innombrables fois au cours de sa carrière – grand jury, audiences préliminaires, procès pour meurtres. Il savait la plupart du temps exactement ce qu'il allait dire, mais pas cette fois.

Il pénétra dans la salle d'audience, prit place au premier rang.

Matthew Clarke semblait deux fois plus petit que la dernière fois que Byrne l'avait vu. Ça n'avait rien d'étonnant. La fois précédente, Clarke était armé, et les armes faisaient paraître les gens plus grands qu'ils ne l'étaient réellement. Il paraissait maintenant vaincu et minuscule.

Byrne se rendit à la barre. L'assistant du procureur l'interrogea sur les événements de la semaine qui avaient mené à sa prise d'otage par Clarke.

« Y a-t-il quelque chose que vous aimeriez ajouter ? » demanda finalement l'assistant du procureur.

Byrne regarda Matthew Clarke dans les yeux. Il avait vu tant de criminels au cours de sa carrière, tant d'hommes qui n'avaient pas la moindre considération pour les biens d'autrui ou pour la vie humaine.

La place de Matthew Clarke n'était pas en prison. Il avait besoin d'aide.

« Oui, répondit Byrne, j'aimerais ajouter quelque chose. »

Dehors, l'air s'était réchauffé depuis le matin. Le temps à Philadelphie était incroyablement changeant, et bizarrement on avoisinait les cinq degrés.

Comme il quittait le tribunal, Byrne leva les yeux et vit Jessica approcher.

« Désolée de ne pas avoir pu venir, dit-elle.

— Pas de problème.

— Comment ça s'est passé ?

— Je ne sais pas. » Byrne enfonça les mains dans les poches de son manteau. « Vraiment pas. »

Ils devinrent silencieux.

Jessica l'observa un moment en se demandant ce qui se passait dans sa tête. Elle le connaissait bien, et savait que l'incident avec Matthew Clarke lui resterait sur le cœur.

« Bon, je vais rentrer chez moi », dit Jessica, qui savait quand un mur était dressé entre elle et son partenaire. Elle savait aussi qu'un jour Byrne finirait par en parler. Ils avaient tout le temps du monde. « Je vous dépose ? »

Byrne leva les yeux vers le ciel.

« Je crois que je vais marcher un peu.

— Oh, oh.

— Quoi ?

— On commence par marcher, et on finit par courir.

— Allez savoir », répliqua Byrne avec un sourire.

Il releva son col, descendit les marches.

« À demain », dit Jessica.

Kevin Byrne ne répondit rien.

Padraig Byrne se tenait dans le salon de sa nouvelle maison. Des cartons étaient empilés partout. Son fauteuil préféré était positionné face à sa nouvelle télé avec écran plasma de cent six centimètres, un cadeau offert par son fils pour fêter son déménagement.

Byrne entra dans la pièce, tenant à la main deux verres remplis de Jameson. Il en tendit un à son père.

Ils restèrent plantés là, étrangers en terre étrangère. Ils ne s'étaient jusqu'alors jamais retrouvés dans cette situation. Padraig Byrne venait de quitter la maison dans laquelle il avait toujours vécu. La maison dont il avait franchi le seuil avec sa jeune épouse dans les bras, celle où il avait élevé son fils.

Ils levèrent leurs verres.

« *Dia duit*, dit Byrne.

— *Dia is Muire duit.* »

Ils trinquèrent, vidèrent leurs verres d'un trait.

« Ça va aller ? demanda Byrne.

— Ça va, répondit Padraig. Ne t'en fais pas pour moi.

— OK, papa. »

Dix minutes plus tard, tandis qu'il quittait l'allée au volant de la camionnette, Byrne leva les yeux pour voir son père debout dans l'embrasure de la porte. Padraig semblait ici un peu plus petit, un peu plus distant.

Byrne aurait voulu graver ce moment dans son esprit. Il ne savait pas de quoi serait fait l'avenir, ni combien de temps il leur restait à passer ensemble. Mais il savait que, pour le moment, et pour les mois à venir, tout allait bien.

Il espérait que son père voyait les choses du même œil.

Byrne rapporta la camionnette de déménagement, récupéra sa voiture. Il emprunta la voie express, puis prit la direction de la Schuylkill. Il sortit de voiture, se tint au bord de la rivière.

Il ferma les yeux, revécut le moment où il avait appuyé sur la détente dans cette maison en proie à la folie. Avait-il hésité ? Il ne s'en souvenait sincèrement pas. Quoi qu'il en soit, il avait fait feu, et c'était tout ce qui comptait.

Byrne rouvrit les yeux. Il regarda la rivière s'écouler en silence devant lui, songea aux secrets qu'elle gardait depuis mille ans ; les larmes des saints profanés, le sang des anges brisés.

La rivière ne parle jamais.

Il remonta dans sa voiture, roula jusqu'à l'entrée de la voie express. Il regarda les pancartes vertes et blanches. L'une d'elles indiquait le centre-ville. Une autre, Harrisburg, Pittsburgh, et d'autres villes du nord-est.

Y compris Meadville.

L'inspecteur Kevin Francis Byrne inspira profondément. Et il fit son choix.

100

Sa nuit avait une certaine pureté, une clarté soulignée par le poids serein de la permanence. Il y avait des moments de soulagement, comme si tout ce qui était arrivé – tout, depuis le moment où il était entré dans ce champ humide, jusqu'au jour où il avait tourné la clé dans la serrure de cette maison délabrée de Kensington, jusqu'au moment où il avait senti l'haleine puante de Joseph Barber tandis que celui-ci disait adieu à la vie – n'était arrivé que pour le mener à ce monde uniformément noir.

Mais l'obscurité n'était pas obscure pour le Seigneur.

Chaque matin, ils venaient à sa cellule et menaient Roland Hannah à la petite chapelle, où il disait la messe. Au début, il ne voulait pas quitter sa cellule, mais il s'était bientôt aperçu que ce n'était qu'une diversion, une étape sur le chemin du salut et de la gloire.

Il passerait ici le restant de ses jours. Il n'y avait pas eu de procès. Ils avaient demandé à Roland ce qu'il avait fait, et il le leur avait dit. Il refusait de mentir.

Mais le Seigneur venait Lui aussi le voir. De fait, Il était là en ce moment même. Et en ce lieu se trouvaient de nombreux pécheurs, de nombreux hommes qui méritaient un châtiment.

Le pasteur Roland Hannah s'occuperait d'eux tous.

101

Jessica arriva à la clinique de Devonshire Acres le 5 février juste après 4 heures. L'imposant complexe de pierres était bâti au sommet d'une colline doucement vallonnée. Quelques annexes jonchaient le paysage.

Elle était venue pour s'entretenir avec la mère de Roland Hannah, Artemisia Waite. Ou du moins, pour essayer. Son patron lui avait laissé le choix de venir l'interroger ou non, afin de mettre un point final au dossier qui s'était ouvert par une belle journée printanière d'avril 1995, lorsque deux fillettes étaient allées pique-niquer au parc pour leur anniversaire, journée qui avait vu le début d'une longue litanie d'horreurs.

Roland Hannah avait plaidé coupable et purgeait dix-huit condamnations à perpétuité, sans possibilité de remise de peine. Kevin Byrne, aidé d'un inspecteur à la retraite nommé John Longo, avait contribué à établir l'acte d'accusation, qui était en grande partie fondé sur les notes et les dossiers de Walt Brigham.

Personne ne savait si le demi-frère de Roland Hannah, Charles, avait été impliqué dans les meurtres, ni s'il était avec lui la nuit du nouvel an à Odense. S'il y était, un mystère subsistait : Comment Charles Waite avait-il regagné Philly ?

Il ne savait pas conduire. Et à en croire le psychologue nommé par la cour, il avait les facultés intellectuelles d'un enfant de neuf ans intelligent.

Jessica se tenait sur le parking, à côté de sa voiture, une multitude de questions se bousculant dans son esprit. Elle sentit quelqu'un approcher et fut surprise de voir Richie DiCillo.

« Inspecteur, dit Richie, presque comme s'il s'était attendu à la trouver là.

— Richie. Ravie de vous voir.

— Bonne année.

— À vous aussi, répondit Jessica. Qu'est-ce qui vous amène jusqu'ici ?

— Juste une affaire à régler. »

Il avait prononcé ces paroles d'un ton sans réplique que Jessica avait observé chez tous les flics aguerris. Inutile de poser de questions.

« Comment se porte votre père ? demanda Richie.

— Bien, répondit Jessica. Merci. »

Richie jeta un coup d'œil par-dessus son épaule en direction des bâtiments, se tourna de nouveau vers Jessica. Le moment sembla s'éterniser.

« Alors, ça fait combien de temps que vous êtes de la maison maintenant ? Si ça ne vous ennuie pas que je vous pose la question.

— Pas le moins du monde, répondit Jessica avec un sourire. Ce n'est pas comme si vous me demandiez mon âge. Ça fait plus de dix ans.

— Dix ans. » Richie fit la moue, acquiesça. « Moi, ça en fait presque trente. Le temps passe, pas vrai ?

— En effet. On croit que ça ne nous arrivera pas, mais quand je repense au jour où j'ai enfilé mon uniforme et où je me suis retrouvée dans la rue pour la première fois, j'ai l'impression que c'était hier. »

Ils causaient pour ne rien dire, et ils le savaient l'un comme l'autre. Personne ne décelait ni ne racontait de bobards mieux qu'un flic. Richie se balança sur ses talons, jeta un coup d'œil à sa montre.

« Bon, j'ai des crapules qui attendent de se faire pincer, dit-il. Ça m'a fait plaisir de vous voir.

— Moi aussi. »

Jessica aurait voulu ajouter un paquet de choses. Elle aurait voulu évoquer Annemarie, lui dire combien elle était désolée. Lui dire qu'elle comprenait qu'il y avait un trou dans son cœur qui ne se remplirait plus jamais, et que ni le temps qui passait ni la manière dont s'achevait une histoire n'y changeraient rien.

Richie sortit ses clés de voiture, se retourna pour s'en aller. Il hésita un moment, comme s'il avait quelque chose à dire, mais ne savait comment s'y prendre. Il regarda le bâtiment principal de la clinique. Lorsqu'il se tourna de nouveau vers Jessica, elle crut voir dans ses yeux une chose qu'elle n'avait jamais vue, pas chez un vieux de la vieille, pas chez un homme qui avait vu tout ce que Richie DiCillo avait vu.

Elle vit de la paix.

« Parfois, commença Richie, justice est faite. »

Jessica comprit. Et ce fut comme un coup de poignard en plein cœur. Elle aurait probablement dû en rester là, mais elle n'était pas la fille de son père pour rien.

« Quelqu'un n'a-t-il pas dit que nous obtenons la justice dans le prochain monde, mais que dans celui-ci nous avons la loi ? »

Richie sourit. Avant qu'il ne se retourne et traverse le parking, Jessica regarda ses couvre-chaussures. Ils avaient l'air neufs.

Parfois justice est faite.

Une minute plus tard elle vit Richie quitter le parking. Il lui adressa un dernier salut de la main. Elle fit de même.

Comme il s'éloignait, Jessica s'aperçut qu'elle n'était pas si surprise que ça de découvrir que l'inspecteur

Richard DiCillo conduisait un grand véhicule utilitaire vert, un utilitaire doté de feux de brouillard jaunes et méticuleusement entretenu.

Jessica regarda le bâtiment principal. Au premier étage se trouvaient une série de petites fenêtres. À l'une d'elles, elle repéra deux personnes qui la regardaient. Elle était trop loin pour distinguer leurs traits, mais il y avait quelque chose dans la façon dont elles inclinaient la tête, dans la position de leurs épaules, qui lui indiquait qu'elle était observée.

Jessica songea à la Rivière des contes, au cœur de la folie.

Richie DiCillo était-il celui qui avait ligoté les mains de Marius Damgaard derrière son dos et qui l'avait pendu ? Richie avait-il ramené Charles Waite à Philadelphie ?

Jessica décida qu'elle retournerait peut-être faire un petit tour dans le comté de Berks. Peut-être justice n'avait-elle pas encore été faite.

Quatre heures plus tard elle se retrouva dans sa cuisine. Vincent était en train de regarder un match des Flyers avec ses deux frères au sous-sol. La vaisselle était dans le lave-vaisselle. Les restes, au réfrigérateur. Elle avait un verre de Montepulciano. Sophie était dans le salon, devant un DVD de *La Petite Sirène*.

Elle alla retrouver sa fille, s'assit à côté d'elle.

« Fatiguée, ma puce ? »

Sophie secoua la tête et bâilla.

« Non. »

Jessica la serra entre ses bras. Sophie avait cette odeur de bain moussant de petite fille. Ses cheveux étaient un bouquet de fleurs.

« C'est quand même l'heure d'aller au lit.

— D'accord. »

Plus tard, lorsque Sophie fut blottie sous les couvertures,

Jessica l'embrassa sur le front, tendit le bras pour éteindre la lumière.

« M'man ?

— Quoi, ma puce ? »

Sophie farfouilla sous la couette et en sortit un livre de contes d'Andersen, l'un de ceux que Jessica avait empruntés à la bibliothèque.

« Tu me lis une histoire ? » demanda Sophie.

Jessica lui prit le livre des mains, l'ouvrit, jeta un coup d'œil à l'illustration sur la page de titre. C'était une gravure sur bois représentant la lune.

Jessica referma le livre, éteignit la lumière. « Pas ce soir, ma chérie. »

2 heures du matin.

Jessica était assise au bord du lit. Ça faisait quelques jours qu'elle sentait quelque chose remuer en elle. Pas une certitude, mais la possibilité d'une possibilité, un sentiment qui n'était ni un espoir ni une déception.

Elle se tourna vers Vincent. Il dormait comme une souche. Dieu seul savait quelles galaxies il conquérait dans ses rêves.

Jessica regarda par la fenêtre la pleine lune dans le ciel nocturne.

Quelques instants plus tard, elle entendit le minuteur tinter dans la salle de bains. Poétique, pensa-t-elle. *Un minuteur, comme si je me préparais un œuf.* Elle se leva, traîna les pieds à travers la chambre.

Elle alluma la lumière, regarda la petite tige de plastique blanc posée sur le vanity-case. Elle avait peur du oui. Peur du non.

Un bébé.

L'inspecteur Balzano – une femme qui portait une arme et affrontait le danger chaque jour de sa vie – tremblait légèrement lorsqu'elle pénétra dans la salle de bains, et referma la porte.

ÉPILOGUE

Il y avait de la musique. Un morceau au piano. Des jonquilles jaune vif souriaient depuis les jardinières. La salle commune était presque vide. Elle se remplirait bientôt.

Des lapins, des canards et des œufs de Pâques ornaient les murs.

À 5 h 30, ils apportèrent le dîner. Ce soir, steak haché en sauce et purée. Ils auraient aussi droit à une tasse de sauce aux pommes.

Charles regarda par la fenêtre, vit les longues ombres s'étirer depuis la forêt. C'était le printemps, l'air était frais. Le monde sentait les pommes vertes. Avril approchait. Et avril était synonyme de danger.

Charles savait que la forêt recélait toujours des périls, une obscurité qui avalait la lumière. Sa sœur jumelle Charlotte s'y était aventurée.

Il saisit la main de sa mère.

C'était à lui d'être avec elle, maintenant que Roland était parti. Il y avait tant de mal dehors. Depuis qu'il était venu vivre à Devonshire Acres, il avait regardé les ombres prendre des formes humaines. Et la nuit, il entendait leurs chuchotements. Il entendait le bruissement des feuilles, le tourbillon du vent.

Il plaça un bras autour de sa mère. Elle sourit. Ils seraient à l'abri maintenant. Tant qu'ils resteraient ensemble, ils seraient à l'abri des choses affreuses que recélait la forêt. À l'abri de ceux qui leur voulaient du mal.

À l'abri, pensa Charles Waite.

Jusqu'à la fin des temps.

REMERCIEMENTS

Il n'est pas de fable sans magie. Mes remerciements les plus sincères à Meg Ruley, Jane Berkley, Peggy Gordijn, Don Cleary, et à tous les employés de la Jane Rotrosen Agency ; merci comme toujours à ma fabuleuse éditrice, Linda Marrow, ainsi qu'à Dana Isaacson, Gina Centrello, Libby McGuire, Kim Hovey, Rachel Kind, Dan Mallory, et à la merveilleuse équipe de Ballantine Books ; merci encore à Nikola Scott, Kate Elton, Cassie Chadderton, Louisa Gibbs, Emma Rose, et au fantastique groupe de Random House UK.

Un salut (*yo !*) à la bande de Philly : Mike Driscoll et le gang de Finnegan's Wake (et de l'Ashburner Inn), ainsi qu'à Patrick Ghegan, Jan Klincewicz, Karen Mauch, Joe Drabyak, Joe Brennan, Halley Spencer (Monsieur Merveilleux), et Vita DeBellis.

Pour leur expertise, merci à l'honorable Seamus McCaffery, à l'inspecteur Michele Kelly, au sergent Gregory Masi, au sergent Joanes Beres, à l'inspecteur Edward Rocks, à l'inspecteur Timothy Bass, et aux hommes et femmes du département de police de Philadelphie ; merci au docteur J. Harry Isaacson, merci à Crystal Seitz, Linda Wroebel, et à l'aimable personnel du bureau des visiteurs de Reading & Berks County pour leur café et leurs cartes ; merci à DJC et DRM pour leur vin et leur patience.

Une fois de plus, j'aimerais remercier la ville et les habitants de Philadelphie pour m'avoir laissé donner libre cours à mon imagination.

Il collectionne les âmes.
Serez-vous la prochaine ?

RICHARD MONTANARI

7

Traduit de l'anglais (États-Unis)
par Fabrice Pointeau

LE CHERCHE MIDI

Titre original :
BADLANDS

Éditeur original : Ballantine Books, New York

Le papier de cet ouvrage est composé de fibres naturelles, renouvelables, recyclables et fabriquées à partir de bois provenant de forêts plantées et cultivées durablement pour la fabrication du papier.

Pour Darla Jean
Sorella mia, cuore mio

PROLOGUE

Dans l'obscurité, dans les replis d'un violet profond de la nuit, il entend des murmures : des sons faibles, plaintifs, qui fusent, frémissent et frottent derrière les lambris, la corniche, les lattes de bois desséché et vermoulu. Au premier abord les mots semblent étrangers, comme prononcés dans une autre langue, mais, à mesure que l'aube approche, il en vient à reconnaître chaque voix – chaque inflexion, chaque ton, chaque timbre – comme une mère reconnaîtrait la voix de son enfant dans un terrain de jeux bondé.

Certaines nuits il perçoit un hurlement de rage solitaire sous le plancher qui le suit de pièce en pièce, dans l'escalier majestueux, à travers le vestibule et le garde-manger, jus-qu'au silence consacré de la cave. Là, sous terre, enseveli sous des milliers de siècles d'os et de fourrure, il accepte la gravité de ses péchés. Peut-être est-ce l'humidité du lieu qui accuse, les gouttelettes glacées sur la pierre chatoyant telles des larmes sur un corsage de brocart.

À mesure que les souvenirs lui reviennent, il se rappelle Elise Beausoleil, la fille de Chicago. Il se rappelle ses manières fières et ses mains habiles, comment elle avait essayé de marchander au cours de ces ultimes secondes, comme si elle était toujours la plus jolie fille du bal. Elise Beausoleil, crève-lafaim dickensienne avec ses bottes montantes et son manteau à ceinture, aimait lire. Jane Austen était son auteur préféré, disait-elle, même si Charlotte Brontë arrivait pas loin derrière. Il avait trouvé un exemplaire jauni de Villette *dans son sac à main. Il avait gardé Elise dans la bibliothèque.*

Bientôt il se rappelle Monica Renzi, ses membres épais et le duvet de son corps, le frisson d'extase lorsqu'il avait levé la main avec enthousiasme, tel l'un de ses camarades de classe méprisant, quand elle avait demandé pourquoi. Monica, la fille d'un commerçant de Scranton, aimait s'habiller en rouge ; elle était timide, taciturne et virginale. Monica lui avait un jour dit qu'il lui faisait penser à un jeune banquier dans ces vieux films qu'elle regardait avec sa grand-mère le samedi soir. La pièce de Monica avait été le solarium.

Il se rappelle le frisson de la traque, les cafés amers consommés dans les gares ferroviaires et routières, la chaleur et le bruit, et la poussière des parcs d'attractions, des kermesses et des fêtes foraines, les matins glacials dans sa voiture. Il se rappelle son excitation tandis qu'il traversait la ville en voiture, tenant si délicatement sa proie, l'envoûtement de l'énigme qui venait de commencer.

À la longue, dans cet intermède vaporeux entre ombre et lumière, dans le confessionnal gris de l'aube, il se rappelle tout.

Chaque matin la maison redevient silencieuse. La poussière retombe, les ombres s'éloignent, les voix se taisent.

Ce matin, il prend une douche, s'habille, avale un petit déjeuner, franchit la porte d'entrée et s'arrête sur le perron. Près de la grille des jonquilles l'accueillent, leur blondeur effrontée jaillissant du gazon froid. Une brise charrie le premier souffle du printemps.

Derrière lui s'élève une immense bâtisse victorienne, une vieille dame à la parure depuis longtemps passée. Les jardins qui l'entourent sont envahis par les mauvaises herbes, les sentiers de pierres infestés de broussailles, les gouttières rongées par le vert-de-gris. Elle est le musée de son existence, une maison construite avec art à une époque où l'on donnait un nom aux habitations aussi distinguées et exceptionnelles que celle-là, un nom qui imprégnait la conscience du paysage, l'âme de la ville, le patrimoine de la région.

De ce lieu fou où les murs bougent et où les escaliers ne mènent nulle part, où les placards donnent sur des ateliers clandestins et où les portraits s'observent solennellement dans le silence du midi, il connaît chaque couloir, chaque gond, chaque rebord et châssis de fenêtre, chaque denticule.

Ce lieu s'appelle Faerwood. Chacune de ses pièces renferme une âme rétive. Chacune de ces âmes, un secret.

Il se tient au cœur du centre commercial bondé, absorbant les arômes : la zone des restaurants avec ses myriades de richesses ; le grand magasin avec ses lotions, ses poudres et ses parfums écœurants ; le délice des jeunes femmes. Il observe les jeunes couples obèses poussant des landaus chargés. Il plaint le sort des personnes âgées invisibles.

À 20h50 il se glisse dans une boutique étroite. Elle est illuminée de façon criarde, saturée du sol au plafond de figurines en céramique et de roses en soie artificielle. Des petits ballons brillants dansent dans l'air surchauffé. Un mur entier est consacré aux cartes de vœux.

Il n'y a qu'un seul autre client, une jeune fille, dans la boutique. Il l'a suivie toute la soirée, a vu la tristesse dans ses yeux, le poids sur ses épaules, la fatigue de son pas.

Elle est la Noyée.

Il se glisse près d'elle, choisit quelques cartes sur le présentoir étincelant, lâche à chaque fois un petit éclat de rire, les repose sur le présentoir. Un coup d'œil alentour. Personne ne regarde.

C'est le moment.

« Vous avez l'air un peu indécise », dit-il.

Elle lève les yeux. Elle est grande et maigre, d'une pâleur magnifique. Ses cheveux d'un blond cendré sont en bataille, maintenus en place par des barrettes en plastique blanc. Son cou est un ivoire ciselé. Elle porte un sac à dos couleur lilas.

Pas de réponse. Il l'a effrayée.

Éloigne-toi.

« Il y a trop de choix ! » finit-elle par dire d'un ton animé, tout en restant sur ses gardes.

Il s'y attendait. Il est, après tout, un inconnu de plus sur l'échiquier de sa vie. Elle glousse, se ronge un ongle. Adorable. Elle doit avoir 17 ans. Le meilleur âge.

« Dites-moi pour quelle occasion, poursuit-il. Peut-être que je peux vous aider. »

Une lueur de méfiance – telle une chatte posant la patte sur la porte d'un four. Elle balaie la boutique du regard, elle est dans un lieu public, en sécurité.

« Eh bien, commence-t-elle, mon petit ami est... »

Silence.

Il insiste : « Il est quoi ? »

Elle ne veut pas le dire, puis change d'avis.

« OK... c'est pas exactement mon petit ami, vous voyez ? Mais il me trompe. » Elle coince un filament de cheveux derrière son oreille. « Enfin, il me trompe pas exactement. Pas encore. » Elle se retourne pour s'en aller, se ravise. « Bon, il a demandé à ma meilleure amie, Courtney, de sortir avec lui. La pétasse. » Elle rougit, un simple voile cramoisi sur sa peau parfaite. « J'arrive pas à croire que je vous raconte ça. »

Ce soir il porte une tenue décontractée : jean délavé,

blazer en lin noir, mocassins, un petit peu de gel dans les cheveux, un ânkh argenté autour du cou, des lunettes modernes. Il paraît jeune. De plus, il a le genre d'allure qui incite à la confiance. Il l'a toujours eue.

« Le mufle », dit-il.

Mot mal choisi ? Non. Elle sourit. 17 ans mais un sourire de femme de 30.

« Plutôt un connard, réplique-t-elle. Un vrai connard. »

Nouveau gloussement nerveux.

Il s'écarte d'elle, augmentant la distance qui les sépare de quelques petits centimètres. Des centimètres importants. Elle se détend. Elle a décidé qu'il ne constituait pas une menace. Comme un prof cool.

« Peut-être que de l'humour noir conviendrait ? »

Elle réfléchit à ce qu'il vient de dire.

« Probablement, répond-elle. Peut-être. Je ne sais pas. Je suppose.

— Est-ce qu'il vous fait rire ? »

Les petits amis – les garçons qui deviennent des petits amis – le font généralement. Même ceux qui trompent les jeunes filles de 17 ans belles à pleurer.

« Oui, répond-elle. Il est plutôt marrant. Parfois. » Elle lève de nouveau la tête, le regarde droit dans les yeux. Il sent son cœur sur le point de voler en éclats. « Mais pas dernièrement.

— Je regardais celle-ci, dit-il. Je pense qu'elle exprime peut-être le sentiment parfait. »

Il tire une carte du présentoir, la considère un moment, la lui tend. C'est un peu risqué. Il affecte une hésitation, signifiant ainsi qu'il a conscience de leur différence d'âge, du fait qu'ils se connaissent à peine.

Elle saisit la carte, l'ouvre, lit le message. Puis elle éclate de rire, se couvrant la bouche. Elle lâche un petit reniflement involontaire. Elle rougit, embarrassée.

À cet instant son image se voile, comme à chaque

fois, tel un visage obscurci par la pluie sur un pare-brise éclaté.

« C'est, genre, absolument parfait, dit-elle. Absolument. Merci. »

Il la regarde lancer un coup d'œil à la caissière oisive, à la caméra de surveillance. Puis elle tourne le dos à la caméra, enfonce la carte dans son sac, le regarde, un sourire barrant son visage. S'il existait un amour plus pur, il ne pourrait l'imaginer.

« Il me faut aussi une autre carte, dit-elle. Mais je ne suis pas sûre que vous puissiez m'aider ce coup-ci.

— Vous seriez surprise de savoir tout ce que je peux faire.

— C'est pour mes parents. » Elle rejette sa hanche sur le côté. Un nouveau voile rougit son joli visage, puis disparaît rapidement. « C'est parce que je… »

Il lève la main, l'interrompant. C'est mieux comme ça.

« Je comprends.

— Vraiment ?

— Oui.

— Comment ça ?

— J'ai eu votre âge », répond-il avec un sourire. Elle écarte les lèvres pour répondre, mais demeure silencieuse. « Ça se résout toujours à la fin, ajoute-t-il. Vous verrez. Toujours. »

Elle détourne une seconde le regard. On dirait qu'elle vient de prendre une décision, qu'un immense poids vient de lui être ôté des épaules. Elle se tourne de nouveau vers lui, sourit tristement et dit : « Merci. »

Au lieu de répondre, il se contente de la regarder avec une grande affection. Les éclairages du plafond font ressortir des éclats dorés dans ses cheveux. Soudain, ça lui vient.

Il la gardera dans le garde-manger.

Dix minutes plus tard il la suit, invisible, jusqu'au

parking, conscient de l'ombre, de la lumière, du clair-obscur bleu carbone du soir. Il s'est mis à pleuvoir, une bruine légère qui ne menace pas de se transformer en averse.

Il la regarde traverser l'avenue, se réfugier sous un abribus. Peu de temps après, elle grimpe dans le bus, une navette qui va à la gare ferroviaire.

Il insère un CD dans le lecteur. Quelques secondes plus tard, les sons de Vedrai, carino *emplissent la voiture. Ils régalent son âme – une fois de plus, exaltant ce moment comme seul le peut Mozart.*

Il suit le bus à travers la ville, le cœur enflammé. La traque recommence. Elle est Emma Bovary. Elle est Elizabeth Bennet. Elle est Cassiopée et Cosette. Elle est à lui.

I

LA MAISON DES OMBRES

Une maison garnie, pleine d'échos
– mais morte, morte, morte.

Walt Whitman

1

La jeune fille morte était dans la vitrine de verre, une pâle et délicate curiosité exhibée par un fou. Vivante, elle avait été belle avec ses fins cheveux blonds et ses yeux bleu cobalt. Morte, ses yeux imploraient une bénédiction, la froide symétrie de la justice.

La dernière chose qu'ils avaient vue était un monstre.

Sa tombe était le sous-sol étouffant d'un bâtiment abandonné dans les Badlands, une zone de 13 kilomètres carrés de terrains désolés et de vies anéanties au nord de Philadelphie qui s'étirait approximativement d'Erie Avenue jusqu'à Girard au sud, de Broad Street jusqu'à la rivière à l'est.

Elle s'appelait Caitlin O'Riordan. Le jour de son assassinat, le jour où sa brève histoire s'était achevée, elle avait 17 ans.

Pour les inspecteurs Kevin Byrne et Jessica Balzano de la brigade criminelle de la police de Philadelphie, l'histoire de Caitlin ne faisait que commencer.

La brigade criminelle de Philly comporte trois divisions : la brigade de ligne, chargée des nouvelles affaires ; la brigade des fugitifs ; et l'unité des enquêtes spéciales, l'UES, chargée, entre autres, des affaires non résolues. Pour les inspecteurs de l'UES, qui appartenaient tous à l'escouade 5 – un groupe d'élite d'enquêteurs triés sur le volet par le capitaine en fonction de leur aptitude, de leur taux de réussite et de leur talent d'enquêteur –, travailler sur une affaire non résolue représentait une deuxième chance de redresser un tort, c'était un ultimatum lancé aux assassins qui arpentaient avec arrogance les rues de Philadelphie, une manière de leur dire que l'État de Pennsylvanie et la Ville de l'amour fraternel n'en avaient pas fini avec eux.

L'enquête sur le meurtre de Caitlin O'Riordan était la première que menaient Kevin Byrne et Jessica Balzano au sein de l'UES.

Lorsqu'ils arrivèrent à la scène de crime dans la 8e Rue, il n'y avait pas de ruban jaune entourant la propriété, pas de voitures de police bloquant la circulation, pas de camionnette bleu et blanc de la police scientifique, pas d'agent gardant l'entrée, registre à la main. Tout cela avait depuis longtemps disparu.

Ils avaient lu les rapports, vu le protocole d'autopsie, regardé les photos et les vidéos. Mais ils n'avaient pas encore retracé les pas du tueur.

Pour les deux inspecteurs, leur enquête commencerait vraiment à l'instant où ils pénétreraient dans la pièce où Caitlin O'Riordan avait été découverte.

Le bâtiment avait été placé sous scellés quatre mois plus tôt lors de l'enquête initiale, les portes avaient été remplacées et munies de cadenas, le Placoplâtre sur les fenêtres avait été sécurisé au moyen de boulons de fixation. Ce bâtiment en angle, à l'origine une maison mitoyenne conçue pour loger une seule famille, avait été acheté et vendu de nombreuses fois. Sa dernière incarnation avait été sous la forme d'une petite épicerie, une boutique étroite et négligée proposant du lait maternisé, des chips, des couches, de la viande en conserve, des magazines, des rêves de loterie. Son fonds de commerce, son moteur, avait été la sainte trinité de l'addiction au crack : tampons à récurer, briquets jetables en plastique et roses thé dans des emballages individuels. Les roses étaient vendues dans de longs tubes de verre qui, une ou deux minutes après avoir quitté la boutique, devenaient des pipes permettant vite et facilement d'allumer un caillou dont les cendres étaient récupérées par la laine d'acier du tampon à récurer. Toutes les épiceries des Badlands proposaient des roses thé, ce qui faisait probablement de cette zone du nord de Philly l'un des lieux les plus romantiques de la terre. On y vendait plusieurs centaines de roses par jour.

La boutique avait fermé plus de trois ans auparavant, et aucun nouveau locataire n'avait emménagé. La façade du bâtiment était toujours d'un vert criard, avec un étrange message peint sur la vitrine :

« OUVERT 24 HEURES. JOURS 12 À 20 H. »

Jessica ouvrit le cadenas du rideau métallique, le souleva. Ils pénétrèrent à l'intérieur et furent immédiatement accueillis par un relent déplaisant de moisissure, par une odeur crayeuse de plâtre humide. C'était la fin du mois d'août et dehors il faisait 30 degrés. À l'intérieur, on devait approcher des 40.

Le rez-de-chaussée était remarquablement propre et net, si l'on exceptait l'épaisse couche de poussière qui recouvrait tout. La plupart des babioles hors d'âge qui traînaient dans la boutique avaient été emportées en tant que pièces à conviction.

Sur leur gauche se trouvait ce qui avait jadis été le comptoir ; derrière, une longue rangée d'étagères vides. Au-dessus des étagères il restait quelques affiches – KOOLS, BUDWEISER, SKOAL – ainsi qu'un menu proposant une demi-douzaine de plats chinois à emporter.

L'escalier qui menait au sous-sol se trouvait à l'arrière du bâtiment, sur la gauche. Tandis que Jessica et

Kevin commençaient à le descendre, ils allumèrent leur Maglite. Il n'y avait pas d'électricité ici, pas de gaz ni d'eau, aucun équipement de quelque sorte que ce soit. Le peu de lumière du jour qui filtrait par les interstices entre les plaques de Placoplâtre était aussitôt avalé par les ténèbres.

La pièce où Caitlin O'Riordan avait été découverte se trouvait à l'extrémité du sous-sol. Cela faisait des années que les petits soupiraux au niveau de la rue avaient été condamnés par des briques. L'obscurité était totale.

Dans le coin de la pièce se trouvait une vitrine en verre, un réfrigérateur publicitaire qui avait jadis renfermé bière, boissons gazeuses et lait. Il comportait des parois en inox et faisait plus de 1,80 mètre de hauteur. C'était dans ce cercueil de verre que le corps de Caitlin avait été découvert – assis sur une chaise en bois, face à la pièce, les yeux grands ouverts. Elle avait été découverte par deux adolescents en quête de morceaux de cuivre.

Byrne sortit un calepin jaune et un marqueur à pointe fine. Il coinça sa lampe torche sous son bras et entreprit de dessiner un croquis du sous-sol. Lorsqu'ils enquêtaient sur un meurtre, les inspecteurs devaient tracer un diagramme de chaque scène de crime. Même si ces endroits étaient par la suite photographiés et filmés, c'était au croquis de l'enquêteur qu'on faisait le plus souvent référence, même au stade du procès. Byrne s'en chargeait d'ordinaire. De son propre aveu, Jessica n'aurait pas été fichue de tracer un cercle avec un compas.

« Je serai là-haut si vous avez besoin de moi », dit Jessica.

Byrne leva les yeux, l'obscurité de la pièce enveloppant ses larges épaules tel un linceul.

« Super, merci de m'abandonner, partenaire. »

Jessica étala les dossiers sur le comptoir, ravie de retrouver la lumière vive qui s'engouffrait par la porte et la légère brise qui l'accompagnait.

La première page du classeur était une photo couleur grand format de Caitlin. Chaque fois qu'elle la regardait, Jessica pensait au film *Hoosiers* avec Gene Hackman, même si elle aurait été bien en peine d'expliquer pourquoi. Peut-être parce que la jeune fille sur la photo venait de la Pennsylvanie rurale. Peut-être parce qu'il y avait une certaine franchise dans ce visage, un air de confiance qui semblait figé dans l'Amérique des années 1950 – bien avant la naissance, la vie et la mort de Caitlin –, une époque où les jeunes filles portaient des chaussures bicolores, des chaussettes qui montaient jusqu'aux genoux, des pulls sans manches et des chemisiers avec des cols Peter Pan.

Les jeunes filles ne ressemblent plus à ça, pensa Jessica. *Si ?*

Pas en cette ère de MySpace, de catalogues de vente par correspondance et de libération sexuelle. Pas à cette époque où une jeune fille pouvait acheter un paquet de Doritos et un Coca, prendre un bus dans le comté de Lancaster, et débarquer quatre-vingt-dix minutes plus tard dans une ville qui l'avalerait tout entière ; une âme naïve qui n'avait jamais eu sa chance.

L'heure du décès de Caitlin avait été estimée entre minuit et 7 heures du matin le 2 mai ; le médecin légiste n'avait pu être plus précis étant donné que, lorsque son corps avait été découvert, Caitlin O'Riordan était morte depuis au moins quarante-huit heures. Il n'y avait pas de blessures externes sur la victime, pas de lacérations ni d'écorchures, pas de marques de ligatures indiquant qu'elle aurait été attachée, ni de traces de lutte suggérant qu'elle se serait défendue contre son assaillant. Il n'y avait ni peau ni matière organique sous ses ongles.

Caitlin avait été retrouvée tout habillée : jean râpé,

baskets Reebok, veste en jean noir et T-shirt blanc. Elle avait aussi un sac à dos en nylon couleur lilas, et portait autour du cou une bague de Claddagh en argent fin qui, bien qu'elle n'eût pas de valeur particulière, indiquait qu'elle n'avait pas été victime d'un vol qui aurait dégénéré. Ce que la cause du décès confirmait d'ailleurs.Car Caitlin O'Riordan s'était noyée.

Les victimes d'homicide dans le nord de Philadelphie n'étaient généralement pas noyées. Abattues par balle, poignardées, matraquées, découpées en morceaux à la machette, tabassées à coups de manche de hache, oui. Démolies à la barre d'acier, écrasées par un Hummer, saignées au pic à glace, arrosées de gasoil et incendiées – oui, tout le temps. Jessica avait un jour enquêté dans le nord de Philly sur un meurtre commis avec une débroussailleuse. Une débroussailleuse rouillée par-dessus le marché.

Mais noyée ? Même si la victime était retrouvée flottant dans la rivière Delaware, la cause du décès était généralement l'une de celles mentionnées ci-dessus.

Jessica consulta le rapport du labo. L'eau dans les poumons de Caitlin avait été minutieusement analysée. Elle contenait du fluor, du chlore, de l'orthophosphate de zinc, de l'ammoniaque. Elle contenait aussi des traces d'acide haloacétique. Le rapport présentait deux pages de graphiques et de diagrammes. Tout ça lui passait au-dessus de la tête, mais Jessica n'avait absolument aucun mal à en comprendre la conclusion. D'après le labo scientifique et le bureau du légiste, Caitlin O'Riordan ne s'était pas noyée dans les rivières Delaware ni Schuylkill. Elle ne s'était pas noyée dans Wissahickon Creek, ni dans aucune des fontaines pour lesquelles la Ville de l'amour fraternel était à juste titre réputée. Elle ne s'était pas noyée dans une piscine, publique ou privée.

Caitlin s'était noyée dans de l'eau courante ordinaire.

Les premiers enquêteurs avaient contacté le département des eaux de Philadelphie et été informés que, d'après l'agence pour la protection de l'environnement, l'eau trouvée dans les poumons de Caitlin était bien spécifique à Philadelphie. Les trois usines d'épuration situées à Baxter, Belmont et Queen Lane avaient toutes procédé à des ajustements précis dans le traitement de leur eau potable en mars, suite à la fuite d'un pétrolier.

Il n'y avait pas l'eau courante dans ce bâtiment. Il n'y avait ni baignoire, ni bac en plastique, ni seau, ni aquarium, ni bidon – pas le moindre récipient qui aurait pu contenir suffisamment d'eau pour noyer un être humain.

On avait calmement débattu à la Rotonde, le bâtiment de l'administration policière situé au coin de la 8e Rue et de Race Street, pour savoir si oui ou non il s'agissait d'un véritable homicide. Jessica et Byrne pensaient tous deux que c'en était bien un, tout en concédant que Caitlin avait pu se noyer accidentellement, peut-être dans une baignoire, et que son corps avait pu être transporté après coup jusqu'à l'endroit où il avait été retrouvé. Ce qui déclencherait des poursuites pour outrage à un cadavre, pas pour meurtre.

Mais une chose ne laissait aucun doute : Caitlin O'Riordan n'était pas arrivée là toute seule.

Il n'y avait pas de pièce d'identité de la victime sur les lieux, pas de sac à main ni de portefeuille. Caitlin avait été identifiée grâce à la photo qui circulait sur le site Internet du FBI. Aucune trace d'agression sexuelle n'avait été décelée.

Caitlin O'Riordan était la fille de Robert et Marilyn O'Riordan, qui vivaient à Millersville, Pennsylvanie, une ville d'environ 8 000 âmes située à 8 kilomètres au sud-ouest de Lancaster. Elle avait une sœur, Lisa, de deux ans sa benjamine.

Robert O'Riordan possédait et gérait un petit restaurant familial dans George Street, dans le centre de Millersville. Marilyn était femme au foyer et ancienne

Miss Bart Township. Tous deux étaient des membres actifs de leur église. Bien qu'ils fussent loin d'être riches, ils avaient une maison confortable dans une petite allée bucolique.

Caitlin O'Riordan avait fugué.

Le 1er avril, Robert O'Riordan avait trouvé un mot laissé par sa fille. Il était écrit au feutre rouge sur du papier dont la marge était ornée de terriers écossais. La famille O'Riordan en possédait deux. Le mot était collé au miroir de la chambre de leur fille.

Chers maman et papa (et Lisa aussi, désolée Lisey A*),*
Je suis désolée, mais je dois le faire.
Ça va aller. Je vais revenir. Je le promets.
Je vous enverrai une carte.

Le 2 avril, deux agents de la police de Millersville étaient arrivés chez les O'Riordan. À leur arrivée, Caitlin avait disparu depuis dix-neuf heures. Les deux agents n'avaient trouvé aucun signe d'enlèvement ni de violence, aucun indice trahissant un acte criminel. Ils avaient pris les dépositions des familles et des voisins immédiats – qui, dans cette zone, se trouvaient à 400 mètres de chaque côté –, et rédigé leur rapport. Le dossier était passé par les canaux habituels. Au bout de soixante-douze heures, il avait été transmis au bureau opérationnel du FBI à Philadelphie.

En dépit d'une récompense plus qu'honorable, et de la publication de la photo de la jeune fille dans les journaux locaux et sur divers sites Internet, deux semaines après sa disparition personne n'avait la moindre idée de l'endroit où se trouvait Caitlin O'Riordan ni de ce qui lui était arrivé. Pour le monde, elle s'était purement et simplement volatilisée.

À mesure qu'avril s'écoulait, l'affaire avait semblé de plus en plus compromise, et les autorités soupçonnaient que Caitlin O'Riordan avait pu être victime de quelque acte violent.

Le 2 mai, leurs hypothèses les plus sombres avaient été confirmées.

L'homme qui avait mené l'enquête initiale, un certain Rocco Pistone, avait pris sa retraite deux mois plus tôt. Ce même mois, son partenaire, Freddy Roarke, avait succombé à une crise cardiaque foudroyante en assistant à une course de chevaux à l'hippodrome de Philadelphie. Il était tombé raide à la balustrade, à quelques mètres de la ligne d'arrivée. La pouliche à 25 contre 1 sur laquelle il avait misé 20 dollars – poétiquement nommée Éternité du Paradis – avait gagné avec trois longueurs d'avance. Freddy Roarke n'avait jamais touché ses gains.

Pistone et Roarke s'étaient rendus à Millersville, ils avaient interrogé les camarades de classe et les amis de Caitlin, ses professeurs, ses voisins, les personnes qui fréquentaient son église. Personne ne se rappelait Caitlin faisant état d'un ami, ni d'une connaissance faite sur Internet ni d'un petit copain à Philadelphie. Les inspecteurs avaient aussi interrogé un garçon de Millersville âgé de 17 ans nommé Jason Scott. Scott avait expliqué que, quand Caitlin avait disparu, ils sortaient plus ou moins ensemble, en mettant l'accent sur le « plus ou moins ». Il avait affirmé que Caitlin prenait leur liaison beaucoup plus au sérieux que lui. Il leur avait aussi dit que, au moment du meurtre de Caitlin O'Riordan, il était dans l'Arkansas, chez son père. Ce que les inspecteurs avaient confirmé, et l'affaire n'avait jamais été résolue.

Jusqu'au mois d'août 2008 ils n'avaient eu aucun suspect, aucune piste ni aucun nouvel indice. Jessica tourna la dernière page du dossier, se demandant pour la centième fois depuis la veille : *Pourquoi Caitlin O'Riordan est-elle venue à Philadelphie ? Était-ce juste l'attraction de la grande ville ? Et, plus important, où a-t-elle passé ces trente jours ?*

À 11 heures du matin tout juste passées, le téléphone de Jessica sonna. C'était leur patron, le sergent Dwight Buchanan. Byrne avait fini ses croquis de la cave et prenait un peu l'air frais sur le trottoir. Il revint à l'intérieur. Jessica alluma le haut-parleur de son téléphone portable.

« Qu'est-ce qui se passe, sergent ?

— Nous avons une confession, annonça Buchanan.

— Pour notre affaire ?

— Oui.

— Qu'est-ce que vous racontez ? Comment ça ? Qui ?

— Nous avons reçu un appel sur la ligne de collecte d'informations. Le correspondant a déclaré à l'agent de l'URC qu'il avait tué Caitlin O'Riordan et qu'il était prêt à se rendre. »

La ligne de collecte d'informations était une initiative relativement récente de l'unité de renseignements criminels, l'URC, un programme de réaction communautaire qui faisait partie d'un projet de la police de Philadelphie appelé « Rejoi gnez la résistance ». Son but était de fournir aux habitants de Philadelphie la possibilité d'aider anonymement la police sans crainte de se voir exposé aux criminels. Parfois la ligne faisait aussi office de confessionnal.

« Avec tout le respect que je vous dois, sergent, on reçoit ce genre de coups de fil en permanence, observa Jessica. Surtout lors d'une affaire comme celle-ci.

— Cet appel était un peu différent.

— Comment ça ?

— Eh bien, pour commencer, il savait une chose sur l'affaire qui n'a jamais été révélée. Il a dit qu'il manquait un bouton à la veste de la victime. Le troisième en partant du bas. »

Jessica attrapa deux photos de la victime *in situ*. Le

bouton de la veste de Caitlin – le troisième en partant du bas – manquait.

« OK, il manque, convint Jessica. Mais peut-être qu'il a vu les photos de la scène de crime ou qu'il connaît quelqu'un qui les a vues. Comment savons-nous qu'il était sur les lieux ?

— Il nous a envoyé le bouton. »

Jessica lança un coup d'œil à son partenaire.

« Nous l'avons reçu par courrier ce matin, continua Buchanan. Nous l'avons envoyé au labo. Ils l'analysent en ce moment même, mais Tracy dit que ça ne fait pas un pli. C'est bien le bouton de Caitlin. »

Tracy McGovern était la directrice adjointe du labo de criminalistique. Jessica et Byrne mirent une seconde à digérer la nouvelle.

« Qui est ce type ? demanda Jessica.

— Il a prétendu s'appeler Jeremiah Crosley. Nous avons effectué une recherche sur son nom, mais il n'y avait rien dans le système. Il a dit que nous pouvions passer le chercher près de l'angle de la 2e Rue et de Diamond Street.

— À quelle adresse ?

— Il n'a pas donné d'adresse exacte. Il a dit qu'on reconnaîtrait l'endroit à sa porte rouge.

— Une porte rouge ? Qu'est-ce que ça veut dire ?

— Je suppose que vous le découvrirez, répondit Buchanan. Appelez-moi quand vous y serez. »

THRILLER

ŒIL POUR ŒIL
SANG POUR SANG

Richard MONTANARI
Déviances

Pâques sanglantes

Kevin Byrne, vétéran de la police criminelle, usé par ses années de carrière, doit faire équipe avec Jessica Balzano, une nouvelle recrue. C'est le moment que choisit pour sévir un tueur particulièrement sadique : il s'attaque à des jeunes filles des institutions privées de la ville, les viole, les mutile, puis les abandonne, les mains jointes dans le geste d'une ultime prière, un chapelet à leur côté. On le surnomme rapidement le « tueur du rosaire »...

Pocket n° 13188

Richard MONTANARI
Psycho

Le Hitchcock du meurtre

Un apprenti cinéaste tourne des remakes sanglants des scènes de meurtre les plus célèbres du septième art. Sans effets spéciaux... Une véritable descente aux enfers attend les inspecteurs Byrne et Balzano : salles obscures, pornographie, clubs sado-masochistes, univers malsain des snuff-movies. Pour atteindre le tueur cinéphile, ils doivent s'immerger dans les milieux les plus ténébreux et pervertis. Pendant ce temps, la caméra continue de tourner...

Pocket n° 13189

Cody McFadyen
Shadowman

Perversion et provocation

L'agent du FBI Smoky Barrett a connu l'enfer : son mari et sa fille ont été sauvagement abattus sous ses yeux par un serial killer. Traumatisée, elle ne peut plus affronter les horreurs de son métier. Mais celui que l'on appelle Shadowman a défié Smoky et son équipe en leur envoyant la vidéo de l'acte abominable qu'il a commis. Elle ne peut pas rester insensible : il a torturé sa victime et laissé sa fillette, vivante, attachée à son cadavre. La soif de vengance va la pousser à l'action...

Pocket n° 13681

Michael Gruber
Les rivages de la nuit

Aux frontières du réel...

Tout semble indiquer qu'Emmylou est la meurtrière d'al-Muwalid, abattu puis tombé du dixième étage de l'hôtel Trianon. Mais, sous le choc, ânonnant ses prières, la jeune femme nie le crime. Sur des cahiers d'écoliers elle confesse ses péchés hallucinés et n'a de cesse d'invoquer des voix de saintes qui s'adressent à elle. Jimmy Paz va tenter de faire la lumière sur cette affaire à la frontière de la foi, de l'amour et des miracles…

Pocket n° 13700

Maxime CHATTAM

Prédateurs

Un tueur au sein de guerriers

En pleine guerre, sur une base de GI's, un soldat est retrouvé pendu par des crocs de boucher, la tête remplacée par celle d'un bélier. L'enquête du lieutenant Frewin de la police militaire l'amène à s'intéresser à la troisième section de la compagnie Raven, des durs qui se définissent comme une secte. Un deuxième meurtre survient alors que le conflit est imminent, cette fois la victime a été forcée d'ingérer un scorpion. Vivant. Pour pousser le tueur à la faute, Frewin va devoir se mettre en danger…

Pocket n° 13910

Mo HAYDER

Rituel

Surgie des eaux

Sombre pêche pour « Flea » Marley, chef plongeuse de la police, qui retrouve dans les fonds vaseux du port de Bristol une main humaine. Jack Caffery, récemment muté de Londres, est désigné pour mener avec elle cette enquête qui oscille entre pratiques occultes africaines et science médico-légale. Tous deux obsédés par un deuil impossible et une fascination dangereuse pour la mort, ils ne sont reliés au monde des vivants que par cette main…

Pocket n° 13971

Jens Lapidus
Stockholm noir – L'argent facile

Le nouveau Chicago

Mrado, membre du gang de Radovan, est chargé de vendre la protection de la mafia aux patrons de bars et de boîtes. JW est étudiant le jour, chauffeur de taxi clandestin la nuit. Pour intégrer l'élite, il fréquente la jet-set privée suédoise. Jorge est un gangster latino qui croupit en prison et rumine sa vengeance. Dans un Stockholm divisé en secteurs par les gangs, ces trois personnages vont être aspirés dans les spirales de la criminalité...

Pocket n° 14085

Tess Gerritsen
La Reine des Morts

Le mal au cœur d'une abbaye

Une jeune novice assassinée dans la chapelle, une sœur laissée entre la vie et la mort, un nourrisson abandonné au fond d'une mare : quel est donc ce mal qui frappe la petite abbaye de Greystone ? L'enquête de Maura Isles, médecin légiste surnommée « La Reine des Morts » et de Jane Rizzoli leur réserve leur lot de découvertes surprenantes. Le tableau s'assombrit d'autant plus avec la découverte d'un corps sans visage, ni pieds, ni mains…

Pocket n° 13607

Imprimé en France par

MAURY-IMPRIMEUR
à Malesherbes (Loiret)
en avril 2010

POCKET – 12, avenue d'Italie - 75627 Paris cedex 13

N° d'impression : 154836
Dépôt légal : septembre 2009
Suite du premier tirage : avril 2010
S18219/02